通篇金枝玉叶
满卷五彩辉煌

  谨将我国第一部散文体诗词"小说",献给有志于承传中华文明,积淀高雅素养,口秀笔隽华章的杰士、学子们!

江山如此多嬌

少轩 编著

中华诗彩

——诗词里江山

中国书籍出版社
China Book Press

图书在版编目（CIP）数据

中华诗彩：诗词里江山 / 少轩编著.—北京：中国书籍出版社，2013.10
ISBN 978-7-5068-3766-8

Ⅰ.①中… Ⅱ.①少… Ⅲ.①古典诗歌 – 诗歌欣赏 – 中国 Ⅳ.①1207.2

中国版本图书馆 CIP 数据核字 (2013) 第 236454 号

中华诗彩

少轩　编著

责任编辑	邓潇潇
责任印制	孙马飞　张智勇
封面设计	张　宁
出版发行	中国书籍出版社
地　　址	北京市丰台区三路居路 97 号（邮编：100073）
电　　话	(010)52257143（总编室）　　(010)52257153（发行部）
电子邮箱	chinabp@vip.sina.com
经　　销	全国新华书店
印　　刷	宁夏精捷彩色印务有限公司
开　　本	710 毫米 × 1000 毫米　　1/16
字　　数	410 千字
印　　张	23
版　　次	2013 年 10 月第 1 版　　2013 年 10 月第 1 次印刷
书　　号	ISBN 978-7-5068-3766-8
定　　价	58.00

版权所有　翻印必究

著名诗人墨迹

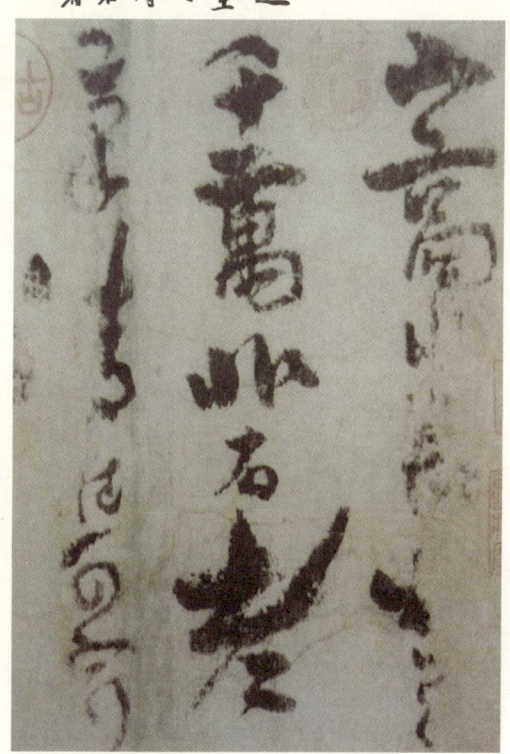

■ 唐·李白

■ 宋·黄庭坚

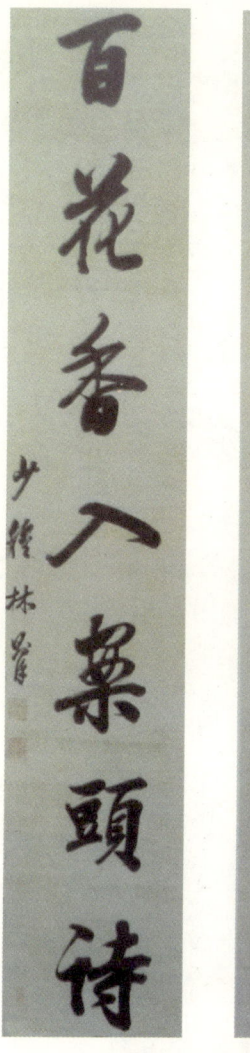

■ 清·林则徐

■ 宋·杜牧

著名诗人墨迹

■ 宋·苏轼

■ 唐·韩愈

■ 宋·欧阳修

■ 宋·文天祥

■ 毛泽东

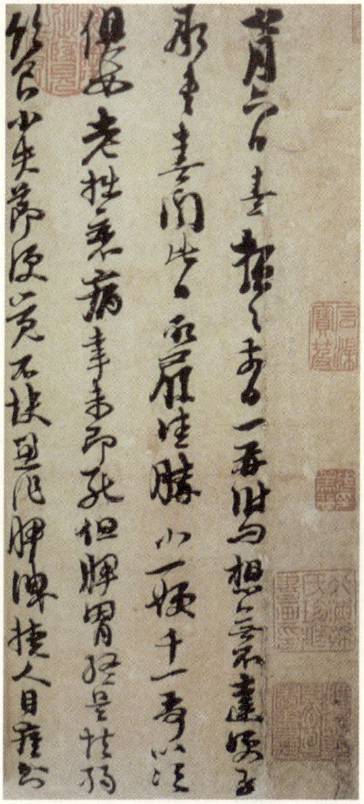

■ 著名诗人墨迹

■ 宋·朱熹 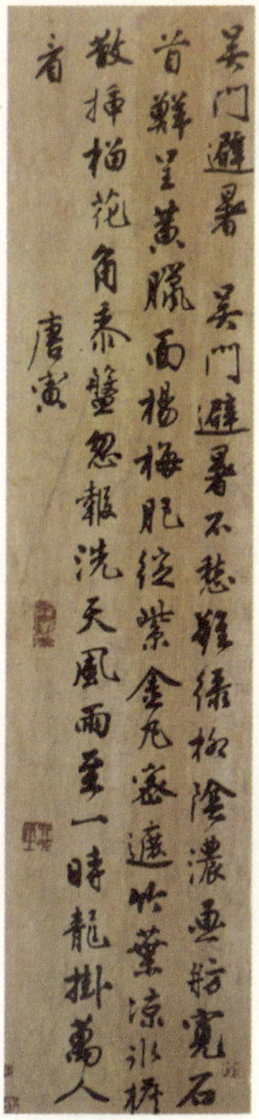　　　　■ 明·唐寅（唐伯虎） 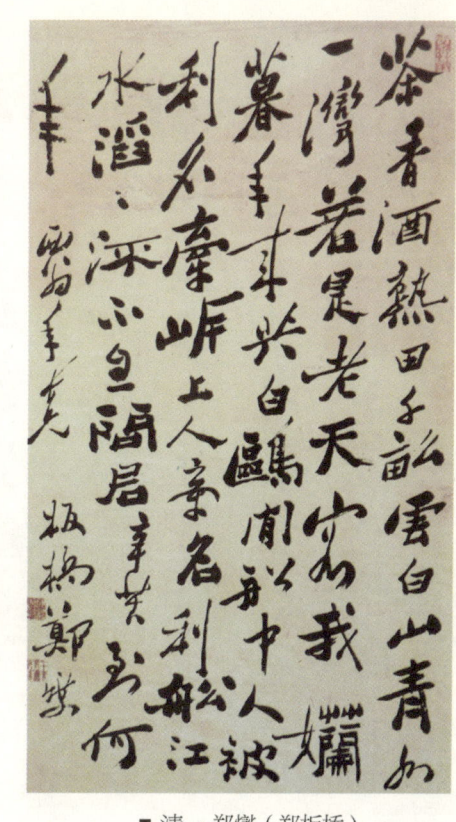　　　　■ 清·郑燮（郑板桥）

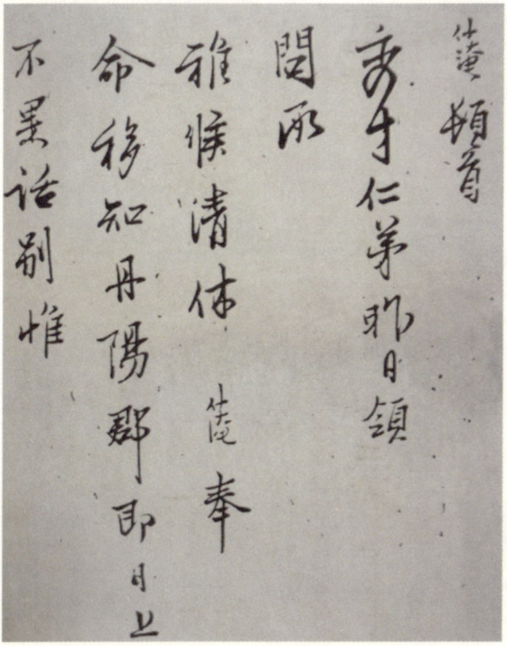

■ 宋·范仲淹 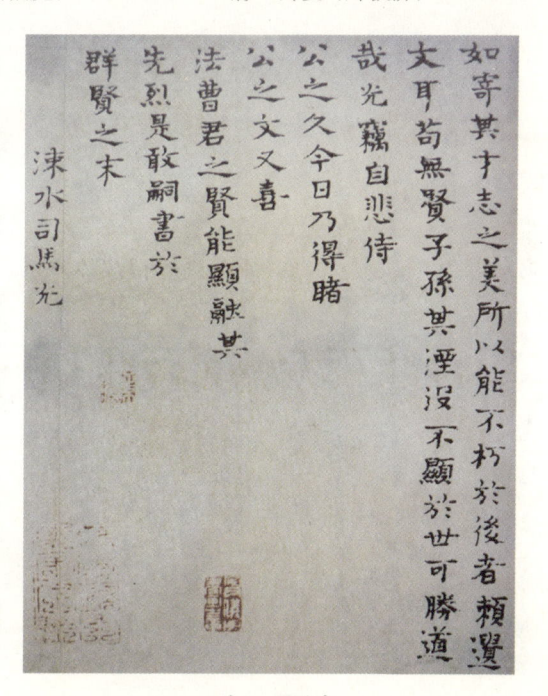　　　　■ 宋·司马光

著名诗人墨迹

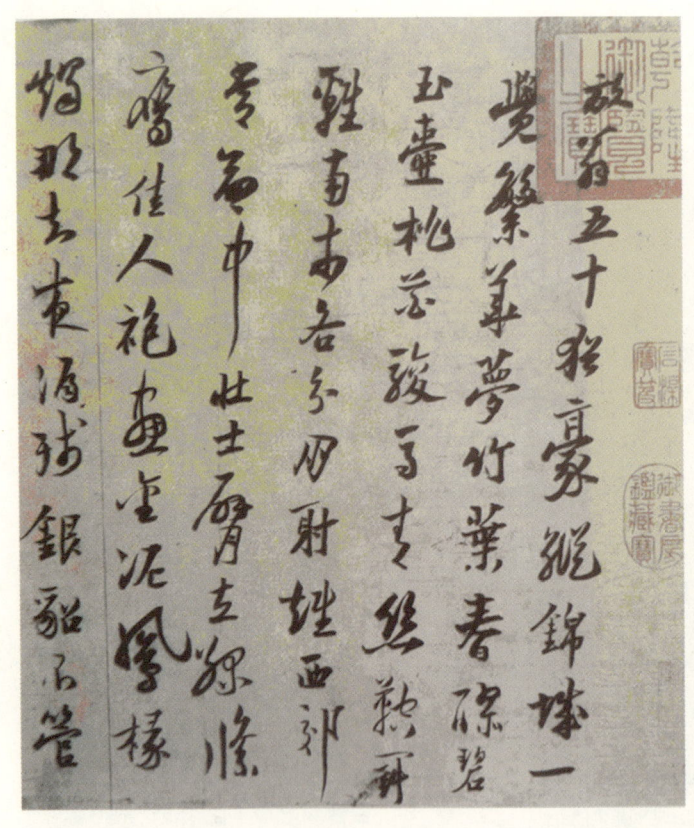

■ 宋·陆游

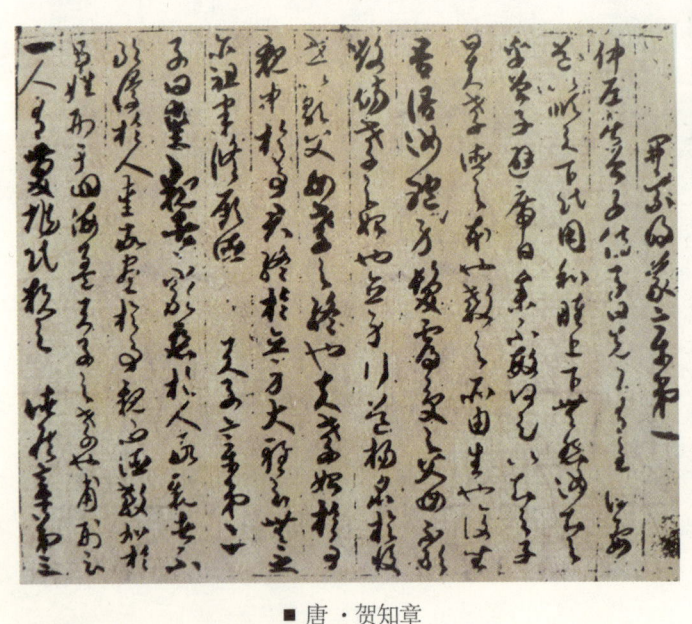

■ 明·徐渭

■ 唐·贺知章

■ 宋·辛弃疾

诗意的滋养

我的案头上放着邱少宣先生的书稿《中华诗彩》，一部分类述说中国历代约九百首古诗词妙句与锦段的新著。应少宣先生之邀，嘱我为书作序。2012年国庆中秋七天假期，我没有出门，静静地窝在家里，把这部书稿读了两遍。我热爱中华诗词，读过许多有关中华诗词阅读和欣赏的书，但都却不同于这部书。少宣先生在不太长的篇幅里把诸多优美诗词的精彩妙句囊入其中，按其咏景咏事咏物详加分类，涉猎自然景观、社会人文、处世哲理，且把这美的享受与自己的人生感悟凝在一起，变成一种精神追求，以一种类似小说实为散文的独特文学方式播传中华文化精粹，篇幅不长，容量不小，实属鲜见。少宣先生著作颇丰，精专于经济，知晓企业管理，对世界经济和国家宏观经济运行见解深刻。他喜爱诗文，诗词作品也不少。看到这本诗词欣赏的著作，说明少宣先生不仅理论思维缜密，形象思维也非常丰美，艺术灵感同样敏锐。

读完书稿，我的思绪穿跃于民族历史的隧道，我的眼光，投向中华文化的海洋。我们这样一个诗的国度，五千年文化一脉相承，从未中断。每一个以汉语言为母语的人，都是在诗的土壤里生长，在汉语言羊水中浸泡孕育成人的。而诗词歌赋，则是这一泓羊水中最丰富而鲜美的营养，浸润到每个人的精神血脉中。诗是文学中的文学，皇冠上的明珠。诗意具有遗传基因一般的穿透力，隐居在每个人的心灵深处，写诗的人是善于拨动心弦的人，读诗的人，是让诗意的情人亲吻自己心灵的人。毫不夸张地说，我们中国人的灵魂和肉体上，深深印有我们民族所特有的诗词艺术的胎记。哪怕是不识字，他也一定知道"床前明月光，疑是地上霜"，知道"锄禾日当午，汗滴禾下土"。即使是在市场经济高度发达，物质享受成为人们首要追求的当下社会，幼儿园的老师们仍然把古典诗词作为重要的幼教内容，挺着胎腹的准妈妈们，也会轻轻拍着腹中的婴儿，背诵着唐诗。诗歌成为中国人、使用汉语的人们生活中不可或缺的美育食粮。不管是喜怒哀乐，还是悲欢离合，不管是在春华秋月里，还是在田园山水中，我们都会享受到诗情的美丽，诗意的滋养。

诗教伴随了中华民族的发展史。今年是孔子诞辰2564周年。孔子是最早倡导诗教的圣贤，他曾告诫人们"不学诗，无以言"。可见，孔老夫子是把学诗作为人们启蒙求知的基础来对待的。正如马凯同志最近所说："中华诗词是中华优秀传统文化宝库中的瑰宝，世世代代，多少人是吟诵着中华诗词认识汉字的，多少人是欣赏着中华诗词感悟中华文化的，多少人是吸吮着中华诗词的乳汁成长的。我们为我们的民族有那么多光彩的诗篇和杰出的诗人而感到骄傲和自豪！"阅读诗词，欣赏诗词，是塑造美好人生、培养健康人格的一种最有效的方法。

2007年1月9日《人民日报》第11版右上角有一幅李明先生画的漫画。画中的人物指着念唐宋诗词的老人说："唐诗宋词就是当时的流行歌曲。直到今天他们的'粉丝'还不少！"在这张漫画下有一篇著名文化使者易中天教授的文章。他说，传统是什么？传统不是从天上掉下来的，也不是从地里长出来的。它是我们先民几千年来一个一个的"当下"、当时的"现在"积淀而成的。现代是什么？现代就是过去之发展。从这层意义上说，今天很多传统都是由当时的新锐奠基的。比如，唐诗宋词好比是当时的流行歌曲。柳永的词，有井水处就有人唱；白居易写的诗他要拿去念给老太太听，老太太能听懂，他才能拿出去发表。他们都是那个时代的新锐，其作品历经千古滤沥，如今已积淀成优秀传统文化的结晶。少宣先生的这部诗词欣赏，让我们沉浸在优美的诗词意境中，畅游在传统的河流里，心灵在先人们创造的图画中陶冶。

如果按照孟子关于欣赏诗词的方法，这个诗词选本不是完美的。孟子说："诵其诗，读其书，不知其人，可乎。"（《孟子·万章下》）按这种读诗的方法，你读了一首诗，你就要了解这首诗词的作者，知道作品的时代背景，知道与作品相关的人和事。固然追根溯源、详知底里，是求知者通篇理解、准确把握、吸取精髓，以深化认知的通常方法。然而在现代科技文化迅猛发展、生活节奏快、竞争激烈的时代，谁不人生苦短，恨就"岁华过目疾飞鸟，壮士如何不着鞭",对不属自己专业的知识,包括卷帙浩繁的我国古代诗词,渴求有"提其要""钩其玄"浓缩千古的书籍,似入万花采锦,点啜滋养,不求甚解,却能一叶知秋,以丰富自己的精神世界。正如泰戈尔所言的"天上未留痕迹,而鸟儿已飞过"的那种感觉。少宣先生的这本书正是适应了这个需要。作者把那些诗词所反映的人生万象、世事沉浮、造化沧桑,山川景物、春花秋月,变成感悟,融进情感,陶冶心灵。你在阅读中,也潜移默化地美育着你的人生。这是一本大众化、普及性的诗词欣赏读物,你和作者一起沉浸在诗词的氛围里。如果你和少宣先生一起享受这诗词的感悟时,觉得还不满足,你还可以翻看本书后边收录的诗词原文,可以此为线索更广泛地了解这些诗词的背景知识。

最后,恕我直言,每一位使用汉语言的人,你可能读过许多诗词欣赏的佳书,但是少宣先生的这一本,是独特的。即使你不是诗人,也能享受到诗意的阅读,追求诗意的生活,不知不觉中传承和延续着中华及人类优秀文明的根脉。《中华诗彩》是部值得放在案头、枕边或旅行袋里,以备闲来吟玩品赏的佳作。

王改正 中华诗词学会秘书长
2013年3月18日于北京白塔寺听诗斋

阅览必读（凡例）

本书串述或点评了我国历代大量的精美诗词的佳句或妙段，为使读者看到所选诗词的原文，在正文之后的附录"正文选句与原诗词对照序列"将其原文收集。为便于查找，对正文所选诗词的典句、段落做了编号，与附录序号一一对应。为利于读者的查询，特作如下说明：

一、正文中的诗词选句与附录中的诗词原文，如何对照查找？

① 凡是在正文出现的诗词的句、段，按其在正文出现的先后，在其尾句后编定了它的序号。据此号可在附录"正文选句与原诗词对照序列"中按其编号查到该诗词的原文。如，正文出现"**春色满园关不住，一枝红杏出墙来。**(15)"在该句尾见到"（15）"的序号，可按此序号在附录"正文选句与原诗词对照序列"中查到此诗的原文。

② 若在正文出现的该序号的诗词与附录完全一致，则在附录中不再显示该诗词，只显示该诗词的标题和它的序号，用"（同，略）"表示。

③ 有些诗词所选的典句等在正文多次出现，凡先后出现的，一般依首先出现的序号为编号，后面再次出现的，在所选诗词的尾部用"（同xx）"表示。还有一类情况是，个别的失误，多编了一个序号，凡属此类情况，为了减少大量的

调整，将错就错，在正文继续保留多编的这个序号，而在附录的这个序号后加"同ⅹⅹ"字。例如正文首次显示白居易的《春题湖上》序号是（109），而在正文的后面再次出现的序号却是（385），但在附录中的序号（385）项下显示"（同109）"，表示两个序号是同一首诗词，查附录序号（109）即可看到该诗词原文。

④ 修改中又补充了一些诗词，为不打乱已编定的序号，故将后补充的三十五首诗词的序号，排在最后。这样又使正文凡是插入这些诗词的地方，出现了序号不连接的情况，特提请读者在阅读正文时注意有"＊"标示的序号。后补充的三十五个序号是（＊763）（＊803）（＊804）（＊805）（＊806）（＊807）（＊808）（＊809）（＊810）（＊811）（＊812）（＊813）（＊814）（＊815）（＊816）（＊817）（＊818）（＊819）（＊820）（＊821）（＊822）（＊823）（＊824）（＊825）（＊826）（＊827）（＊828）（＊829）（＊830）（＊831）（＊832）（＊833）（＊834）（＊835）（＊836）。

二、如何按诗人查找他的作品？

本著收录我国历代320余位著名诗人的诗词。为了便于查找本书收录的这些诗人的作品，在目录中设有标题："所选诗词按人物索引"，基本是按诗人的诗词在本书收录篇数的多少，由多到少排列。根据其索引提示的页码，可查到本书收录该作者的作品标题。这些作品标题都标注了与正文、附录相统一的序号，可按此序号在附录中查到该作品的原文。您也可据此序号在正文中溯到所选的该诗词典句等的解释或评介。

目 录

上卷　诗词妙语话自然

序 ··（3）

第一回　春夏秋冬四季歌

冬不愿去春疾来 ···（6）

春江水暖鸭先知 ···（7）

万紫千红总是春 ··（10）

绿叶成荫子满枝 ··（11）

杜鹃一声报春晓 ··（13）

春风雷雨映彩虹 ··（14）

布谷声中夏令新 ··（18）

酷日蒸腾云雨奇 ··（20）

秋叶红于二月花 ··（21）

蛙声一片稻花香 ··（24）

秋晚寒来霜满天 ··（24）

风雪万里凝严冬 ··（25）

第二回　日月星云晨光曲

日出江花红胜火 ··（27）

大漠长河落日圆 ··（28）

001

卧听银潢泻月声 …………………………（30）

华星闪烁出云间 …………………………（34）

第三回　万里江海恋山川

遥望神州九点烟 …………………………（36）

黄河之水天上来 …………………………（38）

瀑落涛飞江上台 …………………………（40）

孤帆一片日边来 …………………………（42）

寂静深山流水急 …………………………（44）

第四回　一城一村风景殊

灯火万家城四畔 …………………………（46）

佳节一夜鱼龙舞 …………………………（48）

桐江漠漠波似染 …………………………（50）

单于猎火照狼山 …………………………（53）

稻花香满旧田间 …………………………（56）

万里疆塞边城关 …………………………（58）

千章秀木苑亭阁 …………………………（59）

鹰呼腰箭猎归晚 …………………………（62）

涟漪影动摇潇湘 …………………………（64）

第五回　鸟飞鱼翔兽禽走

弄风骄马跑空立 …………………………（66）

浩空鸟飞千点白 …………………………（67）

鸳鸯荡起双双翅 …………………………（67）

杜鹃啼破江南月 …………………………………（68）

黄鹂啾啾鸣翠柳 …………………………………（69）

衔泥燕子迎风絮 …………………………………（70）

趁兔苍鹰掠地飞 …………………………………（72）

片片轻鸥下急湍 …………………………………（73）

晓鸦盘旋暮鸦鸣 …………………………………（74）

澄湖蟹香鱼正肥 …………………………………（76）

春风吹蚕细如蚁 …………………………………（78）

蜻蜓戏蝶时时舞 …………………………………（78）

鸣蝉红萤绿螳螂 …………………………………（79）

第六回 琼枝劲草斗芳菲

春风杨柳万千条 …………………………………（82）

唯有牡丹真国色 …………………………………（85）

映日荷花别样红 …………………………………（86）

梅花已谢杏花新 …………………………………（88）

海棠不惜胭脂色 …………………………………（90）

报春梅花迎飞雪 …………………………………（92）

桃花嫣然笑梨花 …………………………………（94）

残菊犹有傲霜枝 …………………………………（98）

芍药争美桂花香 …………………………………（100）

挺拔松柏翠筱竹 …………………………………（103）

稻麦豆黍清香茶 …………………………………（106）

物各有性诗言志 …………………………………（108）

下卷　诗词妙语话人间

序··（115）

第七回　新陈代谢万古流

天道有常··（118）

新陈代谢··（121）

天人合一··（122）

千古绝唱··（122）

第八回　人间城府深似海

昏淫权贵··（125）

贪利欲权··（130）

关系复杂··（130）

人心难测··（132）

事有不测··（133）

第九回　人生逢世百面生

奴颜婢膝··（134）

蔑视专制··（135）

不满处世··（136）

豁达坦荡··（140）

自寻快乐··（142）

第十回　治国励志寻正道

以德治国··（145）

善集人和 …………………………………………（146）

以民为本 …………………………………………（147）

立志须善 …………………………………………（151）

不断砺志 …………………………………………（154）

第十一回　修身炼就成英才

操守气节 …………………………………………（157）

德诚为珍 …………………………………………（159）

善恶是非 …………………………………………（161）

功名富贵 …………………………………………（162）

情绪忍控 …………………………………………（164）

慎言理智 …………………………………………（167）

悟道学习 …………………………………………（169）

君子风度 …………………………………………（173）

第十二回　豪杰忠国爱民族

民族气节 …………………………………………（176）

忧国如焚 …………………………………………（178）

志士报国 …………………………………………（182）

情感英灵 …………………………………………（184）

豪杰气质 …………………………………………（187）

咏史怀古 …………………………………………（189）

第十三回　识人辨才结挚友

德品识人 …………………………………………（192）

辨才用人 …………………………………………（193）

真诚待人……………………………………………（194）
寻觅挚友……………………………………………（195）

第十四回　机遇人生时光短

人生苦短……………………………………………（200）
把握机遇……………………………………………（202）
人生箴言……………………………………………（204）

第十五回　世间烟火多伤情

极度伤感……………………………………………（209）
孤独忧愁……………………………………………（211）
梦中愁絮……………………………………………（215）
情怀故乡……………………………………………（216）
血浓亲情……………………………………………（218）

第十六回　情恋萦绕伴终生

初恋缠绵……………………………………………（222）
执着追求……………………………………………（222）
情思离别……………………………………………（224）
追悔恨晚……………………………………………（227）
情断意绝……………………………………………（230）
婚姻家庭……………………………………………（232）
怀念故妻……………………………………………（234）

第十七回　身逐岁月多姿状

少女少妇……………………………………………（236）

青春少年 …………………………………………（238）

老夫老妇 …………………………………………（239）

暮年情怀 …………………………………………（240）

美女姿容 …………………………………………（241）

美人饰装 …………………………………………（244）

威健灵动 …………………………………………（245）

人逢喜事 …………………………………………（246）

自然、文物 ………………………………………（247）

翁童垂钓 …………………………………………（248）

旅途逢生 …………………………………………（249）

第十八回　书画乐艺献绝技

身怀绝技 …………………………………………（250）

赞美画技 …………………………………………（252）

惊叹文笔 …………………………………………（254）

歌舞乐技 …………………………………………（257）

宴会醉酒 …………………………………………（261）

附录：正文选句与原诗词对照序列 …………（267）

（查找正文中所选诗词的全文，可按正文里所选诗词的编号，到附录中查找）

所选诗词按人物索引 ……………………………（338）

● **本著多次出现的作者及诗篇** ………………（338）

李　白　杜　甫　白居易　苏　轼　辛弃疾　陆　游　柳　永

王安石　刘禹锡　张　先　岑　参　王　维　柳宗元　李商隐

李清照　李　贺　李　煜　杜　牧　欧阳修　晏　殊　晏几道
韩　愈　张孝祥　杨万里　黄庭坚　温庭筠　袁　枚　孟浩然
孟　郊　屈　原　毛泽东　秦　观　高　适　范成大　曹　操
曹　植　张　籍　罗　隐　元　稹　于　谦　贺　铸　朱　熹
李咸用　萨都剌　元好问

● **出现2~3次的作者及诗篇** ················（343）

郑板桥　郑　谷　郑思肖　张　耒　张九龄　张　谓　徐　渭
徐　凝　许　浑　曹　丕　曹雪芹　吴承恩　吴伟业　李　颀
李　坤　杜荀鹤　杜　耒　唐伯虎　唐　婉　唐彦谦　戴复古
戴叔伦　贺知章　文天祥　龚自珍　骆宾王　陆龟蒙　梁攀龙
贾　至　姚　合　蒋　捷　韩　偓　庾　信　皮日休　洪　升
顾炎武　姜　夔　鱼玄机　胡令能　秋　瑾　朱淑真　汤显祖
齐　已　林则徐　王　冕　查慎行　赵　翼　鲁　迅　黄　庚
宋之问　司马光

● **出现一次的作者及诗篇（按姓氏归类排列）**······（344）

张　张　昪　张　继　张　元　张若虚　张　泌　张松龄　张　震
　　张志和　张舜民　张　咏　张问陶　张　为　张以宁　张　说
　　张元干　张　氏　张正见

王　王　驾　汪　琬　王　粲　王之涣　王　令　王国维　王　曙
　　汪　藻　王献之　王　观　王　勃　王　建　王僧孺　王昌龄
　　王守仁　王士祯

赵　赵　汸　赵师秀　赵希淴　赵孟頫　赵　嘏　赵与滂　赵秉文
　　赵善伦　赵师侠

李　李　峤　李　泌　李师广　李世民　李山甫　李弥逊　李　华

	李元膺	李　益	李之仪	李梦阳	李东阳		
刘	刘方平	刘　敛	刘伯温	刘克庄	刘长卿	刘希夷	刘　铄
	刘　邦	刘　兼	刘光第				
徐	徐　玑	徐　绩	徐　夤	许廷鑅	徐　琰	徐锡麟	徐氏女
	徐庭筠						
宋	宋　祁	宋　雍	宋　琬	宋　濂	宋　无		
杨	杨　载	杨　凌	杨　收	杨巽斋	杨　慎	杨维桢	
曹	曹　冠	曹　翰	曹　松				
陈	陈师道	陈　亮	陈与义	陈白崖	陈子昂	陈　陶	陈玉树
吴	吴文英	吴本善	吴　潜	吴履垒			
黄	黄大受	黄　巢	黄　升	黄氏女			
朱	朱　超	朱庆余	朱草衣	朱元璋			
沈	沈佺期	沈　偕	沈　约	沈德潜	沈　彬		
卢	卢梅坡	卢照邻	卢　仝				
史	史　青	史达祖					
陶	陶渊明	陶　翰					
范	范仲淹	范　椁					
韩	韩　翊	韩　溉					
孔	孔武仲	孔平仲					
崔	崔致远	崔　颢	崔　护				
邵	邵　雍	邵　谒					
侯	侯夫人	侯克中					
程	程　颢	程之鵕					
虞	虞世南	虞　俦					

韦	韦应物	韦庄
江	江洪	江总
司	司马光	司空曙
苏	苏麟	苏辙
叶	叶绍翁	叶梦得
鲍	鲍溶	鲍照
贾	贾弇	贾岛
高	高骈	高蟾
倪	倪瑞璇	倪瓒
胡	胡君防	胡皓
何	何基	何逊
陆	陆机	陆凯

其它

令狐楚　董解元　牟融　雷震　揭傒斯　晁冲之　党怀英　施闰章
曾纡　魏夫人　舒亶　裘万顷　利登　真山民　方岳　道潜
乐雷发　林逋　谢逸　法具　许廷荣　庚传素　吕声之　廖凝
马熙　秦韬玉　耿湋　郑遨　谭嗣同　戎昱　颜真卿　章碣
宗泽　岳飞　夏完淳　寒山　戚继光　贯休　芳之辩　祖咏
贺兰进明　司空曙　薛能　释德清　蒋士铨　珠帘绣　杜秋娘
向滈　罗贯中　潘良贵　周密　储光羲　奉蚌　彭定求　和凝
章孝标　俞琰　萧贡　无名氏

参考文献 ....（348）
后记 ....（349）

上卷

诗词妙语话自然

明·陈淳《万玉图》

序

三国时代的著名诗人、文学家曹植，他对变幻无穷的大自然有句精彩绝伦的描述："天地无穷极，阴阳转相因"。

地球上的大自然真是神奇！春夏秋冬不断轮回，白天黑夜循环往复。东升西落的太阳，温暖着大地。不歇的河流，滋润着万物，又被风霜雨雪，催生肃杀再生。无边云绕的苍穹，电闪雷鸣，倾盆雨后彩虹影现，又是一汪碧蓝的晴空。在这摇曳多姿缤纷的世界里，小小禾苗，长成参天大树，娇嫩的花儿，竟结出满枝满藤的硕果。这一切，连同河里游的，地上跑的，天上飞的，都与人类的繁衍息息相关，连袂共存。

可爱的地球，我们赖以生存的家园！美丽的大自然为人类提供了适宜的阳光、空气、水分和一切生命存活的资源与环境。茫茫宇宙，穷尽百年科学探索，穿越数百光年太空，到目前的发现中，还只有我们这个星球适合人类及生命的存在。地球之于人类，是伟大的母亲，它的重要与珍贵无与伦比，同我们的生命一样，要十分地关爱它。

因之，人们歌颂大自然，保护大自然，是人类珍视生命，追求美好生活的夙愿。在一个国度，人们歌颂大自然，可堪称是热

爱自己祖国的一个重要体现。

中国人热爱大自然古来有之，甭说浩如烟海的丽章美文，仅就中华文明的两大瑰宝——唐诗宋词，洋洋洒洒留存下来的也有六七万首，而其大部分，都是描写自然风情。大自然，赤橙黄绿青蓝紫，呈万般变化，丰富着人们的物质生活，而诗人们又通过生花妙笔，再现大自然的纯美，丰富着人们的精神生活，以获得尽善尽美的艺术享受。金代诗人赵沨的《黄山道中》有句：**"好景落谁诗句里，蹇驴驮我画图间。**(1)"是说，一处好景被写进诗篇里，对于读者就好像是骑着毛驴慢慢地欣赏风景那般逍遥、舒美。诗词之所以有这样大的魅力，在于它是人类心灵触摸大自然和社会碰撞出的智慧火花，用精美语言酿制的结晶，其中的名篇则是民族优秀传统文化里永存的瑰宝。

我国古代诗词大体可分为古体诗、近体诗和词三个大类。古体诗也称作古诗或古风。近体诗又称格律诗。格律诗因对一首诗的句数、每句的字数、字音的平仄、押韵等等有严格的限制，所以称之为格律诗。相反，凡不受格律限制的诗，都称为古诗或古风。

格律诗按句数区分，每首为四句的，称为绝句，或称律绝；每首为八句的，称为律诗；每首为十句以上的，称为长律，或称排律。

格律诗的每句字数是确定的，一般是每句五个字或七个字。绝句是五字的，称为五言绝句，简称五绝；是七字的，称为七言绝句，简称七绝。律诗是五字的，称为五言律，诗简称五律；是七字的，称为七言律诗，简称七律。长律有五字句和七字句，多是五字句，称为五言排律或七言排律。

到了隋唐时代，逐渐形成了一种多样的定格式的新音乐，对这种音乐配上的歌词称为"词"。音乐有节奏和音的高低轻重，而词的字音有平仄、轻重，以及词中句子的多少和长短，会形成不同的声调和节拍。大概是基于曲与词的这种联系，定格式的音乐从字音的选择上形成了定格式的词，并形成了词牌和词谱。词产生于盛唐而盛于宋，因那时的诗主要是律诗，词深受其影响，使古人的词中律句特别多，词由此被称为诗馀。所以，凡写词或填词，了解和掌握格律诗的一些规则是必要的。

古代的格式化的乐谱虽已失散，但格律化的词谱和精美的词牌，作为我国一种特有的优秀传统文化却流传了下来。现在的人们虽然不会唱当时的歌，却可依照着这些词牌和词谱，来欣赏和创作美妙的词。

中华历史悠久，文化积淀深厚，现代社会发展迅速，光阴飞逝如箭，一个人不可能也没必要阅尽人间留存的诗篇，而本著尝试用小说的结构，散文的语言，在万花丛中摘得最优美的部分，组成靓丽的风景线，供人欣赏。若是有心者去仔细品味书中所摘的每一首诗词，绝能获得美不胜收的艺术滋养。

诗人们是怎样描写大自然的呢？我们先从春夏秋冬四季说起。

第一回
春夏秋冬四季歌

历史悠久而勤劳睿智的中华民族，早在远古就依着自然气候的变化进行农作，对一年四季逐步总结出要历经二十四个节气，有首音律优美的诗歌是这样述唱："**春雨惊春清谷天，夏满芒夏暑相连，秋处露秋寒霜降，冬雪雪冬小大寒。**"该诗用二十八个字写全了二十四个节气，近乎一个字是一个节气，且按节气的顺序又使其音律流畅爽口，实属绝笔，尽显诗歌凝结的艺术魅力。我在《寒尽春来子满枝》诗文集里，也有首赞美四季的诗："天公造化意离奇，更暖泼寒劲炼枝。春夏秋着红绿黄，冬来脱尽百重衣。"一年四季，由春开始，冬了结束。而就春天来说，初来时，与冬交融，冬寒逐渐退去，温春缓步走来。

❀ 冬不愿去春疾来

冬春转换的时节，冰雪消融、腊梅初放、春吹柳青、始暖还寒，高明的诗人往往会抓住这些最具表

■ 宋　马远《梅石溪凫图》

征的意象，极尽描写。

唐朝大诗人李白在《宫中行乐词》这首五言律诗中有句："**寒雪梅中尽，春风柳上归。**(2)"作者着眼于这个时节，雪尽梅开、风催柳发这类现象的关联变化，采用律诗精彩的对仗技法，以"寒雪"正对"春风"，"梅中"婉对"柳上"，雪"尽"妙合春"归"，对冬去春来两个季节的转换，写得贴切而自然。儿时曾是神童，十四岁被赐为进士的北宋著名词人晏殊的《蝶恋花》词也写道："**腊后花期知渐近，寒梅已作东风信。**(3)"腊月一般指农历十二月，此时处于冬末的大小寒，最为寒冷，也称隆冬腊月。梅花在寒风飞雪中绽放，最先告知世人，冬将去，春即来。腊后的时节，在中国的北方，雪中带雨是温春与冬寒相搏的迹象，而柳梢发青是继梅花之后早先迎春的信使。唐中期诗人姚合在一首七言律诗中云："**残云带雨轻飘雪，嫩柳含烟小绽金。**(4)"其前句表达了此时雨雪交融的环境，尤其是后句对春柳吐芽形如"小绽金"的描写，很是新亮生动。以五步诗成名的唐朝诗人史青，应唐玄宗之诏作五步诗《应诏赋得除夜》，也有一句巧对："**寒随一夜去，春逐五更来。**(5)"此句与前述用梅和柳表达春来的方式不同。而用"寒随"对"春逐"，"一夜"对"五更"，以断然的语调直白除夕之夜，寒冬如败将，落荒而逃，当夜离去，春天似追兵，势如洪潮，拂晓已来到，其"逐"字尤能表达出春去冬来这个趋势，春天是来了。

🌸 春江水暖鸭先知

春来的第一个月是早春，又称为孟春。在我国古代，将孟春的第一天即正月初一作为一年的开始，称作元日即为现在的春节。唐代诗人杨巨源在元日写过这

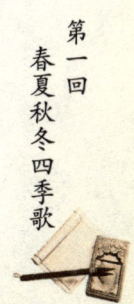

样的诗句："**一片彩霞迎曙日，万条红烛动春天。**《元日呈李逢吉舍人》"春天来临，天象是有变化的，朝霞也显得和暖、鲜亮而有生气，晨曦东方漫布的条条彩霞像点燃的红烛启开了春天。杨巨源的这句诗，不仅对仗妥帖，在意境上也美妙地表达出气象变换春来到的时令氛围。北宋文学家张耒有首诗《早春》，诗曰："**残雪暗随冰笋滴，新春偷向柳梢归。**(6)"诗中用"残雪"巧对"新春"，"冰笋"契合"柳梢"，恰切地写出早春的环境特征。又用"暗随"与"偷向"两词，对暖春悄悄袭来时，残雪融化向柳梢泛青这一活妙通达现象的转换，表达得尤为传神。早春虽是万木欲兴，而诗人却用敏锐的眼光，善于捕捉其中最有标识的信物变化来描述春的到来。

元朝进士杨载的《到京师》有句："**柳梢听得黄鹂语，此是春来第一声。**(7)"黄鹂柳上鸣，说它是万物生灵报春的第一声，语出新奇，十分响亮。诗词巨擘，宋代的苏轼即苏东坡的七绝名篇《惠崇春江晚景》，用鸭子在春江戏水及其周围环境新鲜事物的萌发和活泛，来描述早春一幕，令人难忘。诗曰："**竹外桃花三两枝，春江水暖鸭先知。**(8)"其描写先由岸上到江里，叙述桃树花开禽鸟戏水，随着视野的移动，从广阔的田野又回到江岸进一步述说："**蒌蒿满地芦芽短，正是河豚欲上时。**"此时正是夕阳西下，苍翠的竹林边，已有几枝鲜丽欲滴的桃花初开。碧蓝的春江里，群鸭戏逐，田野里的野菜和岸边的芦芽处处萌发，这个时候，可以看到河里肥硕的河豚窜腾着到岸边产卵。寥寥数语便描绘出一幅鲜活而生机勃勃的江南早春晚景，切时切景，春味特浓。宋代翰林学士宋祁的《玉楼春》词也写得美妙："**绿杨烟外晓寒轻，红杏枝头春**

意闹。(9)"对蜂乱杏花这一特景，用一个"闹"字着意渲染，使人切身地感受到乍暖还寒柳烟初萌的早春，嗡嗡叫的蜜蜂于杏花中采蜜的生动景象。著名文学家唐代的韩愈别出心裁，他在《春雪》诗中说："**白雪却嫌春色晚，故穿庭树作飞花。**(10)"用拟人的手法描写初春的雪花，其轻扬飞舞的姿态，欲飞又留，似有意缓步企盼春天的来临而不愿离去。

春来时，远在天际的边疆更有一番纯美的自然气息。唐代进士，著名边塞诗人张籍的《凉州词》有句："**边城暮雨雁飞低，芦笋初生渐欲齐。**(11)"描绘边塞小城的早春景象，春气十分浓郁而别致。此地的傍晚，下着零星小雨，一群群觅食归来的大雁低飞落巢，水中芦笋生长得"贼"快，好像能听到拔节的声响。用大"雁飞低"，芦"笋欲齐"，一下一上，凸显了大自然的无尽活力。唐中期诗人令狐楚的《游春词》中有句："**高楼晓见一花开，便觉春光四面来。**(12)"此句妙在，用一枝独秀的特景点化，使人一下子感触到此时的四周春天已来的那种醒脑明目而耐人寻味的气息。这种气息使万物在这个节点所表现出的风韵与其他时节就是不同。

唐代负有盛名的现实主义诗人白居易在《忆江南》中的那句"**日出江花红胜火，春来江水绿如蓝**(13)"为历代文人赞绝，其中的比喻绝妙地表达了此时的太阳与江水特别新活的特征。远处"日出江花红胜火"，眼下"春来江水绿如蓝"，一幅充满活力的春天画面跃入人们的眼帘。宋代著名诗人王安石的不朽诗篇《泊船瓜洲》中也有一句绝唱："**春风又绿江南岸，明月何时照我还。**(14)"众口交赞此句中的这个"绿"字用得极有灵气，其

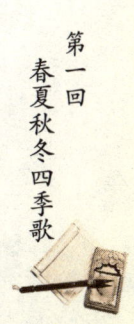

字一出，满篇即活，春势如潮，迅疾点燃出初春时节春满江山的丽景。早春的进一步发展就到了春的第二个月，仲春。

❀ **万紫千红总是春**　　仲春是什么样子呢？南宋诗人叶绍翁在《游园不值》诗里有描写仲春的美句：**"春色满园关不住，一枝红杏出墙来。**(15)"你在高墙外看到一枝伸出墙头而洋溢着春美的杏花，怎能感悟不到园内已是满园春色，预示春满大地的来临。语中的"关不住"尤显仲春时节春势的迅猛，"出墙来"更显出春的生机勃发。

描写仲春之美，南宋进士、著名思想家朱熹的《春日》最有代表性，诗曰："**胜日寻芳泗水滨，无边光景一时新。等闲识得东风面，万紫千红总是春。**(16)"此诗对一处环境的描绘，鲜活靓丽，令人兴奋。用词"万紫千红"，把春到仲春时的姿容完全展开了，其对盛春的概括，荣华而丰满，辞丽亦新颖，已积淀为中华常用的优美文词。仲春是春天最美的时候，对此，历代文人名流无不研墨弄笔显露身手，其作诗赋，堪与仲春媲美。南宋进士，杰出诗人杨万里的《小池》描写的一个特景："**小荷才露尖尖角，早有蜻蜓立上头。**(17)"其中用"露"字很能显出春的勃发生机；唐朝刘方平的《夜月》"**今夜偏知春气暖，虫声新透绿窗纱**(18)"，用"透"字来描述虫子寻光钻窗时发出的声音，微妙地表达出春的呼唤；唐代进士贾至的《春思》，"**草色青青柳色黄，桃花历乱李花香**(19)"用"乱"字表示春的繁盛；晚唐进士王驾的《雨情》，"**蜂蝶纷纷过墙去，却疑春色在邻家**(20)"，其中"疑"字用得精彩，蜂蝶因春雨打落了盛开的花朵，而纷纷飞去另寻春处的神态；中唐诗人鲍溶的《春日》，"**径草渐生长短**

绿，庭花欲绽浅深红[21]"，用青草"渐生"和红花"欲绽"，巧妙地表述出春力趋盛和春色浅浓的变幻；苏轼的《送别》，"**鸭头春水浓如染，水面桃花弄春脸**[22]"中用"弄"字着力渲染出仲春靓丽的氛围。它们都是诗歌里的诗眼，对诗句要表达的意境精当到位，起到了画龙点睛的作用。

另外，白居易《春至》中的"**白片落梅浮涧水，黄梢新柳出城墙**[23]"是描绘丽日下梅落柳新时的仲春；他在《彭蠡湖晚归》中的"**彭蠡湖天晚，桃花水气春。鸟飞千百点，日没半红轮**[24]"，通过桃花、飞鸟、落日，描绘出日落湖畔时的仲春；金代戏曲作家董解元《西厢记》中的"**月色溶溶夜，花阴寂寂春**[25]"，描绘的是夜幕月色下的仲春。以上都是通过阳春时节明媚而柔和的光照变幻的点化，将此时靓丽的景色表现得淋漓尽致。仲春再发展就到了春末即是暮春。

❀ **绿树成荫子满枝**　　暮春来临，正是花繁由盛转衰，呈现花瓣飘零红瘦绿肥的一番景象。杰出的豪放派词人，南宋辛弃疾的《满江红》有句，"**满眼不堪三月暮，举头已觉千山绿**[26]"，描写的正是这个时候特有的情景。眼前繁花纷落，远山色着新绿，草木芊芊。两句的对仗高妙，句中"不堪"与"举头"两词用得尤好，示意花儿凋谢显现大量落红和转眼间红色的世界变成了绿色海洋的景象。

同是对暮春的描写，不同的诗人，其妙笔噙含的情感与所选择的景物不同，表达出的意境各有其妙，精彩纷呈。王安石的《咏石榴花》"**浓绿万枝一点红，动人春色不须多**[27]"中用一个"点"字，不仅突出了石榴花因迟开而显出它的独美，而且突出了暮春时节红衰绿肥的景象。宋代著名女词人李清照在《如梦令》里有句"**知否知否？应是绿肥红瘦**(*836)"，其对此时春景这一特色，用"红肥绿瘦"四字来概括，更为精当明确。绿肥，不仅是树叶，还指花所孕育的果实在长大，因而暮春即是预示季节由春到夏的转换，还表示生命的升华和情感的变化。唐代杰出诗人杜牧的《怅诗》，是他为十四年前在湖州立约纳妾而最终未能实现所作的一首伤感诗。诗中"**狂风落尽深红色，绿叶成荫子满枝**(28)"隐喻当时立约要纳的妾还是十岁的孩子，现在他来湖州做刺史仍铭记在心，而人家早已嫁人生子，为此伤感不已，是谓"绿叶成荫子满枝"。但就字面描写暮春的特征，此两句表达的鲜明准确而有活力，很有艺术欣赏价值。诗词大家苏轼的《蝶恋花》："**花褪残红青杏小。燕子飞时，绿水人家绕。枝上柳绵吹又少，天涯何处无芳草。**(29)"以清新婉丽的笔调，着笔于对暮春时节红英尽褪青杏初生这一普遍现象的经典概括。轻快地将视线离开枝头，移向飞舞的燕子，正沿着绿水环抱的村上人家飞绕，时显盎然春意的延续。落笔又回到枝梢，虽是写不起眼的柳花，但在诗人的眼里，此时已是芳草布满的暮春，柳绵飞舞正是暮春时的景象。在平实而绝美的描述中，体现作者融入大自然的那种情怀。韩愈的《晚春》对暮春的观察则体悟到另一番意境，"**草树知春不久归，百般红紫斗芳菲。**(30)"人知岁月不饶人，孰知植物也懂季节不饶物，要不草木为什么都爱春、惜春、争春，都要抓住时机纷纷亮相？韩愈此诗的这句，借物喻示了一个哲理，纷繁芜杂的人间现象说怪也不怪，植物都珍惜生命的历程，争奇斗艳，何况人呢？

素来认为梅花不争春，而宋代诗人范成大却认为，牡丹也是如此。他在《再赋简养王》诗中曰："**一年春色摧残尽，更觅姚黄魏紫看。**(31)""姚黄魏紫"是牡丹花中的珍品，百花虽已落败，但最美的牡丹花正在开放。意思是说，牡丹将春天最好的日子让与了众花，在春天将尽的暮春，才始展露自己的芬芳。宋代杰出词人柳永的词《诉衷情近》有句"**榆钱飘满闲阶，莲叶嫩生翠沼**(32)"，用苍白的榆钱飘满台阶和鲜绿的莲叶初生，这些普通而与生活很近的景物变化，生动描绘出暮春的到来。唐代诗人杨凌的《句》"**南园桃李花落尽，春风寂寞摇空枝**(33)"，以含蓄的笔调来描写暮春万花落尽而新绿吐芽未长成的情景。杨万里诗中的"**落红满路无人惜，踏作花泥透脚香**《小溪至新田》(34)"，则是用暮春花儿已亡，而落红成泥却留香的现象，以赞美春花续春的品质。宋代著名词人张先的《千秋岁》词，可谓对暮春的描写最是言简意满。词曰："**数声鶗鴂，又报芳菲歇。惜春更选残红折，雨轻风色暴，梅子青时节。**(35)"这里我们不论作者是不是借景物隐喻人生爱情历程的波折，而仅就写景，本词极有特点，着细微处，用杜鹃叫、花儿谢、细雨轻、春风劲、梅子青，层层拨开春势的演进与春天的退出，述说新的季节到来。是什么季节？宋代杰出诗人陆游在《初夏绝句》里曰："**纷纷红紫已成尘，布谷声中夏令新。**(36)"是夏天到了。

关于季节的描写，春天是诗人们着墨最多的，除了对春天节令变化的描写外，还有对春天别有景象的描绘，如对春晓、春风、春雨、春雷以及人们的踏青活动等的描写。

❀ 杜鹃一声报春晓　春晓即春天的清晨、黎明，写春晓最

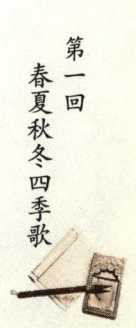

著名的当数唐代孟浩然的诗《春晓》，诗曰："**春眠不觉晓，处处闻啼鸟。夜来风雨声，花落知多少。**(37)"这首诗语言精炼，且形象生动，诗中有画，情景交融。先听到鸟声，后有风声、雨声，又看到田野里花儿竞放，又被时雨催落，生出新绿。读后，顿感春光浮现，给人以春美无限的遐思。对春天的一夜到黎明，苏轼有首《西江月》也有绝佳的描述："**可惜一溪明月，莫教踏破琼瑶。解鞍欹枕绿杨桥，杜宇一声春晓。**(38)"如此精美的用词，描绘出仙境般美丽的春夜。明朗静谧，绿鲜舒美，令人醉痴入梦，不觉东方欲晓，却被杜鹃清脆悠扬的叫声打破。难怪他在《春宵》诗中对春天的黎明发出这样的感慨："**春宵一刻值千金，花有清香月有阴。**(39)"

🌸 **春风雷雨映彩虹** 　　春风送暖，吹生草木，春雨润枝，叶绿花鲜。在白居易的笔下，春风之力，可化解被寒冬肃杀而凝固的万木，释放出深藏的灵气，呈现出五彩辉煌的世界。他在《春风》这首诗里有这样的描述："**春风先发苑中梅，樱杏桃梨次第开。荠花榆荚深村里，亦道春风为我来。**(40)"诗中的"苑中梅""次第开""深村里"，其用语尤为优雅泼洒，生动切意，如江潮推涌，尽显出春风的威力和对万物的魅力。

　　春风虽有神力，而若少雨，草木也难生存，活力减半，姿色不润，故有春雨贵如油之说。宋代进士，著名诗人黄庭坚的《次元明韵寄子由》中有句："**春风春雨花经眼，江北江南水拍天。**(41)"是说，唯有春天的风和雨，才能催生出色彩斑斓的新世界。意指他和苏轼兄弟的真挚情感如同这春天的风雨，与万物调顺，至善亲和，相互促进。唐朝的杜甫深解春雨春风的这般作用，写出了《春夜喜雨》这脍炙人口的佳句：**"好雨知时节，当春乃发生。随风潜入夜，润物细无声。**(42)"大地和植物经过寒冬狂风的劲吹，水分大量流失，春来时植物尤需补充水分才能勃发，春雨之好是下得及时，犹如久旱得甘霖，并有送暖的春风作陪，是好上加美。其中的"知""乃""潜""细"四字为神笔，极为妥妙。你从"润物细无声"这句描述春雨对植物微妙而潜移默化作用的表达中，能感悟到作者对事物的观察是多么的细致，也显示出作者腾挪运笔技法的高超。杜甫在《赠卫八处士》诗中还有句**"夜雨剪春韭，新炊间黄粱**(43)"，也是写与春雨有关的事。一次春雨的夜晚，作者到了多年未见的友人家里，老朋友相逢互认时的瞬间，情感迸发，随即呼儿拿酒，自己冒雨去剪鲜活的春韭，做出香喷喷的黄米饭招待他。春的温馨和朴实的人间亲情是那样的和谐交融，在诗里得以充分表现。尤以"夜雨剪春韭"所述雨景下的菜蔬，新鲜生动，回味无穷。

春风春雨催生洗尘，环境清新醒目，诗人多彩其笔。南宋大诗人陆游的《临安春雨初霁》诗云：**"小楼一夜听春雨，深巷明朝卖杏花。**(44)"经过一夜春雨淅沥的早晨，清丽甚美，小姑娘挎篮叫卖杏花，此时此景，是多么的鲜亮，令人神怡。那么要问，为何这春雨让诗人一夜而不眠呢？看遍诗的前后便知，是诗人壮志未酬，厌透世态的情感万般的惆怅。伴随着滴答的春雨临近清晨，眼前浮现出村姑来卖鲜嫩的杏花这一幕。沉闷的内心被清新的外景触动，洞然豁亮。此诗句可谓是婉美地表达情与景交合的经典。

春雨后如果到草木葳蕤的绿地，乃会激起你一种特别的兴

奋。唐代著名诗人王维在《辋川别业》中有"**雨中草色绿堪染，水上桃花红欲然**(45)"，这是从近的视角观察沐浴中的花草的鲜丽。清代诗人汪琬的《忆洞庭》有句"**雨过斑竹千丛绿，潮落芳兰两岸青**(46)"，是从广阔的视角观察洞庭湖岸雨后的清丽之景。宋代著名词人秦观《好事近·梦中作》中的"**春路雨添花，花动一山春色**(47)"则是从由近及远、由点到面连动的视角，观察雨润花开的场面。随着一朵朵、一枝枝、一木木、一片片花开，满山尽显活变的绚丽春色。其中的"添"和"动"字用得尤为传神。这些诗句都是作者通过观察此时的场景，抓住典型景色，运用艺术笔法写出的，达到了出神入化的效果。

春雨后的乡村田野也是美的，宋代的辛弃疾在《鹧鸪天》一词写道："**春日平原荠菜花，新耕雨后落群鸦。**(48)"轮番耕作的新翻地，雨后显露出新芽、小虫和种子，群鸦、小鸟此时最喜在此处觅食。鸦噪雀起，形成争食、漫步的生动场景。此句采用平视移动的视角，观察雨后田野中的这一特有的清丽佳景，充满着春时浓郁的乡土气息。宋代史学家、诗人刘攽的《雨后池上》也有一名句："**东风忽起垂杨舞，更作荷心万点生。**(49)"雨后平静的池塘，被忽来的东风吹落的柳叶上的雨滴打破，且散落到荷叶上，顿时发出"万点"声响，雨后池塘上的一种动态之美得以生动体现。著名词人宋代柳永的《木兰花慢》词是写雨后人们春游踏青的名篇，词曰："**拆桐花烂漫，乍疏雨、洗清明。正艳杏烧林，缃桃绣野，芳景如屏。倾城，尽寻胜去。……风暖繁弦脆管，万家竞奏新声。**(50)"该词前几笔便勾勒出春雨后的丽景，随后的"正艳杏烧林"，形容盛开的杏花如大火烧林般绚丽，此句被历代文人称为神来妙笔。以上都是写春风春雨的绝妙佳句，细细嚼悟，饶有滋味。

春季，春风春雨常常夹携着电闪雷鸣，为大自然的天象增彩不少。唐代著名诗人李商隐的《无题》有句："**飒飒东风细雨来，芙蓉塘外有轻雷。**(51)"诗中所隐含的闺中女子与情人春心萌动、遥相呼应的秘情自不必说，就表意写景而言，实属高妙，寥寥数语便勾勒出春风舞柳，细雨润注塘里的荷花的景象，并且让人仿佛听到飒飒而来的风声，淅淅沥沥的雨声，和远处沉闷的惊雷。其实，夏日的气流异动更为强烈，雷雨更多也更猛烈。明代嘉庆年代的进士 梁攀龙的诗《广阳山道中》有句："**雷声前嶂落，雨色万峰来。**(52)"描写春雷在远处的万山前落下发出的声响，和霎时云起雨来前，白云爆发似地形成了奇特的万峰之状，声景并茂，蔚为壮观。

苏轼也是描写此类景观的高手，他的《望海楼晚景（其二）》中有句描绘雨时闪电的景象颇为精彩，诗曰："**雨过潮平江海碧，电光时掣紫金蛇。**(53)"春雨后河水满满，天空时现春雷电闪宛如蛇形的精彩图像。后句"紫金蛇"形容美妙，而"时掣"用得很传神，颇有动感，是电光的持续颤动，由此拉扯出"紫金蛇"画面。陆游有句诗"**激电光入牖，奔雷势掀屋**《夜雨》"，此句用十个字将雷电所产生的声、光、势，表达得淋漓尽致。元代诗人俞琰也有句"**一痕急逗狂雷信，万焰纷随暴雨挝**《电》(*828)"，对迅急的雷电生焰后短促的暴雨下来的情景，描写贴切而精彩。雷雨后天气放晴易形成彩虹，天空与地面附着物如水洗一般清爽，这样的新丽画面，被元代诗人黄庚的《暮景》诗的这句"**一曲彩虹横**

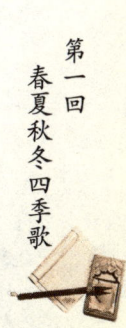

界断，南山雷雨北山晴（*827）"充分地表达了出来。看到这些迷眼的诗篇，若真景再现，令人叹佩。

✿ **布谷声中夏令新**　春去夏来，花儿渐已落尽，自然是绿色成长，这虽是夏季来临的普遍标志，但不能据此确定哪一时刻是夏天的到来。宋代的诗词大家陆游是用此时的布谷鸟声标示夏季来临，有诗云："**纷纷红紫已成尘，布谷声中夏令新。**（同36）"红衰绿盛是夏天来到的标志，而布谷鸟也在此时鸣叫，用一种声音的呼唤来标定季节的转换，其创意颇为新颖。

初夏时节，俗称孟夏，有关此时的景象，王安石的《初夏即事》有句："**晴日暖风生麦气，绿阴幽草胜花时。**（54）"其描绘的孟夏是，晴多阴少，暖气升腾，麦苗茁壮生长散发出特有的气味，青草绿叶已漫没残褪的花红。在唐代诗人贾弇眼里的孟夏是："**江南孟夏天，慈竹笋如编。蜃气为楼阁，蛙声作管弦。**（55）"他描写初夏的江南，在一种名为慈竹的竹林里，竹与笋，高低错落，像编排起来一样。明媚的空中，因蜃吐气出现五彩的幻影，形成海市蜃楼（古人以为蜃，又名大蛤或蛤蜊，吹气可成楼阁虚景），而四处雨蛙鸣叫，像管弦一般演奏，描绘出一片生机盎然的初夏景象。宋代女词人朱淑真的《即景》有句："**谢却海棠飞尽絮，困人天气日初长。**（56）"说孟夏时，花儿凋谢，柳絮飞尽，气候渐热，令人乏困的白天日见变长。

孟夏过后就到了中夏即仲夏，此时越加天长夜短，气候加倍闷热。杜甫在《夏夜叹》中一语说透仲夏的难熬："**仲夏苦夜短，开轩纳微凉。**（57）"夏日辛苦的劳作，人们盼望在夜里多休息一会，可这时的夜晚太短，其闷热和白天相差无几，即便打开门窗也只能感触到一点微凉。白居易在《观刈麦》诗中这样描绘仲夏："**田家少闲月，五月人倍忙。夜来南风起，小麦覆陇黄。……足蒸暑土气，背灼炎天光。力尽不知热，但惜夏日长。**(58)"诗中的五月是农历，与现在的公历六月相当，正值热风催熟小麦渐黄的仲夏，也是农活最忙的时候。此诗的艺术价值在于，不是空泛直白地描写仲夏的特别气候，而是通过农夫此时劳苦的切身感受进行描述，足下热气蒸腾，背上阳光炙灼，深深地表达了对劳动者的敬重。

唐代诗人高骈的《山亭夏日》对仲夏的描写也别有一番情致："**绿树阴浓夏日长，楼台倒影入池塘。水晶帘动微风起，满架蔷薇一院香。**(59)"诗中描绘仲夏时富庶农家的环境，绿树成荫，旁地一汪池塘，高高的楼台形成美丽的倒影，整个水面犹如一挂水晶帘子，微风吹动泛起水波，随之倒影晃动。院落里葵英蜂扰，藤架满上，散发出特有的夏日清香。宋代范成大善于描写乡村田园的生活，他在《四时田园杂兴》里也有一句对仲夏时田园环境的描述："**日长篱落无人过，惟有蜻蜓蛱蝶飞。**(60)"仔细揣摩该诗句，写得很有情调。仲夏时节空寥无人的田野一片寂静，而静中有动，时有轻盈飞动的蜻蜓和翻飞的彩蝶。此一番描述，显现出乡村田园脱俗离尘接近大自然的那种静谧与祥和。

仲夏之末渐入夏暑。北周著名诗人庾信的《奉和夏日应令》中有句："**麦随风里熟，梅逐雨中黄。**(61)"斯是夏暑，热浪扑地，雨水渐多，小麦熟了，青梅黄了。此句以洗练的笔法，工整的对仗，描绘了夏暑的特点。而大自然中的阴阳转相因，总是在态势强大的一方走向极端的时候，已孕育出异己的力量以取得自

我平衡，炙热的夏暑自然会积聚更多的水蒸气形成暴雨以降温。南宋进士、诗人赵师秀《约客》里的"**黄梅时节家家雨，青草池塘处处蛙**(62)"，即是对祖国的南方在夏暑前后出现梅雨这一自然气候的出色描写。

❀ **酷日蒸腾云雨奇**　诗人对夏日描写的不甚多，大概是夏日万物一般绿色，色彩单一，没有层次感的缘故。但夏日酷热，蒸发量大，热气升腾，天空易漫布多状的奇云，正如东晋文学家顾恺之诗言"夏云多奇峰"。故而这雨前的烈风突来、云状奇变和暴雨倾下的特景，使诗人们写出了非常美的诗篇。

明代嘉庆年间的进士梁攀龙曾以其名句 "**落日千帆低不度，惊涛一片雪山来**。《送子相归广陵》(63)"蜚声诗坛。诗人系马江边看夕阳，风云易变的夏日景象尽收眼前，落日天际处的云彩像是千帆突起，又似惊涛涌来形成的一座座雪山。诗人用高超的艺术手法，挥就飞动的用词，完美地表达出瞬间变幻无穷的壮美天象。清初著名诗人查慎行的这句"**一雁下投天尽处，万山浮动雨来初**《登宝婺楼》(64)"也有异曲同工之美。"一雁下投"表示孤雁疾飞姿状，因为天象的速变，天际处的云雾如"万山浮动"，大雨将来，描写真切，形喻绝妙。

风是雨的前奏，晚唐诗人许浑在《咸阳城西楼晚眺》诗中描绘了夏秋季节雨来前兆的特景："**溪云初起日沉阁，山雨欲来风满楼**。(65)"夏天的闷热会突来风雨，此番景象，唐代著名文学家、诗人柳宗元在《登柳州城楼寄漳汀封连四州刺史》中，用工巧的对仗句这样描述："**惊风乱飐芙蓉水，密雨斜侵薜荔墙**。(66)"其句"乱飐""斜侵"用词形象生动而准确，明写夏季急风来雨景象，暗喻朝廷保守势力对柳宗元、刘禹锡为首的革新派的打击和迫害，彰显了诗人不屈的个性和高超的艺术手法。夏日雨后天晴的山景也格外清新，宋代诗人张耒的《初见嵩山》有句**"日暮北风吹雨去，数峰清瘦出云来。**(67)"对雨后风吹云散，山峰渐露的特景描写得很是生动。夏日里郁郁山中的雨景多有奇观，唐代著名诗人王维《送梓州李使君》诗中对此的描写可谓生动逼真："**万壑树参天，千山响杜鹃。山中一夜雨，树杪百重泉。**(68)"只简寥数语，便道出沟壑万纵的大山里，巨树参天，鸟语花香，和雨前雨中及昼与夜时的丽景。气势宏阔，神韵俊迈，既有视觉形象，又有听觉感受，画面、意境、气势、语言俱佳。

关于对风与雨的描写这里要提到陆游两首诗的两个名句，一句是"**风入拔山怒，雨如决河倾**《大风雨中作》"，另一句是"**雨势平吞野，风声倒卷江**。《卯饮醉卧枕上有赋》"此两句可谓是对暴风骤雨情势描写的绝笔，其中用字的诗艺和精炼所体现出的气势与魅力，值得吟思品赏。就雨落地面的景状，宋代诗人韩琦的"**声落牙檐飞短瀑，点匀池面起圆波**《北塘春雨》"和陆游的"**映空初作茧细微，掠地俄成箭镞飞**《雨》"也写得相当绝妙。这些出手不凡的名句，给人以无限的美感，令人遐思而百看不厌。

🌸 秋叶红于二月花

物极必反，夏天经历大暑后由极热转凉入秋。植物的叶面由绿变红变黄，呈现出五彩缤纷的新世界。宋代进士、诗人张升的《离亭燕》词概括的秋天是："**一带江山如画，风物向秋潇洒。**(69)"到了秋天，草木的绿色变为五颜六色，姿色颇为华美潇洒。从高处眺望远景，用"江山如画"概其之美，富华祥瑞，使人怡然欣致。南宋诗人杜耒的诗《秋晚》描写此时的景色:"**丹林黄叶斜阳外,绝胜春山暮雨时。**(70)"金秋时节,层林红染,黄叶落照时的景色尤其诱人,可与花开暮雨时的春山美景有一比。

叶红叶黄接着就是叶落。著名山水诗人、东晋末著名的田园派诗人陶渊明在《酬刘柴桑》中有句:"**闾庭多落叶,慨然知已秋。**(71)"意思是,从庭院早落的叶片便确知秋天到了。初唐文坛四杰之一,被称为神童的骆宾王,在《晚泊江镇》中讲:"**荷香销晚夏,菊气入新秋。**(72)"说荷花虽谢,却用莲子的香气送走了猛夏,而菊花新放,散发出清香,迎来了金秋。

秋天的景色表面看是叶红叶黄叶落了,其实的原因是气温的下降,于是初秋时有了露水,中秋时有了轻霜,晚秋便是寒霜。绿色的叶面受露水和霜的作用变红变黄,气温的持续下降,气流活动加强,产生了不断加力的秋风,吹叶落地,是谓霜杀叶红,风起叶落。宋代大词人柳永的《八声甘州》一词是描写晚秋气候变化对自然景物影响的一首绝唱,被大文豪苏东坡评价为"该词不减唐人语"。词曰:"**对潇潇、暮雨洒江天,一番洗清秋。渐霜风凄紧,关河冷落,残照当楼。是处红衰翠减,冉冉物华休。惟有长江水,无语东流。**(73)"词中随时令变化持续的渐进使用妙语"暮雨""清秋""霜风凄紧""关河冷落""残照""红衰翠减""冉冉物华休"等,颇为精当,极其微妙地描绘出秋去冬来前的秋色。唐代进士,著名诗人刘禹锡的《秋词二首》有句:"**山明水净夜来霜,数树深红出浅黄。**(74)"诗中的寒霜催化秋叶变色的动感颇强,绘出了一幅漂亮的深秋初来的画面。"出浅黄"三字尤为传神。被称为"小李杜"的晚唐进士、杰出诗人杜牧对霜杀叶红也有精彩的描述："**远上寒山石径斜，白云生处有人家。停车坐爱枫林晚，霜叶红于二月花。**《山行》(75)"秋霜能使千林万树的每一片绿叶变红变黄，致万山层林尽染，又因物种不同，色变时差不一，各色皆有，极显缤纷多彩。从大观上看，形成的效果比之春天的花还艳丽，说秋色不逊于春色并不为过。用红叶落叶表现秋色的好诗句很多，如唐代的几位诗人，牟融《送报本寺分韵得通字》中的"**满地新蔬和雨绿，半林残叶带霜红**(76)"，宋雍《失题》中的"**荷花开尽秋光晚，零落残红绿沼中**(77)"等。

秋色的另一典型现象是秋风。秋风与春风不同，应时泼冷，吹叶落地，刹时间竟是"无边落木萧萧下"，可谓秋风横扫落叶。唐代诗人李峤的诗《风》，形象地描述了风在不同季节的作用："**解落三秋叶，能开二月花。过江千尺浪，入竹万竿斜。**(78)"诗中各句的头两字，对风逢时遇物的描写很有特色。"解落"一词，比喻秋风如刀剖箭驰般颇有刚利之气，而在春天，风似靓女的纤巧之手，轻巧灵动拨开了花朵。在它驰骋过江和飘然入林时，却有排山倒海之力，掀起巨澜，倾斜万木。另外，每句都用了数字也是一大特色，为此诗增彩不少。杜甫的《茅屋为秋风所破歌》对秋风的威猛的描述甚为精彩："**八月秋高风怒号，卷我屋上三重茅。茅飞渡江洒江郊。高者挂罥长林梢，下者飘转沉塘坳。**(79)"其中用"怒号""卷我"描述秋风的声势，用篷草被风吹散落泊的姿状"挂罥""飘转"，描述风的威猛，甚是惟妙，令人称绝。他在《登高》诗里有句"**无边落木萧萧下，不尽长江滚滚来**(80)"，此语将大自然内藏的摧枯拉朽的浩然之气，通过浪漫的落叶与恢宏的江腾完美地表现出来了，实为惊世名句。其对仗之工巧，尤可研读。此外，唐人贾至《泛洞庭湖三首》中的"**枫岸纷纷落叶多，洞庭秋水晚来波**(81)"，唐代诗人崔致远《兖州留献李员外》中的"**芙蓉零落秋池雨，杨柳萧疏晓岸风**(82)"，都是描写瑟瑟秋风的佳句。

除以上用叶红、叶黄、叶落描写秋色外，还有的诗人用野鸭戏水，大雁横空，寒蝉凄切，蟋蟀促吟来表现秋色的美妙，如王勃《滕王阁序》中的千古名句："**落霞与孤鹜齐飞，秋水共长天一色**"，柳永的《倾杯》词："**鹜落霜洲，雁横烟渚，分明画出秋色。……离愁万绪，闻岸草、切切蛩吟如织。**(83)"

❀ 蛙声一片稻花香

赞美大自然秋景，离不开对乡村秋色的描写，因为偏僻的乡村是人类最贴近大自然的地方，此时也是人类一年辛苦劳作获取收获的金秋时节。辛弃疾的《西江月·夜行黄沙道中》一词对这方面景色的描写极为出色，词曰："**明月别枝惊鹊，清风半夜鸣蝉。稻花香里说丰年，听取蛙声一片。**(84)"精炼的26字，便将读者带入月朗惊鹊，蝉鸣蛙叫，稻香浓郁的乡村秋夜，令人格外神怡，美不可言。宋代诗人雷震的《村晚》有句："**草满池塘水满陂，山衔落日浸寒漪。牧童归去横牛背，短笛无腔信口吹。**(85)"作者通过草满水盈落日映照池塘的坡地环境，和天真顽皮的牧童戏闹，美妙而生动地绘出一处中秋之后夕阳向晚的山村景色。其中的"山衔落日"形容绝妙，"横牛背""信口吹"很是洒脱妙趣。

❀ 秋晚寒来霜满天

有一句谚语："秋处露秋寒霜降，冬雪雪冬小大寒。"白露、寒霜是秋冬之交的典型征候，天气出现白露和寒霜时，肃杀草木，冬天就要到了。著名的诗人就是抓住时令季节的这些特征，同具体的事物、活动结合起来，使作品充分表达出作者的感触。如唐代诗人张继的名作《枫桥夜泊》，诗曰："**月落乌啼霜满天，江枫渔火对愁眠。姑苏城外寒山寺，夜半钟声到客船。**(86)"前句描写晚秋月落时苏州渔港寂静的环境，月朗而寒霜降临，江中闪动着渔火，岸上是一棵棵饱经风霜发红的枫树。后句描写此时盛唐的苏州，交通贸易发达，虽已夜深，渔港并不宁静，仍有钟声鸣起，客船到达。一静一动，对苏州晚秋冬来的深夜环境描写得尤为真实而生动。不难看出作者唯有深厚的文字功力和对生活的丰富观察力，才能道出"月落乌啼""江枫渔火""夜半钟声"这些精炼合意、脍炙人口的词句。三国时文学家王粲《七哀诗》中的"**迅风拂裳袂，白露沾衣襟**(87)"，以及唐代中期诗人戴叔伦《江乡故人偶集客舍》中的"**风枝惊暗鹊，露草覆寒蛩**(88)"等，则是用秋冬之交寒露这一征候的出现，对时令景物影响进行精彩描写。

❁ **风雪万里凝严冬** 冬天来，寒风猎猎，万木肃杀，大雪纷飞，形成冰天雪地的美丽奇景。这些都会给诗人以强烈的视觉刺激，启动他们的想象力，凭借高超的艺术手笔，奇特的夸张，妙语连连，美不胜收。

宋代杨万里的《嘲淮风》中，描写江淮一带冬来时的风云天气，江水被烈风卷起似凸起的大山："**不去扫清天北雾，只来卷起浪头山。**(89)"北宋末期曾做过西夏王李元昊中书令的张元，他的诗《雪》，想象飞腾，精彩绝妙，比喻大雪纷飞，像天上被挫败的玉龙的鳞甲纷纷散落之状那样神奇："**战退玉龙三百万，败鳞残**

甲满天飞。(90)"著名边塞诗人，唐代进士岑参的名篇《白雪歌送武判官归京》，形容大雪挂满了树枝像盛开的梨花："**忽如一夜春风来，千树万树梨花开。**(91)"李白的《北风行》夸张雪花之大如桌席："**燕山雪花大如席，纷纷吹落轩辕台。**(92)"唐代诗人李颀说，这样的大雪你要是在边关看到，其景象颇为恢宏："**野云万里无城郭，雨雪纷纷连大漠。**(93)"诗人岑参对边塞雪天之冷的描写令人震撼："**瀚海阑干百丈冰，愁云惨淡万里凝。**(同91)"此时，世界仿佛被凝固，广袤的沙海被厚厚的冰雪封冻。在这样恶劣的环境下，"**将军角弓不得控，都护铁衣冷难着**"，"**纷纷暮雪下辕门，风掣红旗冻不翻。**(同91)"将士们手冻得拿不紧武器，拉不开弓箭，穿不住冰冷的铠甲，连红旗都被冻得僵硬，寒风不能使其翻动。他在另一首诗里《轮台歌奉送封大夫出师西征》讲得更为残酷，无情的严寒，居然冻掉了马蹄，甚为恐惧痛心："**剑河风急雪片阔，沙口石冻马蹄脱。**(94)"

对雪景的描写，柳宗元的《江雪》一诗尤为独特，诗曰："**千山鸟飞绝，万径人踪灭。孤舟蓑笠翁，独钓寒江雪。**(95)"作者分别从高低远近的角度，对这场大雪作了仔细的观察。从高远的角度看，大雪封锁了千山，鸟儿已飞离，通向山里的所有路径被埋没，未有人的任何踪迹。近距离看，大江几乎被雪封锁，在没有覆盖的一小处江面上，唯有一老翁头戴斗笠身着蓑衣在木舟上寒钓。远距离看，老翁似乎不是在钓鱼，像是在钓一江大雪。诗人对雪势的描述，想象丰富，比拟独妙，用语精炼，堪称千古一绝。

大自然就是这样，否极泰来，寒冷之极，又会送暖驱寒，春天又来临了。

第二回
日月星云晨光曲

地上，江河山川，天上，日月星云。地球上的生命因有日月能存在，呈万般变化，姿容万千。而孤单地去看日月星云，容貌单一，形影相吊，它们只有与地球上的万物兼容，组合成美丽绚烂的景象，才能凸显它们的伟大、壮丽和不可或缺。所以，日月星云因地球万物而生辉。过去的诗人们有关日月星云的不朽诗篇，正是他们在某个时间的某个地点，对所看到的日月星云与地球的具体环境相融合，形成美丽景象的杰作。

■ 明　周臣《寒鸦月夜图》

❀ **日出江花红胜火**　对朝阳彩霞，明代的江南才子、著名书画家、诗人唐伯虎的描写很有特色。他的《晓起图》诗中的"**晓鸦无数盘旋处，绿树枝头一线红**（96）"用美妙的艺术手法，描绘出绿树枝头上东方欲晓露出的一线红。朦胧的桔红色晨曦，映出无数鸣鸦旋飞形

成巨大涡旋状的美丽景象。大诗人李白描写的朝阳也十分精彩，其有名句："**翠影红霞映朝日，鸟飞不到吴天长**。《庐山谣寄卢侍御虚舟》(97)" "吴天"古时称九江庐山一带，此句所显出的恢宏远大的背景，只有在日出红霞的清晨，站在庐山之巅，俯瞰茫茫东去的长江，遥望绿树覆盖连绵不绝、鸟儿难于飞越的万山沟壑，才能写出如此绚丽的绝笔。金代诗人萧贡的《日观峰》有句"**洪波万里江天涌，一点金乌出海心**(*830)"，句中将宽广的与天际相连的汹涌大海，同弹丸似的从海中升起的柔光渐亮的太阳作对比，形成了强烈的视觉效果。南宋诗人黄大受有首诗也写得很好，于细微处描述了从日出前星光欲灭朝霞初起的天象变化，到阳光斜视地面移动在窗前的那一刻清新鲜活的晨幕，甚为精妙，诗曰："**星光欲灭晓光连，霞晕红浮一角天。干尽小园花上露，日痕恰恰到窗前**。《早作》(98)"

然而，对朝阳的描写，最棒的当属白居易《忆江南》的那句"**日出江花红胜火，春来江水绿如蓝**(同13)"。日出江面映照出红绿蓝多彩变幻的最美时刻，曾无数次映入人们的眼帘，唯有白居易用这般优美绝伦的文笔，以工稳的对仗技法，写出了这一千古名句。

❀ 大漠长河落日圆

夕阳和朝阳一样美，甚至比朝阳的色彩还丰富，诗人们对此也写出了绝美的诗篇。

描写夕阳，唐朝进士著名诗人王维的《使至塞上》的诗句"**大漠孤烟直，长河落日圆**(99)"，最为精彩。其中"大漠"与"孤烟""长河"与"落日"可谓绝配。这样的搭配，使前句突出表达了边塞的荒芜与广袤，使后句充分表现了山河的无限壮美。尤其是"圆"字，立体感很强，生动的落日似有被放大的效果。杜甫的诗有句"峥嵘赤云西，日脚下平地《羌村三首（其一）》（同652）"，用"峥嵘"表述夕阳映照飘云形成的无比辉煌的壮丽天景，用"日脚"形容夕阳余晖映入地平线的斜角射线，由而描写出的夕阳与云雾形成的西天景象，颇为形象而美妙。清代诗人陈玉树的这句"远树棒高沧海月，乱鸦点碎夕阳天《秋晚野望》（*823）"，描写出的景象静而有动，真而绝美。此时，月亮冉冉初升于东海约丈余高，它的西边呈现出夕阳沉轮的彩霞余晖被群鸦飞影点散的靓景。被称作江郎才尽的宋代诗人江淹，在《别赋》里有句"日下壁而沉彩，月上轩而流光"。天空像一面巨大而拱形的蔚蓝色玻璃镜，太阳沿着镜面下沉，在天际处释放出彩霞。时下，日西方红霞渐暗，月东方黄光渐亮，流光溢彩，明灭轮回，精彩地描写出同一时刻出现的日落和月升迥然不同的景象。但从描写的难度上说夕阳，白居易《暮江吟》中的"一道残阳铺水中，半江瑟瑟半江红（100）"所描绘的图景难度最大。此句中用"瑟瑟"两字，把残阳映入江水的那种明暗不均静动难分的画面精彩地绘出了。"瑟瑟"，在这里特来形容眼下波动着的似碧似暗的江水形色，是为神笔。

　　落日与水面的结合会看到夺目的丽景。而水是波动的，在有风和无风的情况下看到的夕阳情景也是不同的。元代著名文学家、诗人揭傒斯《梦武昌》诗中有副好对子："苍山斜入三湘路，落日平铺七泽流。（101）"这是在无风不起浪的情况下看到的落日铺江的浑然景象。"苍山斜入"表现出山势插入平原的雄奇态势，"落日平铺"表现夕阳之低与江面约相平，亦显出江面的开阔和余辉映入的绚烂。"三湘"，指洞庭湖南北和湘江流域；

"七泽"，古指楚地江汉平原上湖泊群的总称，也称云梦泽。此两句对仗工巧，出神地描绘出武昌之地的雄浑和富饶。宋代著名词人张孝祥的《西江月·黄陵庙》中有"**波神留我看斜阳，唤起鳞鳞细浪**(102)"，是在微风有细浪时看到的夕阳之景。"唤起"两字用得尤为传神，似有轻扬之姿，抚爱之情。宋代词人陈师道《十七日观潮》中的"**晴天摇动清江底，晚日浮沉急浪中**(103)"，是在大风激起巨浪时看到的夕阳与之波动的精彩画面。这些都是描写夕阳的绝好诗句。

李白在《送友人》中写的夕阳还带有浪漫的色彩："**浮云游子意，落日故人情。**(104)"用浮云形容友人漂泊不定，而绚丽的落日沉没，似是离开了大地，象征与友人的离情。其中的"浮云"对"落日"、"游子意"对"故人情"，对仗尤为工整。李商隐写夕阳与众不同，他的《乐游原》为美好的夕阳而伤感："**夕阳无限好，只是近黄昏**(105)。"诗人认为，夕阳好是好，却是将终了的辉煌。其优美含蓄的诗句和所寓涵的哲理，为后人交赞。

🌸 卧听银潢泻月声

太阳和月亮是上天赐予人类和任何生命体的完美的双鉴。2009年7月22日出现了500年一遇的日全食，对此我写了一首观感诗《日月长空舞》，以略表对日月同现的感慨："金轮恋玉鉴，五百年一舞。日变月儿牙，月偎日黛姝。日亲月丽唇，月吻日流苏。送日钻石环，月接贝利珠。戚戚分又合，万里心相逐。"

古人多爱写月亮，可能是月光色柔，形态多变，组合的景象丰富，且能引起人们的情感和想象。就描写月亮与人的情感交流，苏轼的词《水调歌头》是最好的一首。词曰："**明月**

几时有，把酒问青天。不知天上宫阙，今夕是何年？……转朱阁，低绮户，照无眠。不应有恨，何事长向别时圆？人有悲欢离合，月有阴晴圆缺，此事古难全。但愿人长久，千里共婵娟。(106)"这首千古绝唱的中秋词，词风清雅流畅而又豪放奇迈。其设景清爽开阔，构思独辟蹊径，居然将复杂的思想情感，置于月光下广袤清寒的世界中，在天上和人间穿梭驰骋，以连连美句，感慨古今变迁，揭晓漫漫的人生，极富哲理和浪漫，抒发出忘我的喜乐哀愁且能相容的豁达胸襟。词内虽有仕途坎坷和兄弟子由离别的苦恼，却表现出作者热爱生活与积极向上的乐观精神，令人折服。而就月色夜景的描写，他的另一首词《西江月》是最美的。该词对月照下的夜晚作了出神入化般的描写："照野弥弥浅浪，横空隐隐微霄。障泥未解玉骢骄，我欲醉眠芳草。可惜一溪明月，莫教踏破琼瑶。解鞍欹枕绿杨桥，杜宇一声春晓(同38)。"这首词，以蓝天碧水般那种澄澈、空灵自在的心境，把自己完全融化到大自然中，忘却了世俗的荣辱和纷扰，独自神游，畅快愉悦，又欲眠芳草。词中"照野弥弥浅浪，横空隐隐微霄"，是月光弥漫映入溪水闪动，灰蒙的苍穹被星月透澈与浓郁的大地浑然形成了蓝色夜景。"可惜一溪明月，莫教踏破琼瑶。"琼瑶，是美玉，这里比做皎洁的水上月色，如同玻璃般光滑的丽景，怕被自己踩破。作者以其独特的感受和美妙的比喻，传神地描绘出一幅月夜下静美舒朗的人间仙境。读来回味无穷，令人神往。苏轼还有一首词《卜算子·黄州定慧院寓居作》，想象力极为奇特而丰富，此中一句"缺月挂疏桐，漏断人初静(107)"，把月亮穿越桐树时那种斑驳陆离的幻动特景，准确地描绘出来了。其中的"挂"字用得极佳,尤显功力。宋代著名词人张先的《天仙子》对月亮也有精彩的描写,中有"**沙上并禽池上暝,云破月来花弄影**(108)"。尤其后半句,云、月、花、影的活泼连动,美妙无穷,成为脍炙人口的千古名句。月朗夜融的杭州西湖是非常美的,白居易的《春题湖上》有句"**松排山面千重翠,月点波心一颗珠**(109)",描写西湖附近的山峦布满了排排青松,如千重迭叠的翡翠。在水面铺展的湖上,皎洁的月亮像一个光点映入湖心,如同一颗闪光的珍珠,这是一处多么诱人的美景。其"点""心""珠"三字用得颇妙。

月亮美景不仅有柔美的一面,在特有的背景下,还能显出宏大壮美的另一面。杜甫《旅夜书怀》中有句"**星垂平野阔,月涌大江流。**(110)"其星月下的原野平泻千里,又静中突起,月涌江流,浮光跃金,气势磅礴不可阻拦。该句句法严谨,"垂""涌"两字尤奇,凸现宇宙的苍茫,星月的毕肖,平野的静阔,江流的活泛,勾勒出一幅阔大雄伟的境界。南宋词人,被皇帝亲擢为进士第一的张孝祥,他的《西江月·黄陵庙》有句描写皎洁月光倾泻江川的秋景:"**满载一船明月,平铺千里秋江。**(111)"此句美在着色清丽,造势尤为宏迈。唐代"吴中四士"之一的张若虚的名篇《春江花月夜》,以妙笔娓娓道来,春、江、花、月、夜形成的良辰美景,与人间的忧愁和游子的离别相思之苦相连,令人遐思,也令人迷茫、惆怅。尤对月光下春江环境的描写颇为生动,有句"**滟滟随波千万里,何处春江无月明**(112)",其月下的万里江海,月光随着波浪的起伏闪闪生辉,若隐若现一片浩淼无际的夜景,窅然而神秘。唐代著名诗人刘禹锡，他的《洞庭秋月行》诗也有这样的描写："**洞庭秋月生湖心，层波万顷如熔金。**(113)"这个对句，虽没有张若虚的对句蕴含的那种岁月的悠长和空间的延绵之感，但所描绘的月下环境更为绚丽，其后半句写得尤佳。

月照因季节景物的变化，所形成的月下境况也不同。北宋进士，著名诗人黄坚庭的《登快阁》中描写登高远望金秋时节的苍茫大地和月夜："**落木千山天远大，澄江一道月分明。**(114)"该句特别显出此时月照环境的恢宏朗澈。唐初诗人沈佺期《巫山高》中的"**月明三峡曙，潮满九江春**(115)"，是描写三春时节的月夜，凸显的是普照江面春色的靓丽。

以上都是描写皓月当空，普照万里江河尽显丽景的名句。那么，月亮在大海上又是怎样的景观呢？唐代张九龄的《望月怀远》中有句："**海上生明月，天涯共此时。**(116)"张若虚在《春江花月夜》中也有句："**春江潮水连海平，海上明月共潮生。**(同112)"他们都是对万民举首望月以寄托情思的著名特写，从中能够感悟到月出大海时的鲜丽景色，相当壮观。

诗人大都想象力丰富，对壮丽的月色美景有的直描，有的则随着景物的变幻，从不同的角度，使用比喻、拟人等艺术手法写出，各有妙趣。唐代诗人宋之问在七夕之夜对星空描写道："**奔龙争渡月，飞鹊乱填河。**《牛女星》(*829)"其用字词动感性很强，奇特地想象出这个美丽的夜晚，群龙争着飞向月亮，而鹊群点舞错落，在银河忙着为牛郎织女搭桥的景象。北宋诗人、进士孔武仲有句："**飘然一叶乘空度，卧听银潢泻月声。**《五鼓乘风过洞庭湖》(117)"乘一叶扁舟在满月普照的洞庭湖上，若空游虚无，静听

铮然而清灵的流水声，仿佛是月光倾泻到湖面发出的琅然声。其"飘然一叶""银潢泻月"，遣词尤为轻灵精妙。南宋著名词人吴文英的《浣溪沙》词有句："**落絮无声春堕泪，行云有影月含羞。**(118)"此景下，彩云追月，花絮静静落下，间有春雨滴洒，月亮时隐时现投下云影，像含羞的少女偷眼藏露。句法工整，用语婉转，犹若飘云轻柔至极。南宋词人，列为进士第一的状元陈亮，他的《一丛花》词有句："**冰轮斜辗镜天长，江练隐寒光。**(119)"比喻皎洁的月亮像一只巨大的冰轮斜辗天空而过，其月面又像一面巨大的镜子，光线扑射到犹如丝带的万里江面，明灭潋滟，寒光荧动。想象奇特，语言豪迈见刚，似利剑刺破青天。王安石写月的手法颇为浪漫雄奇而独特，他在《客至当饮酒》讲："**天提两轮光，环我屋角走。**(120)"茫茫宇宙似被巨人掌控，日月星辰犹如弹丸随手可摘，如玩物随意摆动。

诗人们对月亮的情感，既有在月亮那里寄托着对故人的怀念，更是羡慕月亮作为历史的见证者和永恒的代表，表达诗人对美好人生的向往和一种难以割舍的情思。李白《把酒问月》中的"**青天有月来几时？我今停杯一问之。人攀明月不可得，月行却与人相随……今人不见古时月，今月曾经照古人。古人今人若流水，共看明月皆如此……**(121)"和唐代张泌《寄人》中的"**多情只有春庭月，犹为离人照落花**(122)"，都是表达了这种情感。

❀ **华星闪烁出云间** 星星是月亮的伴侣，云彩是它们的衣裳。杜甫在《中霄》中对星星和月亮有句精彩的一笔："**飞星过水白，落月动沙虚。**(123)""飞星"即流星。流星迅疾飞过，水中泛过一缕白光，月亮沉落，光影变幻，河边亮如白昼的沙滩突然隐去，留下一片空旷的阴影。其句对天象变化的动感描写颇得其神。对星光和月照的光影幻动这种现象，三国的曹氏三父子早有描写。曹丕的《芙蓉池作》里有句，"**丹霞夹明月，华星出云间。**（124）"在天长的夏日，日月星同辉这一美妙现象并不少见，而在一句诗里将日、月、星、云、彩霞这样生动地写来极为鲜见。曹植写星星月亮也很有特点，他在《弃妇诗》中说："**天月相终始，流星没无精。**（125）"流星虽美，不过昙花一现，没有留下什么，而月亮与苍穹同在，为人间留下了温润的亮彩。还是老父曹操雄才大略，妙手不凡，他的《观沧海》这样描写日月星云："**秋风萧瑟，洪波涌起。日月之行，若出其中。星汉灿烂，若出其里。**（126）"秋风扬起波涛，日月星星跃动于大海，此描写生动无比，气势贯横，凸显作者的胸怀和才气不同凡响。

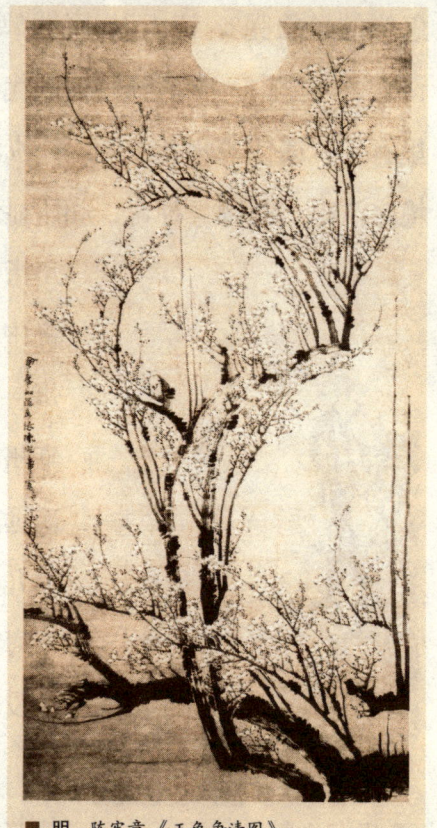

■ 明　陈宪章　《玉兔争清图》

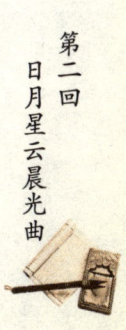

第二回　日月星云晨光曲

035

第三回
万里江海恋山川

在古人的宇宙观里，大地是乾坤的一半。而大地含有山川江河湖海。就山川而论，总有江河湖海相依。

❀ **遥望神州九点烟** 如果站在高远的大视角看中华大地是怎样的景象呢？诗人对此的描写可谓是美哉！壮哉！唐中期著名诗人，与李白、李商隐并称唐代"三李"的李贺，他在《梦天》诗里有句"遥望齐州九点烟，一泓海水杯中泻(127)"。其描述出的意境之清晰、高阔、神奇，和所显气势的豪迈，令人惊叹。诗中的齐州指中州，泛指中国。相传禹治水后，将中国分为九州岛：冀州、兖州、青州、徐州、荆州、扬州、豫州、梁州、雍州。这里作者托梦游入天宫，想象在遥远的天际处观察大中华是什么模样。那九州岛小得就像九个模糊的小点，而东海小的就像一杯水倾泻。倘若作者胸中没有一种豪气，心中没有奇特的想象力，手里没有妙笔的功力，是绝难写出如此奇诡壮美的诗句。

■ 清　王愫《洞庭秋月图》

李白在《渡荆门送别》里有句对江河山川的描写也十分壮观，诗曰："**山随平野尽，江入大荒流。**（128）"这里作者用平阔的大视角，看到的是高山势下平野，江河横穿大地，好一幅由延绵的群山、广袤的平野和奔腾的江河浑然而成的大画面。此句与杜甫的"星垂平野阔，月涌大江流"有异曲同工之美。宋代张孝祥的《水调歌头》中的"**千里江山如画，万井笙歌不夜**（129）"，则把观察的镜头先是横扫，再由远而近，从更大的跨度看大地，那是一片大自然美景与人间烟火和谐共存的景象。而王维的"**大漠孤烟直，长河落日圆**（同99）"，是在广袤无际的荒漠平野上看到的景象。其画面奇特美妙的组合，最是艺盖群雄绝胜处。大漠与孤烟，一大一小更显地貌的广阔。长河与落日，一长一圆，红日冉冉落入长河的生动丽景，更显出山河的壮美。三国时的大英豪曹操描写的大自然也极有特色，他的那篇《观沧海》尤其见长："**东临碣石，以观沧海。水何澹澹，山岛竦峙。树木丛生，百草丰茂。秋风萧瑟，洪波涌起。日月之行，若出其中。星汉灿烂，若出其里。幸甚至哉，歌以咏志。**（同124）"作者以极为精炼的语言将宇宙万象置于笔下，大海与山川，芊芊草木和日月星辰，皆统于此篇，磅礴灵动，情景并茂，以咏释自己的壮志情怀，历来被称为千古名篇。

描写大山之美可以从不同角度，而历来诗人善从高险雄奇处着笔。这方面的描写最棒的还是李白与杜甫。李白的名篇《蜀道难》把太白山之高、之奇写绝了。诗中有两句是这样写的："**黄鹤之飞尚不得过，猿猱欲度愁攀援。……连峰去天不盈尺，枯松倒挂倚绝壁。**（130）"山的陡立使枯松倒立着生长，高得离天不满一尺，连鸟都飞不过去，即使善于爬攀的猴子也都忧愁。这样高险的山或许不存在，但经过诗人的艺术夸张，让你确信此山的高险。他的《送友人入蜀》描写山的高陡也令人惊叹若临其境："**山从人面起，云傍马头生。**(131)"杜甫的《望岳》是写东岳泰山的一首名诗，在他的笔下泰山是："**造化钟神秀，阴阳割昏晓……会当凌绝顶，一览众山小。**(132)"泰山之高遮住了太阳，山南山北如同被分割成黄昏与白天两个时辰。而站在它的最高峰俯瞰众山，都显得那么渺小。惊奇的比喻，切实的感悟，将泰山的雄姿美妙地表达了出来。

❀ **黄河之水天上来** 对祖国大好河山的描写，前面是以山川为主，这里是以江河湖海为主。

观察事物因视角不同，看到的效果也不同。吟诗作词之要，除却功力，尤是观察的视角，它也反映出诗人的不同风格。李白的《将进酒》有句："**君不见黄河之水天上来，奔流到海不复回！**(133)"是面对黄河，用由此上溯和相向远望的视角对黄河的描写。他在《庐山遥寄卢侍御虚舟》中的"**登高壮观天地间，大江茫茫去不还**(同97)"是以登高远眺的视角对长江的描写。李白的豪放风格决定了他善用这样的独特视角观察，使其诗充分地表达出黄河长江汹涌而来奔腾而去的壮观景象。李白在《登金陵凤凰台》中有句："**三山半落青天外，二水中分白鹭洲。**(134)"其视角不算高，但也不低。如果站得太高，就显得大山矮小，如果站得太低，就看不到长江的大貌。这样适中的角度，描写出长江到了南京水面宽阔，旁边的大山高耸入云，而山下的大江被江中的沙洲分为两条支流的景象。如此壮景，诗人描写浑洒自如，举重若轻，巧用"半落""中分"妙笔和工稳的对仗,一幅活脱脱的大自然画面展于眼前。南朝诗人朱超的《舟中望月》有一句"**大江阔千里,孤舟无四邻**(135)",其视角是置于景物之中,乘小舟驶入江中才能感受到长江的博大,而尽显人的渺小。在岳阳楼上看洞庭湖是一大胜景,诗人们吟诗泼墨留下了许多著名诗篇。李白的《与夏十二登岳阳楼》有句:"**楼观岳阳尽,川迥洞庭开。**(136)"登上此楼即是岳阳城的尽头,而转过身来,便是浩瀚开阔的洞庭湖迎面而来。一收一开,一股浩然之气油然而生。如果说李白是从高企的平面视角描写洞庭湖,唐代著名诗人孟浩然的《望洞庭湖赠张丞相》,则是从立体面的动态视角描绘洞庭湖。诗中曰:"**八月湖水平,涵虚混太清。气蒸云梦泽,波撼岳阳城。**(137)"先说水面浩渺,与岸齐平,后说湖色如天穹不分,雾气蒸腾笼罩云梦大泽,再说它的汹涌,波涛横推之猛可撼动岳阳城。"波撼"两字动感强烈,令人震撼。杜甫的《登岳阳楼》对洞庭湖的描写是从高空俯瞰的视角,奇妙无比。他说:"**昔闻洞庭水,今上岳阳楼。吴楚东南坼,乾坤日夜浮。**(138)"形容洞庭湖之长,将吴楚两国拆开,其湖之深阔,可将天地容之,那天空飘动的云彩在湖面形成的倒影,仿佛是天和地漂浮在其中。如此神奇的描写,尤显出岳阳楼的高大和洞庭湖的壮观,无不令人赞叹。

作诗要选择恰当的视角,更重要的是在于用词。宋代诗人晁冲之在《与秦少章题汉江远帆》诗里描写楚山、汉江的威力与作用时说,"**楚山全控蜀,汉水半吞吴。**(139)"楚地相当于现在的湖北所处的环境,楚地的西面是楚山,挡住了蜀地——相当于现在的四川和重庆。而经楚地到武汉汇入长江的汉江,一往无前到吴地——

相当于现在的江苏、浙江等地区，并形成了众多湖泊，占却了吴地半壁江山。诗中用"全控""半吞"凸显了楚地有楚山和汉水这一战略要冲，具有重要的战略地位。著名的江西九江的浔阳楼，南倚匡山即庐山，北临长江，东及鄱阳湖，白居易《题浔阳楼》有句："**大江寒见底，匡山青倚天。**(140)"天气虽寒，江水清澈见底，而江旁高耸的庐山依然苍翠。仅用十个字概括出浔阳楼濒临长江的冬季风貌。江苏的江淮地区，西有洪泽湖，东有高邮湖，金代进士、诗人党怀英描写此时的江淮："**潮吞淮泽小，云抱楚天低。**《奉使行高邮道中》(141)"诗中的"潮吞"和"云抱"用词传神，"潮吞"示意浪潮大而猛，"云抱"表示云朵大而在低空飘动，意示云稠雨多。形象地描绘出那时的江淮平原，因洪泽湖、高邮湖的风高浪急，水面拍天，易遭江河风雨的侵扰。

❀ **瀑落涛飞江上台**　　诗人写大海江河不仅善于从大貌描写其壮阔，而且善于用惊人之笔描写江海的狂涛巨澜，从细节上刻画大海江河的态势。比如，李白的《横江词》中就有"**浪打天门石壁开**""**涛似连山喷雪来**(142)"的美句，先用夸张的手法描写江浪的威猛，又以丰富的想象，比喻浪涛形如连山，激起的浪花势似喷雪，其飞动的妙笔使生动的画面扑面而来。而这方面描写最出色的是苏轼的千古名词《念奴娇·赤壁怀古》。他这样述说大江狂浪形成的惊美画面："**乱石穿空，惊涛拍岸，卷起千堆雪。**(143)"读者只要仔细琢磨吟玩此句，就会感触到作者描绘的那一刻江海狂涛，显现出如此惊异的力量和壮美景象。词用"穿""拍""卷"三字尤为传神奇美。苏轼的另一首诗《望海楼晚景（五绝其一）》对海潮的描写也很出色："**海上涛头一**

线来，楼前指顾雪成堆。(144)"中的"一线"用词极好，线虽细小，但用在大海远来翻白似雪横成一线的浪涌，即显出涛浪威力的巨大。唐代岑参的《青山峡口泊舟怀狄侍御》，诗中有句"**奔涛振石壁，峰势如动摇**(145)"，夸张描述奔腾的浪涛把石壁震落，山在波涛汹涌的海中遭受巨浪的击打，看似山峰也在摇动。王安石对山水的描写很有特点且精准，他对此时镇江北固山一带山月江浪的画面有这样的描绘："**山月入松金破碎，江风吹水雪崩腾。**《次韵平甫山会宿寄亲友》(146)"月入松，光影浮动金光闪闪，风吹水，浪花四溅如雪崩腾，其比喻真是太美妙了，一静一动，有声有色，极有诗情画意。从艺术手法上讲，对仗工巧，用词精美，比喻恰切，具有较高的艺术欣赏价值。

对江潮的描写，宋代诗人陈师道与清代诗人施闰章的诗写得最为精彩。陈师道的《十七日观潮》用比喻、想象、烘托手法写出了钱塘江潮的势和力。诗曰："**漫漫平沙走白虹，瑶台失手玉杯空，晴天摇动清江底，晚日浮沉急浪中。**(同103)"潮水像一道白虹朝着宽阔平坦的江岸奔腾而来，刹时盖满了江岸的沙滩，掀起了冲天巨浪。作者借以传说描述波浪翻滚、汹涌奔腾的江潮，是因居住在瑶台里的神仙失手倒空了玉杯里的琼浆形成。满江涌动的潮水，使映在其中的晴朗天空和灿烂夕阳的倒影，左荡右摆，时浮时沉，仿佛是撼动了天地日月，比喻甚为形象生动。而施闰章的《钱塘观潮》，则从潮的"色""形""声""势"诸方面着力渲染，精彩地描绘出钱塘江潮气势宏猛，如万马奔腾，气吞山河的画面。诗云："**海色雨中开，涛飞江上台。声驱千骑疾，气卷万山来。**(147)"其用词飞

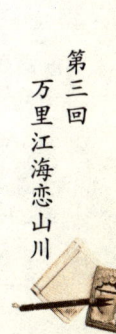

灵神动，极为洗练，"涛飞""声驱""气卷"的动感、实感、美感颇强。比喻神奇而形象，耐人寻味，如临其景。从表现效果上看，较之陈师道的那篇写得更好。

水自山上落下形成瀑布，描写瀑布的壮观之美首推李白。他的那首著名的《望庐山瀑布》，"**飞流直下三千尺，疑是银河落九天**(148)"出句不凡，"飞流"写瀑布的姿态，"直下"写运行的方向和力度，"三千尺"写瀑布的速度和长度。对句则思奇形肖，妙喻瀑布是银河下落，气势恢宏而生动。他的《蜀道难》有句"**飞湍瀑流争喧豗，砯崖转石万壑雷**(同130)"，则把瀑布的平面画面立体化了，词精奥而意显，水动尤奇，声震魂魄，似乎你就在实景近处看瀑布，并听到其摔落时发出的巨大隆鸣。南宋杨万里对一处瀑布的大貌与细末的描写也很出色，诗曰："**分清裂白两派出，跳珠跃雪双龙争**。《题兴宁县东文岭瀑泉》"大自然的美被诗人的妙句升华，使读者的心灵产生舒快的喜悦，从中获得巨大的艺术享受。

🌸 **孤帆一片日边来** 对江河自然的描写，如果有人类活动在其中，整个画面会更丰富而灵动。船行江中是这方面选材的佳景。

李白的《黄鹤楼送孟浩然之广陵》这首千古名篇中的名句："**孤帆远影碧空尽，惟见长江天际流。**(149)"作者目送故友乘小船渐远于江中的帆影，与阔开天际的大江作对比，形成了宏与渺反差巨大的强烈视觉效果，从而准确地再现了当时所看到的雄浑壮丽的美景。如此流畅而美妙绝伦的描绘，使我们每次读到时，都能获得新的艺术滋养，而感激这位伟大诗人为中华文明作出的杰出贡献。安徽的天门山夹江而立，高耸的青山相对，长江流出天门山，如山断江开，李白的这篇《望天门山》就是对此山丽景的描写。诗中有句"**两岸青山相对出，孤帆一片日边来**(150)"，其特别之处是一只小船从日边而来，小船的加入，使整个画面生动起来。他的《早发白帝城》对水流湍急的江中行舟的描写，更是令人赞绝的神笔："朝辞白帝彩云间，千里江陵一日还。**两岸猿声啼不住，轻舟已过万重山。**(151)"小船乘急流飞上腾下轻快前行越过重山，那两岸的猿声不断，着实渲染出江流快猛小船飞行的生动画面。

　　北宋著名词人张先描写水中行船的手法也很有特色，他对浙江湖州苕水所《题西溪无相院诗》里有句："**浮萍破处见山影，小艇归时闻草声。**(152)"此诗独到的地方是描写的细腻。山映倒影是露在没有浮萍的水面，可见水置环山，明暗交错，水面较阔且平静，呈一派山湖景色。小船归来闻见草声，说明水中的浮萍比较多，应是小船穿过浮萍时发出刷刷的摩擦声。唐代诗人贾岛曾与高丽来使共作一幅《过海联句》，其中贾岛的对句是"**棹穿波底月，船压水中天**(153)"，描写在明朗的夜晚船行江海的感觉，船浆划破了水中月影，泛光流金，空中的月亮和星空映入水中的影景，好像船只压在天空上，如梦临仙境般美妙。张孝祥描写他在中秋的夜晚，执一叶小舟在浩瀚的洞庭湖上的感觉："**玉鉴琼田三万顷，着我扁舟一叶，素月分辉，明河共影，表里俱澄澈。**《念奴娇·过洞庭》(154)"明亮的夜晚，月光散入水中，那种上下澄澈通透的美景，似入天宫一般。唐代诗人韩偓的《乱后春日途经野塘》，写在春天的河塘上行船的丽景："**船冲水鸟飞还住，袖拂杨花去却来。**(155)"其用笔细腻，对水鸟逐船、落花飞乱的那

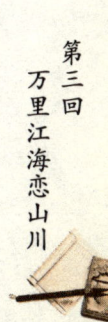

种活泛的画面，描写得尤为生动，把春天的活力和浓郁的春意充分的表现出来了。

❀ **寂静深山流水急**　对山川江河的描写风格不一，有的侧重于画面静态的直描，有的侧重于动态细节的刻画。

杜甫的《绝句四首》有句"**窗含西岭千秋雪，门泊东吴万里船**(156)"是静态描写大景的经典之作。其着笔新奇，对仗颇为工稳，前句"窗含"对后句的"门泊"，"千秋雪"对"万里船"。这样的描绘，"窗含""门泊"像一面镜子，"千秋雪""万里船"是镜中之物。想象奇特，构思极为精巧。在这方面，唐代诗人杨收的《入洞庭望岳阳》也是出色地采用了静态的描写方法，其中有句"**黛色浅深山远近，碧烟浓淡树高低**(157)"描绘山的远近深浅分明，树木的高低错落有致，色彩浓淡和谐，整个画面显出寂静窅然的自然景态。用如此简约的文笔描写出山的远近色彩和雾茫茫的原野万木，非笔功超群，难出其辞。

大自然在那一刻似乎是静态的，而时刻都是动态的，所以，凡诗作能自然地表现出景物的动态，则更能说明诗人的功力与水平。杜牧的《过华清宫绝句》便是采用动态写法的佳作，诗曰："**长安回望绣成堆，山顶千门次第开。一骑红尘妃子笑，无人知是荔枝来。**(158)"作者先用大跨度视角描写横距几千里连起的座座青峰条条江河，然后用动态细化、明扬暗讽的方法，着力描写山门第次打开，一骑更迭一骑，催马扬鞭一路奔来急送鲜荔，贵妃娘娘满面春风正在等着的生动情景。明末崇祯年代的进士吴本泰，他的《送人之巴蜀》有一句"**云开巫峡千峰出，路转巴江一字流**(159)"，其江山之景被写得活灵活现，山峰云雾散去，露出巴峡之地原貌，如宋代诗人范成大所说："千峰万峰巴峡里，不信人间有平地。"而长江沿山九曲十八弯，峰回流转出巫峡，江流呈一字形展开，一往直前。

动景中有一种特景即景物的迅疾之状或行速的飞快。大凡诗词大家都是描写此类景物的高手。如前述李白对庐山瀑布下落的描写："**飞流直下三千尺，疑是银河落九天。**（同148）"以及他对白帝城到江陵一段江流迅疾的描述："**朝辞白帝彩云间，千里江陵一日还。两岸猿声啼不住，轻舟已过万重山。**（同151）"其不凡的手笔，描写出如此生动流快美妙的画面，令人仰止。杜甫在四川听到唐军打败金兵，已收复河南河北的消息兴奋之极，作《闻官军收河南河北》诗云："**即从巴峡穿巫峡，便下襄阳向洛阳。**（160）"精彩而贴切地描述了他在路途转换中的行动之麻利，和急切如飞一般的回乡心情。苏轼对快景的描写也非同一般，他能准确地把握事物飞快瞬间的姿态。且看他在《百步洪》中对兔、鹰、马、箭、电等景物速动的传神描写，来形容他在徐州任职时看到的"百步洪"之水的流快："**有如兔走鹰隼落，骏马下注千丈坡。断弦离柱箭脱手，飞电过隙珠翻荷。**（161）"在他笔下之物的速猛，像鹰隼捕兔那样的迅速和野兔挣逃般的跃起，像狂奔的烈马下坡般的冲势，像猎箭脱弦时的飞速，像雷电过隙和水珠从荷叶翻落之快的那一瞬。还有他在《祭常山小猎》中的"**弄风骄马跑空立，趁兔苍鹰掠地飞**（162）"对猎杀场面激烈的描述，奔马被勒停惊现的突起之状，以及猎鹰俯冲野兔迅起时展现的掠地飞逐之姿。真是写得太美太绝了，要说中华文化宝库，这些美文绝唱，也是其中的块块瑰宝吧！

045

第四回
一城一村风景殊

描写大自然的宏景能体现诗人的胸怀和诗的壮美，而诗人的慧眼更善于洞察事物的细节。从诗人们对一处处特景的描写，你能悟出中华诗词文化的另一面——隽美，一种韵味淳厚而个味鲜著的实美。

🌸 **灯火万家城四畔** 对整座城市的描写，柳永的词《望海潮》最为著名。他用极为优美而精炼的语言，述说了北宋时杭州美丽繁华的景象："**东南形胜，三吴都会，钱塘自古繁华。烟柳画桥，风帘翠幕，参差十万人家。云树绕堤沙，怒涛卷霜雪，天堑无涯。市列珠玑，户盈罗绮，竞豪奢。重湖叠巘清嘉，有三秋桂子，十里荷花。羌管弄晴，菱歌泛夜，嬉嬉钓叟莲娃。……**（163）"该词先用洗练的数笔，概述杭州自古以来在古代中国的政治与经济地位。然后由远及近，由大到小，从多角

■ 明 沈周《落花诗意图》

度多层面述说富有生活气息、令人向往的人间天堂的美景和繁荣。词中美句连连，妙而通达，尤是脍炙人口的"三秋桂子，十里荷花"，尽显该词的洗练和精美，堪称是用诗词题材描写整座城市的千古绝笔。

白居易的诗《江楼夕望招客》描写出了杭州气势雄伟境界开阔的美丽夜景，诗云：**"海天东望夕茫茫，山势川形阔复长。灯火万家城四畔，星河一道水中央。……（164）"** 在夏日的黄昏，诗人登上望海楼向东远望，天海一片苍茫茫。钱塘江两岸的山川，山连川，川连水，水通海，海接天，绵延壮阔。俯瞰夜色中的杭州，一片繁华的景象。华灯初放，散落的万家灯火，与西湖通向钱塘江如星光映入水中的一路灯光，相映生辉，给人一种神奇的梦幻之感。星河一句，水中倒影，浮光跃金，更增添了几分澄澈新丽的感觉。

有的诗人用一句便能概出一座城市的大貌和它的主要特征。宋代名人司马光这样描写都市洛阳的春来风采：**"洛阳春日最繁华，红绿荫中十万家。**《京洛春早》（*832）" 意境写得简括而大气。白居易对苏州城的描写则委婉而对仗：**"阊阖城碧铺秋草，乌鹊桥红带夕阳。**《登阊门闲望》（*833）" 阔而微之，较好地表达出一地两处的景色。清代诗人王士禛有句对济南城冬天的出色描写：**"郭边万户皆临水，雪后千峰半入城。**《初春济南作》（*834）" 此句将人与自然相融，且凸显出时景特色。与此形成鲜明的对比是清代刘鹗在《老残游记》中对济南春天的描写："**四面荷花三面柳，一城山色半城湖。**"都是对仗工整、表意生动、特色刻画鲜明的佳句。刘禹锡的《寄朗州温右史曹长》诗中的这句"**城边流水桃花**

过，帘外春风杜若香(165)"，虽没有着笔直写城市，而用"城边""帘外"几字，便概出朗州（今湖南常德）当时城内城外的丽春面貌，给人以丰富的想象空间。诗中的"杜若"是生姜开的花，也称姜花，香味很浓。唐代进士徐凝的《忆扬州》有句："**天下三分明月夜，二分无赖是扬州。**(166)"本来月光普照，并不独宠扬州。扬州历来为人重视是因著名的京杭大运河发端于此，且与长江交汇，经济繁荣，政治地位重要，为何此诗则全然不提？当你看到该句的上句"萧娘脸薄难胜泪，桃叶眉头易觉愁"，你会发现作者是从另层意义上赞美扬州。说扬州少女娇美的脸上藏不住眼泪，她们的眉梢上也挂不住忧愁。忧虑不会长期郁纡在扬州人心中，他们谦让大度，春面和蔼的氛围，岂不是"天下有三分光明，二分聚在扬州"，真乃是天赐良地，物华天宝，人杰地灵。此诗句构思奇妙，寓意深含，高妙的艺术手笔泼洒出隽美的诗味。宋代诗人赵希淦作《半月寺有感》，称古都金陵是"**千古风流歌舞池，六朝兴废帝王州**(167)"。该诗句虽是调笑人间功名富贵，因无情的岁月荡去了他们过去的辉煌，同时也即称颂金陵乃以往多个朝代的政治中心，风流歌舞的池地，人才汇聚，战略地位重要，意在强调，谁要争地盘以霸天下，当争金陵——南京。

佳节一夜鱼龙舞 我国是多民族的文明古国，主要围绕着季节的变换和各民族的习俗形成了大小数百个节日。如汉族的传统节日主要有，春节、元宵节、清明节、端午节、七夕节、中秋节、重阳节、腊八节和龙春节即"二月二"。其中春节、中秋节、元宵节是最重要的节日，描写这些节日的诗篇也最多。古代的生产力发展水平低，农业是基本产业，人们依赖大自然并受制于大自然的程度高，劳作沉重，物产不丰裕，生活困苦，人们要隆重欢庆的节日并不多。但人们更企盼节日的到来，与现在的人们对节日的感情不同。那时的人们过节的那种狂喜的情感，营造出的人性化的、民族性的、地域性的欢乐气氛，十分的热闹。譬如隋炀帝杨广在《元夕于通衢建灯夜升南楼诗》里曾描写了某地除夕之夜的盛况："**灯树千光照，花焰七枝开。**"所以，古人能写出在现代人看来也是最美的节日诗篇。

辛弃疾描写元宵节的《青玉案·元夕》词，是节庆诗词的代表作。词曰："**东风夜放花千树，更吹落，星如雨。宝马雕车香满路。凤箫声动，玉壶光转，一夜鱼龙舞。　蛾儿雪柳黄金缕，笑语盈盈暗香去。众里寻他千百度，蓦然回首，那人却在，灯火阑珊处。**(168)"该词一开始便把人们引入银树火花，满是花灯，烟花腾空放彩的节日夜晚。喜庆的人们穿着节日的盛装，坐着华车，涌向街市。街上热闹极了，女人们戴着漂亮的头饰笑语盈盈地聊着，有的摇动着光亮能转的灯笼，通宵达旦，载歌载舞。整首词容含的景物极为丰富，语言华美，且浓而不腻，所用的字词表现力很强，与节日的气氛、实景结合得妥贴俊美，把古人狂欢元宵节的场面活灵活现地展现在人们眼前。王安石描写宋代人过春节的诗《元日》也历来被人称赞。诗曰："**爆竹声中一岁除，春风送暖入屠苏。千门万户曈曈日，总把新桃换旧符。**(169)"作者抓住放鞭炮，喝美酒即屠苏，贴春联即换桃符这三个最能代表中国人过春节的行为标识，用干净利落、脍炙人口的语言，描绘出当时人们过春节的景象。

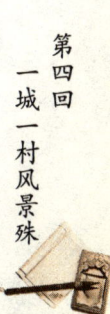

通过这些美诗佳词所表达出的情感，使我们能够深深体会到，根脉相通的中华民族，以其悠久的民俗文化的延续，不可避免地在现代人的心灵里烙下了不灭的印记，而从这类人特有的行为方式，能辨认出他们是中国人。

❀ 桐江漠漠波似染

凡是诗词名人都能对一处景致写出十分精彩而独到的诗篇，且常有惊人之句，流芳百世。

柳永的这首《满江红》是特写浙江桐庐一带的旖旎风光。词曰："**暮雨初收，长川静、征帆夜落。……苇风萧索。几许渔人飞短艇，尽载灯火归村落。……桐江好，烟漠漠。波似染，山如削。绕严陵滩畔，鹭飞鱼跃。**（170）"这首词不仅像一幅绝美的山水画，又像一段绝好的实景拍摄。作者在几十个字里容进了大量的景物，个个鲜活灵动。仔细品味，作者对所列的没有生命的景物，多用动词、形容词等进行修饰、强化，使其具有了生命力。如写雨，是"暮雨初收"；写川，是"长川静"；写帆，是"征帆"；写风，是"苇风萧索"；写艇，是"飞短艇"；写烟雾，是"烟漠漠"；写波，是"波似染"；写山，是"山如削"等等。这或许是做好诗写美词的一条有益的经验。也说明，唯有中国的格律诗词这种独特的语言方式，通过对句式的整合与音符、字数的限制，才能做到如此凝练而至美的表达。

宋代著名文学家欧阳修的《采桑子》一词对颍州西湖（今安徽省太和县东南）美景的描写，历来被称作是首好词，其曰："**轻舟短棹西湖好，绿水逶迤。芳草长堤。隐隐笙歌处处随。无风水面琉璃滑，不觉船移，微动涟漪，惊起沙禽掠岸飞。**（171）"全词以小船行进为线索，船移景变，形成连续的风景线。上阕写堤岸风景，由视觉的绿水、芳草，到听觉隐约处处的歌声。下阕对湖面风景的描写十分精彩，由静态到动感，水面因无风而平静，水静不觉船移，船小慢行微起涟漪，扰动水鸟惊起，掠岸折飞。最后的这一笔写得尤为传神，其"掠"字用得精妙而着意。

苏轼的《饮湖上初晴后雨》是他任杭州通判期间写的一首赞美杭州西湖的诗。诗曰："**水光潋滟晴方好，山色空濛雨亦奇。欲把西湖比西子，淡妆浓抹总相宜。**（172）"此诗与欧阳修的那篇风格不同，没有具体地指点西湖的美景，而仅从天气变幻的对比中，比喻西湖像美人西施那样，其自身的丽质与娇柔，无论怎么打扮都是美的。这样的艺术化比拟，更加提升了杭州西湖的知名度。诗中对阳光映水点点闪光的高难度现象用"水光潋滟"一词来描述，十分贴切而形象。

李白的《夜宿山寺》，是对坐落于山西浑源县五岳之一的恒山翠屏峰上的北魏建筑——"悬空寺"的精彩描述。其寺修建在如斧劈刀削般的峭壁上，群楼悬空，巧夺天工，似是挂立在壁上，又下临深谷，有凌空飞架之势，令人惊叹。李白对此的描写，极为幽默而独到，诗曰："**危楼高百尺，手可摘星辰。不敢高声语，恐惊天上人。**（173）"这种妙似手动心触、奇妙诙谐的艺术夸张，确能收到使人确信此楼寺非常之高的效果。

如果你仔细去看，许多好诗就是因其中的一句特别出彩，便能对一处景致或一种情感作出精彩的表达而出名。因其朗朗上口，便于记忆，易于流传，成为千古名句。如唐朝进士、诗人崔颢的名诗《黄鹤楼》有句"**晴川历历汉阳树，芳草萋萋鹦鹉洲**（174）"，是写在黄鹤楼上远眺春光普照江汉大地的丽景，宽阔浑厚的长江从中而过，是处散布着姿容婆娑的树木，江中有一片长满青草盛开鲜花的沙洲。真是一派江山雄阔草绿花鲜的旖旎风光。杜甫的《越王楼歌》有句："**楼下长江百丈清，山头落日半轮明。**(175)"越王楼位于四川省绵阳市，建成后因时任绵州刺史的唐太宗第八子越王李贞而得名。此诗句清楚地描绘出，越王楼处于沿江与对岸龟山相抱的环境。楼下的涪江，水面宽绰而清澈，尤在夕阳下山剩下半轮时的黄昏景色，更能显出越王楼的雄奇和壮美。李白的《望庐山五老峰》有句："**庐山东南五老峰，青天削出金芙蓉。**(176)"这句诗的出色之点是比喻手法的神奇。句中用"削出"两字极妙，形容五老峰的风姿若鬼斧神工造出，山峰相连呈花瓣状伸展，在有朝阳或夕阳的青天，金璧辉煌清晰可见，像巨大的金色芙蓉那样的美姿。清末诗人刘光第《瞿塘》诗中的一句"**双崖云洗肌如铁，一石江穿骨在喉**(*819)"，对长江瞿塘峡景势的描写可谓是字如铁石，对仗绝佳，景物动人。尤是后句的"一石江穿"，力若万钧，令人震撼。元代著名书法家赵孟𫖯有副为济南趵突泉题笔的名联："**云雾润蒸华不注，波涛声震大明湖。**(177)"其联，词练俊美，动感强烈，描写当时的趵突泉喷涌而出，水气蒸腾不住地扑面，阳光雾霭形成华彩，溢出的泉水流向大明湖发出浑厚的涛声。写出的场景蔚为壮观，颇为后人赞赏。明代王守仁也有首《咏趵突泉》，其句"**惊湍怒涌喷石窦，流沫下泻翻云湖**(*820)"，字字鲜有个性，动态活跃，对此泉的描写形景毕肖，势壮可人。陆游同友人何元立游荷塘赏荷花作佳句："**三更画船穿藕花，花为四壁船为家。**"其用"穿""壁"两字为诗眼，所描绘出的环境生动美妙，着实精彩。如果说用极少的文字能写好一处丽景，唐代诗人姚合的"**月明松影路，春满杏花山**《游杏溪兰若》(178)"是绝佳的一句。短短十个字便写出了一处蕴涵丰富的靓丽春景，其中"明""满"两字用得极好，"满"字尤甚。

🌸 **单于猎火照狼山**　中国古代战争不断，描写战争场景的诗词很多，但描写最为出色的诗人是屈原、杜甫和辛弃疾。

战国屈原的楚辞《国殇》是至今用诗歌的形式描写一场战争最好的一首。他用极为生动而准确精炼的语言，对楚国当时与秦国的一场战争从开始到结束完整地记述下来，其战争气氛的恐怖，战斗的惨烈和战士英勇不屈的精神，令人悲痛和敬慕。歌曰："**操吴戈兮披犀甲，车错毂兮短兵接。旌蔽日兮敌若云，矢交坠兮士争先。……**(179)"这是对战争开始双方布阵，战士英勇向前的那一时刻场景的精彩描述。随后进入双方交战的惨烈场面："**凌余阵兮躐余行，左骖殪兮右刃伤，霾两轮兮絷四马，援玉枹兮击鸣鼓。天时怼兮威灵怒，严杀尽兮弃原野。……**"双方一交战阵容已错乱，利刃折杀右马刺伤了左马，车轮深陷紧缰挣马，兵器鸣碰，恐声厮杀，驱进的战鼓仍在不停地擂动，无数的将士身首分离，尸弃原野。其描述如临其境，无不为之惊叹其过人之笔。

屈原的上首诗是描述战争的惨烈场面，杜甫的《兵车行》也是一首千古绝唱的征战诗，描写的是战争风云突起，战士奔赴战场，乡亲父老妻子相送时生死痛别的场景："**车辚辚，马萧萧，行人弓箭各在腰。爷娘妻子走相送，尘埃不见咸阳桥。牵衣顿足拦道哭，哭声直上干云霄。……**(180)"整首诗里虽没有直写战争景况，但通过直白而真实的叙述其离别时悲痛欲绝的动人场面，也会想象之后战争的惨烈，给人们将带来的深重灾难。该诗文风朴实，却饱蘸情感，具有打动人心的强烈感染力，很值得学习。

辛弃疾的《破阵子》一词，是作者一次酒后，念念不忘报国的思绪油然而生，掌灯抚摸着宝剑，醉不知觉地梦入兵营。作者采用浪漫主义手法，对梦中显现的前线兵营生活及战斗即将开始兵马速动的那一刻情景，作了绝妙的述说：**"醉里挑灯看剑，梦回吹角连营。八百里分麾下炙，五十弦翻塞外声，沙场秋点兵。 马作的卢飞快，弓如霹雳弦惊。……**(181)"他梦中听见军营里悠扬的角号声，战士们在战旗下的篝火旁吃着烤肉，乐器演奏着雄壮悲凉的曲声。突然，进发的军乐响起，部队迅速集合，到处发出急促的点兵声。战马像"的卢"名马那样飞快地驰出，弓箭发出霹雳般令人心惊的声响。描写之精彩，仿佛进入正在发生的实情。诗中使用"飞快""弦惊"这些词有效地强化了画面的动感。

描写战争题材的诗，因所处环境的特殊，场面的激烈和氛围的凝重，易调动诗人的情感，有的诗中的一句便清楚地描绘出战时某一情景的轮廓，给人以丰富的想象而回味无穷。宋代张孝祥的《浣溪纱》有句：**"霜日明宵水蘸空，鸣鞘声里绣旗红。**(182)"此句描绘战士在霜日晴空似秋水的环境里，厉兵秣马誓死抗敌的操练气氛。尤是后半句，甩动响亮的鞭梢，挥舞着醒目的军旗，形象生动，使人鼓舞、振奋、给力。边塞诗人岑参描写大军出击敌军时的场景也颇为壮哉：**"四边伐鼓雪海涌，三军大呼阴山动。**(同94)"四方的战鼓擂动发出的声势，宛如云雪崩发腾涌之状，三军的喊声轰鸣像是震动了阴山。其前句用雪的腾涌之状形容鼓声擂动的声势，实在精彩绝妙。著名诗人王维的《老将行》有句"**贺兰山下阵如云，羽檄交驰日夕闻**（183）"，描述了当时的贺兰山下，对垒的两军排出宏大的阵势，告急的军书日夜频频传来。据此语可以想象即将开战的惨烈。唐朝时，山西代县的雁门是边塞要地，诗人李贺在《雁门太守行》诗里这样描绘当时的气氛："**黑云压城城欲摧，甲光向日金鳞开。**（184）"黑云低得像要把边城压垮似的，天空隙缝射出的阳光投射到守城将士身着的铁鳞铠甲上，金光熠熠，既显现出边防将士抗敌的威武雄姿，也反映出当时国家濒临战争的危重气氛。唐代著名边塞诗人高适对边关烽火突起的描写也很精彩："**校尉羽书飞瀚海，单于猎火照狼山。**《燕歌行》（185）"边防告急，一封一封情报飞速传来。敌人在夜晚发起了进攻，烧杀的战火照明了边塞的狼山。大诗人陆游登上成都北门城头，赋诗《秋晚登城北门》："**一点烽传散关信，两行雁带杜陵秋**（186）。"此诗句，语言形象，对仗工整，隐有典故，情感的表达深重而含蓄。作者远眺深秋萧条的景象，遥见烽火台点燃了烽火，仰视雁阵鸣鸣似有不祥的信兆，不觉思绪万千，深怀长安失守，故都汴梁遭沦陷而不能收复，心情极为悲痛。"散关"是南宋西北边境上的重要关塞，秦置杜县（在今陕西西安市东南），汉宣帝陵墓在此，故称"杜陵"。诗中用杜陵借指长安，又暗喻故都汴梁。"杜陵秋"三字，寓含长安失守和汴梁沦陷。唐代文学家贾至的《燕歌行》语调铿锵，情切朗口，对战争的描写惨烈令人惊怵："**六军将士皆死尽，战马空鞍归故营。**（187）"前线的将士都战死了，而战马驮着空鞍跑回了营地，这是多么使人震撼的结局。唐代进士、诗人张籍对以往战争留下残迹的描写也令人悲痛:"**可怜万国关山道,年年战骨多秋草。**《关山月》(188)"形容通向边关战场的道路上,留下的白骨比秋草还多。这些诗句对战争场景精彩的描述艺术,以及所饱蘸的爱国情怀和对战争的憎恨,使我们后人读来,无不有深深的敬仰之情和刻骨铭心的感慨。

❀ **稻花香满旧田间** 赞颂大自然和田园风情的优美诗歌,是人们追求社会和平,向往美好生活这一共同理想的体现。辛弃疾的词《西江月·夜行黄沙道中》描绘了清纯浓郁的乡村风情,使人们感到一首好诗对人们会产生出多么美好的心灵感受。"**明月别枝惊鹊,清风半夜鸣蝉。稻花香里说丰年,听取蛙声一片。七八个星天外,两三点雨山前。旧时茅店社林边,路转溪桥忽见。**(同84)"该词描述的风情并不特殊,很是普遍,作者也没有用华丽的辞藻着意渲染,其朴实的文笔,擒住月亮、星星、清风、雨点、喜鹊、蝉鸣、稻花、蛙声等这些景物,用近乎直白的言语款款道来,却画出了一幅优美的田园风情画,这正是诗词应达到的一种境界。他的另一首词《清平乐·村居》里有段描写也很有趣:"**大儿锄豆溪东,中儿正织鸡笼;最喜小儿无赖,溪头卧剥莲蓬。**(189)"远离闹区的乡村,显得那样的安详,淳朴的农民在勤劳耕耘,其乐融融,尤其是最后两句,农家孩子那种活泼清纯的天性,被描写得淋漓尽致。秋天是收获的季节,南宋诗人范成大用轻快流畅的笔调描述打谷场上的场面,写得颇为生动:"**新筑场泥镜面平,家家打稻趁霜晴。笑歌声里轻雷动,一夜连枷响到明。**《四时田园杂兴(其八)》(190)"那充满丰收喜悦的欢笑声里,混合着打麦场嘭嘭的连枷声,全是从纯朴的农家散发出的浓郁的乡土气息。读之如身临其境,至深的情感油然而生。温馨的乡村,从春天到秋天都是美的,但美而不同。

春天,乡村万象更新,一切都显得新鲜可亲。宋代朱熹的《观书有感二首》中有句"**半亩方塘一鉴开,天光云影共徘徊**(191)",作者比喻初春的池塘碧水像打开的镜面那样清亮,蓝天白云映入水中,水静云动,形成天地合一的清新亮景。春天雨后的乡村是很美的,辛弃疾的《鹧鸪天》词有句"**春日平原荠菜花,新耕雨后落群鸦**(同48)"。此句之美,在于作者对所采景物的绝好搭配,春日的花开是多么的新丽,"新耕、雨润、落鸦"又是多么的鲜活,形成了一幅绝美的景致。如果没有深入到乡村生活,怎能写出如此精彩的诗句?

夏天,花落结子,叶茂林荫,乡村换了一种风貌。南宋诗人徐玑在《新凉》诗中道:"**水满田畴稻叶齐,日光穿树晓烟低。**(192)"前句描写夏日的田野勃勃生机,后句描绘炎热里的乡村林野,光穿树丛,明暗交错,紫烟生出,有种阴爽静谧的清丽之感。

到了秋天,乡村还是美的,稻花飘香,灌浆垂穗是一大特色。陆游的《秋日郊居》有句"**万里秋风菰菜老,一川明月稻花香**(193)"是用大视角描写秋天初来乡村的景象,尤是后句描绘的稻花夜景,清爽亮丽,令人陶醉。句中的"菰菜"是可食水生植物,嫩茎称"茭白",果实称"菰米"。北宋诗人曾纡的《宁国道中》则着墨于眼前的一处田野风情:"**半川云影前山雨,十里香风晚稻花。**(194)"时下,山上下着雨,山下白云浮动,影布半川,一望无际的晚稻被秋风拂动,散发出阵阵特有的清香。清代著名小说家曹雪芹笔下的田园，言语虽简，但乡土味却特浓："**一畦春韭绿，十里稻花香。**《红楼梦第十八回》（195）"北宋名臣徐绩向来以关心百姓疾苦而闻名，为官一方，凡是有害百姓的事，他都据理力争，得罪了不少权贵，几遭诬陷，不被重用。他的《归田》诗里有句"**最喜儿孙解农事，稻花香满旧田间**（196）"，体现了诗人淳朴实在的品格，表达了对乡村的秋天的憧憬。他之所以最希望儿孙们成为勤劳能干的普通农民，是缘于他与劳动民众有种难以割舍的情怀，这种品格着实令人敬佩。

牛有蛮力，肯出力，出农活，其品性也是勤劳朴实农民品格的象征。描写牛畜的诗篇，也是田园风情诗中亮彩的一笔。宋代宁宗嘉定年间状元、进士第一人的吴潜，有句"**半掩柴门人不见，老牛将犊傍篱眠**《竹》（197）"，推开农家不见人，而见篱笆旁老牛挨着小牛犊安详卧眠。这是静态描绘乡村农舍的一幕，散发出浓郁的农家气息。宋代孔平仲的《禾熟》诗里有句"**老牛粗了耕耘债，啮草坡头卧夕阳**（198）"，句中"粗了"就是还了的意思，夕阳下，老牛卸了犁耙，卧在坡头悠闲地反刍着胃里的青草。这是动态描绘了一处颇为精彩的田园风情。

❀ **万里疆塞边城关** 边塞城郭是祖国大好河山的一角，诗人对它的特殊地位与自然环境常有绝佳的描写。岑参的边塞诗最为出名，对边疆的描写常有惊人之句。比如前面他的两首诗里的名句"**纷纷暮雪下辕门，风掣红旗冻不翻**（同91）""**剑河风急雪片阔，沙口石冻马蹄脱**（同94）"等。他的《赵将军歌》诗有一句："**九月天山风似刀，城南猎马缩寒毛。**（199）"天山一带农历九月的天气已经很寒冷了，寒风如锋刃般袭来，战马也被冻得直哆嗦。这一首有"缩寒毛",前一首有"马蹄脱",极力渲染出北方边塞冬季环境的冷酷。大历元年(公元766年),奉唐代宗之命,岑参随杜鸿渐宰相入蜀平乱,期间他写了《奉和相公发益昌》一诗,描写夏日里在边塞行军的境况。其中"**朝登剑阁云随马,夜渡巴江雨洗兵**(200)"一句写得尤佳,描写的环境和景物,呈现出边塞的那种空旷、露野的韵味,反映出英勇的将士打天下守边疆,以国为家,过着朝"云随马",暮"雨洗兵"的军旅生活。字里行间,洋溢着乐观豪迈的情绪。"剑阁",此指四川省剑阁县大、小剑山一带的险路,古人在悬崖凿石架木而成阁道,称为剑阁。"巴江",指嘉陵江在阆中县以北的一段。

"大漠孤烟直,长河落日圆",祖国边疆旷野人稀,远离闹市,大自然的原始生态保持得最为完整,有着天然的纯朴、清静神秘的色彩,为诗人展示手笔提供了自由的空间。张籍的"**边城暮雨雁飞低,芦笋初生渐欲齐**(同11)"是描写边城春天特色的一处妙笔。黄昏时下着小雨,城外,大雁觅食回来,低飞在嫩芽速生新叶欲齐的苇湖上,耐人寻味。边关是通向内地的关口,古时常有重兵把守,秦皇岛山海关的城楼上有一副对联:"**两京锁钥无双地,万里长城第一关。**(201)"大清入关前,沈阳称作"盛京"。两京,这里指的是北京与沈阳。在两京之间,山海关是唯一通向内地的要道,又濒临大海,在祖国的最东端,号称天下第一关,当然也是万里长城第一关。这副对联写出了山海关的威严气势,凸显出祖国边陲大关口的特点。

❀ **千章秀木亭苑阁** 我国历史悠久,遗存多处楼台庙宇,它们能留存下来,是因它们的历史价值和所处地理环境具有特

色。它们刻记着历代岁月的荣辱兴衰，记录了人间的悲欢离合，是文化遗产的经典、民族的记忆和历史的见证。暂且不说各地四处散布的塔庙寺院，单说楼阁，著名的有湖北的黄鹤楼，湖南的岳阳楼，江西的滕王阁、浔阳楼，山西的鹳鹊楼，云南的大观楼，广东的镇海楼，贵州的甲秀楼，安徽的太白楼，四川的越王楼，山东的蓬莱阁等。寺庙、楼阁、亭台因事而建，因建而名，又多建于风水宝地，成为名胜异景，引来文人骚客著文吟唱，故而名气更大，成为中华历史文化珍贵遗产的一部分。

四川成都的武侯祠是一处重要名胜，是纪念三国汉蜀丞相诸葛亮的祠堂。伟大诗人杜甫千里寻故地，写下千古绝唱《蜀相》一诗怀念名相诸葛亮。该诗的前四句"**丞相祠堂何处寻？锦官城外柏森森。映阶碧草自春色，隔叶黄鹂空好音**[202]"，作者以白描的手法，通过对庭院里的森森柏树、萋萋春草、鸣鸣黄鹂等景物的描述，着力渲染武侯祠寂静古朴清雅的环境，为后四句抒发作者的沉痛心情，深情缅怀诸葛亮作了极好的铺垫。

登鹳鹊楼远眺，令人心旷神怡，盛唐诗人王之涣的《登鹳鹊楼》写得气势磅礴而有新意，诗曰："**白日依山尽，黄河入海流。欲穷千里目，更上一层楼。**[203]"作者借高度提升能看得更远这一客观感受，从哲学的角度提示人们，思想的升华也会发现新的境界，以激发人们乐观积极向上的精神。这种新的含义，赋予了此诗强大的生命力。

写有黄鹤楼的诗篇最好的还是李白的《黄鹤楼送孟浩然之广陵》。李白写此诗前曾登过一次黄鹤楼，这里有段故事。唐人进士崔颢登黄鹤楼，提笔写下千古名篇《黄鹤楼》："**昔人已乘黄**

鹤去，此地空余黄鹤楼。黄鹤一去不复返，白云千载空悠悠。晴川历历汉阳树，芳草萋萋鹦鹉洲。日暮乡关何处是，烟波江上使人愁。(同174)"黄鹤楼耸立于大江之畔，俯首尽看河流交纵富饶的江汉平原，浪迹了大千世界的古艮岁月，又有美丽的传说。经崔颢的如此评说，李白登此楼看后，撂笔称赞，无诗奉和。后来李白送孟浩然再次登上黄鹤楼，没有空手而归，写下了"故人西辞黄鹤楼，烟花三月下扬州。孤帆远影碧空尽，唯见长江天际流(同149)"这篇横贯古今无人能比的杰作。此诗语言的流畅简括而优美，意境的阔大深远而真实，寓意情感的真切自然而无痕，是为三绝。

李白在登岳阳楼时也挥毫写出了名篇《与夏十二登岳阳楼》，有句"楼观岳阳尽，川迥洞庭开(同136)"，意境写得开阔通达，对仗工整，据此诗意境，仿佛能看到当时的岳阳楼耸立在岳阳城边的洞庭湖畔。清代诗人杨庆琛的"胸中清气吞云梦，天下奇观到岳阳《雨后登岳阳楼》"，也写得凌空超然气度非凡。杜牧到江西一处登上一楼阁，写出的这句"垂楼万幕青云合，破浪千帆陈马来《怀钟陵旧游三首》"，可以与上面李白、杨庆琛登岳阳楼写的那两句诗媲美，特别是后句应景用词所显出的气势尤为雄奇而劲健。

杜甫对大明宫这一当时最为富丽的皇家宫殿的描述甚是惟妙，诗曰"旌旗日暖龙蛇动，宫殿风微燕雀高《奉和贾至舍人早朝大明宫》(204)"，此句虽没有直写大明宫的姿状，却能从插满宫殿如龙蛇般飘动的旌旗，和萦绕在宫殿上空游弋的燕雀，感触到宫殿的高大和雄伟，凸显出唐朝皇权的至高和威严。此描述形象生动，对仗尤为工整，用词精雅颇妙。

金代诗人赵沨自号黄山，经道看到黄公庙与白塔山两处迥然

不同的美景，作《黄山道中》一诗："**千章秀木黄公庙，一点飞雪白塔山。好景落谁诗句里，蹇驴驮我画图间。**（同1）"前一句写景，后一句写意，诙谐滑稽，示意人们见到好景才能作出好诗，而真正的好诗，如同骑着毛驴去看景，才能慢慢细细地欣赏到其中的美韵。诗中"一点飞雪"用词尤佳，富有灵气。赵沨因喜骑驴观景作诗，诗界里戏称为赵蹇驴。

除了对庙堂楼塔的描写，还有对寺的描写。初唐著名诗人宋之问的《灵隐寺》一诗，对名刹"灵隐寺"作了出色的描绘："**楼观沧海日，门对浙江潮。桂子月中落，天香云外飘。**（205）"灵隐寺面对钱塘江，可看见江海的潮起潮落和升起的红日，月光下桂花徐徐下落，香火不断，香雾缭绕飘向天外。读后，似如面临佛门，有种景视宏阔安详玄妙的感觉。著名诗人杜牧的诗《江南春绝句》也写到寺，但不是以一个具体的地方物景为对象，而是采撷整个江南特有的景色，故题为《江南春》。诗曰："**千里莺啼绿映红，水村山郭酒旗风。南朝四百八十寺，多少楼台烟雨中。**（206）"全诗没有细致刻画景物，而从大处着眼，抓住花鸟、酒旗、寺庙这些江南最常见的景物，挥洒几笔，一幅跨越时空、浓缩江南的明媚春天和烟雨雾朦的丽景画面即出。其笔法的概度之高，境况之大，寓涵之丰富，令人叹服。

❁ **鹰呼腰箭猎归晚** 在古代，争存亡必尚武，出猎活动被看成是战场的预练，也是获取肉食，施展武技，展现男子威猛刚勇的手段与方式，为人所喜爱。出猎常有惊险一幕或有猎奇之景，是诗人喜欢的题材。

苏轼的《江城子·密州出猎》一词是作者对自己一次狩猎

活动的出色描写："**老夫聊发少年狂，左牵黄，右擎苍，锦帽貂裘，千骑卷平冈。欲报倾城随太守，亲射虎，看孙郎。酒酣胸胆尚开张，鬓微霜，又何妨！持节云中，何日遣冯唐？会挽雕弓如满月，西北望，射天狼。**(207)"诗中的他，左手牵着黄犬，右手擎着苍鹰，头戴锦帽，身着貂裘出猎。一大队随从跟着他一上一下飞驰在通向猎场的平冈上。他老而不减当年，自比少年志得满满，要像三国时的孙权那样威勇，亲自射杀猛虎。猎场下来酒酣时，志胆更壮，年纪虽大一些，但无妨报国杀敌的决心，仍能把强弓拉出满月，射向掠乱扰民的西北"天狼"。词中"狂""卷""张""射"字用的特好，其"狂"字，展现出一种俊健豪气，"卷"字把现场生动的气势与氛围全带出，"张"字显出雄心勃发，"射"字劲力无穷。作者时约四十岁，出任密州太守，就是现在的山东诸城。我们不论当时作者因谪居官贬的复杂心理和社会背景，仅从字面所彩绘出的生动流畅的画面，和洋溢出豪迈奔放的壮志与情怀，以及遣词造句举重若轻、清隽洗练，开启新一派词风的独特才华，使人敬佩。

描写出猎，元代进士、诗人萨都剌的《上京即事》是首脍炙人口的绝佳好诗，诗曰："**紫塞风高弓力强，王孙走马猎沙场。呼鹰腰箭归来晚，马上倒悬双白狼。**(208)"秋风猎猎，贵族王孙们骑马出猎，归来已晚。那姿状，猎人腰里别着箭，猎鹰在肩头"警、警"的鸣叫，马背上驮着两只倒悬的白狼。诗人仅四笔，便生动而流畅地绘出边塞野外环境下的一次狩猎活动。元代时还没有猎枪，厮杀全凭刀箭棍棒，你能从此诗感悟到，古时猎人射杀野兽时的勇猛和高强武技。诗中的"紫塞"指西北边塞，因边

塞的长城远远望去呈暗紫色，故称"紫塞"。

王维的《观猎》诗，也是描写使用弓箭骑着马带着猎鹰出猎："**风劲角弓鸣，将军猎渭城。草枯鹰眼疾，雪尽马蹄轻。**(209)"这首诗写得异常精练而活泛，从"风劲""草枯""雪尽"可得知这是在冬天残雪未尽时的一次狩猎。虽没写猎杀的场面，但从"角弓鸣""鹰眼疾""马蹄轻"，你能听到雪尽马蹄奔跑发出蹬蹬的声音，草枯更易看到猎物的影动，引起猎鹰金眼的敏动，从嗖嗖的弓箭声，能感觉到猎杀场面的激烈。

❀ **涟漪影动摇潇湘** 诗人善写特景，光影、倒景、幻觉、梦境这些特别的现象虽是虚无的，但却是现实的反映。

先说光影，凡光线照射物体形成的影子，统称光影。唐代诗人韩翃，他的《张山人草堂会王方士》对其有美妙的描写："**一片水光飞入户，千竿竹影乱登墙。**(210)"水光返射将室外的竹影一同映入户内，水面轻动，户内的光影随着晃动，形成竹影登墙的景象。"水光飞入""竹影乱登"用词极佳，颇为灵动。张先的《天仙子》词有句"**沙上并禽池上暝，云破月来花弄影**(同108)"，其对光影的幻动描述也尤为出色。月光射入飘动的云彩，时隐时现的云影落在花朵上时明时暗，使花儿的影子也在动。

倒影是光照景物映入水中形成的影子。诗人杜甫在《寄韩谏议注》中写道："**芙蓉旌旗烟雾落，影动倒景摇潇湘。**(211)"其景写得很传神，晃动着的倒影仿佛是摇动着的潇湘，影动景变，摇曳姿出神奇，一语服人。

写诗词有写实景与造景之说。诗人以其丰富的想象力，钩织出如梦如醉或如泣如诉的一种想象的虚景或幻觉，便是造景。如战国屈原的《离骚》有一句写天上的景物："**驾八龙之蜿蜿兮，载云旗之委蛇。**(212)"这是作者的想象，天上有八龙拉车，腾云驾雾蜿蜿行驶在天空，车上的彩旗飘动如蛇弓行。此描写奇妙无比，景物神话般地漂浮在读者眼前。

梦幻也是一种虚景，陆游善写梦境与幻觉。他在《十一月四日风雨大作》中所描写的幻觉尤为出名："**夜阑卧听风吹雨，铁马冰河入梦来。**(213)"拂晓前卧室外的风雨声，似是诗人戎马生活曾历的情景，英勇的将士，身着铠甲骑着战马淌过寒冷的冰河的幻觉，顿时浮现在眼前。"铁马冰河"一语气势甚烈，威壮山河。陆游的另一篇诗作《秋夜闻雨》也是关于梦到类似的情景："**惊回万里关河梦，滴碎孤臣犬马心。**(214)"陆游一生有着强烈的爱国精神，抗金卫国痴心不改，戎马军装梦入一线，此诗句便是他闻雨声而卧梦边关的感受，有将士效忠国家而英勇献身的悲壮，惊天地泣鬼神，其感人的事迹，如血泪流淌，又似这凄凉的秋雨，滴碎人心。其用"滴碎""犬马"来表达自己如此深厚的爱国情感，也震撼着读者的心灵。

■ 明 沈周《东庄图册 北港》

第四回 一城一村风景殊

第五回
鸟飞鱼翔兽禽走

动植物是体现自然界生命力的两大现象。动物是可自主的自由移动的活体,包括人类,即飞禽走兽昆虫等。诗人酷爱大自然,那天上飞的地上跑的水里游的自然都是描写的对象。集所采列的精彩描述可得知,这些都是来自诗人们对各类动物行为特点细致入微的观察。

❀ **弄风骄马跑空立**

有关马的描写,南梁诗人张正见的《紫骝马》中的这句**"似鹿犹依草,如龙欲向空"**写得简括而形似。此句虽没有直说马的面貌,但通过绝妙的比喻,却十分贴切地描绘出马的形象。辛弃疾的《破阵子》词有句**"马作的卢飞快,弓如霹雳弦惊**(同181)**"**,形容马速的飞快如同"的卢"一样。"的卢"相传是三国时期刘备的坐骑,此马因疾快如飞救过刘备的性命而有名。形容奔马,东晋诗人曹毗的这句**"奔电无以追其踪,逸羽不**

■ 宋 崔白《双喜图》

能企其足《马射赋》"也写得好，此马似精灵来世，比奔电和飞鸟还快，能不是匹好马吗？描写马的动姿最出色的是苏轼，如前所述："**弄风骄马跑空立，趁兔苍鹰掠地飞。（同162）**""**有如兔走鹰隼落，骏马下注千丈坡（同161）**"。这种对骏马、脱兔、鹰隼迅驰疾飞特征的敏锐观察，和精准神奇的描写，令人叹绝，让我们再一次感受到中华文化的奇美和博大。

🌸 浩空鸟飞千点白

鸟能飞离大地搏击长空，靠的是有力的翅膀。五代诗人张松龄的《渔夫》词有句"**看白鸟，下长川，点破潇湘万里烟（215）**"，此句对飞鸟翔空写得别样精彩。鸟儿飞翔在下有长川的浩瀚晴空，扇动着的白羽，远远看去像点点飘动的白云，不过这"白云"的折动酷似把剪刀，剪破了湛蓝的天宇。"点破"一词用得极佳，灵动传神。白居易的《彭蠡湖晚归》，对黄昏日落时，群鸟晚归湖畔之景也描写得相当美："**鸟飞千白点，日没半红轮。（216）**"一大群白鸟飞翔在彭蠡湖的上空，似千百个移动的白点，而西边的落日，半身已潜入地平线，散放出红霞的光彩。这般描绘彭蠡湖落日时的丽照，很是生动。其中上句的"点"字也用得好，小而灵动。下句的"没"字动感很强，潜而有影。

🌸 鸳鸯荡起双双翅

鸳鸯是伴侣也是情侣的象征，描写它们是诗人的善笔。北宋魏夫人的词有一处描写鸳鸯起飞的精彩镜头："**溪山掩映斜阳里，楼台影动鸳鸯起。**《菩萨蛮》（217）"春天夕阳下的溪山，水边楼台静谧的倒影突然被风划破，惊动了正在戏水的鸳鸯飒然而起。特别是后句，对景象由静态向动态过渡以及风起、水摇、影动、鸟飞的接连变化，描述得非常

好。刘禹锡的《浪淘沙九首》也有一句"无端陌上狂风急，惊起鸳鸯出浪花(218)"，此与魏夫人的那句有异工同曲之妙，不过，本句里的景象，突来的风猛而急、鸳鸯被惊动飞起时带出了浪花，画面颇为生动。白居易描写的鸳鸯与前述的不同，不是被惊扰飞去，而在戏水自乐："**鸳鸯荡漾双双翅，杨柳交加万万条**。《正月三日闲行》(219)"前句写水中鸳鸯举起双翅扑扇的兴奋姿状，后句写春风杨柳，枝条摇曳交加的轻扬动感。两句对仗极为工整，"鸳鸯荡漾"对"杨柳交加"，"双双翅"对"万万条"。流畅的诗风，优美的用词，体现出的意境新而活脱。此句是该诗的颈联，若溯回出颔联"绿浪东西南北水，红栏三百九十桥"，是处绿水红桥，便显出春来苏州的绝美风采。杜牧的《入茶山下题水口草市绝句》，用拟人的手法描写的鸳鸯带有人特有的情感："**惊起鸳鸯岂无恨，一双飞去却回头**。(220)"一对感情恩爱生活恬静的鸳鸯，厌恶别人扰动它们的生活，诗人巧妙地写出鸳鸯忿懑地飞去而又留恋地回望故地的一瞬。

杜鹃啼破江南月　杜鹃又称布谷鸟，也称鹧鸪、子规、杜宇等。杜鹃以叫声哀惋、悲切、持久闻名。可能是因情所致，大都在春末夏初繁花纷落时节，昼夜啼鸣不停。杜鹃的这一特性为文人所用，写出了不少名篇。治平二年（1065）的状元，曾是竭力诬陷弹劾苏轼，制造出震惊朝野的"乌台诗案"的始作俑者，北宋诗人舒亶，他在《菩萨蛮》中有句描写杜鹃鸣叫的名句："**杜鹃啼破江南月，香风扑面吹红雪**。(221)"暮春时节，杜鹃一夜的鸣叫让月亮归西，唤来阵风使花儿如雪般纷落。"啼破"两字尤显出杜鹃执情呐喊的特性。"扑""吹"两字也用得美妙，与前句的"啼破"气氛十分相适。宋代诗人王令的《送春》有句："**子规夜半犹啼血，不信东风唤不回。**(222)"夜已深深，杜鹃还在鸣叫，其声悲切撕心裂肺，犹如啼血。杜鹃如此鸣叫其实是在寻情唤偶，诗人借此说是在唤回东风，有种矢志不渝的精神。

杜鹃也是报时鸟。一次苏轼饮酒后，下马解鞍，睡在绿杨桥边花草清香的草地上，听到杜鹃的鸣叫，醒来正是临晨拂晓。故有苏轼《西江月》里的这句"**解鞍欹枕绿杨桥，杜宇一声春晓**(同38)"。张先在《千秋岁》词里说的"**数声鶗鴂，又报芳菲歇**(同35)"，其所听到的杜鹃鸣叫是在花繁凋落的时候，此时也正是陆游讲的夏天将来的时节："**纷纷红紫已成尘，布谷声中夏令新。**(同36)"而王维在《送梓州李使君》中所说的"**万壑树参天，千山响杜鹃**(同68)"也是指春去夏来这个时节。

杜鹃鸟的叫声凄惨，声犹溅血，人们把杜鹃花红时巧遇此时杜鹃"啼血"联系起来，说是杜鹃啼出的血染红了的花称为杜鹃花。正如宋代诗人杨巽斋在《杜鹃花》中所写："**鲜红滴滴映霞明，尽是冤禽血染成。**(223)"

🌸 **黄鹂啾啾鸣翠柳** 黄鹂又称黄莺，其声清脆优美，滑转低昂有致，音色圆润嘹亮，富有韵律，悦耳动听。诗人常把它的歌声与春色相配写诗。如杜甫诗云"**两个黄鹂鸣翠柳，一行白鹭上青天**(同156)"，"**映阶碧草自春色，隔叶黄鹂空好音**(同202)"。

黄莺也是报春鸟，元代中期著名诗人杨载称其鸟鸣是："**柳梢听得黄鹂语，此是春来第一声。**《到京师》(同7)"黄莺喜春爱花如痴，宋代诗人何基的《春日闲居》有句"**春草阶前随意绿，晓莺花里尽情啼**(224)"，黄莺善鸣，又称夜莺，万物寂

静，它还在独鸣。唐代诗人韦应物的《滁州西涧》里有"**独怜幽草涧边生，上有黄鹂深树鸣**（225）"，杜甫也有句说春来时，万物皆活尤是黄莺的鸣叫："**即遣花开深造次，便教莺语太叮咛**。（同227）"黄莺不仅喜春善鸣，且习于春来群居。秦观的词《好事近·梦中作》中有其描述："**春路雨添花，花动一山春色。行到小溪深处，有黄鹂千百**。（同47）"这是很生动的一幕，春雨花开，山色随之春变，山下清流的深处，成群的黄鹂在草丛树上寻偶、觅食。白居易的《钱塘湖春行》诗中对初春时节黄莺群居姿状的描写也很生动，"**几处早莺争暖树，谁家新燕啄春泥？**（226）"

❀ **衔泥燕子迎风絮** 燕子翅长身小尾宽，其特异的身材，飞动起来飘逸轻巧，如舞姿一般，有莺歌燕舞身轻如燕一说。杜甫对燕子的描写很传神。诗曰："**熟知茅斋绝低小，江上燕子故来频。衔泥点污琴书内，更接飞虫打着人。**《绝句漫兴九首》（227）"燕子喜衔泥做巢，作者的茅斋就在江边，燕子频繁地衔江泥往返于此造窝，弄脏了书房。更有趣的是，燕子时能碰着人，就是在燕子飞捕昆虫时，急停折飞的那一瞬"更接飞虫打着人"。此句写得精妙，"更接"是急停折飞之状，"打着人"三字带有浓郁的方语口味，使整首诗看似那么平素自然，实则凸显出作者驾驭语言的高超功力与朴实的诗风。

诗人对飞禽的描写，都善于使用最能表现个性的措辞。比如杜甫诗里的"**自来自去梁上燕，相亲相近水中鸥**〈江村〉（228）"，用"自来自去""相亲相近"便形象地绘出两种鸟的行为习性。苏轼的《蝶恋花》词"**花褪残红青杏小。燕子飞时，绿水人家绕**（同

29）"，用一个"绕"字写活了燕子。南朝诗人何逊《赠诸旧友》中的"**岸花临水发，江燕绕樯飞**（同807）"，通句极为精炼地表达出春景的生气，也是用了"绕"字凸现春燕的轻健与活泼。白居易的"**几处早莺争暖树，谁家新燕啄春泥**（同226）"，一个"啄"字，隐含着燕子衔泥做巢这一连续过程的鲜活行姿。李贺在一首诗里写到了小燕子，"**春水初生乳燕飞，黄蜂小尾扑花归**《南园十三首（其八）》（229）"，乳燕初飞，想必它姿容可拘，扑扑扇翅，甚为可爱。宋代张震的《鹧鸪天》写的是饱经风霜的大燕子，春满落絮时迎风衔泥，颇有风姿："**衔泥燕子迎风絮，得食鱼儿趁浪花。**（230）"明代诗人申时行的《应制题扇》诗中对燕姿飞动的描写也极为传神，诗曰："**轻翻玉剪穿花过，试舞霓裳带月归。**（*824）"轻捷飞动的燕羽如巧剪张合，身着花衣带月归返时的神态，尤显春天朗夜的舒美。

对燕子的描写最出色的是宋代著名词人史达祖，他的《双双燕·咏燕》一词，历来被公认为是描写燕子的绝笔。词曰："**过春社了，度帘幕中间，去年尘冷。差池欲住，试入旧巢相并。还相雕梁藻井，又软语商量不定。飘然快拂花梢，翠尾分开红影。芳径，芹泥雨润。爱贴地争飞，竞夸轻俊。红楼归晚，看足柳昏花暝。应自栖香正稳，便忘了天涯芳信。愁损翠黛双蛾，日日画栏独凭。**（231）"凡看过此篇的人，无不赞佩作者对燕子做巢、飞翔及捕食行为细致入微的观察和精准灵动的描写。你会感到，燕子不仅生活得那样的自由、奔放、洒脱和愉快，而且如同人类一般，有着自己的情感和语言。该词对燕子行为的描写十分精彩传神。燕子春天归来欲进旧巢时的神态："差池欲住，试入旧巢相并。"

燕子飞进华屋，点点闪闪欢鸣不停："还相雕梁藻井，又软语商量不定。"说它们往复飞绕在雕梁和天花板间，时有落在梁上唧唧喔喔，像是在商量什么似的。燕子飞向田野，"飘然快拂花梢，翠尾分开红影，"向上快速滑过树梢的飞翔流线，和飞舞时分开的墨绿燕尾及喙下红羽姿状，尽显身影的矫健。燕子时而又滑下地面，"爱贴地争飞，竞夸轻俊"的那种争飞的行姿尤为轻灵快捷。

❀ 趁兔苍鹰掠地飞

苍鹰有绝佳的雄姿，敏锐的眼，锋利的喙，尖利的爪，有力的翅。它是飞禽中的猛禽，猛禽中的王者，被诗人赞美。苏轼的"**趁兔苍鹰掠地飞**""**有如兔走鹰隼落**"，都是描写雄鹰猎姿的经典诗句。唐代诗人章孝标的诗《鹰》对苍鹰追猎时的飞姿和利刃般的爪、喙，也有精彩的描述，诗曰："**穿云自怪身如电，煞兔谁知吻胜刀。**（*826）"而对苍鹰形象完整并有鲜明个性的描写，最好的莫过于柳宗元的《笼鹰词》。这里仅选用其中的一段，你可体会到雄鹰的气势与风姿："**凄风淅沥飞严霜，苍鹰上击翻曙光。云披雾裂虹霓断，霹雳掣电捎平岗。砉然劲翮剪荆棘，下攫狐兔腾苍茫。爪毛吻血百鸟逝，独立四顾时激昂。**（232）"诗中讲，入冬后，在寒风凛凛气候渐冷的晨曦，那苍鹰飞起侧翔的那一刻，曙光照在咖啡色的羽背上返射出闪光。春夏季节，云罩雾裂风雨电闪，矫健的苍鹰"嗖"地一下平滑飞越山岗的飞状，迅猛轻快，尽显风姿。秋天是苍鹰捕食的季节，它扇动着有力的翅膀，"唰"的一声飞下莽原，追捕四散奔逃的狐兔。猎食后的苍鹰，爪子上粘着毛，嘴上噙着血，它昂首挺立，金眼四顾，时有激越的姿态，并发出"劲""劲"的鸣叫。其描写形神毕肖，淋漓尽致地表现出了苍鹰的神态、健姿和猛悍嗜血的品性。

❀ **片片轻鸥下急湍** 沙鸥与白鹭是两种水鸟，喜食鱼虾，常见于多湿环境的水泊中。而鸥鹭体态各异，沙鸥体小，羽扇灵动，飞姿敏捷，白鹭体大，喙颈腿颇长，姿态优雅，飞状娴慢，两者对比鲜明，人们对它们的描写常有妙句。晚唐著名诗人温庭筠《利州南渡》有一名句"**数丛沙草群鸥散，万顷江田一鹭飞**(233)"，用远近高低不同的视角，对鸥散鹭飞那一刻的景状作了精彩的描述。

对沙鸥飞姿的描写，诗人依不同的环境，着笔点不同，特色不一。张孝祥的《西江月》"**寒光亭下水连天，飞起沙鸥一片**(234)"是着笔于沙鸥飞起的那一刻，杜甫的《小寒食舟中作》"**娟娟戏蝶过闲幔，片片轻鸥下急湍**(235)"虽是起笔于花蝶舒慢的飞姿，实则反衬沙鸥逆向急湍倾下捕鱼那一刻的敏捷，尤是后句"片片轻鸥下急湍"写得活灵神出，是为绝笔。明代诗人高启的这句"**惊鸥飞过片片轻，有似梅花落江水**《忆昨行寄吴中诸故人》"是着笔于鸥的上下飞动如梅花落水，此般形容飞姿的轻飘颇得其神。而欧阳修的"**无风水面琉璃滑，不觉船移，微动涟漪，惊起沙禽掠岸飞**(同171)"，由起笔湖面的平静，波的微动，到落笔沙鸥飞起后折向沿岸疾飞的那一幕，着实精彩。

对白鹭的描写，诗人也是依不同的环境显出它的特点。王维的"**漠漠水田飞白鹭，阴阴夏木啭黄鹂**(236)"，描写夏日的农庄白鹭在茂密树林外的一大片水田上缓而悠闲的飞翔姿态。唐代诗人张志和的"**西塞山前白鹭飞，桃花流水鳜鱼肥**(237)"描写白鹭沿着山谷下的一条溪流，侧羽劲飞的寻食姿态。而山谷盛开着桃花，溪流中窜弋着肥美的鳜鱼,所绘美景清嘉可人。杜甫《漫成一首》有句"**沙头宿鹭联拳静,船尾跳鱼拨剌鸣**(238)",其语色厚实而精美,句法对仗工整,形象地描绘出寂静的河岸夜景,白鹭缩着头、蜷腿立眠,不时能听到鱼儿在河里腾跃,有的则跳上岸边的小船发出"扑哧"的声响。唐代诗人和凝的《渔夫》词里也有句对白鹭静姿的描写:"白芷汀寒立鹭鸶,蘋风轻剪浪花时。(※815)"其上句写静,后句写动。尤其是后句用"轻剪"两字,洗练而传神地描绘出水面浮萍被微风荡漾与掀起的浪花相碰时的复杂景态,一幅由静到动颇有生气的自然环境映入了眼帘。

❀ **晓鸦盘旋暮鸦鸣** 乌鸦喜食腐物,嘎嘎的单调发声和它黑得发亮的羽身,若幽灵怪丑,多是令人厌恶的生灵。其噪鲁而率真的个性,在诗人的妙笔下,也颇显生动有趣。辛弃疾的《鹧鸪天》词有句:"**乱鸦毕竟无才思,时把琼瑶蹴下来**。(239)"粗鲁的狂鸦,站在落满雪花的梅枝上,积雪纷纷落下,其画面格外生动别致。

乌鸦有早起晚归群居的习性,善栖树枝,迎朝阳慕晚霞,飞乱腾落,其情景也鲜活。古诗词里有不少描写乌鸦的名句,按早晚出行,分为晓鸦和暮鸦。

明代唐伯虎的《晓起图》是描绘晓鸦的配图诗,有一句"**晓鸦无数盘旋处,绿树枝头一线红**(同96)"。诗人这里描绘出一幅绝美的画景:黎明前,东方地平线,被大片的树林遮盖,红色晨曦露出树梢,像是一条红线。在它的上空,群鸦展羽盘旋,随着越来越多的乌鸦加入,形成巨大的蜗旋,景色尤为壮观。宋代进士裘万顷的《早作》一诗中描绘的晨鸦画面也极有特色:"**斗柄**

横斜河欲没，数山青处乱鸦鸣。（240）"拂晓前夕，冥空中横斜北斗，银河渐被晨曦浸没，已朦朦见亮的山峰间的空缺处，能听到乌鸦的躁鸣。尤以"数山青处"几字，衬托出黎明时分，暗中启亮的那种感觉。北宋文学家张耒的《破幌》，是描写拂晓时，栖在高树睡眠的乌鸦被附近古刹钟声惊醒的一幕："**高眠寻断梦，邻树已乌惊。**（241）" 南宋进士利登的《早起见雪》诗有句"**折竹声高晓梦惊，寒鸦一阵噪冬青**（242）"，描写夜中的一场大雪在拂晓前，折断了竹林的大片青竹，惊起了栖竹寒鸦的一阵狂躁的情景。句中虽无雪，但作者巧妙通过"折竹声"和寒鸦争执冬青树的噪声的渲染烘托，反映出这场雪下得很大。南宋著名诗人戴复古《淮村兵后》有句 "**小桃无主自开花，烟草茫茫带晓鸦**（243）"，也是描写黎明拂晓时的乌鸦。不过此诗意在描写战争劫难后的荒村景象，晨鸦独自处于茫茫旷野的姿态，更显出村落气氛的荒凉。

诗人对夕阳时暮鸦的描写依然出色。北宋画家张舜民的《村居》描写初春时节一处乡村风情："**夕阳牛背无人卧，带得寒鸦两两归。**（244）"夕阳下，牛儿归来，寒鸦栖在牛背上，此句的描写饶有情趣，浓郁的乡土情味中显现人与大自然的和谐。宋诗人真山民的《晚步》有句："**归鸦不带残阳去，留得林梢一抹红。**（245）"该诗句明写暮鸦归来时，残阳已去，剩下余辉映红了树梢这一美景。实写岁月不待，已入黄昏，犹如此时归来的暮鸦，哀鸣入夜后的凄凉。其寓情深婉，写景绝美，历来为后人称赞。东汉豪杰曹操也有借鸦抒情的一段："**月明星稀，乌鹊南飞，绕树三匝，何枝可依？**《短歌行》（246）"此笔极显出曹操文风的犀利而洗

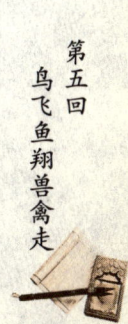

练,"何枝可依?"这一问句借物抒情,反映了作者忧国善谋、慕贤豁达的情怀。皆能看出曹操乃非一般才思能比的文韬武略的大人物。

🌸 **澄湖蟹香鱼正肥** 对鱼的描写,宋代张震的词《鹧鸪天》有一句写得极为传神:"**衔泥燕子迎风絮,得食鱼儿趁浪花。**(同230)"其后句,对鱼儿逆水捕食快速游动钗出浪花之状,写得尤为生动。"趁"字有乘机之意,微妙写出鱼儿翘头摆尾窜进的姿态。唐代诗人戴叔伦的《兰溪棹歌》"**兰溪三日桃花雨,半夜鲤鱼来上滩**(247)",这一句也写得好,先写浙江的兰溪在春雨蒙蒙桃花开时的优美景色,后写在这样的时节,夜半时常有鲤鱼跃出水面跳上河滩的鲜活情景。真是美妙绝伦,耐人寻味。

螃蟹的鲜美及古怪的体态与行姿,引起了诗人们对它的兴趣,常有令人捧腹的美妙诗句。明代晚期诗人著名书画家徐渭的《题螃蟹诗》有一句"**稻熟江村蟹正肥,双螯如戟挺青泥**(248)",尤其后句对螃蟹舞螯掘泥的描写,形神皆备,比喻绝妙,其"戟"字凸现蟹螯的硕大而尖锐,"挺"字尽显行为的主动而有力。他的《蟹六首(其一)》对时人食蟹的描写及对螃蟹的评价也十分精彩:"**红绿碟文窑,姜橙捣末膏。双螯高雪挺,百品失风骚。**(249)"其先写食蟹用的餐具与调味料,再写蟹肉的白嫩、鲜美,什么食味与之相比,都黯然失色,食之无味。诗中呈现的色彩搭配也是十分鲜艳,如餐具是红绿色,调料是黄色,蟹肉的雪白。晚唐文学家、诗人皮日休的《咏蟹》诗用诙谐的语言,将螃蟹的个性表露无遗:"**莫道无心畏雷电,海龙王处**

也横行。（250）"在形似的描写上，北宋著名诗人梅尧臣也有其绝笔："**满腹红膏疑是髓，贮盘青壳大于杯。**《二月十日呈吴正仲遗活蟹》"而黄庭坚的《蟹联》则兼于神似，形容螃蟹"**一腹金相玉质，两螯明月秋江**（251）"。上联，形容它的内生质地似金如玉。下联，说它长着令人生畏的大双螯，眼似明月，照亮了秋江。其喻，形神毕肖，滑稽绝妙，精彩至极。陆游咏螃蟹更是独出心裁，他在《病愈》诗里没直接描写螃蟹的形奇和味美，而是着笔于自己食蟹时所表现出的狂喜难耐的情态："**蟹黄暂擘馋涎坠，酒绿初倾老眼明。**（252）"煮熟的螃蟹还未打开，他已是垂涎欲滴，持酒把蟹，昏花的老眼噌的一下明亮，神怡形异，令人捧腹。宋代大文豪苏东坡在《丁公默送蝤蛑》中写道："**堪笑吴中馋太守，一诗换得两尖团。**（253）"作者喜蟹至极，朋友送蟹兴以诗谢，调侃自己因馋，以诗换蟹，潇洒自如，信手拈来。唐代进士、诗人唐彦谦的《蟹》诗，描写的螃蟹色味形俱全，美妙绝伦："**充满煮熟堆琳琅，橙膏酱渫调堪尝。一斗擘开红玉满，双螯嗦出琼酥香。**（254）"其用词"堆琳琅""红玉满""琼酥香"形容蟹的美绝，"擘开"是动作急切，"嗦出"是吐出的意思，这里也可当作吃姿理解，其吃姿能咋出声响，尤显人的馋劲，尽显蟹的味美。宋代沈偕的诗也写得好："**黄粳稻熟坠西风，肥入江南十月雄，横跪蹒跚钳齿白，圆脐吸胁斗膏红。**《遗贾耘老蟹》（255）"十月的江南，稻熟甸沉，螃蟹肥硕，尤是后两句，将螃蟹的行姿、质地和形貌，描写得惟妙惟肖。宋代诗人方岳的《次韵田园居》对螃蟹的描写也值得一提："**草卧夕阳牛犊健，菊留秋色蟹螯肥。**（256）"此句景物颇多，且对仗工整，精练有致，而生动鲜活。

❀ **春风吹蚕细如蚁**　唐代诗人唐彦谦的《采桑女》有句："**春风吹蚕细如蚁，桑芽才努青鸦嘴**(257)"，描写采桑女的采桑活动是在春蚕细如蚁桑叶小如鸟嘴时就开始了，其中的比喻妙而出神，尤其是后句的"努"字写得传神，点活了全诗。但此句主要写的是桑叶不是春蚕。论写蚕，清代诗人张问陶有句绝妙的诗句，"**新蚕蠕蠕一寸长，千头簇簇穿翳桑**《采桑曲》"，其对春蚕的形姿、动态及食桑活动的描写，情景逼真，活灵活现。而写春蚕最美的诗当属李商隐的《无题》中"**春蚕到死丝方尽，蜡炬成灰泪始干**(258)"这句。此以"春蚕"吐丝到死方尽，和被点燃的"蜡烛"成灰如泪流干的品性，来妙喻至死不渝的爱情，极为恰切，且对仗尤佳，极富表现力，堪称千古绝唱。

❀ **蜻蜓戏蝶时时舞**　蝴蝶色彩万般，扇动华丽的大翅膀，如万花飘动。而蜻蜓形象独特，长着一对多彩明亮的大眼睛，长长的身子插着薄而透明的四羽。飞行起来轻活灵变，倏尔停留空中。所以，有着优美飞姿的蝴蝶与蜻蜓，常作为诗人描写的宠物。杜甫是善于描写此物的高手，他的《曲江二首（其二）》中的名句"**穿花蛱蝶深深见，点水蜻蜓款款飞**(259)"，其用叠字言表两物的喜好和飞动的特征，极为形象灵动。

杜甫喜好描写蝴蝶。他在《江畔独步寻花七绝句（其六）》中对蝴蝶戏花弯转折舞的姿态，和黄莺畅快自在的鸣叫，写得十分流畅而细致，诗曰："**黄四娘家花满蹊，千朵万朵压枝低。留连戏蝶时时舞，自在娇莺恰恰啼。**(260)"尤是后两句的用词妙趣横生，其艺术手法值得玩味。他的《小寒食舟中作》中有句"**娟娟戏蝶过闲幔，片片轻鸥下急湍。**(同235)"对仗颇佳，其前句对悠闲自得的秀丽花蝶入屋察看帐帷的姿态,写得很有趣味。

杜甫对蜻蜓的描写也极有特色,除前《曲江》诗句外,在《卜居》诗中也有"无数蜻蜓齐上下,一双鸂鶒对沉浮(261)"一句。蜻蜓飞行一上一下的轻灵,与水中一对水鸟不时沉浮的游姿相称。大概是写格律诗要求对仗的缘故,杜甫对蜻蜓和蝴蝶的描写有一个特点,总有一个陪衬物相对称,如描写蝴蝶时,有蜻蜓或娇莺、轻鸥等。这样写的诗句所表达出的内容极为谐和而灵动。另外,刘禹锡、道潜、杨万里描写蜻蜓时,还注意与环境结合,使描写的对象在场景内活灵活现,色彩倍增,这也是写此类诗的一个特点。如刘禹锡的《春词》里说:"**行到中庭数花朵,蜻蜓飞上玉搔头。**(262)" 蜻蜓由庭院里的花丛飞到美人的玉簪上,这一过程很是生动美妙。北宋著名的僧道诗人道潜的《经临平作》有句:"**风蒲猎猎弄轻柔,欲立蜻蜓不自由。**(263)"轻风把蜻蜓吹得欲立不稳,显出了蜻蜓这一昆虫体大羽宽而轻的特点。杨万里的《小池》诗也是写蜻蜓的名篇:"**小荷才露尖尖角,早有蜻蜓立上头。**(同17)"阳光穿射柳阴,荷塘春色温润,一只蜻蜓落在荷花未开的尖尖角上,真是一幅绝美的特写镜头。

🌸 鸣蝉红萤绿螳螂

蝉、萤、螳螂这几种昆虫的行为特征很引人注目,蝉吱吱的鸣叫,螳螂捕食时诡秘的神态,萤火虫的荧光像明灭流断的火。初唐名臣虞世南的诗《蝉》对蝉的特性描写最为著名,有句"**垂缕饮清露,流响出疏桐。**(264)"蝉,餐风饮露,长出一对长长的大胡须,那清脆激越而有拖声的鸣叫从高树中传出,用"流响"一词表述颇为传神。辛弃疾《西江月》里的"**明月别枝惊鹊,清风半夜鸣蝉**(同84)",其后半句意含是,

已是凉秋时节，这时的蝉，多是分散在田野里独鸣，寂静的秋夜，时被此起彼伏的蝉鸣打破，据此能够想象出秋野万籁夜景的美妙。唐代诗人陆龟蒙的《闻蝉》有句"**莫倚高枝纵繁响，也应回首顾螳螂**（265）"。前句用"纵繁响"三字形象地描绘出，蝉居高树形成的轰鸣声色；而后句巧写螳螂捕蝉之状，讥笑蝉的天真而不知处境的危险，借景讥讽处世环境的复杂。追随徐敬业起兵反武则天，并起草著名檄文《讨武曌檄》的初唐四杰骆宾王，他《在狱咏蝉》中有句"**露重飞难进，风多响易沉**（266）"。表意上看是写晚秋时节蝉到地面产卵，因露水湿重羽翅，蝉再也飞回不到树上，独自发出哀鸣；实意以此时处境的孤蝉作比拟，表露作者身陷囹圄壮志难酬的悲痛心情。"响易沉"三字描述惟妙，此时，秋风劲压蝉鸣，有悲壮无奈之意。李商隐的诗写得诙谐，曰蝉："**本以高难饱，徒劳恨费声。**《蝉》（267）"调笑蝉幽栖高树，挨定的是风餐露宿，由不得哀鸣怨叫想得到别人的怜悯，但这都是徒劳的。此诗也含有忿世不满之意。南宋诗人乐雷发的诗有句"**一路稻花谁是主？红蜻蛉伴绿螳螂。**《秋日行村路》（268）"作者走在稻花飘香的乡间小路上，看到沁香的稻花深处有红蜻蜓，白蛉子，绿螳螂，色彩斑斓，此一句妙用问答的方式，写出了田野里的勃勃生机。

描写萤火虫还是柳永的《女冠子》词来得趣妙："**疏篁一径，流萤几点，飞来又去。**（269）""篁"即竹林。只十来个字，便把竹林小路上萤火虫飞动散发的似连即断的流光写得活灵活现。北朝文坛宗师庾信的诗有句"**露泣连珠下，萤飘碎火流。**《拟咏怀诗（之十八）》（270）"，前句写晚秋时的地面环境，露水很重，后句写地上飞舞的萤火虫，用"碎火流"三字，形容飞萤的流光即断即连的特点十分贴切。刘禹锡的《代靖安佳人怨二首》有句"**墙东便是伤心地，夜夜流萤飞去来**(271)"，前句中用"伤心地"表示坟茔，很好地表达出一种悲伤的情感，尤其是后句，对夜幕下流萤披着荧光往返于人间阴地的生动描述，更加重了悲哀的气氛，易引起人们对逝者的思念。明代杰出的剧作家汤显祖的诗也有句"**波光水鸟惊犹宿，露冷流萤湿不飞**〈江宿〉(272)"，写晚秋气候的变化，野外的露水太重，流萤已飞不起来，寓意万物因时节其行为也随之发生着变化这一哲理。此外，杜牧《七夕》诗"**银烛秋光冷画屏，轻罗小扇扑流萤**(273)"，以及北宋著名词人贺铸的《雁后归》"**月生河影带疏星。青松巢白鸟，深竹逗流萤**(274)"，对萤火虫的描写，都别有景致。

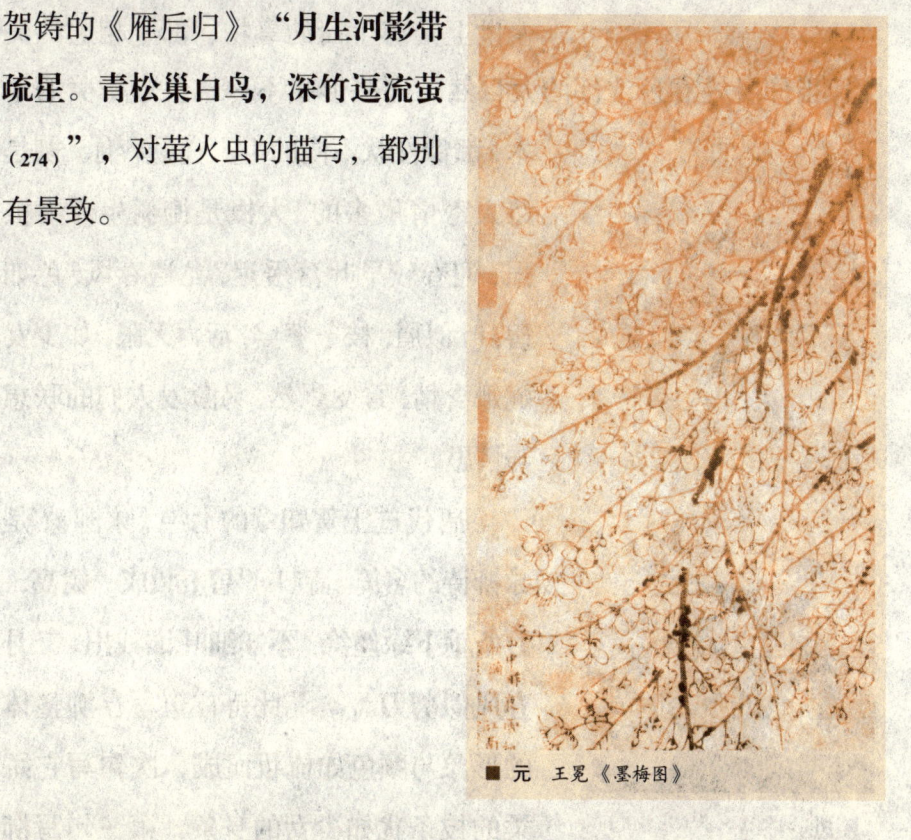

■ 元 王冕《墨梅图》

第五回 鸟飞鱼翔兽禽走

081

第六回
琼枝劲草斗芳菲

观览大千植物，均是不能自主和自由移动的活体，它们依地而生，因地力、天力的灌入，生长出千姿百态五彩缤纷的异草花木，是诗人的最爱。

❀ **春风杨柳万千条** 世上凡有生命的事物，都有相通的灵性。当你身处春色浓郁的大自然，那些形状不一、色彩华美的草木，都像性状不同的生灵眷顾着你。柳是诗人寄情最多的，大概是柳树生命力极强，迎春较早叶落缓迟，尤遇春风，色如碧，叶似眉，枝条婆娑，活力无限，如少女婀娜含情，秀发飘然，易激发人们的联想与情思。

唐代进士贺知章的七绝《咏柳》，是咏柳诗的名篇。诗曰："**碧玉妆成一树高，万条垂下绿丝绦。不知细叶谁裁出，二月春风似剪刀。**(275)"此诗首句写春柳整体的形象与颜色如梳妆而成，次句写它娇柔的枝条犹如少女的身条，第三句写柳

■ 明　边文进《春禽花木图》

叶如靓女媚眼，并试问万万千千相似的它，怎么突然会生出？第四句是巧答，是春风这把神奇的剪刀裁出。此诗，喻新思奇，不仅用简括优美的格律语言，而且用比兴的艺术手法，由大到小完整地描绘出柳的面目，从深的意义上阐发了大自然的规律。

白居易是描写春柳最多的一位诗人，他有多首优美的《杨柳枝》词，采用拟人、比喻等多种手法，来描写春柳的朴质和柔美。如这首：**"依依袅袅复青青，勾引春风无限情。白雪花繁空扑地，绿丝条弱不胜莺。"** (276)柳上枝条一幅相偎相依的姿态，随风摇曳释然多情。柳絮如繁雪落地，柔弱的柳条如丝，软得经不起一只小鸟。在另一首中描写柳叶上的露水像含泪欲哭的泪眼，袅袅的枝条若舞女的细腰：**"叶含浓露如啼眼，枝袅轻风似舞腰。"** (277)还有一首中描写春风满柳，万千枝条舞动，尽显柳的婀娜多姿，柔软的枝条跟丝线一般，催生出金色的嫩叶：**"一树春风千万枝，嫩于金色软于丝。"** (278)他的《天津桥》对春风催化柳芽生出，春雨滋润绿草速生作了精彩描绘：**"柳丝袅袅风缲出，草缕茸茸雨剪齐。"** (279)诗中"袅袅""缲出""茸茸""剪齐"用词极有生气。

刘禹锡形容春风吹动的垂柳如美女的衣裙摆动：**"弱柳从风疑举袂，丛兰裛露似沾巾"**〈忆江南〉(280)。他的《杨柳枝词》则从情感上描述杨柳，**"长安陌上无穷树，唯有垂杨管别离。"** (281)寻遍所有的佳树，唯有春柳芊芊的姿容，像是表达人们离别时的心情。宋代晏殊的《踏莎行》与刘禹锡前面说的正相反：**"垂杨只解惹春风，何曾系得行人住。"** (282)多情的春柳只顾招惹春风，哪有留住麾下行人的心意。

柳树也是开花的，柳花是花又不像花，引不起人们的注意，说不出柳花是什么样子。柳的花苞如黄色的麦穗或谷穗，花谢时放出柳絮被称为杨花，是暮春时节令人生厌的一景。因为它太多，满天飞舞，障人眼目，粘身侵喉，落白一层。如唐代韩偓的《乱后春日途经野塘》"**船冲水鸟飞还住，袖拂杨花去却来。**(同155)"，晏殊的《踏莎行》"**春风不解禁杨花，濛濛乱扑行人面**(283)"，是活灵呈现此时春景的妙笔。秦观的《浣溪沙》对柳絮的描写却另有新意："**自在飞花轻似梦，无边丝雨细如愁。**(284)"前句形容柳絮扬扬洒洒，潇洒自如，轻盈如梦，与后句中的"雨细如愁"的比喻气谐相和，絮如梦，萦绕轻盈，雨如丝，细多如愁，以物喻情，甚为绝妙。

诗人们大都关注春天柳絮漫天飞舞的现象，殊不知，春柳释絮漫游意在散种生根，唯独苏轼观察到这一现象，并注意到它是一个漫长辛酸的历程，遂用婉约优美的语言，以高妙的拟人手法，寄情此物，影射人生，创作出《水龙吟·次韵章质夫杨花词》这首千古名篇，使一般人看来是多么普通而不招眼的柳絮，成了有血有肉有思的情物。词曰："**似花还似非花，也无人惜从教坠。抛家路旁，思量却是，无情有思。萦损柔肠，困酣娇眼，欲开还闭。梦随风万里，寻郎去处，又还被、莺呼起。　不恨此花飞尽，恨西园、落红难缀。晓来雨过，遗踪何在？一池萍碎。春色三分，二分尘土，一分流水。细看来、不是杨花，点点是离人泪。**(285)"苏轼善写柳絮，在他的另一首词《蝶恋花》里也有名句"**枝上柳绵吹又少，天涯何处无芳草**(同29)"，常被人们用来吟诵暮春的繁盛至极。

🌸 唯有牡丹真国色

牡丹花体硕大，色彩绚烂，尽显雍容华贵，被人们当作国色。诗人们竞相用最美的诗歌赞美牡丹，称之为蓓之冠，花中王。宋代进士曹冠的《凤栖梧·牡丹》词曰："**魏紫姚黄凝晓露。国艳天然，造物偏钟赋。独占风光三月暮。声名都压花无数。**（286）"该词用牡丹花中"魏紫姚黄"两个名贵品种来赞颂牡丹。它的花面凝着晨露，一幅天然的绝色，惹人钟爱。它开放得较迟，独占了三月末之后的春光，而它的名声却盖压众芳。曹冠虽对牡丹极力赞美，但说得还没那么甚。唐人皮日休对牡丹的评赞说的比较绝，诗曰："**落尽残红始吐芳，佳名唤作百花王。竞夸天下无双艳，独占人间第一香。**《牡丹》（287）"说它虽然开得很迟，却是"百花王""天下无双""人间第一香"，真乃国色天香。近代著名学者、国学大师王国维的诗《题御笔牡丹》则从空间的广度和时间的跨度，含蓄而肯定地评价牡丹终是春世界里的花中王："**阅尽大千春世界，牡丹终古是花王。**（288）""阅尽""大千""终古"用词绝好。

有的诗人写牡丹之美，侧重于牡丹对人们的感受和影响来渲染。唐代进士徐夤的《牡丹花》中写："**万万花中第一流，浅霞轻染嫩银瓯。能狂绮陌千金子，也惑朱门万户侯。**（289）""银瓯"指品相好的花盆。"万万花中第一流"此语不凡，牡丹花是最美的，人们争相用精制的花盆栽培，诱来达官贵人，他们甚至拿出千金来购买。此对牡丹喜爱的描写，具体而实在。洛阳的牡丹最有名，欧阳修的《洛阳牡丹图》有句"**洛阳地脉花最宜，牡丹尤为天下奇**（*805）"。所以，北宋名士邵雍在《洛阳春吟》中说，牡丹吊高了洛阳人的品味，却将"桃李花开未当花"，惟有

第六回　琼枝劲草斗芳菲

牡丹盛开时，洛阳满城都因为牡丹而乐不自支："须是牡丹花盛发，满城方始乐无涯。(290)"尽管是满城人欢喜，但还没有到疯狂的地步。白居易的《牡丹芳》则描述洛阳人对牡丹的喜爱到了极致："花开花落二十日，一城之人皆若狂。(291)"与邵雍的上句比较，"一城之人"显然比"满城是人"要多，从喜爱的程度，"皆若狂"比"乐无涯"爱得更深。从诗的艺术欣赏角度看，白居易的此句包括整首诗，语简意赅，情表响亮，充分地表达出牡丹之最。

对牡丹的评赞，刘禹锡的《赏牡丹》被人们公认为是写得最好的赞美牡丹的诗，诗曰："庭前芍药妖无格，池上芙蓉净少情。唯有牡丹真国色，花开时节动京城。(292)"诗人先用对比的手法，将很美的花"芍药""芙蓉"与牡丹比较，指出"芍药"妖艳过分，而"芙蓉"清雅却少情，用"真国色"三字清晰地凸显出牡丹的雍容华贵之美。然后写花开时节的影响，用"动京城"三字，简而有力地概括出人们的感受，再一次点活了全诗，进一步提升了牡丹的品位，写出了它的非同寻常。此诗的后两句，字词尤为精当，铿锵有力，乃是牡丹诗语的千古绝唱。

还有的诗人与众不同，不是直面歌颂牡丹之美，而是反其道之，点出它的不足，从另类角度去欣赏也很有趣味。宋代进士王曙的《牡丹》诗即是这样："堪笑牡丹如斗大，不成一事又空枝。(293)"说牡丹徒有其表，花后无果，空枝无形，不值一提。

映日荷花别样红

芙蓉又称荷花、红蕖、芙蕖、菡萏等，是荷或莲开的花，荷花结子为莲子，莲的根为莲藕。荷花的清雅、高洁，出污泥而不染，常作为良士、佳女的形象物，僧人、佛法的信物，也常是诗人称诗作词的拟物。

杜甫的诗中多有对仗名句，《狂夫》一诗有这类描写芙蓉的对句："**风含翠筱娟娟净，雨裛红蕖冉冉香。**(294)""筱"即竹子，那清风吹拂着秀美挺立的青竹，而小雨湿润了徐徐散发清香的芙蓉。这种工整的对仗，通过相互对照，叠字加力，从细节上强化了对景致的刻画，绘出了十分漂亮的画面。苏轼的《鹧鸪天》也有类似的对仗名句："**翻空白鸟时时见，照水红蕖细细香。**(295)"天空中时能见到飞鸟自在的翻空，斜阳映入碧水照面净美的荷花，持续散发着清香，活鲜两见，生动传神。杨万里对荷花的描写又增加了荷叶："**接天莲叶无穷碧，映日荷花别样红。**《晓出净慈寺送林子方》(296)"此句在艺术上也使用了工整对仗，描绘出了一幅一望无际的绿荷里的荷花，在阳光的映照下无比艳美的画面。无穷的碧叶与别样的花红相照应，收到了"万绿丛中一点红"的盈目效果。唐代诗人温庭筠的《溪上行》有句"**风翻荷叶一向白，雨湿蓼花千穗红**(297)"，用荷叶翻背露白，与蓼花着雨更红分作对仗句，也显示出同样的艺术魅力。

荷花花期较长，有的待到中秋时还在开。唐代宋雍有诗"**荷花开尽秋光晚，零落残红绿沼中**(同77)"，即是描写此意。温庭筠的诗《懊恼曲》则进了一步："**三秋庭绿尽迎霜，惟有荷花守红死。**(298)"不仅写荷花在寒霜来临时仍有生命力，而且顽强地迎霜而死，保持晚节，称颂荷花之美与它的柔韧品格。杜牧写荷花巧用拟人的手法："**多少绿荷相倚恨，一时回首背西风。**(299)"风移荷动，万叶一向，正是东风已去西风

第六回 琼枝劲草斗芳菲

087

来，有种芳时不再、美人迟暮的遗恨情感在里面，情景交融，形象生动。此与温庭筠的"风翻荷叶一向白"的纯描，有着同曲异情之妙。

🌸 梅花已谢杏花新

杏花恐怕是植物界里最有情味的一种花。它紫枝蜡蒂，玉瓣粉蕊，质嫩雅洁，淡浓相宜，有意中情人之姿，可谓春之使者，花中美女。南宋的叶绍翁用一句"**春色满园关不住，一枝红杏出墙来**(同15)"震动了诗坛，是为千古名句。看到一枝红杏出墙，意想墙内已是满园春色。前句一个"关"字，显示春力的不可阻挡，后句一个"出"字点彩了春天。据此句觅境，可窥见作者渲染出了春来的气息与画面，令人陶醉。陆游的《马上作》中有句**"杨柳不遮春色断，一枝红杏出墙头**(300)"虽也写得很好，但稍逊前述叶绍翁的那一句，表现力没有达到撼动人心的感受。北宋的宋祁将杏花写入初春的美景："**绿杨烟外晓寒轻，红杏枝头春意闹**。(同9)"首句中"晓寒轻"词意微妙，意味此时气候乍暖还寒。而后句尾的"闹"字，着为精彩，点活了春天，似乎使人耳闻目见到嗡嗡叫的蜜蜂采蜜，感觉极佳。王安石的《杏花》观察入微，想象奇美，"**独有杏花如唤客，倚墙斜日数枝红**。(301)"杏花倚墙映照的姿容，犹如招情含羞的美女，在喜庆之时迎接客人的到来。唐宋时的人们犹爱杏花，杜牧的《杏园》诗云："**莫怪杏园憔悴去，满城多少插花人**。(302)"杏花的憔悴，是因为人们的喜爱对它的摧残，反衬杏花之美。陆游凭一夜春雨联想到清晨，应有女子挎蓝卖杏花的明媚情景："**小楼一夜听春雨，深巷明朝卖杏花**。(同44)"杏花之美，遇春雨更彰鲜嫩，陆游这里虽没明写，但意境全有。同是春雨后卖花，李清照的一首《减字木兰花》对花儿的描写格外的赏心悦目。词曰"**卖花担上，买的一枝春欲放。目染轻匀，犹带彤霞晓露痕。**（*816）""春欲放"三字十分传神，"春"指花，用在此很有新意，代表万物滋生的新鲜活力。"欲放"指花儿含苞待放的姿状。后句"犹带彤霞晓露痕"，写得精练而意满。担上的花，色如红霞带有清晨时的雨露，更显出花儿的新鲜。古人春雨后清晨买花，是对美的追求，也是中华民俗爱美的好风尚。 杏花迎春较早，但比起梅花要迟些，唐代罗隐的《杏花》对梅杏次第、杏花初开的时节有处精彩的描写："**暖气潜催次第春，梅花已谢杏花新。**（303）""潜催""次第"两词用得精妙，表示春风吹暖催春，入微持续，形成了连续的春波，梅花谢了，杏花开了。宋代著名词人晏几道的《临江仙》也有这样描写："**风吹梅蕊闹，雨细杏花香。**（304）"

以上著名诗人描写杏花的名句有一个特点，他们并没有明写杏花是什么样的姿色，而是让读者按作者提供的语境去想象杏花的美。惟有宋代的柳永与众不同，他在《木兰花·杏花》词，用极为精彩的语言着实细描了杏花的美姿："**剪裁用尽春工意，浅醮朝霞千万蕊。天然淡泞好精神，洗尽严妆方见媚。风亭月榭闲相绮，紫玉枝梢红蜡蒂。假饶花落未消愁，煮酒杯盘催结子。**（305）"词意是，春天是造花的工匠大师，它用尽了心思和工艺，造就了美丽的杏花。你看它的姿容，如同淡淡涂抹了朝霞释放出的千万朵花蕊。它多么飒爽而有气质，经过春雨的滋润，更能显出它的妩媚。它在风停朗月的榭亭旁悠闲地相互依伴着，那紫玉般的枝梢红蜡般的花蒂尽显高雅。如果杏花落了还不能消解你的愁，那就来煮酒等待杏花结子吧！尤以"浅蘸朝霞千万蕊""紫玉枝梢红蜡蒂""天然淡泞好精神"三句对杏花的容姿描写美妙绝伦。柳永写风景情恋类的词天下无双，此词可见一斑。他的《木兰花慢》也有写杏花的绝笔："**拆桐花烂漫，正艳杏烧林。**（同50）"形容艳丽的杏花盛开时如大火烧林，此比喻想象如此神奇，历来被赞为神来之笔。

❀ **海棠不惜胭脂色** 海棠花艳而不俗，花姿潇洒，有"花中仙""花贵妃"之称。自古以来是雅俗共赏的名花，也是诗人喜写的花品。

陆游曾诗云："**虽艳无俗姿，太皇真富贵。**"说海棠花艳而不俗，却真能显出它的富丽高贵。他在《驿舍见故屏风画海棠有感》中言："**猩红鹦绿极天巧，迭萼重跗眩朝日。**（306）"其精妙神怪的用词，浓重渲染海棠的花姿，色甚红叶甚绿,花萼繁迭呈工巧姿状，与朝阳相映争辉。然而，海棠花美，不仅在于形姿，还在于花期不同时段的色彩变化。柳永的《木兰花·海棠》一语道破这一变化："**东风催露千娇面，欲绽红深开处浅。**（307）"文中"深""浅"两字用得精当到位，海棠被东风吹开了面容，未开时，花蕾呈深红色，而在开时色减，越开色越浅，呈粉色。唐代郑谷的《海棠》诗中说："**秾丽最宜新著雨，娇娆全在欲开时。**（308）"为什么欲开未开时海棠花是最美呢？那时周身红彤的小蕾已现粉白色的小口，红团团白点点，呈胭脂色，尽显色雅娇柔，美不胜收。而遇到春雨更显清新艳丽。南宋杰出诗人陈与义的《春寒》诗里以拟人法，描写雨中的海棠花妩媚动人，且不怜惜自己的美色，有种美而不娇秉直特立的品格和个性："**海棠不惜**

胭脂色，独立蒙蒙细雨中。(309)"

诗人爱海棠花，有时如痴如醉，苏轼在《海棠》诗里云："**东风袅袅泛崇光，香雾空朦月转廊。只恐夜深花睡去，故烧高烛照红妆。**(310)"作者喜爱海棠花，时时难离，深夜还点着蜡烛去欣赏，甚怕花容衰去，错过花期。可见海棠花之美对喜爱它的人影响之大。海棠花如何美，作者并没有直白，而是通过月色春韵环境的描述和作者爱花行为来表现。这种描写方式是此诗艺术表现力的一大特点。

花儿应时而放，气候的突变，也会摧残已开放的花儿。海棠花似乎懂得这一变故，开得稍晚一些，大都能躲过早春天气突变的影响。由此曾有诗人悟出其中的人生哲理。金代著名诗人元好问有一首诗《同儿辈赋未开海棠》写得颇有意味，诗云："**枝间新绿一重重，小蕾深藏数点红。爱惜芳心莫轻吐，且教桃李闹春风。**(311)"此诗表面看来是说海棠开得较晚，在它还是小蕾红点时，桃李已满园盛开，其深义是讲给儿辈要谙熟世尘的道理，不要像桃李那样轻浮，遇春即开，殊不知，早春时节，寒流常袭，早开的桃李花多有不幸夭折。要像海棠那样，芳心不轻吐，等到天气真的暖和的时候，再来开蕊，方能笑到最后。2011年春天我在宁夏适逢这样的天气。4月12日，正当万木复苏花儿竞放的时节，突然降温到零下6度，4月26日又下了一场不小的雪，还不到10天就到了夏天。这样的气候，伴暖又寒，蕴藏着杀机，使桃李杏花等一些耐不住春天诱惑的植物，遭受了摧残。还是海棠一类植物老到稳健，小蕾深藏，后得先手。对此，我颇有感触，也曾作了一首《蝶恋花——命运旦夕》舒尽心会："今冬漫长春不暖，四月临终，冰雪风袭卷。桃杏喜春城府浅，稍温即绽霜绝艳。老到花棠含笑脸，待吐余寒，方显风流灿。四季日辰时有返，天真花草先蒙难。"

❀ **报春梅花迎飞雪**　梅花是报春的使者，是花类一年开放最早的花，又称迎春花、雪梅、寒梅，依色彩又称白梅、玉梅、红梅、墨梅等等。梅花开得早，可在寒冬飞雪时，人们品赏它又演绎出许多方面的优秀品质。一是不惧严寒。毛泽东赞赏它，"梅花欢喜漫天雪"。二是不争春争名。梅花晚冬放，开后花凋零落，便到了新一年的初春。李商隐的《忆梅》诗云："**寒梅最堪恨，常作去年花。**(312)"说寒梅早秀而不逢春，虽没有享受到春天的温暖也罢，最可恨的是被误作是上年的花。三是固守自香。即便花落为尘，依然散发着梅香。陆游《卜算子·咏梅》对梅花的这些特质作了高度的赞扬："**无意苦争春，一任群芳妒。零落成泥碾作尘，只有香如故。**(313)"王安石的《梅花》赞赏梅花有独处、固守、自香的特质，也正是诗人一向坚守的高尚人格的化身。诗云："**墙角数枝梅，凌寒独自开。遥知不是雪，为有暗香来。**(314)"梅花与竹子、菊花、兰花合称为"四君子"，四君子中又以"梅"为首。大概是人们因梅花"不逐众花开"的现象具有遗世独立的风骨与节操，欣赏它的这一风姿气节。

元代王冕的诗《白梅》概述了梅花以上几个方面品质，是梅苑诗中的名篇。诗曰："**冰雪林中着此身，不同桃李混芳尘。忽然一夜清香发，散作乾坤万里春。**(315)"但对梅花品质作出全面而又高度评价的是现代伟人毛泽东的《卜算子·咏梅》一词，"风雨送春归，飞雪迎春到。已是悬崖百丈冰，犹有花枝俏。俏也不争春，只把春来报。待到山花烂漫时，她在丛中笑。(316)"此词尤对梅花耐寒的坚强品质、积极乐观的精神和不争名争利的无私品格大加赞赏，其语风流畅，不着雕痕，意变境开，品味高雅，不论其思想性还是艺术性，在咏梅诗里堪称一绝。

其他诗人的诗或词多是在某个或某些方面对梅花作了精彩的描写。如赞美梅花的香味，宋代卢梅坡的诗《雪梅》写得最好："梅须逊雪三分白，雪却输梅一段香。(317)"此句虽没有说梅花有多香，但语思之巧对仗之工，寓物各有短长的哲理，给人留下了深刻的印象。北宋诗人林逋作《山园小梅》中也提到梅花的香："疏影横斜水清浅，暗香浮动月黄昏。(318)"此句描绘的是塘边的梅影和梅开散香时朦胧月下的环境，可谓引人入胜，被称为咏梅诗中的千古名句。"暗香浮动"用词尤佳，虽是草木萧条时节，却显出梅花的盎然生机。

朱熹的诗也写到梅花的香："故山风雪深寒夜，只有梅花独自香。《雨夜》(319)"万物依旧安眠，而独有梅花绽放，仔细品味此句主要说的不是梅的香味，重在赞赏梅花傲雪迎寒的品质，巧妙地表达出"梅花香自苦寒来"这样一种意境。晏殊的词有一名句，称赞梅花甘当报春使者的无私品质："腊后花期知渐近，寒梅已作东风信。《蝶恋花》(同4)"隋代侯夫人的《春日看梅诗》也有同样的句子："玉梅谢后阳和至，散与群芳自在春。(320)"意思是，日暖春来，梅花却谢了，将春让与百花。宋末诗人谢逸的《菩萨蛮》词里"满院落梅香，柳梢初弄黄(321)"，指春来梅花已开满落地散香，而春柳才吐露黄色的嫩芽，也是赞扬梅花宁受

第六回 琼枝劲草斗芳菲

寒苦，不与"人"争春的品质。

有关梅花的姿容，苏轼的《红梅》诗有其描写："**故作小红桃杏色，尚余孤瘦雪霜姿**。(322)"其冬末还寒时，孤瘦梅枝上散落着的红梅，像似用春来桃杏优雅的红韵装扮，却掩不住残冬留下的霜雪风姿。唐代诗人张谓的《早梅》将所见寒梅之色比作冰雪："**一树寒梅白玉条，迥临村路傍溪桥。不知近水花先发，疑是经冬雪未消**。(323)"以设疑自答的新颖方式，惟妙惟肖地描绘了冬开的早梅皎白如雪的姿容。宋代著名女词人李清照的《玉楼春（红梅）》描绘的红梅："**红酥肯放琼苞碎，探看南枝开遍未？不知酝藉几多香，但见包藏无限意。……(324)**"词中用"红酥"形容蓓蕾，一个"碎"字妙述花蕾开放，媚态万千，颇有生机。尤是使用"肯放"一词笔着微妙，像似人手握放，生动传神。作者在后两句，对梅花由外表的描述进入深部的挖掘，使用"酝藉""包藏"两词描述梅蕾的蕴含，让人体会其中无限的美感。这样由外到里，由未开到开，以其绝妙的艺术表现力，深刻地描绘出梅花的神韵。王冕的《墨梅》诗也写得好。诗里怀疑墨梅之色是家边砚池洗墨所染上的墨迹："**我家洗砚池头树，朵朵花开淡墨痕**。(325)"此句描写借物喻物，创意新巧，别具一格。

❀ **桃花嫣然笑梨花** 古往今来，桃花总被人们用来比作情爱或比喻漂亮女子。清代名剧《桃花扇》就是以桃花为线索，用桃花汁点染扇面，述说了主人公香君的婚姻不从别人从爱君，以头撞地血溅桃花扇的故事。

桃花所以能被无数文人墨客来赞颂，多是桃花的姿色有种难以抗拒的青春诱惑力。桃花呈粉色，色由浅入深，至花蕊色成桃红，如美女面色十分诱人。一树盛开的桃花，像仙女嫣然含笑，俏丽妩媚，招人喜爱。唐代诗人崔护一次郊外踏春，与美貌的村姑相见，各自情投意合而隐含不露，第二年崔护重游此地欲表心意但不见村姑，故写诗《题都城南庄》以释怀："**去年今日此门中，人面桃花相映红。人面不知何处去，桃花依旧笑春风。**(326)"去年的桃花依旧在开，面如桃花心爱的人不知何处去，甚是无奈遗憾。唐代风流才子唐伯虎作《桃花庵诗》，围着桃花，复来萦绕，意表虽浅，颇顺口："**桃花坞里桃花庵，桃花庵里桃花仙，桃花仙人种桃树，摘来仙桃换酒钱。……**(327)"尤尾句以桃换钱，意显作者对人生处世逍遥自在的态度。桃花也象征着生活的美满，人们甚至把能处在桃花环境下悠闲生活，作为追求幸福的凤愿，如晋代陶渊明写的《桃花源记》等。

历史上赞美桃花的名句有许多，宋代诗人汪藻佳句："**桃花嫣然出篱笑，似开未开最有情。**《春日》(328)"此句"笑"字展现了桃花的可掬姿容，"嫣然"更显面容的亲和柔美，而在似开未开时，桃花的美所蕴含的情致最是撩人。王安石的《渔家傲》词描写蜜蜂戏逐桃花："**隔岸桃花红未半，枝头已有蜂儿乱。**(329)"句中一个"乱"字，凸现桃花之地春意盎然的景象。王维《辋川别业》诗中的"**雨中草色绿堪染，水上桃花红欲燃**(同45)"描写春天的雨水使草色绿如染，而此时水岸边那醒目娇艳的桃花，红得像要燃烧的火一般。其"绿堪染""红欲燃"用词极为鲜活而清新。春天，花儿争奇斗艳，姿态万千，杜甫的名篇《江畔独步寻花七绝句》中有句"**桃花一簇开无主，可爱深红映浅红**(330)"。花儿认春不认主，开的与欲开的簇拥着，红的与浅红的掺和着，此句把桃花盛开时的凌乱姿状，描写得形神毕肖。"百叶"是桃花的一种，色泽红艳，韩愈这样描述："**百叶双桃晚更红，窥窗映竹见玲珑。**《题百叶桃花》(331)"夕阳晚照在红艳的桃花与玲珑翠竹上，红绿相映，十分鲜丽，令人陶醉。晋代王献之的《桃叶歌三首》也有句"**桃叶映红花，无风自婀娜**(332)"，将桃花盛开有绿叶相衬，比似一对情人相映相喜，虽是丽日无风，也微微颤动，妩媚有情，婀娜多姿，画面妙绝。明末清初诗人吴伟业的《鸳湖曲》有句"**柳叶乱飘千尺雨，桃花斜带一溪烟**(333)"。其对雨袭桃花林景色的描写也十分精彩。大诗人白居易一次登山拜寺，见到寺里的桃花才开，而山下的花儿已开尽，心情喜悦，挥笔写下《大林寺桃花》诗，中有"**人间四月芳菲尽，山寺桃花始盛开**(334)"这一名句。语景大千世界气象万千，意含人间也是此起彼落，黑暗之处有光明，表达了作者豁达乐观的心态。

樱桃在古时因其少而见珍贵，写樱桃花开的人不甚多。金代戏曲作家董解元的《西厢记诸宫调》里有句"**过雨樱桃血满枝，弄色奇花红间紫**"，彰显了雨后樱桃花的姿容，红里透紫，仿佛鲜血溅满了琼枝。"血满枝"三字用得尤其美妙传神。南朝诗人沈约的诗也有一句写樱花："**野棠开未落，山樱发欲燃。**《早发定山》(335)"大意是，野海棠花开未落，樱桃花时值盛开，其姿像要燃烧的火，鲜艳夺目。其"发欲燃"用词颇为传神。不过，红色的杜鹃花的艳丽不亚于樱桃花。宋代诗人杨巽斋在《杜鹃花》诗中有句"**鲜红滴滴映霞明，尽是冤禽血染成**(同223)"。前句"鲜红滴滴"对明霞映花鲜欲滴的形容，和后句"冤禽血染"对花色的比喻，十分形象，给人的印象颇深，一下子便记住了杜鹃花。

樱桃花、杜鹃花艳红如血，梨花之白堪如雪。描写梨花的色彩，最著名的是岑参的《白雪歌送武判官归京》中的传世名句："**忽如一夜春风来，千树万树梨花开。**（同91）"其描写严冬大雪后的壮景，喻白雪之白，像千树万树梨花开，反却说明梨花真白。他的另一首诗《送杨子》，则从正面形容梨花如雪："**梨花千树雪，杨叶万条烟。**（336）"李白的诗里也有句描写梨花如雪，但又与白雪不同，散发着特有的清香："**柳色黄金嫩，梨花白雪香。**《宫中行乐词八首（其二）》（337）"李白的这句与前面岑参的诗句，都是对仗工稳、律严精绝的好律句。宋代诗僧法具在《绝句春日》里描写月光下的梨花之色又有不同："**燕子未归梅落尽，小窗明月属梨花。**（338）"此时小窗外的梨花，似如明月一般，白且柔亮，怡神夺目。元代诗人宋无的《次友人春别》也有类似对梨花的绝佳描述："**杨柳昏黄晓西月，梨花明白夜东风。**（*818）"这个对句可称作是格律句的典范，无论是表达的意境，还是用词上的合辙押韵对仗都是很完美的。微雨后的梨花鲜嫩无比，白居易在《长恨歌》中用"梨花一枝春带雨"来描写丽人情恋时的姿容。

　　以上都是从色彩方面对梨花的描写，黄庭坚的《次韵梨花》虽也描绘了梨花的洁白："**总向风尘尘莫染，轻轻笼月倚墙东。**（*813）"但从另一侧面，着实赞美了梨花不妖艳轻狂，又不愿被风尘所染的纯洁品质，提升了诗的境界。苏轼的《东栏梨花》则更胜一步，在赞咏梨花时寓咏了人生。诗曰："**梨花淡白柳深青，柳絮飞时花满城。惆怅东栏一株雪，人生看得几清明！**（*814）"诗的前两句以柳青衬梨白，描绘在同一时刻两者姿状的区别，凸显出梨花的特点和神态。其后两句，诗人看到如此鲜洁的梨花则惆怅起来，苦短人生能有几次看到这样的美景，巧妙地把咏梨花与咏人生结合了起来，赋予了此诗新的内涵。

❀ **残菊犹有傲霜枝** 菊花品种繁多而五颜六色，花瓣长而多曲，质地柔润，花期很长，且开在万木趋于凋零的中秋之后，极显繁盛鲜丽，尤是黄色菊花因色彩鲜亮，为人称赞居多。元代杨显之的《临江驿潇湘秋雨杂剧》中有诗"**黄花金兽眼，红叶火龙鳞**"。此句对菊花与红叶的色彩描写最为称奇。用"金兽眼"形容黄菊花，晶透黄亮，用"火龙鳞"形容红叶，如鳞开火动，一幅鲜活神来的画面跃然纸上，为神来之笔。李清照的《醉花阴》词用黄花的清瘦形容自己："**莫道不消魂，帘卷西风，人比黄花瘦。**(339)"作者将万分的忧愁收于此句，瘦甚黄花，情切形肖，有种诗已尽而愁无穷之感，大大增强了该诗的艺术表现力。仅就描写菊花的精气神，唐末农民起义首领黄巢的诗《菊花》最出名，诗曰："**待到秋来九月八，我花开后百花杀。冲天香阵透长安，满城尽带黄金甲。**(340)"此诗用菊花盛开冲天的香气，比喻自己推翻唐王朝统治的决心和农民军势如破竹的气势；又用金黄色菊花满地，形容身着铠甲的起义军将士将占领长安欢庆胜利的场景，其形象鲜明，诗语有骨，气吞山河，令人振奋，是寓情志以物表的极有特色的诗。

与梅花不同，菊花一般开得较晚，称作秋菊。唐代诗人赵嘏的《长安秋望》描述菊花"**紫艳半开篱菊静，红衣落尽渚莲愁**(341)"。意思是篱笆中的紫菊还在英姿拥蕾半开时，而荷塘里的红莲已神气残尽，凋零败落。此句以"紫艳"对"红衣"，以"半开"对"落尽"，以"篱菊"对"渚莲"，以"静"赋菊，以"愁"状莲，字词工巧，移情于物，形象有神，凸显诗人功夫。唐代诗人元稹的《菊花》诗也是此意："**不是花中偏爱菊，此花开尽更无花。**(342)"白居易认为，菊花是所在时节惟一耐寒的花，他在《咏菊》中云："**耐寒惟有东篱菊，金粟初开晓更清。**(343)"菊花在清冷的初寒中独放，更能显出它的姿容俊俏。"初开晓更清"意味菊花迎秋开放。

菊花因开得晚，时会遇到早来的秋寒，不待花满落地就枯死枝头。菊花这种傲霜的特质常被诗人们歌颂。如唐代女诗人朱淑真的《黄花》诗"**宁可抱香枝上老，不随黄叶舞秋风**(344)"和宋代诗人郑思肖的《寒菊》诗"**宁可枝头抱香死，何曾吹落北风中**(345)"以及唐代诗人吴履垒的《菊花》诗"**粲粲黄金裙，亭亭白玉肤。极知时好异，似与岁寒俱。堕地良不忍，抱枝宁自枯**(346)"，都是借秋菊之节，抒发作者所认同的刚正不阿、不随波逐流的骨气和正气，有着同曲同工同意之妙。清代诗人许廷荣在《白菊》诗似更进一步，称赞菊花寒死不屈，保持晚节："**素心常耐冷，晚节本无瑕。**(347)"苏轼也极力称赞菊花的这种品性："**荷尽已无擎雨盖，菊残犹有傲霜枝。**《赠刘景文》(348)"宋代诗人戴复古对鲜活的菊花遇寒死去深表怜惜，寓意人要像菊花那样，有爱憎分明追求朴实的品格："**菊花到死犹堪惜，秋叶虽红不耐观。**《都中怀竹隐徐渊子直院》(349)"不过，对菊花只会迎霜抱枝而死，不会飘零落地，王安石有不同的说法，他在《残菊》一诗里称："**黄昏风雨打园林，残菊飘零满地金。**(350)"实际的情况证明王安石的说法也是对的，遇严霜菊花抱香而死，而时有不遇，菊花会迟早败落，散地满金。

第六回 琼枝劲草斗芳菲

菊花不仅具有耐寒守节的高贵品质，而且内质朴实，散发着浓郁沁心的清香，耐人寻味，常被人喻作品性纯洁端正的女性形象。唐代诗人陆龟蒙在《重忆白菊》里称菊花虽无绝美的容貌，却有特别的芳香："**月朵暮开无绝艳，风茎时动有奇香。**（351）"宋代词人唐婉对菊花的评价更高，说它不惧傲霜不争芳，散发夜香，且具有贞守自己的芳蕊不受轻薄蜂蝶滋扰的纯洁品行："**身寄东篱心傲霜，不与群紫竞春芳。粉蝶轻薄休沾蕊，一枕黄花夜夜香。**《菊花》（352）"这里对菊花气节的认识，不固泥于骨气、正气，而特别阐释了它的贞洁，把菊花喻成一位意志顽强，不追逐名利，品行高尚的美丽女性。其"粉蝶轻薄休沾蕊"一句，语气锵然，寓意贴切，写出的形象尤为高洁。菊花的这些优秀品性，可归结为朴实。唐朝诗人李师广的《菊韵》对菊花的这一特质作了进一步的阐述和评赞："**秋霜造就菊城花，不尽风流写晚霞；信手拈来无意句，天生韵味入千家。**（353）"菊花虽没有天生的丽质，但其清纯的风采，却是万物萧条时所剩的最后的风流，而质朴温馨的韵味，深得人们的喜爱。

❀ **芍药争美桂花香** 宋代著名诗人秦观在《春日》里有句描写芍药与蔷薇的诗："**有情芍药含春泪，无力蔷薇卧晓枝。**（354）"此句写出了芍药花容的含情，和蔷薇体软无力的姿态特点。

先说芍药，唐朝诗人元稹有首写芍药的著名诗篇《红芍药》，诗曰："**繁丝蹙金蕊，高焰当炉火。翦刻彤云片，开张赤霞裹。烟轻琉璃叶，风亚珊瑚朵。受露色低迷，向人娇婀娜。……晴霞畏欲散，晚日愁将堕。……**（355）"该诗这段写得绝美，说芍药的金黄色的花蕊，就像用繁复的金丝扎成，似如炉里燃烧的火焰。花瓣单看像是由红云剪裁而成，张开后的花朵又像赤霞卷舒着一般。在似有淡淡轻烟的晴日，它的叶面如琉璃般碧透而发亮，被风吹动时又似海中的珊瑚在摇曳。早晨挂满露水时，它的容色很含蓄，对着人时，其姿态又是那样的妖娆优雅。它像晴空的朝霞让人担心它会飘散，又像傍晚的落日使人担心它会坠落。此诗，语言优美而形象，品味高雅而大气，极尽妙喻和夸张的手法，从多层面、多角度，描述出芍药张扬而内敛的品格与风采。

芍药有与牡丹一比高低的姿色，所以诗人写芍药时常有牡丹作陪。南宋著名词人姜夔的《契丹歌》曰："**春来草色一万里，芍药牡丹相间红。**(356)"唐五代前蜀词人庾传素的《木兰花》词写得更为直白入理："**是何芍药争风彩，自共牡丹长作对。**(357)"芍药占却了牡丹不少的风采，为何还常与牡丹比拼呢？是因为芍药长得太美，有酷似牡丹的姿容，具有媚而刚的品性。唐代罗隐《牡丹花》写得比较含蓄："**芍药与君为近侍，芙蓉何处避芳尘。**(358)"意思是，芍药常作陪在牡丹身旁而尽显风光，具有阴而柔的品性，使芙蓉没法与它争风流。白居易的诗来得潇洒："**醉对数丛红芍药，渴尝一碗绿昌明。**《春尽日》(359)"说他喝醉了酒，在几丛红色的芍药花旁，品尝着清香的"昌明"绿茶是多么的惬意。

有关蔷薇的描写，唐人李绅的《城上蔷薇》在大貌形与色的把握上比较准确，诗曰"**蔷薇繁艳满城阴，烂熳开红次第深**(*806)""繁艳满"三字着眼于花形的繁复和姿状的张力，描绘

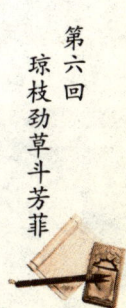

第六回 琼枝劲草斗芳菲

101

的形神毕肖。"次第深"三字着眼于花朵绽放前后色彩深浅的变化。宋代赵与滂对蔷薇藤蔓无束的性状概括得很妙:"**蔷薇性野难拘束,却过邻家屋上红。**《花院》(360)"唐代诗人齐已的《蔷薇》则从细节上描绘蔷薇,说它很像玫瑰,其杂芜的枝叶里带有细而直立的芒刺,"**根本似玫瑰,繁美刺外开。**(361)"南北朝诗人江洪的《咏蔷薇诗》也写得好,"**当户程蔷薇,枝叶太葳蕤。不摇香已乱,无风花自飞。**(362)"其用"太葳蕤""香已乱""花自飞",词藻飞动,形象地描绘出蔷薇生长旺盛,枝叶繁茂,香气自溢,花轻自飞的特点。

桂花,以其红色为丹桂,黄的为金桂,白的为银桂。桂花花朵碎小,密结满树,花开纷落时如飞虫扑面。唐代诗人卢照邻《长安古意》诗云"**独有南山桂花发,飞来飞去袭人裾。**(363)"其"飞来飞去"形象生动,"袭"字用得尤为精当。李清照对桂花给予了最高评价:"**何须浅碧深红色,自是花中第一流。**《鹧鸪天·桂花》(364)"从该词的全文看,这里说的桂花是黄色的桂花,说它虽没有红和绿的艳色,却具有一流的花品。桂花的姿色一般却有名气是因什么呢?她在另一首词里讲:"**揉破黄金万点轻,剪成碧玉叶层层。**《摊破浣溪沙》(365)"从单一花朵看,花朵甚小呈米粒状,并不起眼,平素一般,但质地如同金玉色,聚集在一起,似黄金揉破后,显如万点耀眼的金花,此与似剪出的重重迭迭碧玉般的翠叶相配,效果就非同一般了。难怪李清照说它是"花中第一流"。

宋代诗人吕声之在《桂花》诗中说,桂花独压群芳,是因它独有的香气:"**独占三秋压众芳,何夸橘绿与橙黄。自从分下月中**

秋，果若飘来天际香。(366)"初唐著名诗人宋之问有名句"**桂子月中落，天香云外飘**(367)"，赞美月光下的灵隐寺桂花纷落，散发着沁心的芳香，飘向天外。宋代词人虞俦也有其赞美桂花香的诗句："**芙蓉泣露坡头见，桂子飘香月下闻。**(368)"

桂花因其芳香四溢而闻名，得古人传说，月亮上有桂树，吴刚因违规被天帝惩罚每天在月中伐桂树。故有毛泽东的《蝶恋花》词"**问讯吴刚何所有，吴刚捧出桂花酒**(369)"，也有白居易的《忆江南》词："**山寺月中寻桂子，郡亭枕上看潮头。**(370)"

❀ 挺拔松柏翠筱竹

青竹，遭霜雪而不谢，历四时而常青，质地坚韧，姿态挺拔，襟怀若谷，诗人常以竹子之品代指贤者的品格而歌之。

清代官吏，诗书画三绝的郑板桥，他的《竹石》诗，名曰赞其竹，而意励其人："**咬定青山不放松，立根原在破岩中。千磨万击还坚劲，任尔东西南北风。**(371)"做人要像青竹那样，根扎实地，不怕风吹雨打，努力向上，而坚忍不拔。宋代诗人徐庭筠的《咏竹》也讲得好："**未出土时先有节，便凌云去也无心。**(*812)"竹子在未出土的竹笋时，已形成了节，即便是长高处于凌云端的末梢，也是成节空心，极力评赞了青竹有气节的品格和博大的胸怀。苏轼在《于潜僧绿筠轩》诗中讲："**可使食无肉，不可居无竹；无肉令人瘦，无竹令人俗。**(372)"这里，表意是苏轼喜爱竹子比食物还重要，其实意是他看重竹子的品质如同做人的气节，看到竹子能给他带来巨大的精神力量和心理安慰。初唐诗人曾任过宰相的张九龄也是为此赞竹："**高节人相重，虚心世所知。**〈和黄门卢侍御咏竹〉(373)"清代的郑板桥写竹如同他画竹一样，凸显竹子的个性，他自画作诗《墨竹图》有句"**惟有竹枝浑不怕，挺然相斗一千场**（374）"，其中的"浑"字为"全"意，"挺然"两字用得特好，意写竹子坚韧的特性，实为寓竹性于人品。晚唐诗人，"岭南五才子"之一的邵谒，作诗《金谷园怀古》写竹："**竹死不变节，花落有余香。**（375）"大意是说，花儿即使凋落仍然保持芳香，而竹子即使死亡也不改形变节。从侧面进一步描写出竹子的个性，歌之人亦应有此品。

从纯粹描写自然风景的角度上看，杜甫的《狂夫》对青竹姿容的描写极佳："**风含翠筱娟娟净，雨浥红蕖冉冉香。**（同294）"描绘出的青竹，形象挺拔、高洁、优雅，其出句与对句，对仗工妙，语景鲜活艳丽。欧阳修描写竹涛里的声音最有情味，他的《木兰花》词有句："**夜深风竹敲秋韵，万叶千声皆是恨。**（376）"从风吹竹林的响声里，能寻觉到有恨的情思，这里情景交融，作者以叶声牵情，深曲凄丽，淋漓尽致地表达了深沉凄婉的离别之情，或思友人，对其前程未卜而担忧的沉郁心情。

唐代孟浩然的诗《夏日南亭怀辛大》有句"**荷风送香气，竹露滴清响**（377）"，对竹叶上的露水滴进水中发出清脆的声音描绘出另一番情景，仅用五个字便从细节上描写出令人心悦的清新、安谧的竹下环境。黄庭坚的《咏竹》描写雨后春笋拔地而起的生势："**竹笋才生黄犊角，蕨芽初长小儿拳。**（378）"其比喻极为形象生动，对竹笋吐露拔节和蕨菜嫩芽抽长这一勃勃生机的成长意境，作了精彩的描写。其用"黄犊角""小儿拳"作喻，活力无限而萌动传神。

松柏生植于高山峻岭，历严冬披酷暑，青色长存，高大挺拔，枝干鳞铁，姿容俊威，常是诗人描写英才品格和健儿志向的象征。唐代的李咸用在《自愧》诗里有句名言："**壮士难移节，贞松不改柯。**(379)"这是用松树的品质来描述志士的气节。韩愈的《山石》诗里描写的松树是"**山红涧碧纷烂漫，时见松枥皆十围**(380)"。此语景，春意盎然，开阔深远，尽显出高大粗壮的松柏的伟岸、俊拔。明代的李东阳则从松的枝干所展现出的形姿方面，出色地写出了松柏刚劲挺拔的气势。诗曰："**苍然古柏势横空，数尺盘拏成百折。**《左阙雪后行古柏下有作》(*821)"长青是松柏的另一特征。"**落尽最高树，始知松柏青。**(381)"这是唐代廖凝在《落叶》里的一句诗，说上下四周的树，叶儿都落光了，唯独松柏依然苍翠。刘禹锡将松柏拒严寒保持长青坚挺高洁的品格，用来激励朋友同仁积极向上，有诗云："**后来富贵已凋落，岁寒松柏犹依然。……世间何事最殷勤，白头将相逢故人。功成名遂会归老，请向东山为近邻。**(382)"穷尽世上的荣华富贵有哪一个得以留存，而历尽风霜残雪的松柏依然屹立于山丘。李白在《赠书侍御黄裳》诗里也是这样激励同仁，并奉劝一些行为不端的人"**愿君学长松，慎勿作桃李**(383)"。因为桃李不具有松柏不惧严寒，坚韧不拔，可作栋梁的品质。杜甫赞颂松柏甚至诋毁竹子，将它与竹子去作比较："**新松恨不高千尺，恶竹应须斩万竿。**(384)"说松树自小骨子里就有那种坚强挺拔永远向上的气节与品格，那些占尽地理生存优势而无大用的竹子，与可做栋梁的松树比较起来，都应砍去。此诗句影射社会存在的英才得不到重用，而庸才占居高堂的现象，以发泄心中的不满。

松树、竹子与梅花自古以来被统称为"岁寒三友"，松、竹经霜雪依旧叶绿常青，梅花耐风寒则散尽清香，都代表"高标逸韵"的情志，因而赢得中国历代文人雅士的喜爱。

❁ 稻麦豆黍清香茶 人以食为天，而专歌稻麦豆黍的诗词也不鲜见。白居易写稻谷颇得新意，有诗句：**"碧毯线头抽早稻，青罗裙带展新蒲。**《春题湖上》(385)"那一望无际的良畴像锦制的绿毯，茁壮的禾苗新穗似一条条曲卷的线头抽出。水中新生的蒲草，随着波浪飘动，恰如女子的青色裙带随风飘扬。其形喻出奇，景含新妙。杜甫的《秋兴》组诗有一句赞美古长安一带的物丰景美：**"香稻啄余鹦鹉粒，碧梧栖老凤凰枝。**(386)"说这里的庄稼都是鹦鹉喜欢吃的香稻，连梧桐碧枝上也常有凤凰栖息。诗人精美的用字，以倒装语句来表述的奇思妙想，无不令人赞其笔艺绝佳。宋代诗人曾纡也说到稻谷：**"半川云影前山雨，十里香风晚稻花。**(同194)"前面的山上下着雨，而天上投下的云影，覆盖了山下的半个青川。清风吹拂川里的稻花送来阵阵香气，展现出一幅山川云雨布，十里稻花香的乡村壮美画景。

荞麦耐寒旱，是适于山区种植的粮食作物。白居易的诗《村夜》有云：**"独出前门望野田，月明荞麦花如雪。**(387)"荞麦花呈浅紫泛白色，月光下尤显一片荧亮如雪的景象，十分诱人。此诗，语出神妙写活了这一景色。他的另一首诗《观刈麦》有描写小麦黄的时景：**"田家少闲月，五月人倍忙。夜来南风起，小麦覆陇黄。妇姑荷箪食，童稚携壶浆。相随饷田去，丁壮在南冈。**(同58)"诗中虽对小麦的描写仅此一句，但点出了此时的背景，洋溢出夏忙季节农家辛劳而祥和的浓郁气息，读来质朴可人，耐人寻味。

茶是我国的传统饮品,有言道:"一壶吻喉通仙灵,惟觉清风习习生。"不论是仁人志士还是游手好闲之徒,多不拒品茶习性。所以,茶常被诗词名流赋以名苑。

陆游喜爱饮茶,他在《雪后煎茶》里这样品茶:"**雪液清甘涨井泉,自携茶灶就烹煎。一毫无复关心事,不枉人间往百年。**(388)"他认为自煎饮茶最是舒心惬意,丝毫不复牵挂,是不枉活人生的一件事,可见陆游对饮茶的酷爱。南宋诗人杜耒认为品茶要有一种环境,尤在夜寒梅开时。他在《寒夜》一诗里云:"**寒夜客来茶当酒,竹炉汤沸火初红。寻常一样窗前月,才有梅花便不同。**(389)"寒夜来客,烧一壶滚烫的热茶,以茶代酒,恰逢梅花开时,月下窗前饮茶的感觉非同寻常。欧阳修也善品茶,曾为名茶作诗《双井茶》:"**白毛囊以红碧纱,十斤茶养一两芽。长安富贵五侯家,一啜龙须三日夸。**(390)"诗里夸此名茶之绝,似白毛裹附着红绿色的细纱,十斤茶才能选出一两的小芽,长安市里只有达官贵人才能享用到,喝一口让你夸味三天。范仲淹也不示弱,对武夷山的名茶铁观音曾有这样的评价:"**溪边奇茗冠天下,武夷仙人从古栽。**《和章岷从事斗茶歌》(391)"此诗,言及斗茶即为赛茶,又叫"茗战",源于唐朝,兴于宋代。诗中从茶的争奇、茶器精美、水质的品鉴到技艺的比对,呈现的场面十分热闹而激烈。获胜者喜不自支,姿如癫狂。失败者垂头丧气,犹如败降而感耻辱。描写诙谐而机妙,令人捧腹。刘禹锡的《尝茶》诗描写泡出的一碗茶似如一处妙景,颇为新活:"**今宵更有湘江月,照上霏霏满碗花。**(392)"在明朗月夜的江边饮茶,月光映入清香的碗茶,叶舞光动,如玉碗盛来琥珀光,晶莹蜿动。"霏霏"一词用得十分

第六回 琼枝劲草斗芳菲

传神。苏轼有诗把名茶比作美人来欣赏："**戏作小诗君勿笑，从来佳茗似佳人。**(393)"白居易熟知茶酒的功力，在《赠东邻王十三》诗中曰："**驱愁知酒力，破睡见茶功。**(394)"驱愁请你喝酒，瞌睡难耐请你饮茶提神。而最为新奇绝妙的还是唐朝著名诗人元稹的宝塔诗《一字至七字诗茶》(395)：

茶
香叶、嫩芽。
慕诗客、爱僧家。
碾雕白玉、罗织红纱。
铫煎黄蕊色、碗转曲尘花。
夜后邀陪明月、晨前命对朝霞。
洗尽古今人不倦、将至醉后岂堪夸。

此诗的精彩处不仅是写出茶自生长到加工煎制、泡饮、品尝和效用，尤其是按字数多少，对称排列，形成塔形，创意新妙，为人赞赏。

❀ **物各有性诗言志** 自然界的万般形色，和应着世态的炎凉与人生的复杂情感，所以人们常以物寄思，借景托情，寓含着作者的志向和追求这样的境界，创造出了美妙绝伦的诗篇。故将物各有性诗言志作为本篇的结束语。

杜甫在《自京赴奉先县咏怀五百字》诗中对物各有性有段精彩的描述："**葵藿倾太阳，物性固莫夺。顾惟蝼蚁辈，但自求其穴。**(396)"且不论诗中所议论的社会含义，就字面论及，向日葵始终跟着太阳转，是物的本性，是难以改变的。而那些蝼蚁之辈只知道经营自己的安乐窝，也是本性使然。所以万物有性，若匹夫有志，性可顺不可夺。黄庭坚在《题净因壁》诗里有句："**蕉心不展待时雨，葵叶为谁倾太阳。**（397）"物各有需求，就有个性。蕉心不展是因干旱自护待雨，而葵花向着太阳，是它自身需要摄取阳光才能成长，它对太阳自然有情，依附于太阳，由此决定了它的个性对于太阳是屈从。苏轼有句诗："**荷尽已无擎雨盖，菊残犹有傲霜枝。**《赠刘景文》（同348）"此说，荷与菊同遇风霜有不同的表现，反映了万物各自有不同的品性。在诗人眼里，即便是对于无生命的无机物，也能采用拟人化手法，赋予它他生命力，将它们描写得绘声绘色。如元代萨都剌的诗《潮州纸伞业》，对雨伞的特征作了惟妙惟肖的描述："**但操大柄掌在手，覆尽东南西北行。**（398）"诗的内涵，可尽人挖掘，物性可比对人情，由此，也可借此伞柄，形象地诠释权柄的威势作用，是为妙哉！

　　诗人们正是借用物的特性和环境的渲染，抒发自己的情感，故称诗以言志。曹操说他在情感最为激越的时候"幸甚至哉！歌以咏志"。其中的歌当指诗歌。杜牧根据蜡烛的特性和燃烧的过程，与人的思君怀故而悲痛流泪很是相似这一点，在《赠别二首》诗里写出了"**蜡烛有心还惜别，替人垂泪到天明**（399）"这一名句。宋代的晏几道也有类似的名句："**红烛自怜无好计，夜寒空替人垂泪。**《蝶恋花》（400）"宋代诗人王观，用明亮水汪的眼睛比作水，用毛茸茸起伏的眉比作山："**水是眼波横，山是眉峰聚。**《卜算子》（401）"如此妙想，拟人皆使山水活，别有情趣，也表达了人与自然融一的情感。李白在《送友人》里有句"**浮云游子意，落日故人情**（同104）"，用飘云比作人漂泊天涯的忧愁，而用冉冉离去的落日，比作送别友人时的情感，写得情真意新。又比

第六回　琼枝劲草斗芳菲

109

如，诗人用山水花草妙喻人的情思，唐代诗人韩溉的诗《水》有句"**潇湘月浸千年色，梦泽烟含万古愁**（402）"，意为月浸潇湘之景，象征历尽千年的人间沧桑，而云梦泽湖面上的烟波，含尽了人间万古的忧愁。刘禹锡的《竹枝词九首》里有"**花红易衰似郎意，水流无限似侬愁**（403）"形容花儿易衰像郎君的情易变，滔滔无垠的江河水，像人们无限的忧愁。再比如宋代词人蒋捷的《虞美人·听雨》："**悲欢离合总无情，一任阶前，点滴到天明。**（404）"用屋檐下不尽的滴雨，形容人生所遇多无奈，阐释出作者无限的感慨。爱国诗人陆游的绝句《秋闻夜雨》是一篇表现志士爱国、壮志未酬的佳作，诗中借雨托梦："**惊回万里关河梦，滴碎孤臣犬马心。**（同214）"那时南宋王朝忍辱偷安，陆游力主抗金收复中原的政治主张数次遭贬，此时大势已去，国破家亡，作者秋夜梦回疆场被淅淅的雨声惊醒，梦断秋雨仿佛是报国之心被滴碎，抒发出一腔壮志未酬的悲愤与哀怨。其中"滴碎"两字用得十分贴切。宋代诗人张咏的《雨夜》也是夜里闻雨产生孤凄强烈之情，抒发了他对远离的家乡的思念："**无端一夜空阶雨，滴破思乡万里心**（405）。"其中"滴破"两字借景妙和情思，若利剑刺心，用得自然妥贴。刘禹锡的《竹枝词》有一句"**东边日出西边雨，道是无晴却有晴**（406）"。作者利用一边下雨一边晴的特别天气环境，用"无晴""有晴"巧妙地表示，岸上的女子原以为郎君已"无情"，忽然听到郎君在江上的歌声，感觉还对自己"有情"而喜悦的心理过程。唐人赵嘏的《长安秋望》也是首将景与情结合完好的诗。其中的"**残星几点雁横塞，长笛一声人倚楼**（同341）"蕴情极为丰富。晨曦，留有几点残余星光的天空飞来一行南返的秋雁。俄顷,悠然传来笛声,寻声望去,远处的楼头依稀可见有人背倚栏杆吹笛。笛声是那样悠扬和哀婉,似是在哀叹人生。此诗细析看来,"残星几点"是见,"长笛一声"是闻;"雁横塞"是动,"人倚楼"是静。此句描写,见、闻、动、静第次安排,颇见匠心独运。故物有性,人有情,情随景变,景中寓情,情应志向,诗咏言志。

写到此,也就结束了大自然卷。本卷没有对所选诗句蕴含着的背景和情思做过多的挖掘,是因为所选诗句颇多,会使篇幅过长,而显拖沓。多数的情况是仅就名篇中着实精彩的某一句或某一段,多从表意来欣赏它们的绝佳描述,使读者像驾驶一叶扁舟自由地游弋在浩瀚的诗海,欣赏到无数处流光异彩,仅此也会得到巨大的艺术享受。下面让小船带着您,游向诗词大家所绘制的新的海域——人间大海。

■ 明 朱瞻基《瓜鼠图》

第六回 琼枝劲草斗芳菲

■ 宋　夏圭《山水十二景图》

下卷

诗词妙语话人间

■ 清·任预《仿赵大年水村图》

序

　　人间也如大自然，晦明时变，活跃纷繁，姿态万千。其又不同，大自然运行流程既定，渐逐进化，量积突变，循环往复。而人类活动虽循此规，却又上山寻道，各有其妙，善走便捷，极富创造。缘由人类这一特殊群体，历经千百万年的演进，由一般动物演变为高级动物，成为有思维、有语言、有创造力的大自然精灵。人以群居活动，独有的思维与灵性，使他们学会用劳动创造以替代对自然的被动依赖，以延续繁衍生息。劳动需协作，遂悟出语言进行交流，使人类活动的空间和能量迅速扩展和提升，也使族群得以扩充，形成了地域性的部落组织。而组织活动需要管理，以协调个人的行为，表现为首领思维与组织内个体意识的交流和统一，逐步而自然形成了对原始组织管理的思想、规定及组织的分工协作。随着生产力的发展，私有制的出现，部落间的强力吞并，出现了国家这样的新兴组织形式以管理社会。

　　国家是基于社会之上并驾驭社会的一种力量。国家的初级形态一般是通过暴力获得统治的阶层，又用强力来贯彻他们的意志实行统治，逐步过渡到通过法的方式赋予权力行使管理，使人人服从于最高统治者的统治。因而在自上而下的这个长而曲的管理

链条上，设置了多层级的管理机构和职能机构，以便于命令的传达和执行。并且这些机构随着社会分工和活动的扩大，职能的完善，形成越来越庞大而复杂的运作体系。

　　国家的出现，使每一个居民，因他的职业分工，定格在这个庞大的组织系统内，确定了他门当时的各自身份、地位以及生活和活动的大致范围，演绎着各自人生的悲欢离合。由此人们自然而客观地分成不同的阶层等级。人们生活的这些客观存在是根，而人们的意识，是基于这些不同的客观基础上的由人们头脑里生出的一朵朵五颜六色的鲜花。总之，由复杂的经济关系构建起来的繁茂芜杂的人类物质生产活动，和基于这种活动生成的各种无尽的意识，以五彩缤纷的文化方式反映出来，又去影响人们的物质生产活动，这一切便形成了人类活动的基本范式，即人间。其中，诗歌就是凝结人们的意识所反映出的一种高雅的特别的文化形式。

　　人类社会自原始社会起，相继出现了奴隶社会、封建社会、资本主义社会和社会主义社会几种社会形态，诗歌大体也经历了这些社会形态。而在我国，诗歌的发展在封建社会的唐宋时代达到了高峰，它以我国独有的格律诗词这一特殊的音律美的形式，展现了人们对美好生活的追求，并反映当时社会经济政治关系及其思想与意识。现在的人们读起来仍然感到由衷的敬佩而难以超越，故称唐诗宋词是中国传统文化的两朵最艳美的奇葩。

　　唐宋是我国封建社会经济文化发展的高峰，恰在这时出现了格律诗词，有其一定的必然性。现在的人们写格律诗词的水平不及唐宋，但不能由此说，现在社会没有唐宋时代发达和先进。

只能说，现在的人们使用格律诗词表达思想不如唐宋时代普及和熟练，因而运用格律诗词这种文学方式表达情感的水平，没有唐宋诗人的水平高。人们欣赏古人的格律诗词并不是欣赏那个时代多么美好，而是欣赏这些诗词高超完美的艺术表现力。事实上先人们留下的反映那个时代的诗词作品，除却歌颂祖国自然壮美秀丽的河山外，多是歌颂劳动人民，追求真善美，讥讽专制腐败、人际复杂、尔虞我诈，抨击国难当头朝中漫布的那种卑躬屈膝卖国求荣的流弊恶习等。即便有的诗词所表达的思想有失偏颇，不很完美，但其艺术水平美妙绝伦，人们依然欣赏。另外，无论过去和现在，无论国内和国外，人们对善恶丑美及其公德，有着不言自明、亘古不变的评判标准。古代格律诗词对这类普世价值内容的褒贬扬弃，仍具有巨大的思想价值和艺术欣赏价值，令人百读不厌。所以，本卷即"人间篇"仍采用上卷"大自然篇"的体例，从艺术表现力的角度，除少数杰出诗篇，无法删节而整首录用外，主要从优美的古诗词里采撷其中最美的某一句，或是某一段，供大家欣赏，对诗词的社会背景和深含的社会内容，不作过多赘述。

为了使读者欣赏到同类表达最优美的语言，本卷有些章节还精选与格律诗词在句法相近的古代现代、国内国外著名的格言、警句辅以论述，形成珠联璧合、相映生辉的效果。下面我们先来看，过去的诗人是怎样描述大自然与人类社会的客观规律的。

第七回
新陈代谢万古流

在中国古代，人们对大自然的认识能力很低，对自然界扑朔迷离的奇妙变化和自然灾害、社会动荡造成的人生变故，心存敬畏或恐惧，常以信奉神鬼占卜来驱邪避灾，以寄托命运。也有无畏的智者勇于探索神秘的现象，以发现内在的真谛，求其天道。作为知识分子的诗人，多是忧国忧民的仁人志士，素有探求真理的癖性，歌其优美的诗篇以言志喻理。

☂ **天道有常** 早在春秋战国，伟大的爱国诗人屈原作的楚辞《天问》，提出了近170余个有关大自然和人间的问题，让现在的人看来也感到惊诧，被誉为"千古万古至奇之作"。其所问的内容广远而具体，显示出作者的睿智和眼光的深邃，那连珠炮式的刨根问底的提问，体现出作者的科学探求精神，令人敬慕。譬如该辞开头所述"曰遂古之初，谁传道之？上下未形，何由考之？……明明暗暗，惟时何为？阴

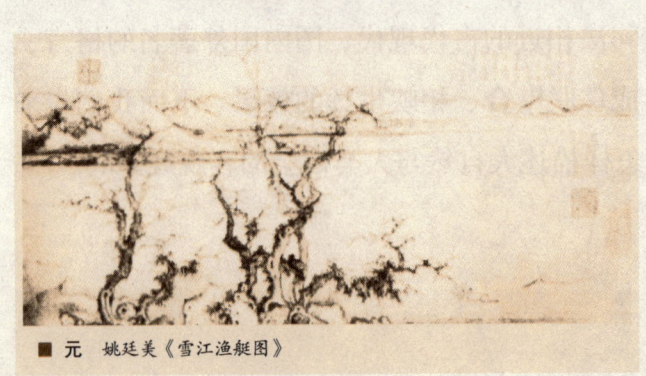

■ 元　姚廷美《雪江渔艇图》

阳三合，何本何化？……圆则九重，孰营度之？ 惟兹何功，孰初作之？……八柱何当，东南何亏？ 九天之际，安放安属？……日月安属？列星安陈？……自明及晦，所行几里？夜光何德，死则又育？……何合而晦？何开而明？角宿未旦，曜灵安藏？……(407)"翻译成白话文的意思是："天地尚未成形之前，是怎样的形状？它们又从哪里得以产生？……白天光明夜晚黑暗，阴阳相和转为新合，究竟为何是这样？……说天有九重之高，有谁曾去环绕量度？这是多么大的工程。是谁开始把它建造？……八根擎天柱坐落在何方？地的东南角为何倾陷？天边在哪里与地交会？……日月如何安放在天上？众星又为何在天上这样布列？……太阳从天明走到天黑，它走了多少里？月亮有着什么功能，竟能死了又再重生？……什么东西关闭天就黑暗？什么东西开启天就放亮？当东方还没有亮的时候，太阳又在哪里匿藏？……"屈原的提问，用现在的科技大都能得到科学的回答，但在那个时候能够系统地提出，是一个天才头脑才有的可贵思索。就是这样一位天才，因权贵间的内斗，落魄江湖，怀志投江而死。与屈原大致同时代的，作为古代思想和科学宗师的古希腊著名思想家、哲学家、科学家亚里士多德、柏拉图，提出的完整世界体系的设想，与屈原的这些设问的思想体系不谋而合。假如不是那个时代的痼疾对屈原这种有杰出头脑的人的限制，假如他们能够进行持续不断的科学探索，在世界古代、近代科技发展的重大发现中，不知有多少会来自我们中国人。抚膺而思，令人心痛。

屈原的奇思只是提问，没有答案，而后来的诗人，有的则更进一步，对迷茫的疑问提出答案。他们的思想，有的已触摸到世

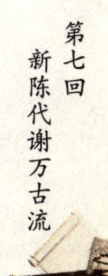

第七回 新陈代谢万古流

119

间万物变化的真相，显露出朴素的唯物主义思想的光芒。如李白《日出入行》诗云："**草不谢荣于春风，木不怨落于秋天。谁挥鞭策驱四运？万物兴歇皆自然。**(408)"说明李白已意识到，没有谁能驱动万物兴衰和春夏秋冬四季的变化，完全是事物本身内在缘故使然。作者用拟人化的生动语言"挥鞭策驱"，诗境意开，迥然飞动，使一道灰色的难题迎刃而解。而结尾用"自然"两字得出结论，一语中的。这句诗也充分体现了李白诗仙的风格，将春秋四季和万物兴衰，玩于掌中，观其变化，极尽洒脱。

对大自然中草木的变化，年复一年，日复一日，人们看到过千百万遍，都是作过眼烟云，有谁留心揣思？惟有白居易看出了眉目，写出了他得以成名的佳作《赋得古原草送别》："**离离原上草，一岁一枯荣。野火烧不尽，春风吹又生。**(409)"此诗语言，朴实、精练而生动，极为流畅地表达出春去又来，引起万物死而又生、循环往复这样一个看似浅显实则深刻的大自然运动变化的哲理。

辛弃疾的《菩萨蛮·书江西造口壁》也是一篇富含哲理的好词，中有一句用大山与柔水比较："**青山遮不住，毕竟东流去。**(410)"高山再大却挡不住东去的江河水，指出了人类和自然界里有一种确定的东西是什么也阻挡不住的。身居显要的宋代词人晏殊在《浣溪纱》词里也表达了这种意识："**无可奈何花落去，似曾相识燕归来。**(411)"花儿再好也不可避免地会凋谢，而又必然地会再开。泛指世上万物在它兴盛时，不可避免地会走向衰败，而又会必然地再次兴盛。是谓否极泰来，盛极而衰。清代的诗人宋琬在一诗中讲："**山色浅深随夕照，江流日夜变秋声。**(412)"

太阳的东升西落，引起山色晦明的变化，季节的变换引起江流的变化，而不变的是太阳周而复始的升落和春秋四季不变的轮回。柳永的《八声甘州》词对晚秋气候给花草树木江河山川的影响作了极为精彩的描写，也是作者看到了自然界存在着的一种客观必然性："**渐霜风凄紧，关河冷落，残照当楼。是处红衰翠减，冉冉物华休。惟有长江水，无语东流。**（同73）"显然，古人对自然界变化的认识，认为只是一种自然动力作用的简单重复，还没认识到这种变化是大自然内在客观规律的作用下，发生的是曲折迂回不断前进向上的新变化。

🌂 新陈代谢

人类对自然界与社会的认识能力是逐步上升和深化的。古人对客观规律的认识，并没有绝然地停滞在前面所述的循环往复的简单重复上，而是有了发展的眼光，认为事物的轮回是新旧交替，是新生的力量战胜腐朽颓势的进步。这方面最著名的表达是刘禹锡的诗《酬乐天扬州初逢席上见赠》，诗中"**沉舟侧畔千帆过，病树前头万木春**（413）"这一千古名句，以华美的妙喻词章，昭然揭示了推动自然界与人类社会发展的，是不断新生和发展的新兴力量，落后的腐朽的必然被先进的健康的所替代这样一个客观规律。其强烈的思想性和极高的艺术性被历代传诵。刘禹锡的另一首诗里也有同样的名句："**芳林新叶催陈叶，流水前波让后波。**（414）"生动阐明了新陈代谢的必然。大诗人杜甫也观察到了大自然中新陈代谢的必然性，他在《江畔独步寻花七绝句（其七）》中有句："**繁枝容易纷纷落，嫩蕊商量细细开。**（同330）"用枯枝生嫩蕊，旧叶纷纷落新蕊细细开这些细微轻灵的变化，描述了新生力量战胜腐朽势力的必然过程。唐代诗

第七回　新陈代谢万古流

121

人罗隐的《杏花》诗描写春来催万物存亡明灭相继登场的现象："**暖气潜催次第春，梅花已谢杏花新。**（同303）"从细节上叙述新陈代谢是一个必然。

☂ **天人合一** 诗人们对客观规律的探索并不限于自然界，而是同社会的变迁结合起来，以阐释人类社会也同样遵循新陈代谢的规律。刘禹锡的诗《乌衣巷》就是一例，诗曰："**朱雀桥边野草花，乌衣巷口夕阳斜。旧时王谢堂前燕，飞入寻常百姓家。**（415）"诗中的王谢，指晋朝时的王导与谢安，他们分别做过朝中的丞相，都是名门望族，权势显赫，威震朝野，均住在南京城外秦淮河朱雀桥边的乌衣巷。想当初，乌衣巷繁华盛极，连燕子也被雕梁画栋金碧辉煌的楼阁所吸引。而今野草丛生，荒凉残照，新来的燕子已不眷故，飞入了平常百姓家。寓意社会的变迁与大自然一样，遵循着新陈代谢的发展规律，谁也不能逃脱。一切荣华富贵不过是浮光掠影，难于持恒，正如辛弃疾的《永遇乐》词所讲："**舞榭歌台，风流总被，雨打风吹去。**（416）"被罗贯中选作《三国演义》开篇语的明代著名词人杨慎的《临江仙》词，也对此作了绝佳的概述："**滚滚长江东逝水，浪花淘尽英雄，是非成败转头空，青山依旧在，几度夕阳红。**（417）"那沧海桑田的人间，如同滚滚东去的长江水，淘尽了人世间是非红尘的无数英雄，到头来，一切都灰飞烟灭，而青山依旧，红日依然东升西落。

☂ **千古绝唱** 历数古今以来歌尽大自然与社会浑然统一的诗篇，伟大的诗词家苏轼的《念奴娇·赤壁怀古》和现代伟人毛泽东的《沁园春·雪》是两首被举世公认的纵古论今的千古绝唱。苏轼的《念奴娇·赤壁怀古》一词历来被称为词家的经典。其气势如虹，技压群芳，统贯古今。尤其是该词的上阙写得极为精彩："**大江东去，浪淘尽、千古风流人物。故垒西边，人道是，三国周郎赤壁。乱石穿空，惊涛拍岸，卷起千堆雪。江山如画，一时多少豪杰！**（同143）"从中可看到，作者描绘出了多么宏伟壮阔的画面，仿佛是在波涛东去的大江面上，浮起一代代英雄豪杰，演义着他们精彩人生的片段，又被大浪淘尽，转瞬即逝。留下的是，汹涌的江涛拍岸，击碎了山崖上的巨石，崩向天空，而洒落的波涛形成千万堆白雪，景状奇绝。难怪，在苏轼进京考取进士时，作为主考官的大文豪欧阳修对另一考官梅尧臣夸赞苏轼说："不意后生能达斯理也，老夫当避此人出一头地。"

能与苏轼这首词相媲美的唯有毛泽东的《沁园春·雪》，词曰："北国风光，千里冰封，万里雪飘。望长城内外，惟余莽莽。大河上下，顿失滔滔。山舞银蛇，原驰蜡象，欲与天公试比高。须晴日，看红妆素裹，分外妖娆。江山如此多娇，引无数英雄竞折腰。惜秦皇汉武，略输文采；唐宗宋祖，稍逊风骚。一代天骄，成吉思汗，只识弯弓射大雕。俱往矣，数风流人物，还看今朝。（418）"

两词对照，苏词描写的是以南方及长江为背景，而毛词是以北方及黄河为背景，一南一北，一江一河，古今二唱，唱和的是一个大中华。在艺术性上，两词用字所烘托的神奇、自然、灵动的壮势，旗鼓相当，不分伯仲。苏词是围绕着长江展开了惊心动魄的叙事，而毛词则纵横捭阖铺开了对万里长河山川的纵说。苏词是以三国大战至北宋800余年论史，而毛词则以秦至民国近2200百年的沧桑指点江山。在思想内容方面，毛词已超越了苏词，这突出体现在以上两词的结尾句对比。苏词**"江山如画，一时多少豪杰！"** 毛词**"俱往矣，数风流人物，还看今朝。"** 苏词像是用大学者的口气，给我们精彩地讲述了人间过去的历史，而毛词则显现出作者作为伟大的实践者，敢于扭转乾坤的领袖风范与气度。

■ 清　潘公寿《山水册》

第八回
人间城府深似海

中国经历封建社会有2000余年,是世界上经历这种时代最长的国家。封建统治的特征是以皇权为核心的集权专制。在封建专制下,经济上的土地地主所有制形成的人身依附,政治上的集权制形成的人分等级,思想文化上的三纲五常形成的人皆俯首听命,像三条绳索紧紧束缚了人们的人身与思想的自由。再有,皇族的荒淫腐败,官宦的相互倾轧,低层民众倍受压迫之苦,加之自然灾害,社会动荡,政权频繁更迭,人性泯灭,民生涂炭,人们生活在水深火热之中。在古代浩瀚的诗篇里,我们常能看到描写和鞭笞封建黑暗统治和社会伦理的精彩妙笔。

昏淫权贵 专制与腐败是一对孪生子,专制、暴虐、嗜淫是暴君的共有特征。且看一代天骄成吉思汗的一段自述:"战胜强敌,将他们连根铲除,夺取他们所有的一切,使他们的妻子儿女痛哭流涕,跨上他们后背平滑的骏马,将他们美丽的后妃腹

■ 钟软礼《雪溪放舟图》

部当作睡衣和床垫,亲吻她们玫瑰色的面颊,呦着她们的乳头色的甜蜜的嘴唇,这才是男子汉最大的乐趣。"封建的皇朝多是荒淫腐败的,三宫六院、七十二嫔妃,后宫佳丽三千云云。战乱年代,自不暇顾还好些,稍遇平和风顺,府门轻歌曼舞,纵欲奢情,以至荒废国事。晚唐著名诗人李商隐的诗《咏史》中有句治国名言:**"历览前贤国与家,成由勤俭败由奢。(419)"** 历史证明,荒淫奢侈是封建朝政更迭频繁的一个最重要的原因。

在中国古代诗歌里有两首描写皇朝荒淫腐败的名篇,一首是白居易的《长恨歌》,描写唐明皇李隆基与杨玉环的情爱故事。李隆基自从儿子的手中夺得儿媳杨玉环后,不理国事,荒淫到了"不爱江山爱美人"地步。诗中有一段是这样写:**"汉皇重色思倾国,御宇多年求不得。杨家有女初长成,养在深闺人未识。天生丽质难自弃,一朝选在君王侧。……春宵苦短日高起,从此君王不早朝。(420)"** 《长恨歌》是篇优秀的叙事抒情诗,作者在叙事和人物塑造上,以其优美精练的语言,丰富的想象,曲折的情节,将叙事、写景和抒情谐合在一起。通过层层渲染,回环往复的抒情,缠绵悱恻,让人物的思想感情蕴蓄得深而丰富,使人物的心理表现得淋漓尽致,动人心魄,也因此而显得颇为婉转动人。该诗对男女主角恩爱描写的说辞可谓是千古绝笔,其中许多诗句都是千古名句,比如:**"后宫佳丽三千人,三千宠爱在一身""春风桃李花开夜,秋雨梧桐叶落时""鸳鸯瓦冷霜华重,翡翠衾寒谁与共""玉容寂寞泪阑干,梨花一枝春带雨""在天愿作比翼鸟,在地愿为连理枝""天长地久有时尽,此恨绵绵无绝期"** 等。"在天愿作比翼鸟,在地愿为连理枝",此语可谓天来神笔，喻情甚美绝妙。

另一首诗是杜甫的《丽人行》，此诗极尽描写一个春暖花开的丽日，唐玄宗的妻哥姐妹杨国忠一帮，在长安城南曲江欢情作乐的情景，从侧面反映了唐玄宗的昏庸和时政的腐败。该诗描写场面宏大，着色鲜艳富丽，笔调细腻生动。富丽华美的语词中蕴含着作者的清刚之气，虽不见讽刺的语言，却隐含犀利的讥讽。在表似正经的咏叹中，揭露腐朽、鞭挞邪恶，获得了强烈的艺术批判效果。诗中用绝妙之词表达出的情景也是他人难以企及的，让人不禁为之惊叹敬佩。如对这帮丽人娴雅的神态、优美的体态、华丽的衣着的描写："**态浓意远淑且真，肌理细腻骨肉匀。绣罗衣裳照暮春，蹙金孔雀银麒麟。头上何所有？翠微盍叶垂鬓唇。背后何所见？珠压腰衱稳称身。**（421）"吃的是什么呢？"**紫驼之峰出翠釜，水精之盘行素鳞。**"吃的之丰美，都吃不下去了，御厨们还在轮刀装盘络绎纷送："**犀箸厌饫久未下，鸾刀缕切空纷纶。黄门飞鞚不动尘，御厨络绎送八珍。**"宴会里笙箫鼓乐靡靡缠绵，婉转的感动鬼神，宾客随从满座，都是些达官贵人。随着宴会进行，不断有新的权贵加入，气氛愈加热烈："**箫鼓哀吟感鬼神，宾从杂沓实要津。后来鞍马何逡巡，当轩下马入锦茵。**""杂沓"即满座，"实要津"即掌握重权、实权的达官贵人。该诗在结尾处描写了这些人酒足饭饱后，寻欢作乐、荒淫无耻、令人瞠目的行径："**杨花雪落覆白蘋，青鸟飞去衔红巾。炙手可热势绝伦，慎莫近前丞相嗔！**"诗中的"杨花"隐寓典故，北魏胡太后曾威逼下臣杨白花私通，杨白花惧祸，降梁，改名杨华。胡太后思念他，作《杨白花歌》，因有"**秋去春来双燕**

子，愿衔杨花入窠里"之句，后衍生出"杨花入水化为浮萍"之说，这里暗指杨之兄妹的丑行。

不仅朝廷腐败，地方官府也是如此。杜甫在《赠花卿》里这样描写"锦城丝管日纷纷，半入江风半入云。**此曲只应天上有，人间能得几回闻？**(422)"诗中"锦城"指成都，这里泛指官邸，诗的表意是赞美乐曲如清风般悠长回荡，但从后面的巧妙问句提示，这样的乐曲只有皇亲贵族听到，民间谁能闻得。此对朝府整天不务正事贪图享乐的作为做了莫大的讽刺。杰出的爱国主义诗人陆游，一生坚持抗金主张，虽多次遭受投降派的打击，但爱国之志始终不渝。曾用"上马击狂胡，下马草军书"来形容自己的品格。他在《关山月》一词中有**"朱门沉沉按歌舞，厩马肥死弓断弦**(423)"的诗句，该句的妙处是抓住了朱门、战马、弓箭这些最典型的事物，用准确而生动的词语"按歌舞""马肥死""弓断弦"渲染事实，力斥南宋朝廷腐败至极，沉醉于歌舞升平，刀枪入库，马放南山，以至于国难当头，束手无策，屈尊求荣。唐代诗人杜牧也是看到当朝不顾国难，有感而发，作诗《泊秦淮》，诗云："**商女不知亡国恨，隔江犹唱《后庭花》**。(424)"意味当年，南朝陈后主荒淫无能丢掉了江山，而现在的人逍遥自在，面临国危不顾，还在尽唱陈后主作的《玉树后庭花》曲。

皇朝的腐败表现在多个方面，李白在《玉壶吟》里这样描写皇宫内的情况："**君王虽爱蛾眉好，无奈宫中妒杀人。**(425)"皇上爱蛾眉，宫女争风吃醋，命运多乖舛。君王荒淫，下面的大臣多是一样。明代吴伟业的《圆圆曲》有句"**恸哭六军俱缟素，冲冠一怒为红颜**(426)"，描写李自成率起义军入京，属下掠走明军将领吴三桂的爱妾陈圆圆。本来吴三桂拟投诚李自成，听到此消息，勃然大怒，令六军为吊死在北京景山上的崇祯皇帝披麻戴孝示以复仇，赫赫有名的将领竟为了一个红颜改变了立场。唐朝著名诗人李商隐在《贾生》诗里写到："**宣室求贤访逐臣，贾生才调更无伦。可怜夜半虚前席，不问苍生问鬼神。**(427)"诗中的"宣室"此指汉文帝，"贾生"是西汉的政治家、大学者贾谊。此诗也以借古讽今的方式，描写君王不思国事，炼丹拜神，安逸享乐，图求长命。摆的架势是君王拜访贤臣，直到三更半夜，却不问国事，问的全是鬼神和如何长命类的事，令人啼笑皆非，足见昏君当朝的无知可笑。战国时曾做过楚国宰相的屈原，因小人的离间失去了楚怀王的信任，落魄于江湖，愤恨写出了《离骚》等千古名篇。他在《卜居》里曰："**蝉翼为重，千钧为轻。黄钟毁弃，瓦釜雷鸣。**(428)"妙喻君王是非不分，远贤者而近小人的行为，犹如废弃由金铜制作的黄钟这样的名贵乐器，而用低贱的瓦缶作乐器一样。诗圣杜甫一辈子怀才不遇，对皇朝不能任人唯贤而任人唯亲的现实更是深恶痛绝，他在《锦树行》一诗里曰："**自古圣贤多薄命，奸雄恶少皆封侯。**(429)"封建专制的一大痼疾就是"任人唯亲"，对社会的这种腐败现象，明代剧作家洪升在《长生殿·贿权》剧中言："**君王舅子三公位，宰相家人七品官。**"社会到了这个份上还有什么指望？唐玄宗后期，贪图享乐，宠信并重用李林甫、杨国忠等奸臣，终于导致安史之乱，唐朝开始衰落。做过宋神宗宰相的王安石曾愤慨提笔在《开元行》里讥讽："**由来犬羊着冠坐庙堂，安得四鄙无豺狼？**(430)"表意是怒骂唐朝开元后期皇朝里满坐的是类如犬羊的败类，实意是指当朝用人的腐败，貌似泱泱的大国，怎么能抵挡住四处豺狼的攻击？此语如重锤击杀，力致千钧。

☂ **贪利欲权**　君王的腐化，滋生了人们对权利的贪欲，使朝里的官员为争权逐利不择手段，斗得你死我活。《西游记》里描写人们的贪权有两首妙诗，其中一首里有句："**欲思宝马三公位，又忆金銮一品台。**(431)"人已到了极臣的"三公"位，还不满足，还想当丞相。在另一首里也有句："**骑着驴骡思骏马，官居宰相望王侯。**(432)"权欲似海，当了宰相心还不足，又翘首君王之位。唐代开元时进士李颀，在他的《行路难》里，对朝里的人们为当官的那种趋炎附势争先恐后的丑态，描绘得可谓淋漓尽致："**世人逐势争奔走，沥胆堕肝惟恐后。**(433)"为此，官员的心理已畸形，人性扭曲，抱团取暖，构陷成瘾，日复一日，夜不能寐，多成了牺牲品："**争名夺利何时休？早起迟眠不自由！**《西游记》(434)"

封建皇权最明显的特征是专制，凡专制必然导致腐败，腐败多从生活腐化开始，腐化即引起对权力更大的奢望，先是外戚专权，引起与士大夫官僚的争斗，宫内的宦官阶层也不甘示弱，皇朝内形成了极为复杂的三方勾斗。争权终为争利，有了利，才能维持生活上的腐化，腐化导致更多权力的腐败，互为因果，患祸滋生无穷。

☂ **关系复杂**　皇朝的专制与腐败，造成内斗，在朝内朝外形成了十分复杂的人际关系。唐代诗人朱庆馀在《宫词》里讲"**含情欲说宫中事，鹦鹉前头不敢言**(435)"。皇宫里的事，不要说对人讲，就连宫里的鹦鹉也得提防。柳永在一首《玉楼春》

词中也讲到鹦鹉有学舌的技能，弄得家犬五迷三道，顿生疑惑而警觉了起来。词曰："乌龙未睡定惊猜，鹦鹉能言防漏泄。（※825）"朝中君与臣之间相互猜忌，关系十分微妙。李白的《远别离》诗有一句这样描写："君失臣兮龙为鱼，权归臣兮鼠变虎。（436）"意思是，君没有臣的拥戴，就像龙失去了尊威成了鱼，如果过分相信臣，把权力都给了臣，臣即便是鼠，也会变成虎。所以，君不能不利用臣，又得提防着臣。而臣置于君下，伴君险如伴虎，也得审慎。清代诗人洪升在《淮水吊韩侯》一诗中说得妙："器满才难御，功高主自疑。（437）"为臣显威要把握好分寸，不能大到震主的程度，想当年，淮阴侯韩信就是因对汉王朝功劳太大，威势震主，后被汉高祖刘邦杀掉。唐初四杰之一的卢照邻有篇长诗《长安古意》，堪称为唐初七言歌行的代表作，以其精工的句法，生动的叙事，讽喻的手法，对权贵阶层骄奢淫逸的生活及内部倾轧情况进行精彩描写："**汉代金吾千骑来，翡翠屠苏鹦鹉杯。罗襦宝带为君解，燕歌赵舞为君开。别有豪华称将相，转日回天不相让。意气由来排灌夫，专权判不容萧相。专权意气本豪雄，青虬紫燕坐春风。自言歌舞长千载，自谓骄奢凌五公。节物风光不相待，桑田碧海须臾改。昔时金阶白玉堂，即今惟见青松在。**（438）"该诗辞藻华美，言实意赅。借古讽今，举汉代之事，暗讽当时长安上流社会追逐情欲物欲权力欲，驱使朝中文武权臣互相倾轧。诗中对被称为将相的大人物为争权勾心斗角互不相让，情态刻画入木三分。其灌夫是汉武帝时的将军，与权倾朝野的外戚窦婴结盟，酒场骂座，后为丞相武安侯田蚡族诛。萧何，为汉高祖时丞相，因高祖论功封臣以其居第一，武臣皆不服。这些人多么想风流千载，也不过得意一时，最后还不是黄土一抔，青松犹在。这里的"金吾"即执金吾，是秦汉时率禁卫军保卫京城和宫城的统帅，位居九卿，类似于近现代的中央卫戍部队司令。"屠苏"指酒，"罗襦"指绸制短衣，"青虬"指蛟龙，"紫燕"指骏马。

宫内朝内的复杂关系必然影响到社会人与人之间的关系，人们唯权趋利，人情淡薄，无权财穷的人士和底层民众，自然被人瞧不起。金代诗人赵秉文在《寄王学士子端》诗中哀叹："**浮云世态纷纷变，秋草人情日日疏。**(439)"世态即人们趋权逐利的世态如浮云在变，而人与人之间真正的情感如秋草一样日显凋零。宋代的黄庚到老才悟出此理，哀叹"**身老方知生计拙，家贫渐觉故人疏**《偶书》(440)"。

☂ **人心难测**　以皇权为中心的专制体制下，外戚、宦官、士大夫三股势力的内斗永无停息，皇朝上下相互串通，关系极为复杂，人心自难猜测。明代的冯梦龙这样描述当时那些深陷官场之人的面具："**外表曲勤之状，内怀猜刻之心。**"这是多么可怕。人与人之间失去了信任，走出家门，似乎看到的是"春风满面皆朋友"，而要"欲觅知音难上难"。别人求你，你有好心去帮，到你求别人时，遇到的却是冷若冰霜，是谓"别人求我三春雨，我去求人六月霜"，以至于自己连残存的一点怜悯心也彻底泯灭了。唐代著名文学家韩愈描绘朝里的官员因心态畸变，其貌状十分滑稽可笑："**足将进而趑趄，口将言而嗫嚅。**""趑趄"意味欲这样而又不敢的姿状，"嗫嚅"意味口欲言而又吞吞吐吐含混的样子。身为明太祖朱元璋重臣的刘基即刘伯温，曾作《梁甫吟》一诗，形容人们因惟权趋利人情之变化，似如平地突然变成山溪一般："**人情旦暮有翻复，平地悠忽成山溪。**(441)"元代杂剧作家孟汉卿在一处剧中对人面的刻画，真是入骨三分："**画虎画皮难画骨，知人知面不知心。**"白居易的《天可度》诗中对人心的难测也有一段绝佳的描述"**天可度，地可量，唯有人心不可防。……但见丹诚赤如血，谁知伪言巧似簧。……唯有人心相对时，咫尺之间不能料。……**(442)"

总之，凡在惟权趋利的朝代，人们的心理都将被权和利调校到俯首帖耳的状态，而人们的面目自然会呈现出多面性和行为上的不可理喻。

☂ **事有不测** 人际关系复杂，人心难测，那么，人生路上常有不测之事在所难免。概言之，大致有三种情况，一为元代诗人徐琰的《南吕一枝花》里形容的，事有不测，如云遮月花遭雨，是防不胜防的："**月初圆忽被阴云，花正发频遭骤雨。**(443)"二为冯梦龙说的，事有不测，常是祸不单行，他在《醒世恒言》中有一句脍炙人口的名言："**屋漏偏逢连夜雨，船迟又遇打头风。**"三为宋人张先认为的，事有不测，常表现为大家都认为要成功的好事，却事与愿违，是谓"**人意共怜花月满，花好月圆人又散**《木兰花》(444)"。但对不测之事，要敢于面对，莫要自卑，心要坦然以对，因为善的终要战胜恶的，终有云散雨收见光明的时候。唐代诗人温庭筠有其美言："**月缺花残莫怆然，花须终发月终圆**(445)"，宋代词人晏几道如是说："**花落未须悲，红蕊明年又满枝。**《南乡子》(446)"

第八回 人间城府深似海

133

第九回
人生逢世百面生

如前所述，在权力与生活的关系上，两者互为因果，相互作用，其作用机理，权力时常表现为手段，生活是目的。专制下的权力，必然产生腐败，而腐败的权力必然寻求腐化的生活，又通过谋求更大的权力或权力的滥用，加度生活的腐化。受权与利的驱使，人与人之间的关系彻底复杂化。封建专制把皇权推向了极致，围绕自上而下形成的权力链条，人们有着不同的态度和面孔。比较常见的是迎合权势、奴颜婢膝，也是诗人之所最恨。

奴颜婢膝 杜甫在《贫交行》诗中曰："**翻手作云覆手雨，纷纷轻薄何须数。**（447）"在那些出尔反尔舞弄权势的权贵面前，多少人屈尊人格，纷纷俯仰随和。他在《绝句漫兴九首》里讥讽人们媚权的姿容如同柳絮随风，桃花逐流一般："**颠狂柳絮随风去，轻薄桃花逐水流。**（同227）"唐代高适描写有这种行为的人，一旦有点权，会变得更为可恶："**拜迎官长心欲碎，鞭挞黎**

■ 明　张路《骑驴图》

庶令人悲。《封丘作》(448)"见了权贵极尽表现出献媚的姿态,而对待黎民百姓如凶煞恶神,稍不顺意便拳脚相加。元代诗人马熙对人们为什么屈尊权势看得比较透彻,他在《开窗看雨》中讲:"**洞房编药屋编荷,八面玲珑得月多。**(449)""编"有连通的意思,"药"这里是芍药的简称。"玲珑",透亮、清澈的样子,此指窗户明亮敞通,也指人的机灵、乖巧。这句诗的表意是,房屋的窗户多,得到的光亮就会多。屋子里这边能看到外面种的芍药,那边能看到荷塘里的荷花。讥讽善于迎合权贵之人八面玲珑,从权贵那里得到的利益好处自然会多,犹如窗户通敞的房子得到的光亮多是一个道理。宋代诗人苏麟的《断句》诗中也阐述相同的道理:"**近水楼台先得月,向阳花木易为春。**(450)"此用比兴妙喻,透说人间事理,成为千古名句。

☂ **蔑视专制** 追求平等自由是人的天性,谁都不愿在暴政专制下生活。宋代重臣欧阳修看到笼中的画眉鸟扑翅鸣叫的姿状,颇有情思,作诗《画眉鸟》,有曰:"**始知锁向金笼听,不及林间自在啼。**(451)"诗意似是哀鸟,实则写人。鸟也是要求自由的,何况人呢?委婉地揭示了追求自由是自古以来人们所共识的价值观这一灼见。面对昏聩的权贵,刚正不阿的仁人志士,会用辛辣的语言讥刺予以蔑视。高适的那句"**拜迎官长心欲碎,鞭挞黎庶令人悲**(同448)"就表达了作者痛恶那种巴结上司而欺压民众这类人的品性。元代的杨显之在剧作《临江驿潇湘秋雨》里有一句绝妙的喻讽:"**常将冷眼看螃蟹,看你横行得几时。**"该句中的"冷眼"表示作者的鄙视态度,用形象丑陋的"螃蟹"比作欺民的权贵,用螃蟹"横行"的姿态比喻暴政的行径,"几时"意味不长久，鲜明地表达了作者爱憎分明的立场。借物讥讽社会昏沉，是诗人常用的艺术手法，明代著名艺术家、诗人徐渭的《题螃蟹诗》看似是咏螃蟹，实则是嘲弄权贵的精彩妙笔，诗曰："**稻熟江村蟹正肥，双螯如戟挺青泥；若教纸上翻身看，应见团团董卓脐。**(同348)"东汉军阀董卓，大腹便便颇似蟹腹，故以此喻之。前句描写螃蟹张牙舞爪，后句描写蟹腹酷似董脐。若就实意而读之，活灵活现一幅腹满滚圆的董卓持刀抡斧的令人嗤笑的画面，其讽刺辛辣而诙谐，表达了诗人对权贵的痛恨与鄙视。宋代诗人赵善伦的诗《京口多景楼》有句"**江流千古英雄泪，山掩诸公富贵羞**(452)"。前句敬畏滚滚的江流，它是历代为国捐躯的英雄们流出的泪，后句鄙弃坐落的山丘，是它遮住了那些吞吃民脂民膏的权贵和卖国奸佞的羞耻。可谓笔工天巧，爱善憎恶，气调悲壮。

☂ **不满处世** 诗词能用最生动最简括最出色的语言，表达人们最深最痛最美的情感。所以，人们对处世的不满，也往往通过诗词来表达。唐代诗人秦韬玉的《贫女》诗有句："**苦恨年年压金线，为他人做嫁衣裳。**(453)"此句妙在，用"贫女"的实实在在的现实，反映的是"贫女"实实在在的感悟，契合了社会底层广大民众的心声，其流畅的情调，易被传诵，成千古名句。唐代诗人耿湋的《代园中老人》诗里也有类似诗句："**林园手种唯我事，桃李成荫归别人。**(454)"

还有一类诗是揭露社会黑暗，对奸佞横行霸道而才俊沉于下僚等处境的抨击和忿怨不平。这类诗篇居多，鞭辟入里，妙笔横生。如屈原所说："**蝉翼为重，千钧为轻。黄钟毁弃，瓦**

釜雷鸣。(同428)"清代著名散文家、诗人袁枚的《遣怀》诗云："聪明得福人间少，侥幸成名史上多。(455)"斥说世道，小人常得势，有才华的人，屈从于武大郎之下，总是半蹲着。唐代李颀的《送陈章甫》"腹中贮书一万卷，不肯低头在草莽(456)"明写是送人鼓励的话，实写怀才不遇的仁人志士，总有傲骨之气，不满身在江湖的处境。杜甫与李白是好朋友，尽管李白的处境比杜甫要好得多，但杜甫仍为李白得不到朝廷重用而鸣不平。他在《梦李白二首》中有句："冠盖满京华，斯人独憔悴。(457)"前句描述实为丑化，后句怜悯着为同情。意思是，京都满是官员，而像李白这样的大才子，却被排斥在朝外。杜甫《寄韩谏议注》诗里的韩注是位谋略超群，为唐王朝建立过功勋的人。杜甫在此诗为韩注的归隐感到惋惜，希望他重新出山为国效力。说他虽心存不忘国家危亡之志，而难耐朝廷腐败和奸佞专权，宁愿弃官归隐，去风餐露宿："国家成败吾岂敢，色难腥腐餐风香。(同211)"那么，杜甫对自己的处境又是怎么评价呢？他在《丹青引赠曹将军霸》中说："丹青不知老将至，富贵于我如浮云。(458)"这里既是说曹操的后代著名画家曹霸生活的忧困，也是表露杜甫自己，他已老了，那富贵如天上的浮云于我根本沾不上边。他曾叹怨："三年奔走空皮骨，信有人间行路难。(同384)"杜甫华章艺冠万世，而在那个社会生存都无保障，一辈子穷困潦倒，几经丧生，我们从以上几首及此首中清冷自若的诗句，敬佩杜甫的博大胸怀，深深地感触到他心中的苦闷，和对社会黑暗的强烈愤慨。唐代才俊李贺也是落魄不得志，他在《南园十三首（其五）》悟出一条，知识与才华在当时社会如粪土，不如去当

137

一介武夫："**男儿何不带吴钩，收取关山五十州。请君暂上凌烟阁，若个书生万户侯？**（459）"作者嗤笑书生，看看以往的历史，那些有头有面的人物中，哪一位有你们？诗中的"凌烟阁"是缅怀功臣的阁楼。唐太宗李世民为怀念当初一同打天下的众位功臣，命画家阎立本在凌烟阁内描绘了二十四位功臣的画像，以时常前往悼念。晚清思想家龚自珍在《咏史》诗里以其辛辣的笔触写道："金粉东南十五州，万重恩怨属名流。**牢盆狎客操全算，团扇才人踞上游。避席畏闻文字狱，著书都为稻粱谋。田横五百人安在？难道归来尽列侯！**（460）"作者情愤激烈，力斥封建专制下严酷的思想统治，大兴文字狱，人才倍受压抑和摧残。冷嘲热讽那些无节文人将"经世致用"的抱负置于身外而卑躬屈膝，歌功颂德，苟且偷生。

　　社会越是黑暗，小人越是得志，贤良怀才不遇，多遭排挤，以致被构陷，身陷囹圄，处此境，情感更激愤，常有耿骨者"**冷对青霜剑，敢铸千古词**"，吐华章以言志，故有许多著名诗文留传后世。如屈原的《离骚》，司马迁的《史记》等。苏东坡曾因一诗有嫌，被立为"乌台案"，差点掉了脑袋。唐代著名诗人刘禹锡参加王叔文集团的永贞改革，后因改革失败，他和柳宗元等被降职离开京城，十年后他又回到京城，在一次官员赏花活动时作诗《元和十年自朗州召至京戏赠看花诸君子》放出戏言："**紫陌红尘拂面来，无人不道看花回。玄都观里桃千树，尽是刘郎去后栽。**（461）"大意是说，你们这些年轻新贵看到的花与树，都是我那时栽。其被人诬告有鄙视朝廷新贵之意，发泄对当朝的不满，又一次被贬出了京城。唐代大文豪韩愈不信佛，反对皇帝迎佛骨这类劳民伤财的事，也被贬出京城到潮州任职，有感而作《左迁至蓝关示侄孙湘》，诗曰："**一封朝奏九重天，夕贬潮州路八千。**(462)"皮日休也是很有志向和才气的晚唐诗人，他在一次醉酒醒来，看到眼前昏光残尽的红蜡烛后，仿佛自己大半生的境况，触景生情，写出了名篇《春夕酒醒》，诗曰："**夜半醒来红蜡短，一枝寒泪作珊瑚。**(463)"诗人运用拟人手法，通过对"红蜡"似人流泪这一形神毕肖的描写，物我一体，融进了已到中年壮志未酬的凄凉身世，正像这枝断残了的红烛，忍不住涕泪泗流。此诗句情景交融，手法极尽含蓄、曲折。陆游的《醉题》诗有句"**悠然自适君知否，身与浮名若个亲？**(464)"却是看破了红尘，无欲可求，悠然自适，倒也乐观。另一位很有才气的唐代诗人孟浩然，虽有大志，终不能入朝做官，穷困潦倒。唐玄宗开元二十五年，张九龄被李林甫排挤，由右丞相贬为荆州长史。孟浩然写了首很有意思的诗《望洞庭湖赠张丞相》，托人给路过的张九龄，有意希望提携："**欲济无舟楫，端居耻圣明。坐观垂钓者，徒有羡鱼情。**(同137)"诗中表达了自己在圣明时代怀才不遇，如坐观钓鱼，徒有羡慕的不忿之情。

无奈之下，奋笔抒情，是洒脱解身的好方法。宋代大词人柳永就是在困顿时写出了非常著名的《鹤冲天》词，词曰："**黄金榜上，偶失龙头望。明代暂遗贤，如何向？……才子词人，自是白衣卿相。……青春都一响。忍把浮名，换了浅斟低唱。**(465)"从词面上看，像是柳永因落榜发泄不满的消极情绪。但仔细看，写得洒脱自如，显得很自信，有着与别人不同的人生观。特别是"青春都一响。忍把浮名，换了浅斟低唱"这一句，他认为，青春很短，对每人只有一次，他不愿为了功名，苦了青春，宁愿不要功名，而要寻欢作乐。此句有不为功名通达乐观的一面，也有意志颓废不思进取的负面。但句巧思奇，仍不失千古名句。其实，下一次进士考试柳永又参加了，并金榜提名，待宋仁宗"临轩发榜"时，看到柳永的名字，想起他的"忍把浮名，换了浅斟低唱"的怨言，便说："且去浅斟低唱，何要浮名！"又把他黜落了。他因一语成名，也因一语从待入士大夫的行列中除名。

豁达坦荡　面对人生之路的艰辛和人情世故的烦扰，有的人自暴自弃，有的人屈尊失节，有的人则心胸坦荡，达观识体，回避锋芒，而又保持了大节。诗人白居易在《我身》里对人生的态度讲得不卑不亢，淡定自若，值得一悟："**通当为大鹏，举翅摩苍穹。穷则为鹪鹩，一枝足自容。苟知此道者，身穷心不穷。**（466）"在你通达为大鹏时，就要展翅高飞，搏击长空。在你落泊为小鸟时，也不必颓丧，要清心自乐，有个栖身之地就足够了。弘一大师讲，人要"得意淡然，失意坦然"。《罗兰小语》说得好："谁最能长久地保有一颗童心，谁最能过成功的一生。"苏轼在《除夜野宿常州城外》诗里有一句名言："**但把穷愁博长健，不辞醉后饮屠苏。**（467）"人在逆境不顺的时候，要像醉酒后仍不辞喝屠苏那样的执着如痴，志欲坚，才能化消沉为进取。苏轼的胸怀豁达品格坚毅，从他的大量诗词显现出的豪放之气便能感悟。他因乌台诗案被贬湖北黄州时期，曾作的《东坡》一诗里有句："**莫嫌荦确坡头路，自爱铿然曳杖声。**（*808）""荦确"为高低不平之意。其前句表达了不惧仕途坎坷的豁达态度，而后句则显示出苏轼品格上的坚毅。其句的文采诗艺被人赞誉为"自出天成，人不可学"。唐代进士，著名诗人孟郊的诗《达士》里说："**达人识元气，变愁为高歌。**(468)"品行达观的人，生命里滋生着一种元气，能消除心中的郁闷，化腐朽为神奇，变忧愁为高歌。欧阳修有一幅对联说："**书有未曾经我读，事无不可对人言。**(469)"其下联的意思就是，只要是坦然做人，没有什么事不能对人讲，说的也是人要坦荡达观。

　　十六国时后赵的建国者石勒说："**大丈夫行事当磊磊落落，如日月皎然。**"但，人怎么才能做到豁达坦荡呢？百世宗师孔子的答案是："**不在其位，不谋其政。**"做你该做的事，不做不属于你的事，识时务者为俊杰，就是豁达。明代小说家凌蒙初在小说《初刻拍案惊奇》里云："**何必广斋多忏悔，让人一着最为先。**"在小事上宽让忍人，即为豁达。白居易认为"**自静其心延寿命，无求于物长精神**《不出门》(470)"。对物的欲望越少，心越平静，人越豁达。他的《对酒》诗对豁达的解释，真是一剂治疗心病的良药，犹如醍醐灌顶，霎时痛快："**蜗牛角上争何事？石火光中寄此身。随富随贫且欢乐，不开口笑是痴人。**(471)"还争什么争？人活在世上，就好像局促在小小的蜗牛角上，空间狭窄，有什么好争的？人生短暂，就像石头相撞的一瞬间所发出的一点火光的功夫就过去了。人生不论穷富随命使然，都应自觉保持心情的愉快，那些不会开怀畅笑的人，是十足的傻蛋。诗人元稹有句诗也说得好："**自惊身上添年纪，休系心中小是非。**(472)"人心里只要停掉小是小非，就能豁达，其中"休系"两字与"小是非"三个字用得颇好。宋代著名历史学家司马光讲："**廉者常乐无求，贪者常忧不足。**"人不贪就能豁达，此语揭示了人生问题的真谛，可为警言。现代志士陶铸也有其名言："**如烟往事俱忘却，心底无私天地宽。**"尤是后句，言之精美，思之高洁。但比较起来，清代文学家陈白崖的《自题联》"**事能知足心常惬，人到无求品自高**（473）"概括的内涵更为丰富，其思想富有哲理而切合实际，格调又不失高雅，语风颇为流畅，易于被世人广泛接受。心知足就能常乐，无欲求品性自会高尚，知足无求是为豁达。正是"弱水三千，我只取一瓢饮！"

☂ **自寻快乐** 大千世界人各有志，三国的曹植在《薤露行》中云："**人居一世间，忽若风吹尘。愿得展功勤，轮力于明君。**（474）"这里说出了一个道理，只有在国风清正的明君下，仁人志士才肯竭力尽忠，展示才华。而在国风混浊的昏君下，小人当道，迫害贤良，出于无奈，多是看破红尘，自寻快乐。虽有消极的负面，但也不枉活一生。宋代的黄庭坚，他的《木兰花令》词表达的也是这种心态。词云："**得开眉处且开眉，人世可能金石寿。**（475）"杜甫的《绝句漫兴九首》有一句说："**莫思身外无穷事，且尽生前有限杯。**（同227）"又在《九日蓝田崔氏庄》中赋："**老来悲秋强自宽，兴来今日尽君欢。**（476）"莫不是怀才不遇，胸有郁忿，自我宽慰，自寻快乐，以求余生平安之绪。自寻乐，清代名人吴伟业在《追叙旧约》中说得潇洒："**黄鸡紫蟹堪携酒，红树青山好放船。**"此句的美妙之处在于，巧以择物着色的多彩，抒发出人们渴望自由松快的美好心情。要人看开一点，趁晴好的日子，自己或邀友，带上美酒佳肴，执轻舟，到风景佳丽的好地方，美美地欢娱一番。东汉无名氏有诗《生年不满百》说得更明白透彻："**为乐当及时，何能待来兹。愚者爱惜费，但**

为后世嗤。(477)"有乐即行乐，为何要等到以后。愚蠢的人，生前守惜钱财不花，死后为后人嗤笑。苏轼有喜酒酣睡的嗜好，善以自寻快乐，排遣心中的郁闷。他在《醉睡者》诗云："**有道难行不如醉，有口难言不如睡。**(478)"做事不顺的时候，就去饮酒大醉，心里烦愁不痛快时，就去蒙头大睡。苏轼历来被称为中华文坛的大家，曾因诗文几遭迫害，被流逐湖北、广东、海南等地，但他都能坦然面对。他在惠州写的诗《纵笔》便是风趣记载遭贬时生活的一幕，中有一句是："**报导先生春睡美，道人轻打五更风。**(479)"我虽有病在身，但在下面的生活很是自在惬意，连寺里的道人都知我爱睡觉，打更时轻轻敲打，怕惊醒了我。从这些字里行间你可感触到，这些英豪才俊们热爱生活，情系民众，在逆境下更显出他们对人生的态度、坚强的意志和坦荡的胸怀。

概言之，权力的专制与腐败不仅是加剧人们经济上不平等的根孽，也是压抑人们思想、造成政治上不平等的桎梏。人的解放，不仅指经济上的解放，还指思想上的解放。人们追求政治上的民主，思想上的自由，人格上的平等，是人类推动社会进步的永恒不竭的强大动力。

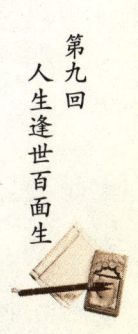

清 任颐《赤壁夜游图》

第九回 人生逢世百面生

第十回
治国励志寻正道

　　日月轮回，斗转星移，中华五千年文明史，朝代更迭，不乏灿烂辉煌，多有腥风血雨，围绕打江山固江山，多少济世英才，探索治国之道，以展鸿鹄之志。早在春秋战国时期，诸子百家治国论道，就已形成儒家、法家和道家为主流脉的，以德治、法治和无为而治的三大治国思想。现在看来，这三种思想各有优长，也有不足。如果古代中国采用法家的法治和道家的无为而治的思想治国，中国或许被引入到小政府大社会这样的依法治国的体制轨道。而在中国古代的皇权最终选择儒家的德治，使封建王朝在中国土地上延续了两千多年，可见德治对维护政权的巨大作用。但在封建专制下，德治为其政权服务，必然演变为人治或权治，其皇权的性质与人的来世价值的本质发生着冲突，最终必然导致人治的失败。概而言之，权力一旦形成专制，必然孵化出它的孪生兄弟"谋私"，不论以什么名义，权治都会出现腐败。德治不过是

■ 明　万邦治《秋林觅句图》

辅政的强大工具，催化权力趋向个人或少数人统治的人治走向极致，终将归于失败。治国必以法治为基本限制其权力的滥用为前提，才能使德治在促进社会持续健康的发展中发挥持久的巨大作用。

以德治国 伟大先行者孙中山关于治国有句名言："**政就是众人之事，治就是管理，管理众人之事便是政治。**"此言的"政治"就是管理众人之事，即是治国，它只是诠释了治国的一般含义，并没有道出治国的"道"。春秋的哲学家老子语："**治大国如烹小鲜。**"此为戏言而有道，其意治国如烹鱼虾，不得过多的翻腾，你得掌握好火候，把握好所用调料的数量和放入的次序。此语妙也，中有哲理，但也只是比喻。杜甫的《重经昭陵》里有句："**风尘三尺剑，社稷一戎衣。**(480)"意思是，三尺长剑能舞动方圆风尘，而戎装一身便能打遍天下。说的也只是用武力征服天下，也没有谈到用什么来治理天下。

汉代学者陆贾则有真知灼见，他在论政时曾反诘刘邦："**居马上得之，宁可以马上治之乎？**"意思是"马上打得天下，却不能在马上治之，而要下马治天下。"靠"武力"打来的天下，要靠"文道"来治理方能长久。北宋的名相赵普，辅佐赵匡胤、赵光义治理天下立下功勋，他读书虽不多，但一部《论语》却常不释手，后人称他是"半部《论语》治天下"。《论语》乃圣祖先师孔子言语之精要，儒家经典教材"四书"之一，其必有赵普使用的治国之道。其道是什么呢？这在同样为儒家传道、授业的经典教材"四书"之一的《大学》中作了详细而明确的表述，曰："**格物而后知至，知至而后意诚，意诚而后心正，心正而后身**

修，身修而后家齐，家齐而后国治，国治而后天下平。"其描述被后人简言为"修身齐家治国平天下"。这是千百年来一直被人称颂的国传之宝——治国之道。其中"格物"是教育或教化的意思。用现在的话讲这段文字就是："人经过教育之后，才能成为道德诚实的人，这样的人心正了，家里的人会一样看齐，家治好了国家也就治好了，天下也就得到了治理。"从这段话我们能看到儒家的治国之道，核心是治德，手段是教育，路径是从自己开始，到家庭再到整个国家和社会。治国之道，教育入手，治德为要，先做人，后做事。成功的治国者，必先成功治己。

善集人和 治国需要领袖和精英，那么，需要什么样的领袖和精英呢？秦朝时的农民起义领袖陈胜说："王侯将相宁有种乎？"认为能作为王侯将相的人，都应是精英，通过一家种传不会产生出这样的精英。清代名士沈德潜在《咏黑牡丹诗》中肯定了这一点，曰："**夺朱非正色，异种也称王。**(481)"认为天下不固定是哪一家的，别人也可称王。也就是说，在人们心目中，能够称王称侯的治国之人，有一种王者之气。这种王者之气就是孟子在论治国时说的，能够集合万众人气的气质，即："**天时不如地利，地利不如人和。**"有这种气质的人不仅须有超人的智慧，而且须有超人的胸怀胆魄。"海纳百川，有容乃大。""海水广大，非独仰一川之流也。"那么，什么样的人才可能有这样的胸怀呢？北宋的林逋在《省心录》里有这样一段精彩的描述："**轻财足以聚人，律己足以服人，量宽足以得人，身先足以率人。**"就是说，担当王者先要修炼"轻财""律己""量宽""身先"这些英君之品，以及孟子所讲的"**富贵不能淫，贫**

贱不能移，威武不能屈，此之谓大丈夫"。修炼王者之品，这样又回到了前述治国之道为什么以德为要这个问题上。

☂ 以民为本

中国古代英明的帝王将相和仁人志士都明白治国的一个根本道理，即以民为本。西晋陈寿的《三国志》有一句记载刘备的名言："**夫济大事必以人为本。**"儒家鼻祖孔子曰："**夫君者舟也，人者水也。水可载舟，亦可覆舟。君以此思危，则可知也。**"此语后被唐代名臣魏征借用为"水能载舟，亦能覆舟"，以进谏唐太宗李世民，久成治世名言。

知以民为本，须知何为"民本"。春秋时期齐国著名的政治家、军事家管仲曰："**仓廪实则知礼节，衣食足则知荣辱。**"管仲的这个观点提出了人们的精神境界最终决定于人们的物质生活这一重要思想，从而解释出礼节、荣誉、耻辱这些属于思想范畴的重要治国理念，受制于当下制度的物质生产对人们生活的满足度。不是机械地而是辩证地认识这一思想，对于治国者理清治国的思路来说，具有特别重要的指导意义。孔子言："三军可夺帅也，匹夫不可夺志也。"其匹夫之志，就是民之关切的生存之本。孟子曰："**民之为道也，有恒产者有恒心，无恒产者无恒心。**"是说，一项事业有民众自己关切的财产或利益，才能为此事业做出持久不懈的努力。苏轼在《荔枝叹》中讲"**雨顺风调百谷登，民不饥寒为上端**(482)"，强调衣食是民本之首。元代戏剧家武汉臣的《玉壶春》第一折有句"**早晨起来七件事，柴米油盐酱醋茶**"，此语特别突出了民以食为天，饮食是民本的要中之首。

概言之，所谓民本就是有关民众生计要害的大事，以民为本

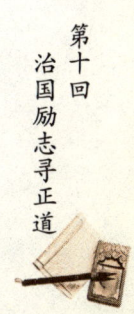

147

就是以民众的生计之事为治国的根本,这是任何一位有远大政治抱负的人,首要考虑的重大关切。

怎样才能以民为本呢?作为一国的君王包括国家的管理者,要处处关心民事,关切民情。北宋大臣范仲淹云:"**先天下之忧而忧,后天下之乐而乐**。"此言一出即成为历代为官勤政的根本准则。我国历史上有过农历二月二"龙春节"的传统,因这一天后雨水会多起来,皇帝要仿周代的礼仪,拜天求雨,举行耕种的仪式,民间也在此时相互赠送种子以祝愿年获丰收。我看到一幅清代的年画上题有一首民谣:"**二月二日龙抬头,万岁皇爷使金牛。九卿四相头前走,八大朝臣走后头。正宫娘娘来送饭,保佑黎民天下收**。(483)"整幅画面像民谣所讲,画有皇帝扶犁执鞭耕地,大臣牵牛跟随前后的热闹场面。想必是过去的皇帝也懂得农业系关民生之本的道理。

翻开中国古代的诗卷,忠国良臣名士无不为民生大声疾呼,他们的杰出才华,和他们的志向所倾注的极为深厚的亲民爱国的情感,才使他们留下了灼灼精彩的千古诗篇。清乾隆元年的进士郑板桥,在做知县时作了一首很著名的诗《潍县署中画竹呈年伯包大中丞括》,诗曰:"**衙斋卧听萧萧竹,疑是民间疾苦声。些小吾曹州县吏,一枝一叶总关情**。(484)"诗人从竹子入手,托物言志。前句描写作者在衙门的书斋里听到竹叶沙沙的声响,仿佛感觉是民间百姓呼号饥苦的呻吟。后句解释产生这种感觉不是偶然的,缘由是他被委任一方作为地方小官吏的这种责任,驱使他关注民众的疾苦,时时牵动着自己的心,生动地表达出诗人的内心对民众的深切之情,这也是此诗成功之所在。曾为楚国宰相的屈原在《离骚》中倾诉："**长太息以掩涕兮，哀民生之多艰。**（同212）"说他看到民众生活的艰辛，常不能自禁，揩着眼泪长长地哀叹。也说明屈原此人有一副急为民所急、哀为民所痛的良臣心肠。杜甫作《自京赴奉先县咏怀五百字》诗中有句："**朱门酒肉臭，路有冻死骨。荣枯咫尺异，惆怅难再述。**（同396）"用民众饥寒交迫与王公贵族花天酒地的腐化生活作对比，强烈地表达出作者对社会的不满和对民众疾苦的关切之情。被人称作"脊梁如铁心如石"的宋代朝臣杨万里，他的《竹枝歌》词中有句："**月子弯弯照九州，几家欢乐几家愁？**（485）"望月情思，便能联想到普天下民众的哀怨，也表明杨万里是情系民众的一代名臣。诗人白居易，冬穿新制棉衣时想到了天下百姓都处在饥寒交迫之中，无法得到救济，而他独一人温暖，心里不安滋味不好受，作诗《新制绫袄成感而有咏》，诗云："**百姓多寒无可救，一身独暖亦何情。心中为念农桑苦，耳里如闻饥冻声。争得大裘长万丈，与君都盖洛阳城。**（486）"此诗以挚爱民众的情愫和奇特的想象力，表现出作者关爱民众、为民所想的纯朴品质与博大胸怀。

为官关切民生，还应表现在关心民众的辛劳和珍惜他们的劳动成果上。白居易的《观刈麦》是篇以朴实而畅练的文笔，歌颂劳动，抨击社会黑暗，对草根民众倾注无限情感的好诗。诗中一段曰："**复有贫妇人，抱子在其傍。右手秉遗穗，左臂悬敝筐。听其相顾言，闻者为悲伤。家田输税尽，拾此充饥肠。今我何功德，曾不事农桑。吏禄三百石，岁晏有余粮。念此私自愧，尽日不能忘。**（同58）"宋代范成大的组诗《四时田园杂兴》中也有一首好诗："新筑场泥镜面平，家家打稻趁霜晴。笑歌声里轻雷动，一夜连枷响到明。(同190)"作者若无农家的亲历和高超的手笔，断不能写出如此和仄押韵、清朗畅快而富有农家气氛的劳动赞歌。李白有首描写冶炼工人劳动场面的五言绝句，极为朴实而生动："炉火照天地，红星乱紫烟。赧郎明月夜，歌曲动寒川。《秋浦歌十七首》(487)"这恐怕是古代唯一一首以冶炼工人的劳动场面为题材的绝美诗篇。其中使用"照""乱""明""动"四字尤佳，使画面的转换自然、灵动而鲜明，收到了视与闻、情与景交融的效果。曾几遭皇朝贬谪的著名诗人刘禹锡，是一名刚正不阿的爱民贤臣。他在《浪淘沙九首》中有"美人首饰侯王印，尽是沙中浪底来。……千淘万漉虽辛苦，吹尽狂沙始到金。(488)"此出语就不凡，人间最精贵的首饰与王印，是用黄金制作，而金子是来自难于开采的沙中浪底。这样说还不够，诗中最后点明，沙中浪底的金子不是整块的放在那里，而是经过人们千淘万漉的辛苦才能得到一点。其中的褒贬爱憎十分鲜明，为后人称赞。唐朝诗人郑遨的《伤农》诗，言情铿锵，令人震撼而凝思："一粒红稻饭，几滴牛颔血。珊瑚枝下人，衔杯吐不歇。(489)"尤其前一对句的比喻，颇得机要，能使人对勤劳农民肃然起敬，后一对句，笔锋急转，表明诗人对那些游手好闲身处朱门的权贵恣意挥霍行为的憎恶。曾为唐朝宰相的诗人李坤的诗《悯农二首》也很著名，尤其这首："锄禾日当午，汗滴禾下土。谁知盘中餐，粒粒皆辛苦。(490)"其用浅显而洗练的笔触，阐释了农民劳动的艰辛和成果的不易，融入了对劳动者的深厚情感，历来是启蒙教育的名篇。

🌂 **立志须善** 人生有志是前行的目标和进取的精神力量。人有抱负是高尚行为成长的萌芽，而健康的生活目标是一个人幸福的心脏。《后汉书》的作者南朝的范晔讲"**有志者事竟成**"。又曰"**大丈夫当雄飞，安能雌伏？**"常言道："有志不在年高，无志枉活百年。"陆游鼓励青年人要有抱负，他在《长歌行》里云："**人生不作安期生，醉入东海骑长鲸。**（491）"前句劝诫年轻人不要像安期生那样安于消闲隐居，做那些求仙炼丹羽化成仙虚无子有的事。其后句也可反其意理解为，要趁着年少志发，像酣醉执意那样的拗劲，不惧风浪勇于挑战，骑长鲸驶入大海，干一番事业。明末大儒顾炎武讲："生无一堆土，常有四海心。"人虽穷，但志不能短，心里总有为天下能做些事的精神。明代嘉靖年进士陆粲说："**丈夫志千载，飞沉何足叹。**"只要立下大志，就不要计较恩恩怨怨和一时的沉浮。金代诗人元好问在《壬辰十二月车驾东狩后即事》中有精彩的喻述："**蛟龙岂是池中物，蚁虱空悲地上臣。……秋风不用吹华发，沧海横流要此身。**（492）"意思是，蛟龙志在飞天，岂能常在池中？搏击乾坤宁可献出生命，哪还顾及岁月催老了白发。

那么，人要立什么样的志呢？通常讲，"愿乘长风破万里浪"，是说，人要立大志、壮志、恒志。西晋竹林八贤中的阮籍云："**壮志何慷慨，志欲威八方。**"意味立志不能吝啬，要立大志壮志。英国的乔·赫伯特有句名言："**弯弓对月的人必定比瞄准树梢的人射得要高。**"这个比喻是很有说服力的，你的目标高度确定了行进的方向和远度，志不高，其行不远。近代著名思想家梁启超曰："**男儿志兮天下事，但有进兮不有止。**"你只要有

第十回 治国励志寻正道

151

雄心壮志，就有了催你永不停息向前的力量。文天祥讲："男子千年志，吾生未有涯。"也是讲立志高远者，将自强不息。

要说立大志，大诗人李白在《上李邕》诗中有句"**大鹏一日同风起，扶摇直上九万里**(493)"，在《行路难三首》里云："**长风破浪会有时，直挂云帆济沧海**(494)"，而在《宣州谢朓楼饯别校书叔云》里曰："**俱怀逸兴壮思飞，欲上青天揽明月**(495)"，其志可谓大哉！

苏轼赴钱塘江观潮有感作诗《八月十五日看潮》，曰："**安得夫差水犀手，三千强弩射潮低。**(496)"是说，我只要得到三千名像吴王夫差那样的水兵箭手，就能将涌来的大潮射低。在《告文宣王文》一文里又云："**挽狂澜于既倒，支大厦于将倾。**"其志可谓壮哉！

刘禹锡在《始闻秋风》里形容自己年虽已老，也要像骏马和雄鹰那样，"**马思边草拳毛动，雕盼青云睡眼开**(497)。"做人也要像元代诗人侯克中在《题韩蕲王世忠卷后》中描写的磐石："**砥柱中流障怒涛，折冲千里独贤芬。**(498)"其志可谓坚哉！

还有，南宋诗人郑思肖在《二砺》诗里以海喻志："**胸中有誓深于海，肯使神州竟陆沉？**(499)"宋代诗词名家刘克庄《玉楼春》词中的奉劝："**男儿西北有神州，莫滴水西桥畔泪。**(500)"三国的曹植以诗《赠白马王彪》中的勉励："**丈夫志四海，万里犹比邻。**(501)"唐代许浑《谢人赠鞭》诗中的励志："**莫言三尺长无用，百万军中要指挥。**(502)"近代爱国志士，戊戌变法著名人物谭嗣同在《狱中题壁》上所显示的豪气："**我自横刀向天笑，去留肝胆两昆仑！**(503)"以上皆是立志箴言中的经典，由此也能看出他们的品格与风范。

人立大志壮志，表示一个人内心滋长着一种志在必取的精神，有了这种精神，就有了勇于战胜任何困难的勇气，事业才能成功。所以，唐代的高适在著名的《燕歌行》里有这样一句诗："**男儿本自重横行，天子非常赐颜色。**（同185）"是说，有作为的皇帝向来眷顾有志气的男儿，并赋予他们重任。

"生年不满百，常怀千岁忧。"人要立大志、壮志，是没错，但中国近代民主主义革命的伟大先行者孙中山，对此有更英明的看法，他说："**人要立心做大事，不要立心做大官。**"立心做大官，这个志是够大的，但孙中山的这句名言，显然是把立心做官和立心做事分作为性质不同的志，分清这一点非常重要。因为，立心做事，目的是做好事业，惠及社会，立心是为公。立心做官，目标是做上大官，目的是自己光宗耀祖，享尽荣华富贵，立心是为私。前者再小也是大志，是善志，后者再大也是志小，不是善志。

关于志的善与否，西汉淮南王刘安在《淮南子·主术训》中说得很精辟："**人无善志，虽勇必伤。**"一个人再有才华，若立志不善，做事在公与私必作分野的关键处，难执公必利私，终不得民众和社会的拥护，使力越促，自惨越重。所以，立志尤要确立善志。唐代诗人陶瀚在《赠郑员外》诗中讲："**人生志气立，所贵功业昌。**（504）"他的意思是说，人生立志，贵在要做惠及社会与民众的善事，能为国家的昌盛民族的兴旺做出贡献。孟子曰："**穷则独善其身，达则兼济天下。**"要求自己，困窘时，做人的底线是要独善其身；志达时，不能忘了惠及天下。

宋代著名女词人李清照在《乌江》词中立言："**生当做人杰，死亦为鬼雄**(505)"，是为善终；陆游在《金错刀行》诗中定志："**千年史册耻无名，一片丹心报天子**(506)"，是为忠君；清末近代著名爱国诗人秋瑾箴言"**拼将十万头颅血，须把乾坤力挽回**(507)"，是为爱国。

观其一生，我们能从这些名人的立志言中的志善，看到对其一生的重大影响。譬如李清照，以她清丽绝卓的词华冠压群雄，生为人杰。陆游词彰千古，国难当头，身老从戎，挺戈跃马，不负誓言。秋瑾为挽救民族危亡，推翻封建统治，从容不迫地走向刑场，献出了年轻的生命，被称为巾帼英雄，近代著名的民主革命斗士。

☂ 不断砺志　人生有志定其向，立志是人生的重要一步，但还只是万里征程的起步。19世纪英国哲学家斯宾塞说："**竭力摸到星星的人，只会捞到稻草。**"意思是说，人的志向，还要符合客观实际才能实现。即便是这样的志，受客观条件与主观能力和努力的限制，阻力重重，一下很难实现，特别是遇到逆境困境，会让你寸步难行，甚至万念俱灰，自暴自弃。前苏联作家柯切托夫说："**力量发挥出来的程度，决定于一个人面前所展示的目标，决定于一个人意识到他已经接近目标的程度。**"在巨大的困难面前，看到自己的目标一下很难实现，此时的决心容易发生动摇。在关键时刻若能顶得住，胜利就在眼前。正如大诗人陆游的名言："山重水复疑无路，柳暗花明又一村。"《游山西村》(508)"进入山环水绕难于辨认的环境，你苦苦寻求，陷入迷惘无路可走的绝望之际，突然看见柳暗花明的一个村庄出现在眼前，这是多么令人兴奋。如果不是坚持下来走到那一处，或许就见不到这一幕。此言寓含了深刻的哲理，比喻困境中也往往蕴含着希望。所以，在前行的路上，最重要的是要不断地励其志、定其心、坚其毅。英国的狄更斯讲得更坚决：**"顽强的毅力可以征服世界上任何一座高峰。"** 英国的约翰·雷说："成功最终属于耐心等待的人。"贝多芬称赞：**"卓越的人一大优点是：在不利与艰难的遭遇里百折不挠。"** 台湾作家罗兰认为："假如你有力量，够坚强，就会发现总有峰回路转的时候。"美国诗人朗费罗说："当你的希望一个个落空，你也要坚定，要沉着。"英国培根的观点似乎讲得更全面：**"顺境的美德是节制，逆境的美德是坚忍。"**

关于立志的坚定，要处理好两个关系，一是，目标的设立与调整的关系。按照客观实际调整目标，绝不是放弃目标，而是更好地实现目标。宋代理学家胡宏说：**"立志以定其本，居正以持其志。"** 意思就是立了志还须依实情调整，斫旁取正，才能坚守其志。二是志的坚与锐的关系。宋代著名词人张孝祥说得好：**"立志欲坚不欲锐，成功在久不在速。"** 对认定追求的目标不能轻易放弃，好比滴水穿石，全部秘密不在显著的力量，而在目标专一，永远进击。要有宋代诗人王令在《送春》诗中所描写的杜鹃叫春的精神：**"子规夜半犹啼血，不信东风唤不回。"** (同222)

实际上，志的坚定说的是自信心问题。树立自信的自觉意识，对于培养坚毅力是第一位的。美国的埃默森说：**"自信是成功的第一秘诀。"** 但只有自信心还不行，还要有实现目标所要掌握的本领，以及脚踏实地乐于吃苦的精神，才能磨练出**"踏**

石留印，抓铁有痕"这种果敢务实的作风。明代的散曲家薛论道讲："要为天下奇男子，须历人间万里程。"唐代诗人杜荀鹤在诗里谆谆告诫："**少年辛苦终身事，莫向光阴惰寸功。**《题弟侄书堂》(509)"清代诗人张问陶说得更精彩："**人从虎豹丛中健，天在峰峦缺处明。**《煎茶坪题壁》(510)"意思是，将人置于虎豹出没的丛林中，自然会变得敏捷，越是险恶的环境越是能磨炼人。黑暗遮不住光明，深山幽谷的峰峦缺处便能见到光明。唐代的李咸用在《送谭孝廉赴举》诗里强调不要逃避困难，要勇于面对："**好事尽从难处得，少年无向易中轻。**(511)"曾做过唐代刺史的边塞诗人岑参也是这样认为："**功名只向马上取，真是英雄一丈夫。**(512)"成就只能靠实干得到，不应靠投机取巧。莎士比亚讲："最低陋的事情往往指向最崇高的目标。"汉代的陆贾则进一步指出："垂大名于万世者，必先行之于纤微之事。"而万师之宗的孔子则是把目标、志向与实现的手段结合起来讲这个问题："工欲善其事，必先利其器。"

■ 宋　夏圭《雪堂客话图》

第十一回
修身炼就成英才

人仅有志,想干成一番事业是不成的。况且人的志向、志的大小、志的坚韧,以及志的善恶,决定于一个人的品质、素质和素养。《易经》里有条卦辞上讲:"**天行建,君子以自强不息,地势坤,君子以厚德载物。**"是说,作为君子要不断地励志,以自强不息,还要不断地修德修身,以其服众,才能像条大船,载起更多的货物。"一个人能对自己的行为负责,这并不是一件小事。"所以,一个人的修炼首先是气节的修炼,是责任心的修炼,这是他能够真正成为治国能臣最重要方面的修炼。

☂ **操守气节** 气节是人生处世做事面对所遇善恶、是非、功名、富贵、危难等重要问题时,应持有的起码的道德水准,堪称人之大节。唐代刘因说:"人之大节一亏,百事涂地。"苏轼认为能守住大节是人生最难的事,他说:"乐莫乐于返故乡,难莫难于全大节。"

■ 明 张路《苏轼回翰林院图》

孟子曰："**仰不愧于天，俯不怍于人**。"意思也是，人只要保住大节，此生无愧于世。

人如何操守气节，保全大节？明代廉臣于谦认为，最重要的是要廉洁自爱，他在《入京诗》里有一句："**清风两袖朝天去，免得闾阎话短长**。(513)"用两袖清风表示为朝做官要纯正廉洁，"朝天去"表示走完一生。他在另一首诗《石灰吟》里言精妙喻做人，既要像石灰石那样经得起捶打煅烧的历练，又要像石灰一样清白："**千锤万击出深山，烈火焚烧若等闲。粉身碎骨全不怕，要留清白在人间**。(514)"西晋政治家袁准说："**一公则万事通，一私则万事闭**。"社会有通行的规则，处于公心办事，道路曲径也会是通的。而要背离规则办私事，路是关闭的，硬要去办，必遇到很大的阻力，其行为要冒着与社会规则对抗的风险。所以，人要飞黄腾达还得立得住，关键是在公与私的问题上能否保持住大节。《三国演义》的作者罗贯中说："**财贿不以动其心，爵禄不以移其志**。"认为贿赂不动心，封官许愿不移志，这样的人才是保全了大节。中唐诗人戎昱在诗中言："**千金未必能移性，一诺从来许杀身**。《上湖南崔中丞》(515)"认为那些用重金难以收买，并且从不失言以身许诺的人，才是有气节的人。气节与廉洁相称，廉洁与勤俭相连，而腐败则与奢侈相通。李商隐有句著名的诗句："**历览前贤国与家，成由勤俭败由奢**。(同419)"兼论治国，有气节必依廉洁，要廉洁必依勤俭，勤俭必成，奢侈必亡。

要保全大节，尤要在功名富贵这些问题上有正确的态度，那些见到权贵阿谀奉承故作媚态的人，更是毫无气节的人。李白说，让他去这样事权贵，会使他一肚子不高兴，简直是折磨：

"**安能摧眉折腰事权贵，使我不得开心颜。**《梦游天姥吟留别》（516）"屈原讲，让他这样去事权贵，他宁死也不愿意："**背绳墨以追曲兮，竞周容以为度。……宁溘死以流亡兮，余不忍为此态也。**（同212）"唐代的杜荀鹤在《自叙》一诗里讲："**宁为宇宙闲吟客，怕作乾坤窃禄人。**（517）"表示他宁愿做一个吟诗作文的闲客，也不愿做投机取巧窃取官禄的庸俗官吏。金代的元好问讽刺诗人间流行的一种生搬硬套、不具创新的唱和诗风："**纵横正有凌云笔，俯仰随人也可怜。**《论诗三十首（其二十一）》（518）"暗讽一些御用文人没有骨气，亦步亦趋，仰人鼻息的一幅丑态。苏轼也有云："**安能终士尘土下，俯仰随人如桔槔。**《送李公恕赴阙》（519）""桔槔"俗称"吊杆"，是一种原始的井上汲水工具。东晋的道教家葛洪认为，有志者应有这样的气节："**不谄笑以取悦，不曲言以负心。**"白居易则以剑之刚比喻做人正直不阿、一腔凛然正气："**可使寸寸折，不能绕指柔。**《李都尉古剑》（520）"

保全大节是人生最重要的事，大节一失，无论用什么方式去掩饰都是徒劳的。明代的冯梦龙讲："**平生不作皱眉事，世上应无切齿人。**"宋代的普济在佛教史书《五灯会元》里奉劝世人要保住大节："**劝君不用镌顽石，路上行人口似碑。**"明代的冯梦龙也如是说："**劝君莫作亏心事，古往今来放过难。**"有本格言集子也讲得好："做事不求有口皆碑，但求问心无愧。""除非你弯下腰，否则别人不会骑在你的背上。""写一个人字只需两笔，做好一个人却要奋斗一生。"

🍂 **德诚为珍** 德即品德，它与道德还有点不同，德是人的真实的本性，而道德是人们遵守公共行为准则的表现，也称为公

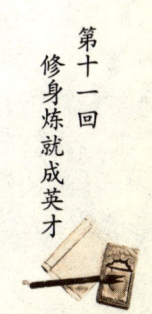

德。按其外延，德应容括公德。人之大节指的就是人的德。一个人的德好，才能结交众多的朋友。那么，什么是好德？人类最美好的品德便是诚实。英国著名生物学家赫胥黎言："**诚实为道德之本**。"德贵于诚，唯有诚才真，才信，才实，为之真诚、诚信、诚实。日本有一句谚语："**诚实乃人品之珍**。"诚实是一颗心通往另一颗心的桥，是心与心最短的距离。诚实便能守信因而能得到众多的朋友。所以，诚实是一笔令你终身享用不尽的财富，真诚的友谊犹如健康，失去时才知道它的可贵。我曾在一篇专论诚信的文章中提出："**诚信应是国民人生永远的旗帜和伴侣**。"并立为该篇文章的篇名。

真实与朴实是诚实的特性，前苏联喜剧教育家斯塔尼斯拉夫斯基认为："真实与朴实是天才的宝贵质地。"德国古典哲学家费尔巴哈说："**道德不是别的，而只是人的真实的完全健康的本性**。"儒学大师孔子则把具有坚毅和诚实的品格解释为仁："**刚、毅、木、纳近仁**。"诚实与信誉总是相连，有言道："**一个人的信誉就是一杆衡量其人格分量的大秤**。"普鲁士国王腓特烈大帝十分看重品德高尚有才华的人，曰："**拥有卓越心灵的人，堪与王侯匹敌**。""卓越心灵"首先包括美德。19世纪英国的格言家比彻说："衡量一个人是高贵还是低贱，要看他具有什么样的品质，而不看他拥有多少财富。"

一个人的诚实所以珍贵，在于难得也更难持久。因为，品性的诚实，难在要发自内心，你没法装出来，必然会在行动上得以体现。而在行动上体现诚实，正如俄国青年英雄奥斯特洛夫斯基所讲："你必须保持诚实的立场，这时常是冒险的，这需要有着很高的勇气。"现代伟大的科学家爱因斯坦，甚至把坚守诚实的品德看成是人类最重要的努力，他讲："**人类最重要的努力莫过于在我们的行动中力求维护道德准则。**"

如何做一个诚实的人？明代著名思想家吕坤讲，要"**做本色人，说根心话，干近情事。**"清代格言家金缨则提出，人的诚实要在工作的责任心与风格上得以体现："**实处着脚，稳处下手。**"就是说，做一个诚实的人要脚踏实地，不能像"小草一旦离开了大地，便失去了与狂风抗衡的力量"。要像一块朴实的土地那样，"只要春天给与一把种子，秋天就奉献一堆果实"。

☂ 善恶是非　为人，修德立诚固然是最重要的，但诚信还不是修德的全部内容。修德还应能够善于明辨是非，且敢于坚持正确的立场，从善祛恶，维护真理，修正错误，实事求是。这一点，与德诚并不矛盾，只有做到这一点才是一个真正诚实的人。这对为官者来讲，更显重要。我们经常能看到一种情况，好人办错事，这些人多半是心肠很好，但没能分清善恶是非，或不能坚持正确的立场，也会引起众人唾弃。

我们所以要在修德方面注重提高分辨善恶是非的能力，并培植坚持正义的骨气，从根本上说，善的终会战胜恶的，正确的终会战胜错误的，"为善则流芳百世，为恶则遗臭万年"。"恶风纵使推千浪，正气终能慑百邪。"这里关键是在行动上，要敢于坚持善的、正确的，事业才能发展。如唐代名臣魏征所言："**敬一贤则众贤悦，诛一恶则众恶惧。**"

关于善恶与是非的关系，《宋史·徐谊列传》中说："**好恶出于一时，是非定于万世。**"这句话是说，人们的价值观不同，对善与恶的区分往往不同，并且容易变化，而"是与非"是事实的真相，是一个已发生而不能改变的特定事实，"是非"搞清楚了，孰善孰恶易于判断。从这个意义上讲，明辨是非较之区分善恶更显重要。但，明辨是非的目的在于区分善恶，持善祛恶，从这个意义上讲，坚持正确的立场，祛恶从善更为重要。

恶不阻则祸兴，善不为则恶入。所以，圣人名贤讲德修身，特别强调自身对待善与恶的立场要爱憎分明，善志不变。孔子曰："**见贤思齐，见不贤而自省也。**""**择其善者而从之，其不善者而改之。**""**己所不欲，勿施于人。**"孟子曰："**穷则独善其身，达则兼济天下。**"《三国志》的作者陈寿曰："**勿以恶小而为之，勿以善小而不为。**"司马光曰："**不以无过为贤，而以改过为美。**"屈原说他一心从善，认为是善的，即便众人反对，也要坚持，至死不悔："**老冉冉其将至兮，恐修名之不立。……亦余心之所善兮，虽九死其犹未悔。**（同212）"鲁迅对善恶的态度，言辞犀利而美妙，他的一句"**横眉冷对千夫指，俯首甘为孺子牛**"成千古名句。西晋著名文学家陆机说得更绝："**渴不饮盗泉水，热不息恶木阴。**《猛虎行》（521）"大诗人杜甫笔下的善恶，如同容貌本身的"美与丑"一样鲜明，体现了他对"善恶"的态度如皎月一般明澈。他在《一百五日夜对月》诗中云："**斫却月中桂，清光应更多。**（522）"将社会的黑暗形容为月中的桂树遮住了月光，砍去桂树，让更多的清光照在人间。美妙诗语中，彰显了杜甫对善恶爱憎的分明。

☂ **功名富贵**　修身守节，重德诚，持正义，明辨善恶是非，说来容易做其难。其根在哪儿呢？在于如何认识"功名富贵"和它与自己利益相关问题的把握上。我们时常所遇到有关大节、诚信、善恶之事,不能下决断、持正义、廉身自洁,都是因为这些问题与自身的功名富贵有关,而犹豫不决,踌躇不前,甚至走向反面。欧阳修有句名言:**"祸患常积于忽微,而智勇多困于所溺。"** 其后半句是说,一个人的志向和才华,总被所喜爱的功名富贵钱财色权所滋扰,冲不过去,易于夭折。宋代理学大家程颢在一首诗中对真正的豪杰提出了一个标准:**"富贵不淫贫贱乐,男儿到此是豪雄。**《偶成》(523)" 台湾作家罗兰认为,能否抵御金钱的诱惑,是判断一个人质量和能力水平高低的标准。他说:"金钱的诱惑经常使一个有创造力的人降低了原先的质量。"而**"金钱所买不动的人,别人永远无法将他征服"**。所谓修德修身,就是在功名富贵这一人生重大问题上,要建立正确的价值取向,这是修德修身的思想基础。

大诗人李白在《江上吟》一诗中精彩地表达了他对功名富贵的看法,诗曰:"屈平词赋悬日月,楚王台榭空山丘。……**功名富贵若长在,汉水亦应西北流。**(524)"杜甫对此的看法如出一辙,写出铿锵的千古名言:"尔曹身与名俱灭,不废江山万古流。《戏为六绝句》(525)"苏轼说"论其荣华富贵,原不过是过眼烟云",他在《陌上花三首》里对功名富贵说得更形象直白:**"生前富贵草头露,身后风流陌上花。**(526)"曹植讲**"俯仰岁将暮,荣耀难持久"**(527)",意思是说,人生这么短暂,虚名更难持久。明代大臣于谦的《无题》诗写出名言:**"名节重泰山,利欲轻鸿毛。**(528)"白居易说:"朝露贪名利,夕阳忧子孙。"认为贪图名利的人,必定有害于子孙。他在《不如来

饮酒七首》诗里用绝妙的比喻，嘲讽那些争名逐利的人："**相争两蜗角，所得一牛毛。**（529）"18世纪英国小说家菲尔丁说得可怕："**如果金钱成为你的崇拜物，那么它就会像魔鬼一样折磨你。**"明代诗人顾炎武在《秋风行》里曰："**人生富贵驹过隙，唯有荣名寿金石。**（530）"这里，顾炎武讲的"名"不同于一般人争的"功名"，强调的是行善、持节、高尚的被世俗嗤笑的却被众人赞赏的"荣誉"。

概言之，大凡良臣志士都认为，功名富贵不过如烟云、朝露不可持久，而对争功图名、贪图富贵的行为嗤之以鼻，正因如此，他们能持正义，守大节，尽才艺，赢得了人们的赞誉而美名长存。

☂ **情绪忍控**　社会是人们行为互动的大熔炉，一个人的行为必然对其相关的人或群体产生影响，影响的大小除了由行为本身对对方利益损与得的大小决定外，在很多情况下受行为方式对另方情感的伤害或喜悦程度来决定。18世纪英国政治家切斯特菲尔德说："**风格是思想的衣裳。**"人们遇到同一件事发泄或表达情感的方式竟是那样的迥然不同，其实在许多情况下，并不是因为观点、立场的根本对立，而是涵养的不同使然。所以，修德修身还包含情绪的忍控。

人是有思想和情感的动物，受遗传、教育、社会背景和经济、政治地位的不同，形成了形形色色千奇百怪的性格，有暴躁型、张扬型、沉稳型、内向型、隐蔽型等等。不同性格的人对同一件事的表达方式、处理方式和接收程度有着很大的差别或不同。在日常生活中常常看到一种情况，一件在别人看来不在意的小事，而有的人却能掀起轩然大波，给对方造成极大的情感伤害。缘由是不同性格的人有着不同的心理承受能力，即不同的自尊心。

伏尔泰说："**自尊心是个膨胀的气球，戳上一针就会发出大风暴来的。**"人的自尊心是维护其人格尊严的心理表现，用不当的方式去对待，即便无碍对方的利益，也会在情感上造成伤害，必然在行为上与对方形成对峙，使关系复杂化。《淮南子·说林训》说："**质的张而弓矢集，林木茂而斧斤入。**"一个人过于张扬的行为，会给别人带来不快以致形成情绪的对抗，不自觉中也给自己的人生之路设置了障碍。所以，人们常说，性格决定人生，江山易改，本性难移。其实也不然，人的性格虽有天生的一面，但能经过后天的不断历练、教育、自悟得以修正，这也是修德修身的结果。说到底，那些脾气暴躁、性情乖舛，行为不能自我管束的人，大都是在德行方面的修养差，没有形成正确的人生观的缘故。用瑞士希尔泰的一句名言说，这种人"**动不动就愤怒，表示幼稚得还无法驾驭自己**"。这样的人，权欲极盛，喜好营造管辖内的专制。这类的品性断无承载万物的气度，若其志不善者，多以佯公而隐私，道貌岸然实龌龊，一旦有点权力，更是肆无忌惮，有恃无恐，恣意妄为。遇事稍有不意，胸无一点雅量、气度，动辄大发雷霆，暴跳如雷。更有甚者，打击报复、诬陷，欲置人于死地而后快，丧失了做人的起码道德与良知。这样的人当政，若秉性不改，终然要形成乱局，古往今来，概莫能外。古希腊诗人欧底庇德斯说："**上帝要谁灭亡，必先让他疯狂。**"指的就是那些为所欲为，情绪把控不住的人的结局。所以，做官为人，尤其是立志要做治世的能臣，必先重在修德，培植"有容乃大，海纳百川"的气量，善于把控自己的情感，才能如飞龙升腾，施展宏图。

有原则的忍让其实是一种积善增力的美德和智慧。英国著名作家萧伯纳说得好："**自我控制是最强者的本能。**"高尔基说："**哪怕是自己的一点小小的克制，也会使人变得强而有力。**"19世纪英国政治家本·迪斯累里说："**行动不受感情支配的人，才会成为真正的伟人。**"法国的拉罗什富科认为："唯有刚毅的人才会真正做到温和。"《旧约全书·箴言》讲："**不轻易发怒的人，胜过勇士；制服自己心灵的人，比夺取一座城市的人还强。**"苏轼称："**天下有大勇者，猝然临之而不惊，无故加之而不怒。**"他的父亲苏洵则坦言英雄豪杰要有"**泰山崩于前而色不变，麋鹿兴于左而目不瞬**"的海量。欧阳修也有奇句："**太山在前而不见，疾雷破柱而不惊。**"这些都是从正面论及人要培养君子的胸怀、气度与品格，还有的从反面总结经验汲取教训，形成了哲理名言。我国古代有句格言："**喜过则不重，怒过则不威。**"司马迁说："**强弩之末，矢不能穿鲁缟。**"俄国19世纪作家车尔尼雪夫斯基讽言那些"**无能者的唯一安慰就是恼火**"。意大利诗人但丁则告诫人们："**容易发怒，是品格上最为显著的弱点。**"

有言道，凡能成大事者，刚柔并济，"既要有天公除恶的霹雳掌，也要有善民的菩萨般心肠。"这里涉及到对情感的控制，关于这一点，不仅指能控制自己的情绪向粗暴狂妄方向发展，还要控制过于怜悯和同情或过于悲伤的情绪。莎士比亚说过："温婉的怜悯来叩门，坚厚的铁门也开放。"但他又指出："**适**

当的悲伤可以表示感情的深切，过度的伤心却可以证明智慧的欠缺。"奥地利作家茨威格则说："一个人的同情要善加控制，否则比冷淡无情更有害的多。"这句话前半句说得好，但后半句说得为过，因为即便是过于同情也总比冷淡无情要好。他又说："**同情是把两面有刃的利刀，不会使用的人最好别动手。**"这句说得很中肯，是为名言。中世纪意大利经院哲学家阿奎那，对悲伤情绪的控制也提出了独到的看法，他认为："**不适度的悲伤是心灵的疾患，而适度的悲伤是有完好品质与灵魂的标志。**"

🍄 慎言理智　情感的控制，始于心，而止于口。语言是人们与外界交流最普遍也是最重要的方式。因言出于口不费吹灰之力，故能慎言是控制情感最直接最有效也是最困难的一件事。

关于语言的能量，土耳其有句谚语："**正义的话能截断江河，和蔼的话能打开铁锁。**"言为心之声，人们总会把心中的喜怒哀愁言表于口，若随着心态的变化，口无遮拦，其言语的张力着实惊人。塞万提斯在其著名小说《堂·吉诃德》中形容，"**一个人盛怒之下，那条舌头就像冲决了堤岸的洪水。**"人心难测，若有私谋，可把黑的说成白的，大的说成小的，圆的说成扁的。莎士比亚形容："**佞人的口舌可以把星星之火煽成熊熊的烈火。**"因此说，人言可畏。

语言也是把双刃剑，《西厢记》的作者王实甫说："**甜言蜜语三冬暖，恶语伤人六月寒。**"言可喜人也易伤人，伤了别人也会伤害自己。晋代文学家傅玄就人之口写过一篇文章《口铭》，曰："**病从口入，祸从口出。**"回忆人生，人们从千百次教训中得出结论，口必慎言。法国散文家拉布吕耶尔说："**我们很少**

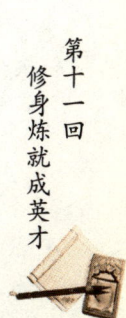

为说得太少而后悔，相反，却常常后悔说得太多。"英国牧师查·科尔顿说："当你无话可说的时候，最好什么话都别说。"古希腊的米南德认为："**任何事情都会带来懊悔，只有沉默除外。**"宋代词人黄升的《鹧鸪天》词，语出新奇："**风流不在谈锋胜，袖手无言味最长。**（531）"此语必使善以言表出风头者自封其口。被称为王孔子的隋朝大儒王通如此感悟："多言不可与远谋，多动不可与久处。"

斯言甚妙，信焉。但白居易却说："**言者志之苗，行者文之根。**"人总是要说话的，如上所言，大家都三缄其口，这社会岂不是太黑暗？大家都是一副沉默的面孔，世界又是多么的可怕！话要说，问题是这话要去怎么说，说得得理、得当、得时。明代的吕坤讲："**有所不言，言必当，有所不为，为必成。**"英国作家贝纳姆认为，说话要有的放矢，否则"**说话未经考虑就等于打枪不瞄靶子**"。托尔斯泰说得客观："与其说得过分，不如说得不全。"我国著名作家冰心认为，说话要据实："**言论的花儿开得越大，行为的果子结得越小。**"明代的思想家薛瑄认为，在你最得意或最不得意时说话做事要克制："**不可乘喜而多言，不可乘快而易事。**"

言为心声，口为心动。慎言必先制情，而制情必依理智。英国作家塞·约翰逊讲："我们可以把幻想当作旅伴，但必须请理智做向导。"古罗马哲学家塞内加讲："要想让一切都服从你，你就必须首先服从理智。"美国作家普拉斯形容"感情是一朵云，时常被风吹得乱跑；理智是一棵树，被风卷走的只是树叶"。英国诗人堂恩说："理智是我们心灵的左手，信仰是我们心灵的右手，凭借这左右手，我们能达到神圣的境界。"那么，理智是什么？美国思想家威·汉米尔顿在《里德哲学笔记》讲："**冷静、质疑是理智的筋骨。**"冷静指遇事时对情绪的控制，质疑是观察认识事物的科学态度。二者的结合便是理智。

所以，作一个有理智的人，说难也不难。说难，是因为在许多情况下，理智总受制于情感。用弗·戴维森的话说："**一旦欲望占了支配地位，理智就会受制于感情。**"说不难，只要养成一种好的习惯，形成若定的思维定势，遇到大事急事烦事喜事，能迫使自己立刻有冷静的意识，泰然处之，疑点就会显出，静思就可破解。当代英国作家倍弗里奇有句名言："**一个训练有素的思想家的主要特点在于，他不在佐证不足的情况下轻易下结论。**"

☂ **悟道学习**　人的先天智力是有差别的，但形成治国理世的美德与才干却要靠后天的修炼，其修炼最重要的一环即是学习。高尔基说："**书籍是人类进步的阶梯。**"美国的开国元勋华盛顿总统讲："**在每个国家，知识都是公共幸福的最可靠的基础。**"

孔子认为，一个人只有首先通过学习才能立起来，强调学习对人生的巨大作用，其曰："**吾十有五而志于学，三十而立，四十而不惑，五十而知天命，六十而耳顺，七十而从心所欲，不逾矩。**"意思是，我十五岁时立志于学习，三十岁时掌握的知识使自己有了人生观，懂得了做人处世的道理，能使自己立足于社会。四十岁时能明辨是非真假，有自己的判断标准，碰到事情有自己的行为准则，不再会有犹豫不定，而不致于迷惑。五十岁时知道了天命，即了解并顺应了自然规律和法则。六十岁时心胸开阔，心里平静，好话坏话什么话都听得进去而毫不动心。七十岁时处世做事挥洒自如，可以随心所欲，而又不越出规矩。

19世纪美国的思想家埃默森认为，在我们所接触的事与物中"**唯有知识可尊为上品**"。著名发明家爱迪生对知识的评价为："**知识仅次于美德，它可以使人真正地，实实在在地胜过他人。**"而德国伟大的古典哲学家黑格尔说："**无知者是不自由的，因为和他对立的是一个陌生的世界。**"富兰克林形容无知者像"**空无一物的袋子是难以站得笔直的**"。清代文学家赵翼《论诗》中比喻无知者如"**矮人看戏何曾见，都是随人说短长**"。(532)所以，人们在总结人生的经验时，有的悔恨此生不学习，荒废了年华。唐代著名书法家，官至吏部尚书、太子太师的颜真卿在《劝学》诗中如是说："**黑发不知勤学早，白首方悔读书迟。**(533)"有的感悟留给后代最重要的不应是财富，而是教会他们学习，宋代黄庭坚《题胡逸老致虚庵》诗中云："**藏书万卷可教子，遗金满籯常作灾。**(534)"有的切身体验到童年读的书，即便是不理解，随着岁月和生活的积累也会自然融通，对后来做事能产生出奇效。苏轼的弟弟苏辙是这样说："**早岁读书无甚解，晚年省事有奇功。**《省事诗》"有的总结亡朝亡国的教训在于不学习，唐代诗人章碣诗中说："**坑灰未冷山东乱，刘项原来不读书。**《焚书坑》(535)"意思是秦始皇实行暴政，焚书坑儒，必然引起像刘邦、项羽这类不读书人的以暴制暴，推翻了秦王朝。

关于学习，首先要有一个正确对待知识的态度，即尊重知识。西汉学者陆贾说："**书为晓者传，事为见者明。**"意思是，书是为尊重知识爱学习的人写的。古希腊哲学家柏拉图有一个观点:"尊重人不应该胜于尊重真理。"亚里士多德把它延伸为:"吾爱吾师,吾更爱真理。"有学者称:"**肯向真理低头的人格,是最伟大的人格**。"此外,也不要把学习误认为仅是对相关业务知识的学习,曹雪芹有言:"**留意于孔孟之间,委身于经济之道**。"意思是,不论你做什么事,你得先要明其做人的道理,这是最首要的学习。

其次,要有永不满足的谦虚治学的学风。不要以为学了一点书本上的知识,就自夸其能,无人能比。有句谚语说得好:"宽广的河流平静,知识渊博者谦虚。"其实,在有志于学的旅途上,不畏艰难,勇攀高峰的人有的是,《西游记》中有云:"**山高自有行路客,水深岂无渡船人!**"就一个人而言,他不可能学贯书本上所有的知识,而就书本上的知识也永远赶不上实际发展的需要。陆游有一幅劝勉联说得美:"**书到用时方恨少,事非经过不知难。**"(536)

再者,学习要有持续的毅力和吃苦精神,冯梦龙说学习之路如淘金:"**剖开顽石方知玉,淘尽泥沙始见金。**"《增广贤文》中有句治学名联讲:"**书山有路勤为径,学海无涯苦作舟。**"认为学习之路如登山、渡海,无捷径可走,惟以勤学苦练为道。著名诗人李商隐的方法是"**愿书万本诵万遍,口角流沫右手胝**"。《韩碑》杜甫在《柏学士茅屋》诗中说得更明白:"**富贵必从勤苦得,男儿须读五车书。**"(537)

与做任何事一样,学习还要有正确的方法。首先,学习不应浅尝辄止,而应求之甚解。学问学问,学中有问,"探求知识常常只不过是学会质疑"。孔子讲"**博学而笃志,切问而近**

思"。"知之为知之，不知为不知，是知也"。《淮南子·泛论训》中有"得其言，不若得其所以言"。诗人杜牧作《留诲曹师等诗》有一句说得非常好：**"学非探其花，要自拔其根。**（538）**"** 还须有屈原在《离骚》中所说的一种求索精神："**路漫漫其修远兮，吾将上下而求索。**（同212）**"**

至于具体的学习方法，宋代的朱熹认为，学习要"**循序而渐进，熟读而精思**"。他提出了由渐进——熟读——精思的学习路径。孔子说"**人生，学随时进，如春华秋实，自有节次**"。学习要与时俱进，在人生的不同阶段应有不同的学习内容。唐代大文学家韩愈认为，学习之法在于必须把握要点："**记事者必提其要，纂言者必钩其玄。**"

另外，学习要结合实际，学以致用，必深入实际，勇于实践。曹雪芹在《红楼梦》第五回中有幅绝佳的对联："**世事洞明皆学问，人情练达即文章。**（539）**"** 是讲，学习不限于学书本，在于掌握事物的本质，能够熟练地把握世间万物的某一项机理都是学问。而要做到这点，陆游认为，非深入生活熟悉事物亲自实践不可得。他在《冬夜读书示子聿》中云："**纸上得来终觉浅，绝知此事要躬行。**（540）**"** 其言颇为精辟，用词"终觉""绝知""躬行"论述味足精道。他在《九月一日夜读诗稿有感走笔作歌》这首诗对他的诗学之路作了有趣而极为出色的详述。说他初学诗时图妄虚名，困犹书斋，死啃书本，不得要领不得法，未有所得。而后，"**四十从戎驻南郑，酣宴军中夜连日。打球筑场一千步，阅马列厩三万匹。华灯纵博声满楼，宝钗艳舞光照席。琵琶弦急冰雹乱，羯鼓手匀风雨疾。诗家三昧忽见前，屈贾在眼**

元历历"。(541) 丰富多彩的军营生活，使他一下子领悟了作诗的要领，打开了思路，其妙处就是，"工夫全在诗外，都在山程水驿中"。从陆文华美的词章、实在的内涵、流畅活泼的文风，也可洞观到他的豁达睿智机敏和力践的品性。在此首诗的最后，作者有句精彩的综述："**天机云锦用在我，剪裁妙处非刀尺。**(541)"意思是，对书本所说的知识，不能生搬硬套，要切合实际，其全部的玄机在于依情依时灵活通变的运用。杜牧在《登池州九峰楼寄张祜》诗中讲："**睫在眼前长不见，道非身外更何求。**(542)"其意是，学习切勿舍近求远，不要像睫毛那样在眼前而看不见，身边周围都有我们要学的东西。

学习还应注意新知识的学习，宋代的朱熹对此颇有研究。他在一首诗中云："**半亩方塘一鉴开，天光云影共徘徊。问渠哪得清如许，为有源头活水来。**《观书有感二首（其一）》(同191)"此借用家边的池塘因有活水不断注入，使得池塘的水涤陈新活，比喻学习也要不断吸收新知识，有活水长注，方能才思不断，达到新的境界。

学习不只是续借前人的智慧，还要自我创新发展，社会才能进步。就社会进步而言，前人的东西再好，也不过如清代诗人袁枚在诗中所说："**残红尚有三千树，不及初开一朵鲜。**《题桃树》(543)"有志者的学习要有勇于创新的精神，要坚立自觉的创新意识，敢于突破。只有这样，才能像唐代诗人唐彦谦所讲："**寻芳陌上花如锦，折得东风第一枝。**(544)"

🌂 **君子风度** 一个人经过长期努力的修炼，自然会生出特有的气质与风度。苏轼在论及习诗对滋养人的气质时说："**腹有诗书气自华。**《和董传留别》""气质"是来自内在，其表现于外的，

就是我们通常所说的风度。

上面，我们借用古今中外名家的精彩语言，从多方面多角度论述了修德修身成为英才之道。那么，名家心里真正的君子英才又是怎样的形象和风范呢？诸葛亮眼里的君子是："**君子威而不猛，忿而不怒，忧而不惧，悦而不喜。**"司马迁说，君子有极大的忍耐性："古之君子，绝交不出恶声。"南宋名臣宗泽在《早发》诗中用这样的君子形象对照自己："**眼中形势胸中策，缓步徐行静不哗。**（545）"也有"**做人如水，做事如山**"之说，如水，即像水那样平静、柔和，低调去做人，却具有海纳百川的胸襟与气度。如山，即像山那样稳重去扎实做事，令人信任，却凸现其高拔、雄奇、果敢。应该说，这都是从一个侧面看到的君子形象，还不完整。

《周易》上有一卦对君子的形象作了绝佳的描述："**天行健，君子以自强不息，地势坤，君子以厚德载物。**"意思是，君子应像天宇运行一样劲健，奋发向前，自强不息；又要厚积美德，像大地一样博大恢宏，以容载万物。此语画出了君子的形象：君子的外在，表现出对事业的追求和对生活的热爱那种坚忍不拔、永远奋发向上、充满活力的风彩。而内在，含有宽厚博大、德性诚实、稳健和顺的气质，其中诚实、坚韧、宽厚、稳健、向上是君子的五大特质。罗兰说："**美好的气质是来自真诚，'造作'永不会产生美感。**"《哥伦布》的作者詹·洛维尔说："**耐心是高尚的秉性，坚韧是伟大的气质。**"冯梦龙说："**能容小人，方成君子。**"可见，有关君子的以上五个特质，古今中外的看法基本上是一致的。

君子还有什么特质？班固说："**君子独处，守正不挠。**"又说："**君子不为小人之匈匈而易其行。**"意为，君子尤在无人知晓的独处，能守住气节，百折不挠，不会被别人来左右以改变自己的志向和志善。孔子云："**君子讷于言而敏于行。**""**君子耻其言而过其行。**"西汉政治家陆贾曰："**君子笃于义而薄于利，敏于事而慎于言。**"孔子与陆贾这里都是强调君子有"慎于言而敏于行"的风度与作风。以上孔子、班固、陆贾的言论又指出了有关君子的三个重要特质即"守大节""慎于言""敏于行"即志善、慎言、实干，同前述的五个特质概括起来，君子有八大特质即：志善、宽厚、诚实、坚韧、稳健、向上、慎言、实干。

　　此外，关于君子与小人的不同也有三说，此一为孔子说："**君子坦荡荡，小人长戚戚。**""戚戚"即私下里议论，相互抱团。其二，也是孔子说："**君子和而不同，小人同而不和。**"这一点说得非常好，君子有大局意识，虽各有真知灼见，但能保持一致。而小人，没有大局意识，表面上和气，实地里四分五裂。其三，庄子说："**君子之交淡若水，小人之交甘若醴。**""醴"指甜酒，意指小人之交只重物欲，而君子之交重志同道合，看似清淡如水，实则情感深厚。唐代的王勃对此就是这样的解释："**古之君子重神交而贵道和。**"

第十二回
豪杰忠国爱民族

中华民族是由多个民族经过漫长的岁月融合走到一起的大家庭。期间各民族首先为了自身的利益，相互间进行着艰苦卓绝的斗争、对抗、融合，涌现出杰出的民族精英，留下了可歌可泣的动人事迹，集中体现了各民族人民推动国家走向统一，民族走向融合同仇敌忾的伟大民族气节和爱国情结。而诗歌则能用最生动最优美的声音表达这一精神。所以，在我国的历史长河中，无数民族精英爱国志士善用诗和词的方式，谱写了爱国爱民族的精彩乐章，唱响了那个时代的最强音。

民族气节 民族气节是一个人维护国家主权和民族尊严，在重要关头或在危难之机所持的态度和实际表现。在所有表达民族气节的诗词里，著名民族英雄，南宋名将岳飞的《满江红》是公认写得最好的一篇。词曰："**怒发冲冠，凭栏处、潇潇雨歇。抬望眼、仰天长**

■ 清 杨柳青年画《岳母刺字——精忠报国》

啸，壮怀激烈。三十功名尘与土，八千里路云和月。莫等闲、白了少年头，空悲切！ 靖康耻，犹未雪。臣子恨，何时灭？驾长车，踏破贺兰山缺。壮志饥餐胡虏肉，笑谈渴饮匈奴血。待从头、收拾旧山河，朝天阙。（546）"这首词，无论是情与景、志与行，还是遣词与格律，都达到了完美结合，堪称绝唱。我们不用解释这首词的每句含义，仅朗诵一遍，你便会被该词释放出的那种铿锵激越的强烈民族气概，所体现出的那种让高山仰止、江海停流的豪迈，和坚毅不拔、气吞山河的意志与力量所震撼。面对外来入侵，南宋兵败如山倒的惨景，陆游慷慨激昂，提笔写出的《金错刀行》一诗也是杰作，他大声疾呼："楚虽三户能亡秦，岂有堂堂中国空无人。（同506）"其爱国的民族气节之强烈，声如雷霆，力如千钧，警示南宋王朝要相信民众的力量，想当年秦末汉初时，陈胜、项羽、刘邦此三户便能把强大的秦国灭亡，堂堂的大中国难道无人抵挡外来的入侵。宋代郑思肖在《二砺》诗中也表达了这样的情结，诗曰："胸中有誓深于海，肯使神州竟陆沉？（同499）"只要誓有精忠报国的决心，怎么会使神州大地沦落敌手？清末爱国志士秋瑾在一诗中誓言："拼将十万头颅血，须把乾坤力挽回。（同507）"此气魄何等了得。

　　谈到民族气节，三国的曹植在《白马篇》诗中有句"捐躯赴国难，视死忽如归（547）"作了很好的解读。他认为具有民族气节的人，是因为他们对生命的价值赋予了新的意义，才能把死视同回到家里一样。杜甫也有此句："丈夫誓许国，愤惋复何有！《前出塞九首（其三）》（548）"男子汉大丈夫发誓以身许国，还有什么能比这样的誓言更能表达心中志节和怨愤的强烈呢！清末志士谭嗣

同临死在《狱中题壁》："**我自横刀向天笑，去留肝胆两昆仑**。(同503)"凛然刑场，慷慨激昂，仰笑苍天而自励，人虽去，但留下的肝胆身躯如同莽莽昆仑一样具有伟岸浩然之气！南宋忠臣民族英雄文天祥兵败被俘，元主忽必烈多次劝降许以高官厚禄不为所动。面对生与死，他毅然决然地选择了后者，大义凛然，慷慨就义，实现了他在《过零丁洋》里的誓言："**人生自古谁无死，留取丹心照汗青**。(549)"人终不免一死，但死得要有意义，用他自己的话说是："**以身殉道不苟生，道在光明照千古**。《言志》(550)"

忠与孝是对矛盾，特别是在战争年代，志士们更顾不得家庭，不能在父母膝前尽孝，忠孝难以两全。但明朝的爱国将领于谦在《立春日感怀》里表达了这样的新的内涵，真正的爱国志士，却也是真正的良家孝子，曰："**一片丹心图报国，两行清泪为忠家**。(551)"身在他乡，赤心报效国家，思念亲人又禁不住双眼泪流成行。志士爱国，虽老弥坚，明末著名思想家顾炎武的诗有句文华情切志气浩然的名言："**天地存肝胆，江山阅鬓华**。《酬王处士九日见怀之作》(552)"说他虽已双鬓白发，而江山可见证他矢志不渝的爱国赤胆忠心，是谓"江河不洗古今恨，天地能知忠义心"。此语与谭词同的"我自横刀向天笑，去留肝胆两昆仑"，有着同样的浩然正气，激励人心。

☂ **忧国如焚** 在我国，民族融合、国家走向统一的过程极为漫长而惨烈。遇到腐败的皇朝，对内欺压百姓，与外软弱无能，民众生灵涂炭，生活水深火热。元好问曾这样描述战争的场景："**惨淡龙蛇日斗争，干戈直欲尽生灵。高原水出山河改，战地风来草木腥。(同，492)"对此情景，有志于报国维护民族尊严的知识分子都不会沉默。血气方刚者，投笔从戎，义愤填膺者，奋笔疾书，痛斥卖国求荣。陆游二者兼之，呼吁"国家兴亡，匹夫有责"。他在《病起书怀》中说："**位卑未敢忘忧国，事定犹须待阖棺。**(553)"说他官职虽不大，但从未敢忘国忧，现身老多病，看来见不到国家安定的那一天了。李白也有诗，说他"**中夜四五叹，常为大国忧。**(554)"仅此句便可看到作者有着多么强烈的忧国情怀。唐代诗人张为的诗《渔阳将军》有句写得极为生动："**向北望星提剑立，一生长为中国忧。**(555)"作者当时拔剑凝思心潮澎湃的忧国情姿，十分形象地得以表达。白居易赞美爱国志士为国做出了感人的事迹，其形象赫然屹立，名垂千秋，是谓"**动人名赤赤，忧国意切切**"。宋人苏辙在给他哥哥苏轼一首诗里有个好对句："**倾泻向人怀抱尽，忠诚为国始终忧。**《癸丑二月重到汝阴寄子瞻》(556)"称他这次来安徽汝阴与朋友相聚谈论国事时，这些爱国志士都是极尽自己的努力报答国家，其忠心始终不渝的情愫感人至深。

有识之士是最爱国的，刘禹锡在《学阮公体三首（其三）》中有句"**昔贤多使气，忧国不谋身。**(557)"意思是说，不要看贤良们爱发牢骚，但他们是为国担忧，尤在国之危亡的关头，他们总是挺身而出。天宝年间唐玄宗当朝的腐败，黩武穷兵，民不聊生。使用无志无能的小人，却不能有效抵抗外来入侵，致使广大民众流离失所。唐代诗人张谓不畏权势在《代北州老翁答》诗中以铿锵的语词，力斥当朝："**安边自合有长策，何必流离中国人。**(558)"呼吁当朝，及早实施强国富民安定边境的长久大计，

第十二回 豪杰忠国爱民族

再也不能让民众这么受折磨了,其"流离"用词颇切其意。在这里,我们能看到久远年代的诗人已用到"中国人"三字,感到格外的庄严和亲切,而发自肺腑的敬仰古国中华文明的悠久。清末民初的著名女英杰秋瑾最有激情,她在《柬某君三首(其二)》中曰:"**危局如斯百感生,论交抚案泪纵横。苍天有意磨英骨,青眼何人识使君?叹息风云多变幻,存亡家国总关情。英雄身世飘零惯,惆帐龙泉夜夜鸣。**(559)"这首诗是秋瑾寄给《神州女报》女记者陈志群的。称赞她有志报国是当今英雄,虽落得四处飘泊,身如浮萍,却在夜深人静时抚剑自叹,其忠国情怀无人能识。此诗用词极为切意,传情委婉而沉痛,很好地表达了两人的深厚友谊和坚毅的爱国情怀。

论诗作,感慨国难,杜甫的《春望》最著名。诗曰:"**国破山河在,城春草木深。感时花溅泪,恨别鸟惊心。烽火连三月,家书抵万金。**(560)"被战争蹂躏的家园的惨状,让花儿落泪,鸟儿惊飞。卫国的将士期盼家里的音讯,看到来信,那种狂喜的心情,如获至宝。此诗用实描、拟人、夸张的艺术笔法,深度表达了作者对国破家亡的感慨。首句"国破山河在"突起了中华民族百折不挠的伟大形象,各句的尾字,抑扬顿挫颇为有力,"溅""惊""抵"三字抒情尤其强烈。

有过军旅生涯的著名爱国诗人陆游、文天祥、高适、林则徐,他们的爱国诗篇来自亲历,发自内心,写得格外生动。曾做过军中将领的文天祥写的《过零丁洋》颇有气魄,诗中的"**山河破碎风飘絮,身世浮沉雨打萍。**(同549)"前句用"风飘絮"比喻山河破碎,后句将"雨打萍"比作人的身世浮沉,喻义形象生动，凸显出作者超凡的文才和赤子之心。他在另一首诗《赴阙》里说："**壮心欲填海，苦胆为忧天。**(561)"形容他虽有精卫填海的雄心壮志，但是胆里却装满了忧国的苦水。词语虽简，且情沉志坚。唐代诗人高适作的《燕歌行》是首优秀的爱国诗篇："**战士军前半死生，美人帐下犹歌舞**(同185)。"前后句鲜明对比，国难当头两种截然不同的情景，极力痛斥了皇朝的腐败。诗人陆游的《黄州》诗借物抒情："**江声不尽英雄恨，天意无私草木秋。**(562)"此言情痛而悲壮，形容滔滔的江水声说不尽爱国志士的怨恨，而他们随着岁月的流逝，献出了青春年华，如凋零的草木已老气横秋。前句表意尤为沉痛而铿锵有力。诗人，清代著名爱国将领林则徐，在南海点燃了禁销洋人鸦片的烈火，却被朝廷罢贬到新疆，国内掀起一片反对朝廷的呼声，他报国不能，有感而发《次韵答陈子茂德培》以应和时下民怨，其有壮美诗句："**小丑跳梁谁殄灭？中原揽辔望澄清。关山万里残宵梦，犹听江东战鼓声。**(563)"写得洒脱、高拔，"中原揽辔"一词尤显神态的蔑视、威武、一腔凛然正气。

　　论词作，忧国思报，辛弃疾的《水龙吟》是篇极有特色的杰作。这首词对景和意如此恰切的描写，以及作者被强烈的忧国情感所驱使，而激发出的癫狂姿状的细描，使我们敬佩这位杰出词人这一作品的艺术表现力和他如痴的爱国情怀。词曰："**楚天千里清秋，水随天去秋无际。……落日楼头，断鸿声里，江南游子。把吴钩看了，栏杆拍遍，无人会，登临意。……可惜流年，忧愁风雨，树犹如此。倩何人、唤取红巾翠袖，揾英雄泪。**(564)"他的另一首词也脍炙人口，为历代称传，词中一段曰：

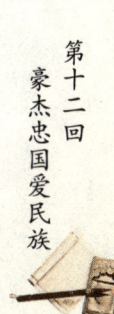

第十二回　豪杰忠国爱民族

181

"四十三年，望中犹记、烽火扬州路。可堪回首、佛狸祠下，一片神鸦社鼓。凭谁问，廉颇老矣，尚能饭否？《永遇乐·京口北固亭怀古》（同416）"词里以庄严而沉痛的心情回顾了四十三年前如火如荼的抗战烽火，时下腐败无能的南宋朝廷无心应战，竭力排斥像他这样的志士，到处是投降乞和之声，让人不堪回首。词的最后以有力的问句问到，有谁还会做出像战国赵国危难时，赵王仍惦记着召回老将廉颇这类事呢？难怪明代诗人张以宁作诗来怀念辛弃疾："英雄已尽中原泪，臣主元无北伐心。《过辛稼轩神道》（565）"感慨国难，南唐后主李煜的《浪淘沙》词是篇杰作，尤是该词的结尾："独自莫凭栏，无限江山。别时容易见时难。流水落花春去也，天上人间！（566）"其词优美而情至极深，但只是表达他对失去以往的荣华富贵生活的怨恨，同爱国志士那种宁愿身死而又报国不能的强烈愤怨是完全不同的。李煜虽是一个无能的皇帝，但写的词堪称一流。

🌂 **志士报国**　古往今来，优秀的炎黄子孙为捍卫民族的尊严和国家的独立与完整不遗余力，尤是在国难当头，这种金钢铁骨和赤子之心所激发的气概更是惊天地，泣鬼神。孟浩然在《送陈七赴西军》诗中描述唐时民众看到国遭入侵时，迸发出的那种同仇敌忾的激情："一闻边烽动，万里忽争先。（567）"似有一根牵动着万众的神经，即刻声浪骤起，八方呼应，组成强力抵御的万里长城。明末抗清名将夏完淳诗言："缟素酬家国，戈船决死生。《即事》（568）"形容民众对外来入侵视为丧父之仇，如临绝境而无退，凿船决一死战。"缟素"指身穿丧服，祭奠的意思。唐朝文学家陈子昂的《感遇诗》中这样描写民族志士的形象："感时思报国，拔剑起蒿莱。(569)"句中"思""起"二字用法极妙，将威武的卫国之师的形象突显在人们的眼前。有这样气概的民众与将士卫国，何惧外敌的侵扰？清代康熙年间名士彭定求去河南汤阴岳飞故里谒拜岳飞，曾赋诗有句："**辞家壮志凭孤剑，报国先声震两河。**《汤阴谒岳忠武故里庙像》（*803）"写得颇有气势，高歌赞扬岳家军将士们英勇奋战威震山河的爱国精神，挺立起岳飞精忠报国志坚伟拔的高大形象。

任何一个民族面临危难时，自然会涌现出一批气度超凡、威武不屈的英雄。唐代诗人寒山在《诗三百三首》中说"**丈夫志气直如铁，无曲心中道自真。**(570)"他们在国难当头堂堂落落，坦露自己的爱国之心。这样的英雄，品行高尚，誓于报国，不去争功："**誓欲成名报国，羞将开口论勋。**(571)"明代民族英雄于谦赞赏他们："**富贵傥来君莫问，丹心报国是男儿。**"清代的爱国志士徐锡麟就是这样的一位英雄，他在《出塞》诗中誓言："**只见沙场为国死，何须马革裹尸还。**(572)"情愿为国而死，哪里还考虑裹尸还乡。中国现代杰出的文学家、思想家鲁迅在《自题小像》诗里有名言："**寄意寒星荃不察，我以我血荐轩辕。**(573)"他说，我的志愿别人不知而上天知道，我要用自己的血，当作油润车轴那样来报效祖国。"轩辕"即中华的祖先黄帝，这里表示是祖国。"轩辕"词的本意，也可理解为代指马车，用血荐"轩辕"即为将血荐入车轴，给轴膏油。用此形容报效祖国，情真沥血，堪无可比。李清照也有类似的誓言，她在《上枢密韩公工部尚书胡公》中云："**欲将血泪寄山河，去洒东山一抔土。**(574)"意味家乡已被金兵占领，愿拼死为国捐躯，把血泪寄托于山河，在祖坟旁捧一把土来掩埋自己的尸体。这是何等强烈的爱国精神。

爱国是一个民族藏于心中而不馁的志气，明代著名爱国将领戚继光在《过文登营》里有精彩名句："**遥知百国微茫外，未敢忘危负岁华。**(575)"其前句描述国家面临有亡我之心的复杂环境，后句警示要有危机感并提振卫国的意志。宋代诗人曹翰在《内宴奉诏作》里说："**曾因国难披金甲，不为家贫卖宝刀。**(576)"描述民众在国难面前，争先披甲上阵，不因贫穷而志短。凡在此时，显示出最强大的爱国力量的是底层民众。

陆游是杰出的爱国诗人，他为后人留下的近9400首精美的诗篇中有许多是爱国诗。字里行间显露出民族的忠魂与不屈的铮铮铁骨。他的《老马行》诗中竭力赞扬民众的爱国情怀："**一闻战鼓意气生，犹能为国平燕赵。**(577)"在《枕上偶成》中也这样表述自己的感慨："**自恨不如云际雁，南来犹得过中原。**(578)"其"云际雁"用词劲健而神奇，有敏捷和矫健之意，是为神来之笔。他放歌《夏夜大醉醒后有感》表达人们的抗敌意志："**欲倾天上河汉水，净洗关中胡虏尘。**(579)"在《长歌行》里赞颂爱国志士："**国仇未报壮士老，匣中宝剑夜有声。**(同491)"句句都是那样的慷慨激昂，铿锵有力，令人震撼。更为人感动的是，临去世前作诗《示儿》以表心愿："**王师北定中原日，家祭无忘告乃翁。**(580)"人之将死，给儿孙们留言竟是，在庆祝恢复中原胜利之时，不要忘了到他的坟头上告诉他一声。这是多么沉痛而诚挚的爱国情怀。

情感英灵 一个民族在一个时代，有他们称颂的英雄。

因为这些英雄的事迹或他们的品格，深深感化了人们，提振了本民族的自信心，给人以鼓舞力量，震撼了这个时代，使人们缅怀。宋代著名诗人张元干的《水调歌头》词如是说："**想象英灵在，千古傲云涛。……洗尽人间尘土，扫去胸中冰炭。……**(581)"

在怀念英灵的诗作里，诗人杜甫悼念诸葛亮的《蜀相》是最著名的。这首诗首先以深沉而朴实的笔调，渲染了诸葛亮祠堂阴幽而古朴的环境。然后用极为洗练的笔法写出："**三顾频烦天下计，两朝开济老臣心。**(同202)"高度概括了诸葛亮的雄才、品格和功绩。最后以"**出师未捷身先死，长使英雄泪满襟**"这一千古名句，表达了无数英雄被诸葛亮的鞠躬尽瘁精神感动至极，而深深地缅怀他的敬仰之情，使整首诗显现出极大的感染力和扣人心弦的艺术魅力。

清代的徐氏女在杭州西湖的岳飞墓写的一幅对联"**青山有幸埋忠骨，白铁无辜铸佞臣**(*763)"历来为人称赞。这幅对子之所以产生震撼力在于，将人们公认的忠臣与佞臣的两个典型，分置于出句与对句，通过贴切巧妙的拟人化修辞手法，使用优美的格言音律的"工对"，从而产生了将忠臣岳飞高高扬起，耸立为人们敬仰的民族英雄，而将毒如蛇蝎的卖国奸臣秦桧重重地抛下，成为不齿于人类的千古罪人这一奇特的艺术效果。

著名诗人杜牧曾到项羽自刎的地方乌江亭吊唁故人，作诗《题乌江亭》，诗曰："**胜败兵家事不期，包羞忍耻是男儿。江东弟子多才俊，卷土重来未可知。**(582)"此诗先是直截了当地指出胜败乃兵家常事，次句也像是说理，实则批评项羽心胸狭隘，刚愎自用，遭到挫折便自暴自弃，含羞自刎，缺乏统帅的气度，

185

算不上真正的"男子汉"。三四句设想，在这最后关头，项羽若能面对现实，"包羞忍耻"，回江东重整旗鼓，凭借江东弟子高强的武艺卷土重来，其结局还很难说。这首诗，一唱三叹，富含哲理，语色练美，极有气势，在惋惜、痛批、讥讽之中，通过历史血的教训总结出"胜不骄败不馁"的道理，颇有积极意义。

唐代诗人沈彬作诗《吊边人》，悼念为国捐躯的边防将士，描述他们早已死去，而他的家人还惦记着为他寄送寒衣的情景，可谓凄惨，感人至深。诗曰："**白骨已枯沙上草，家人犹自寄寒衣。**(583)"唐人陈陶的《陇西行四首》也有"**可怜无定河边骨，犹是春闺梦里人。……同来死者伤离别，一夜孤魂哭旧营。**(584)"的诗句，同样是描写将士们已成沙场河边的白骨，可怜的妻子儿女们还做着与他们会见的美梦，而在军营里却笼罩着将士们为同来的战友离去的一片哭喊声。

唐代著名边塞诗人高适用另类的方式怀念英灵："**君不见沙场征战苦，至今犹忆李将军。**《燕歌行》(同185)"说敌人的进犯激发了战士的爱国义愤，奋起抗战，而将帅的无能，使战事久久不能平息，给前线的战士造成巨大的痛苦与牺牲，使人们不能不思念勇悍无比的西汉飞将军李广。此诗句内涵丰富，深情缅怀英勇的战士，且对当时骄逸腐化的将帅作了莫大的讽刺。

大诗人李白悼念日本遣唐留学生，中日文化交流的使者，时任唐左散骑常侍安南都护的晁衡，写了一首诗《哭晁卿衡》很出名。诗人得知好友晁衡溺海身亡的消息后，十分悲痛，作此诗来哀悼他。诗中曰："**明月不归沉碧海，白云愁色满苍梧。**(585)"前句比喻晁衡有着明月一般的高尚品德，他的身亡如同皎洁的月亮深深地嵌入茫茫大海。后句借景抒情，用"比兴"的"拟人"手法着力渲染悲剧气氛，"苍梧"指鬱洲山，据《一统志》，此山在淮安府海州朐山东北海中。古人也常把舜死后葬埋的九嶷山称苍梧，代指坟地。这里李白形容晁衡的逝世使苍梧山上的白云都带上了愁色，让人十分惋惜和悲痛！表达了诗人对友人的无限怀念之情，体现了两国人民久远的深厚友谊。

豪杰气质

真正的豪杰不在于有什么特别形貌，而是有其内在的一种非同常人的能量和心灵，显示出令人敬佩的气质——浩气。这种气，因不同的人，有的凸显的是种霸气，有的凸显的是豪气、大气，有的则凸显的是正气。晋代名医、道教领袖葛洪，在《抱朴子·广警》中有句话说得非常精彩："**千羊不能扞独虎，万雀不能抵一鹰。**"羊所以不能扞虎，雀所以不能抵鹰，缘由羊和雀自身没有虎和鹰威猛嗜血的本性。言下意，一人要为万人服，要有令人折服的领导才能，或有被大家公认的德性和吸引人的能量与震慑，显示出能纵横捭阖、执握牛耳的那种霸气。鲁迅却从另一层面解读英豪，认为英雄豪杰同食人间烟火，有着凡人一样的情愫，他在《答客诮》诗中讲："**无情未必真豪杰，怜子如何不丈夫。**(586)"其字里行间却阐释豪杰有着大度的胸怀。清代进士，诗人赵翼，他的《论诗》解释了一个道理，英雄只是那个时代的英雄，而不能永恒万古。诗曰："**江山代有才人出，各领风骚数百年。**(587)"唐代诗人曹松则告诫在战场上活下来成为英雄的人士，不应忘记自己的幸运，是由多少人的生命与鲜血垫底才出人头地。他在《己亥岁二首（其一）》中言："**凭君莫话封侯事，一将功成百骨枯。**(588)"杜甫在《锦树行》

第十二回　豪杰忠国爱民族

187

里有一诗句却让人玩味："**自古圣贤多薄命，奸雄恶少皆封侯。**（同429）"意指，历来昏君当朝时，世道艰险，多有不公，贤者不一定有好的结果，而不地道的奸人往往身居高堂。

英雄豪杰自有让人们敬佩的威严与浩气，郭沫若说："沧海横流，方显出英雄本色。"此句是用大海的气势来写英雄的豪气。林则徐的福州鼓山联语，是用大山的伟拔来写英雄形象的高大与气度："**海到天边天作岸，山登绝顶我为峰。**（589）"天是高的，横看广袤天际的大海，天是海的岸。山也是高的，谁登上它的绝顶，俯瞰群山众小，登者自身就成了群山之巅。以一腔正义，写登高望远，凸显英雄本色。唐末五代的南唐，著名画僧贯休夸赞南唐钱王的浩气，作诗《献钱尚父》："**满堂花醉三千客，一剑霜寒十四州。**（590）"说你的府堂宫殿虽有侍从宫女三千，但抵不上你一剑统辖十四州的威武霸气。其中"花醉""霜寒"的用词绝好。元代著名诗人范椁有句："**醉捧勾吴匣中剑，斫断千秋万古愁。**《王氏能远楼》（591）"诗人身为朝官，品端性直力谏腐败，关切民怨咏诗自诩，醉舞越王之剑，猛斩万古怨愁，其"醉捧""斫断"尽显出有志豪杰雲时的英姿与豪气。元末明初的诗人杨维桢以其精彩妙笔，作诗《鸿门会》，描写历史上楚汉相争时鸿门宴上精彩的一幕："**军声十万振屋瓦，拔剑当人面如赭。将军下马力排山，气卷黄河酒中泻。**（592）"描写项羽大军威如猛虎下山的阵势，形容宴会上刘邦、项羽及将军们那种力能排山的威猛豪姿，以及喝酒犹如席卷黄河的架势，颇为生动、神奇，着显其霸气和豪气。宋代名相王安石崇拜杜甫，作诗《杜甫画像》，曰"**力能排天斡九地，壮颜毅色不可求。**（593）"

从这句诗里你能感悟到杜甫诗歌的巨大威力，以及杜甫坚毅的品格和朴实的风格，显示出一身浩然正气，令人钦佩。辛弃疾才华横溢，胸有大志而颇具男子汉率直的风采，他的杰作《永遇乐·京口北固亭怀古》，表以追思三国孙权的雄才胆略，实为抱怨腐败的皇朝使他报国不能。词曰："**千古江山，英雄无觅孙仲谋处。舞榭歌台，风流总被，雨打风吹去。……想当年，金戈铁马，气吞万里如虎。**(同416)"词中描绘的孙权雄姿令人羡慕，而后指出，这一切不过是历史长河亮彩的一瞬，富有哲理，回味无穷。

☂ **咏史怀古**　看世人留下的遗迹，也不免伤感。前人的辉煌已灰飞烟灭，而现在的功成名就也不过是过眼烟云，不可能永存。

李商隐对唐玄宗人生的明灭，曾作诗《马嵬》评说："**此日六军同驻马，当时七夕笑牵牛。**(594)"嗤笑曾经恩爱如牛郎织女的真龙天子李隆基与杨贵妃，因安禄山事变杨贵妃亡魂在马嵬坡，如果没有当时的荒淫，不会有此日的宫殿成为六军角逐的沙场。

李白途经浙江会稽(今绍兴)时也作诗《越中览古》，形容曾使越王勾践辉煌的会稽，他的宫殿如今是："**宫女如花满春殿，只今惟有鹧鸪飞。**(595)"他到姑苏台（今苏州）作的另一首诗《苏台览古》，形容吴王夫差称霸的故都苏州如今的王宫也是"**只今惟有西江月，曾照吴王宫里人。**(596)"

宋代诗人胡君防到秦始皇称帝的故都咸阳，作句诗《咸阳闲望》，称如今咸阳的皇宫已成牛羊牧草的一片庄稼地："**楼台旧地牛羊满，宫殿遗基禾黍平**(597)。"

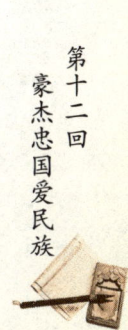

杜牧任宣州团练判官时游赏城中开元寺，作诗《题宣州开元寺水阁》，嘲讽过去辉煌的名胜而今成了野草荒丘，与天空挂着古今相同的几片残云为伴："**六朝文物草连空，天淡云闲今古同。**(598)"

被称作"**千古风流歌舞池，六朝兴废帝王州**(同167)"的古都金陵今南京，唐末五代诗人韦庄在《台城》诗中感悟："**江雨霏霏江草齐，六朝如梦鸟空啼。**(599)"清代诗人程之鵕在《抵金陵》中说他到时的金陵已是"**一片伤心金粉地，落花时节到江南。**(600)"清代进士劳之辩到金陵看到今非昔比的此景很为伤感，说的更直白："**自古盛衰如转烛，六朝兴废同棋局。**《眺玄武湖歌》(601)"意思是，朝代的盛衰兴废，若灯烛明灭，其结局都是一样。怎样的同局？正如刘禹锡在《西塞山怀古》所云："**人世几回伤往事，山形依旧枕寒流。**(602)"什么都已面目全非，不复存在，不变的是旁边的大山和流动的江河，它们阅尽了人间古往今来的一切，如同"**西湖一勺水，阅尽古来人。**(603)"

概言之，人之为己，争功名求富贵，自幼小童灵到白发终生，历经甘酸苦辣，残磨筋骨颠神，虽有成万人之上，权秉一时春秋，富揽紫殿琼楼，也终不免青烟一缕，灰骨一把，飘云雾，入土丘。而人之为人，惠及他人，自乐其中，虽不求留名，因事迹感人，却美誉长存，彪炳千秋。

第十三回
识人辨才结挚友

立志、修身，纵然有十八般武艺，也不能独打天下。唐代诗人胡皓的《大漠行》有句诗说的就是这个意思："**但得将军能百胜，不须天子筑长城。**（604）"三国的曹植在《当墙欲高行》里进一步认为，任何人的成功都离不开他人。他讲："**龙欲升天须浮云，人之仕进待中人。**（605）"龙升天还要靠浮云来托起，是人才也要有人举荐。而对于那些秉公用人的伯乐，人们常怀崇敬之情予以赞扬。唐人戎昱曾在一首诗里称赞一位上司："**举世尽嫌良马瘦，唯君不弃卧龙贫。**（同515）"

在这个复杂的人间里，人各有德、有志、有才，而德不同，志也不同。况且人心擅变，德志不同难相为谋。李白在《将进酒》中所讲的"**天生我材必有用，千金散尽还复来**（同133）"，这仅是纯粹意义上的有才必有用，而在现实里，若要干一番事业，需要用你的德品、为人和智慧赢得众人，才能推动事业取得成功。从领导者这面

■ 明 唐寅《东篱赏菊图》

讲，既须胸怀大度，又要善于识人、辨才、用才、处人、结友。但，识人是第一位的。

德品识人 识人首先是看一个人的德品，怎么才能看清一个人的德品？唐太宗李世民在《赐萧瑀》诗中讲得简洁而明确："**疾风知劲草，板荡识诚臣。**（606）"南朝名士鲍照在《代出自蓟北门行》里直言："**时危见臣节，乱世识忠臣。**（607）"唐代神童才子王勃，在其《常州刺史平原郡开国公行状》文中借物拟比，说得含蓄些："**望严雪而识寒松，观疾风而知劲草。**"清代诗人金缨说得很尖锐："**无事时埋藏着许多小人，多事时识破了许多君子。**"以上均是认为，在关键时刻，或在动荡的乱局时，可以看出人的品性与忠诚。因为在这个时候，从国家、民族、地区或一个部门、单位的层面上，可能是处在危难的关头，至少是重大利益面临风险。从个人层面上，可能是重要关切包括名誉、地位面临得失，甚至与生命攸关。那么，在这个时候对待这些问题的态度和行为最能看清一个人的真实面目，包括这个人的品质、意志和才智。

宋代的林逋在《省心录》里对此问题的认识又进了一步，他说："**不临难，不见忠臣之心；不临财，不见义士之节。**"不仅在关键的时候来观察一个人的忠诚，而且还应在财物面前，观察一个人的操守。明代的思想家吕坤也是这样认为，他提出了更为具体的观察人的方法："**观操守在利害时，观精力在饥疲时，观度量在喜怒时。**"印度的大文豪泰戈尔则认为，观察人不应看其表面，而应重其本质。他说："**你可以从外表的美丽来评论一朵花或一只蝴蝶，但你不能这样来评论一个人。**"泰戈尔是从哲学的层面提到识人问题，具有方法上的普遍意义。

🍂 辨才用人 用人不仅先要识人还要辨其才。宋代民族英雄谢枋得在《与李养吾书》文中说：**"常人皆能办大事，天亦不必产英雄。"** 意思是说，人与人有很大的差别，人的才华因人不同，能成为英雄豪杰的是很少一部分人。唐代诗人祖咏在《汝坟秋同仙州王长史翰闻百舌鸟》中曰：**"高飞凭力致，巧啭任天姿。"** (608) 鸟飞得高，全凭力气，而要有一副声妙绝美的歌喉，却是天资。其实，人的这种差别也是一样，有天生的成分，但多是因后天努力不同所致。

人的才能有差别，需要辨别，怎样来辨别？白居易在《放言五首（其三）》里说：**"试玉要烧三日满，辨材须待七年期。"** (609) 古人分别玉石的好坏，是用烧满三天的方法观其色泽是否变化来鉴别。意思是，真正辨别一个人，要有相当时期的观察。晚唐诗人韩偓在《此翁》诗中说：**"金劲任从千口铄，玉寒曾试几炉烘。唯应鬼眼兼天眼，窥见行藏信此翁。"** (610) 是说，真正的人才如真金与真玉不怕火炼，犹如火眼金睛不见到"行藏"里的真货，便不认定。当然诗人这里说的辨才还包括识人识德。

此外，对于如何辨别一个人的才能大小，法国的古典哲学家狄德罗说：**"知道事物应该是什么样，说明你是聪明人；知道事物实际上是什么样，说明你是有经验的人；知道怎样使事物变得更好，说明你是有才能的人。"** 屈原说："尺有所短，寸有所长。"人各有长，关键是你有没有肚量，敢于或善于将他们放在能发挥作用的地方。现代名人陶行知指出：**"不能用人的长处，便是自己的短处。"** 清末思想家龚自珍在《己亥杂诗》里说

第十三回 识人辨才结挚友

193

得精明："**我劝天公重抖擞，不拘一格降人才**。(611)" "不拘一格"，用现在的话讲，敢于解放思想，破除求全责备的陈腐观念，摒弃个人的好恶，大胆选拔人才。

那么，怎么去选用一个人？中国古代著名的思想家韩非子有其名言："**宰相必起于州部，猛将必发于卒伍**。"说宰相的人选，应从做过地方当政的要员中选出。武将的人选，应从带过兵打过仗的人中选出。就是说，用人，还要看他的经历和他在实践中的作为。用人还有个吸引人才问题，你想用的人，人家不一定会来。宋代的禅师普济说得中肯而美妙："**涧松千载鹤来聚，月中香桂凤凰归**。"是说，使用有才能的人，必须为他们创造能发挥其作用的环境和条件，即筑巢引凤。

🍁 **真诚待人** 用人重在选择，择后不宜常动，因待事处人是人生常态。人之交往的深浅有多种因素，但最终归于双方的真诚，哪怕有一方做不到，交往也难维系，更谈不上深入、发展。欧阳修在《春日西湖寄谢法曹韵》诗中说："**酒逢知己千杯少，话不投机半句多**。(612)"人见知己为什么易露真诚，之外又是一副面孔？人多有防卫心理，在没有发现对方对己真诚的时候，是不会把心里话掏出来。法国著名作家巴尔扎克说："**没有弄清对方的底细，决不能掏出你的心**。"汉代的范晔说："**交浅而言深者，愚也**。"这些都是有过深刻教训后的忠言。

《世道赠言》里对如何与人相处有句箴言："**宁愿惹得一人恼，不能惹得万人嫌**。"这里提出了一个为人处事的标准是：大家喜不喜欢。这个标准在多数情况下是对的，但实际中的情况，多是迎合权贵权势，不随民愿，以至于出现不讲原则，不辨是非，不分善恶的情况。还有一种情况是英国诗人普卜利利乌斯说的，不敢得罪小人是聪明人的普遍心理。他说：**"聪明人害怕敌人，无论他的敌人多么无能。"** 因为，聪明人珍惜荣誉、生命，善于保护自己，害怕树敌。而小人德性差，心胸狭小，不顾廉耻不择手段，在聪明人看来，小人惹不得。故有言道：**"得罪十个君子并不可怕，可怕的是得罪一个小人。"** 扪心自问，分清是非、爱憎分明，应是为人处事的第一标准，但真能做到确实很难。

🌂 寻觅挚友

三国时的才子曹植在《野田黄雀行》里对自己的失落如此感慨："**利剑不在掌，结友何须多。**（613）"意思是，在你没有权势或没有雄志干一番事业的时候，没有必要，也没有能力结交很多朋友以穷于应付。而要干一番事业，就要广交朋友，但也要有个选择。常言讲："**近朱者赤，近墨者黑。**""**谈笑有鸿儒，往来无白丁。**"一个人同什么样的人打交道，对他的人品、情感、能力等影响极大。

清代著名诗人袁枚在《赠吴如轩有序》中说："**钓鱼须钓海上鳌，结交须交扶风豪。**""扶风豪"概指有识仗义之士，语出李白的诗《扶风豪士歌》，其中所说的豪士有这样的气质与风采："**扶风豪士天下奇，意气相倾山可移。作人不倚将军势，饮酒岂顾尚书期。**（614）"其义气之重可移山，做人不攀权贵，率真直白，不拘小节。清代剧作家褚人获在一出戏中有句名言："**鸟随鸾凤飞腾远，人伴贤良智转高。**""鸾"，凤凰一类的鸟。西汉文学家王褒说："**附骥尾则涉千里，攀鸿翮则翔四海。**"指蝇蚊虻虫，依附于马尾可以跋涉千里，而攀附于雁翅可以翱翔四海。宋代著名思想家朱熹说：**"共君一席话，胜读十年书。"** 以上都是认为，交人要同优秀的人打交道，结朋友，人追随贤良，其德品、智慧、能力都会提高。

与贤良打交道固然重要，而与贤良成为知己朋友更重要。唐代的孟云卿在《伤怀酬故友》中说：**"坐中无知音，安得有神祥？"** 古希腊历史学家希罗多德说："世界上没有比一个既真诚又聪明的朋友更可宝贵了。"爱因斯坦说："世间最美好的东西，莫过于有几个头脑和心地都很正直的严正的朋友。"

何为朋友与知己？志同道合是为朋友，而知己首先应是朋友，是自己完全可以信赖的朋友。有言道："女为悦己者容，士为知己者死。"朋友是安全的港湾，知己是舒适的海滩。有了这样的朋友，你会终身受益。而能得到知己是一件不容易的事。唐代名士齐己在《谢人寄新诗集》中说：**"千篇著述诚难得，一字知音不易求。"**（615）曹雪芹说得更难：**"万两黄金容易得，知心一个也难求。"**（616）唐代诗人李咸用在《论交》一诗里说：**"易得笑言友，难逢终始人。"**（617）他在另一首诗《古意论交》中讲得更为深切：**"择友如淘金，沙尽不得宝。结交如干银，产竭不成道。我生四十年，相识苦草草。多为势利朋，少有岁寒操。通财能几何，闻善宁相告。茫然同夜行，中路自不保。"**（618）意思说，择友如淘金，淘尽了沙子，也不见得能见到金子。结交朋友如同挖银子，银子挖尽了，也就分道扬镳了。回想这么多年，在结交上是太草率了，结交的多是一些见风使舵的势利人，能与自己同甘共苦的朋友真是太少了。缘由在于，真正的朋友是付出而不在于索取，是双方要用始终的真诚才能维系，而能做到这般，实在不易。宋代著名词人晏几道在《采桑子》词中说："**齐斗堆金，难买丹诚一寸真**。(619)"孔子讲："与朋友交，言而有信。"友情的幼苗本自根生在忠诚的沃土上，对友情唯一的考验，当是长久不变的真诚。

唐肃宗时曾为御史大夫和节度使的诗人贺兰进明认为，如果因为仕途的沉浮，而交情也随之疏或近，不是真正的朋友。他在《行路难五首（其五）》中云："**人生结交在终始，莫为升沉中路分**。(620)"清代的袁枚则进一步认为，如果在结交上分贵贱，也很难成为真正的朋友，他甚至认为，穷朋友或许在你危难时能帮助你，更容易建立牢固而深厚的友情："**知己哪须分贵贱，穷途容易感心情**。《别常宁》(621)"

物以类聚，人以群分。不同素质的人有不同的朋友圈子。但不论什么类型的朋友，他们能走到一块，在感情上是易沟通，而在事业上也是相互支持，甚至是讲义气的。李白在《江夏赠韦南陵冰》诗中说："**我且为君槌碎黄鹤楼，君亦为吾倒却鹦鹉洲**。(622)"此语极尽洒脱地描绘出，朋友之间普遍存在的一种义气相和、仗义无私的情况。唐初四杰的王勃，他的《杜少府之任蜀州》诗里有句千古名言："**海内存知己，天涯若比邻**。(623)"是说好朋友即便离自己很远，但心心相印，好像就在眼前。李商隐也有名句："**身无彩凤双飞翼，心有灵犀一点通**。《无题》(624)"此句本意是指有情人之间相距很远，虽没有飞翅随时相聚，但有着心照不宣的一致性。这句诗用于朋友知己之间也是十分贴切的。朋友间可能不常见，但也需用特别的情感方式时常来呵护，以增其友谊。南北朝诗人陆凯自江南寄梅给长安好友范晔即是一个典例，诗曰："**折花逢驿使，寄与陇头人。江南无所有，聊赠一枝春。**《赠范晔》(＊810)"千里折梅寄友人，物虽轻，情厚重，饱含了无限的情谊，对真挚的朋友来讲最是看重。"一枝春"，语妙新颖，极显诗言之美。明代的施耐庵认为朋友是有缘分的，其缘分可能是因为朋友间有着天然相通的情愫。他说："**无缘对面不相逢，有缘千里来相会。**"白居易的《琵琶行》里有："**同是天涯沦落人，相逢何必曾相识。**(625)"意思是，有同样遭遇的人，即便不曾相识，感情易沟通，也易结为朋友。

在交通与信息不发达的古代，朋友分别或相逢最令人动情。李白在《赠汪伦》诗里认为，与朋友分别时的感情最为深厚："**桃花潭水深千尺，不及汪伦送我情。**(626)"作者用水的深度咏物寄情妙似衡器、量尺一般，能使精神类的情愫分出了轻重、厚薄和远近。他在《金陵酒肆留别》中的"**请君试问东流水，别意与之谁短长**(＊811)"是用滚滚不绝的长江水的长度，来比作与友人的深厚友情，也有倾吐送别时真挚情感之妙。唐代杰出诗人刘长卿送别朋友有句诗也是借物抒情："**江春不肯留归客，草色青青送马蹄。**(627)"假借江春不肯留客，委婉地表达朋友执意要走，又喻友人骑着马在草地上远去的情景，似是春草也同自己一样送别友人，把别意表达得悠长而曲折。朋友相别，情感难舍难分，是离别时的动情，而久别的朋友相逢，则是惊喜中的激动。元代的萨都刺在《雁门集·留别同年索士岩经历》里这样描述挚友在异地相逢时的感受："**人生所贵在知己，四海相逢骨肉亲。**(628)"一逢一别，同是动情，但感受不同，前是惊喜骨肉亲，后是情别骨肉痛。

第十四回
机遇人生时光短

经历不同的人生阶段或经历状态不同的过程时，会感到时间有时快有时慢。譬如在艰难困苦的日子里，就有度日如年的感觉。在我们期盼某种结果肯定很快发生时，会感到时间过得很慢。而在幸福的时刻，或在既定的时间里完成某件事比较紧促的情况下，又感到时间过得太快。譬如在未做完考卷，而迫近结束的一刻钟左右，你会感到时分如读秒之快，并且越来越快。通常认为，人们对时间的这种感觉是主观的感受，而时间总是恒定不变的。但伟大的现代物理学家爱因斯坦的相对论则证明，在不同的空间运动状态下，时间可能是不同的，可变的。譬如在运动的速度接近光速时，时间会缩短，空间也发生变化。有位青年大惑不解去问爱因斯坦，他幽默地作了这样的回答，这与你同女朋友谈恋爱时，会感觉时间过得很快是一个相似的道理。

人生不过百年，

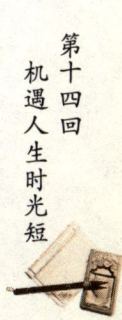

■ 宋　马远《山径春行图》

人们都将走到终点而到另一个世界，时光荏苒，越是迫近这一终点，越是感到岁月易逝，人生太短。

人生苦短 论及人生短暂是诗人们最多的话题，苏轼的千古名篇《前赤壁赋》对哀叹人生之短有段绝佳的描述：" **哀吾生之须臾，羡长江之无穷；挟飞仙以遨游，抱明月而长终。** ""须臾"即短暂，瞬间之意。人生是多么短暂，而作者是多么想流连，希望生命能像长江一样常流无穷，诗人甚至奇想抱住明月以乞求长生。一代豪杰曹操对人生之短，感触良多。一次，他边喝着酒，边唱着歌，喟然慨叹：人生能有多久呢？就好比早晨的露水，一会儿就干了，而过去的苦日子又实在太多，往后的日子怎么度过，能不忧愁吗？这就是《短歌行》中的一段："**对酒当歌，人生几何？譬如朝露，去日苦多。**（同246）"他的儿子曹植在《赠白马王彪》诗里也有同样感慨："**人生处一世，去若朝露晞。**（同501）"

诗人哀叹人生大都不那么直白，善用拟人或比拟的手法委婉而诙谐地表达。宋代著名词人蒋捷在名作《一剪梅·舟过吴江》中云："**流光容易把人抛。红了樱桃。绿了芭蕉。**（629）"这里时光被拟人化，它主宰着人生，用樱桃的红，芭蕉的绿，形容人生的变幻，甚是美妙。柳永的《梁州令》词，以物比人："**月不长圆，春色易为老。**（630）"意思是说，天上的月亮都不能长圆，春色挥手即去，何况人能不老吗？苏轼作诗感慨人生："**人似秋鸿来有信，事如春梦了无痕。**《与潘郭二生同游忆去岁旧连》（631）"说人来有信，是讲人们做事的过程，像大雁飞行一程程虽是艰难，但时段清晰，很明了。事了无痕，是说事做了，像春天的梦，很快就淡出了人们的视线。人生的历程就像一件一件的事，了无痕迹地过去了。

该句诗微妙地表达了人生如烟很快走完这样的哲理。苏轼在另一首诗中对人生也表达了这种观点："**人生到处知何似？应似飞鸿踏雪泥。**《和子由渑池怀旧》（*835）"说人生与事，如鸿雁在雪地中留下的痕迹，会很快消失。

更多的诗人善用白发形容老已将至和人生的苍白。杜牧在《送友人》诗中说："**青春留不住，白发自然生。**（632）"人的青春是无法留住的，老去是个必然。他在《送隐者一绝》中说："**公道世间惟白发，贵人头上不曾饶。**（633）"谁都会老，这是世间惟一的公道，即使王侯将相它也不会例外。诗句中的"惟"字与"饶"字用得极好。白居易妙语《戏答诸少年》："**朱颜今日虽欺我，白发他时不放君。**（634）"说，你们不要戏笑我今天老了，往后你们哪一个也逃不脱同我一样的结局。"欺"和"放"两字也用得好，使整个诗句显得诙谐而风趣。宋代诗人赵师侠在《鹧鸪天》一词里说："**春风解绿江南树，不与人间染白须。**（635）"他埋怨时光不把青春的绿色给人们，而给的是让人老去的白色。该词句中的"解绿"两字用得极为通活。唐代有几位诗人对这方面的描写也很出色。如刘希夷的《代悲白头翁》："**年年岁岁花相似，岁岁年年人不同。……宛转蛾眉能几时，须臾鹤发乱如丝。**（636）"又在另首诗中云："试看春残花渐落,便是红颜老死时。"形容人的青春风华过不了多久，之后都将是满首白发凌乱的老者。犹如残春将尽，花儿凋零一般。司空曙的《喜外弟卢纶见宿》里有："**雨中黄叶树，灯下白头人。**（637）"人年复一年如同大自然的树叶一样，叶黄时，人的头发也在逐渐增白。罗隐在《水边偶题》里云："**只知事逐眼前去，不觉老从头上**

来。（638）"该诗句对时光的流去，人生的短暂，写得自然流畅，而情理必然，其中的"逐"字用得极佳。晚唐诗人薛能在《春日使府寓怀二首》中妙白："**青春背我堂堂去，白发欺人故故生。**（639）"青春头也不回，像位傲慢的主人，背着手，离我而去，白发却纠缠着我，像个无赖，执意要在我的头上生出。

有的诗人写时光易逝，不是哀叹人生，而是感悟中有提醒，催人奋发。如关汉卿在《窦娥冤》中说青春年少："**花有重开日，人无再少年。**"人生不像花儿有重开之日，惟有一生而不可逆，黄金少年时代尤显珍贵。元代的戏剧作家高明的《琵琶记·中相教女》里有句"**光阴似箭催人老，日月如梭趱少年**"。此句妙在用"箭"和"梭"对时光的比喻，而美在"催""趱"二字，将时光的流逝和人生的短暂巧妙地融合，产生了催人奋进的紧迫感。宋代著名史学家司马光的诗《感怀》也有美句："**岁华过目疾飞鸟，壮士如何不着鞭。**（640）"此句妙在"疾""着"二字，给人以警示，使人幡然悔悟。"疾"字尤为醒目灵动。南朝诗人何逊在诗中坦言："**少壮轻年月，迟暮惜光辉。**《赠诸旧友》（*807）"此语道出了那些荒废青春岁月的人的悔恨心理，特别珍惜暮年时光而努力。冯梦龙则在《警世通言》里嘲讽这些人，年少时不努力，而在暮年去折腾是可笑的："**百年光景无多日，昼夜追欢还是迟。**"此句"追欢"一词用得诙谐而机妙。

🌂 **把握机遇**　　时间是个难于捉摸的情怪，谁对它越吝啬，它对谁越慷慨。其实也并不怪，谁珍惜时间，节约时间，自然会得到更多的时间，反之亦然。莎士比亚说："**在时间的大钟上，只有两个字，——现在。**"现在就是从今天做起，当下做起。

李大钊在《今》一文中有段对时间的精彩描写："无限的'过去'都以'现在'为归宿，无限的'未来'都以'现在'为渊源。……一掣现在的铃，无限的过去未来皆遥相呼应。"这段话将过去与未来统一到现在，过去的归宿是现在，现在又是未来的渊源，抓住现在就是继承了过去，迎接美好的未来。英国诗人布莱克也说得美妙，"一粒沙里见世界，一朵花里见天国；手掌里盛住无限，一刹那便是永劫。"他认为，若能将无限的空间与时间收缩于自己的巴掌之中，关键在于能把握住现在。因其无数个瞬间都须经历现在，所以，把握住现在，也就把握住了瞬间。把握住了无数个瞬间，便把握住人生的无限，而人生的瞬间都将固化为人生历程中不可逆转的永恒——过去。也有诗云："君掌盛无边，刹那含永劫。"永劫，佛教用语，是指不可追回并已固化的逝去。刹那也是佛教用语，一刹那为一念，二十念为一瞬，二十瞬为一弹指，二十弹指为一罗预，二十罗预为一须臾。

　　珍惜人生不仅是珍惜时间，关键是把握住机遇。李白曾在《陈情赠友人》中说："**英豪未豹变，自古多艰辛**。（641）"意思是说，即便是豪杰，如果错过了时机，或者在关键时抓不住时机，来个华丽转身，闪亮登场，那么，这辈子恐是"**龙游浅水遭虾戏，虎落平阳被犬欺**"。唐代诗人罗隐也如是说："**时来天地皆同力，运去英雄不自由**。《筹笔驿》（642）"什么事情不是想做便能成的，即便是英雄豪杰，条件不成熟，也是英雄无用武之地。一切以时间、地点、条件为转移，只有这些条件具备了，时机也就来了。这一点与杰出的物理学家居里夫人说的"弱者等待时机，强者创造机会"并不矛盾。《三国志·周瑜传》中有句描写刘

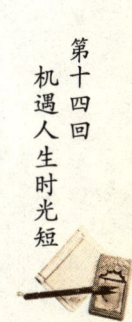

第十四回　机遇人生时光短

203

备要见孙权，周瑜上书孙权说刘备其人："**恐蛟龙得云雨，终非池中物也。**"周瑜的这句话是说，像刘备这样的人，是蛟龙而不是池中的鱼类，一遇机会，便会飞腾冲天叱咤风云，不能不防。周瑜防刘备不给他机会，也说明，时机对有才能的人是多么的重要。一代才子唐朝的李贺在《马诗》中有佳句："**一朝沟陇出，看取拂云飞。**（643）"说的也是有才能的人若能把握住机遇，施展才华，如同卧居在沟陇中的神马，一有机会将驾云腾飞。陆游在《九月一日夜读诗稿有感走笔作歌》中讲："**天机云锦用在我，剪裁妙处非刀尺。**（同541）"说的也是干一番事业，不能仅依书本上的清规戒律，全凭把握机遇，灵活应变。著名诗人杜牧在《赤壁》诗里举例说明机遇对人生的重要，他说："**东风不与周郎便，铜雀春深锁二乔。**（644）"倘若东风不来，周瑜怎么能火烧曹营八十万大军而大获全胜呢？如若不胜，想必东吴美人大乔（孙策夫人）和小乔（周瑜夫人），可能就被曹操锁入在邺都（今河北临漳县）建造的铜雀台中了。

而"机会总是在你怨天尤人时悄然从你身边溜走"，但"机会总是和有准备的人相遇"。在人生的路上，如果不能把握机遇，正如南宋诗人姜夔名言："**君若到时秋已半，西风门巷柳萧萧。**《送范仲讷往合肥三首》（645）"甚至出现《名贤集》所说"临崖勒马收缰晚，船到江中补漏迟"的情况，由来悔恨终生。

🌂 **人生箴言** 人的一生，喜怒哀乐，感悟颇多，很难做到像泰戈尔《飞鸟集》上讲的一帆风顺："**使生如夏花之绚烂，死如秋叶之静美。**"但仁人志士对人生的感悟，言简意赅，常被人们用来作为激励人生的箴言。

大文学家苏轼一生坎坷，但他谈起人生是那样的洒脱而坦然。他在著名的《水调歌头》词里有这样一句横贯古今的名言："**人有悲欢离合，月有阴晴圆缺，此事古难全。**（同106）"其实，人生本来就是一出戏，恩恩怨怨又何必太在意。现代著名文学家鲁迅在《题三义塔》诗里有处名句："**度尽劫波兄弟在，相逢一笑泯恩仇。**（*817）"。且不论此诗所涉及的政治与人文的历史背景，仅就词意，这句诗绝妙地表达出有着冤仇隔阂的人们在共历灾难的洗礼后，其新的情感往往会使过去的怨仇在相逢一笑中化为乌有。展释其义还隐有这样一层意思，在前途未卜的人生路上，凡有志于成功的志者，须有宽容大度的品格，即便遇到"仇人"，也应做到"如烟往事俱忘却"，以笑容迎之。这里还应铭记美国学者萨姆·雷伯特的一席箴言："**若想事成便善于人同。**"其中蕴含的哲理会给你的人生新的启迪。

高尔基说过："**一个人的价值，决定于他对生活力量的抵抗。**"人活世间要靠自己的努力过上体面的生活实属不易，面对生活的种种困难、压力尽可不屈不挠，而真要破除，须有著名京剧演员盖叫天所说的："欲做世上奇男子，须备人间未有功。"这般功夫不是一朝一夕能获得，如汉乐府《长歌行》上所讲："**少壮不努力，老大徒伤悲。**"

人来世间最恼心的莫过于功名富贵的萦绕。清朝康熙年间，发生了一件事：当朝宰相张英的老家在安徽桐城县，张家人与邻居叶秀才为了墙基争地界打官司并写信禀告了北京的张英，不久张英回信，信中只有四句诗："**千里修书只为墙，让他三尺又何妨。长城万里今犹在，不见当年秦始皇。**"信虽短，但理透人心，纠葛一下子就化解了。杜牧有诗云："**繁华事散逐香尘，流水无情草自春。**《金谷园》（646）"荣华富贵不过是过眼烟云，如同花儿都会变成尘土。而大自然和人间的万事万物都按照其内在的规律延续着。他在《怀紫阁山》诗上又说："**百年不肯疏荣辱，双鬓终应老是非。**（647）"在功名富贵这些事上如果掰不开，放不下，一辈子都会陷入是非纷扰、荣辱难解的泥潭中而不能自拔。而对待名誉是非这类事，冯梦龙的《警世通言》中有句忠言："**毁誉从来不可听，是非终究自分明。**"

人生短暂，人们想尽各种办法来延长寿命，其实最好的办法就是勤劳节俭。勤劳可锻炼筋骨，节俭是生活有度，既可保护脏器损劳，也可磨练人的意志。德国诗人毕尔格说："**生活有度，人生添寿。**"过去的皇帝十有八九是短命，都是因为荒淫无度。唐代诗人李山甫在《上元怀古》中有言："**南朝天子爱风流，尽守江山不到头。**（648）"生活无度，必然短寿，其中的缘由，西汉辞赋家枚乘说得好："**皓齿娥眉，是伐性之斧，甘脆肥醲，是腐肠之药。**"

人生虽短，既不能一味贪图享受而丧失品格，也不能用自暴自弃的方式以绝红尘，更不能毫无自信去苟且偷生。明代僧人释德清大师的《醒世歌》是篇开人心窍，情调衷肠，语风颇为流畅的好诗。这里选用一段与读者共勉："**红尘白浪两茫茫，忍辱柔和是妙方。到处随缘延岁月，终身安分度时光。休将自己心田昧，莫把他人过失扬。谨慎应酬无懊恼，耐烦作事好商量。从来硬弩弦先断，每见钢刀口易伤。惹祸只因搬口舌，招愆多为狠心肠。是非不必争人我，彼此何须论短长。世事由来多缺陷，幻躯**

焉得免无常。吃些亏处原无碍，退让三分也不妨。……生前枉费心千万，死后空留手一双。……(649)"

世上的事，也会因看问题的角度不同，得出不同的结论。其实，稍稍转换一下角度，事情的全貌和问题的是与非会看得更清楚。苏轼的七绝《题西林壁》有句名言："**不识庐山真面目，只缘身在此山中。**(650)"人在山中，自然看不到全貌，也如盲人摸象，以偏概全。还有一种类似的情况是灯下黑，杜牧形容是："**睫在眼前长不见，道非身外更何求。**《登池州九峰楼寄张祜》(651)"这里，杜牧是嘲讽一些人，做事不能脚踏实地，总是好高骛远，舍近求远，就像眼睫毛，长在眼前却看不见。这不仅是个看问题的角度问题，也是成就事业的基本方式和方法。

人生要有目标，但人生是个过程，是追求目标的过程。有的人执意追求目标，也能纵横捭阖，叱咤风云，而目标一旦未达到，就万念俱灰，怨天尤人，项羽是也。而有的人，追求目标是要享受人生亲历的过程。如同泰戈尔有句名言所讲："**天上未留痕迹，但鸟儿已飞过。**"这样的人胸怀豁达，能经受住人生所遇的酸甜苦辣，始终能保持积极向前而健康的心态，司马迁、苏轼是这样的人。还有的人，更能放开一步，无论在什么条件下，总能想法适应，并积极进取，独创性地开展工作。这样的人把辛勤的劳动创造当做人生的最大享受，因而把自己的全部精力贯注于自己的事业。大凡各行各业卓有成就且内心纯洁的人，都是这样的人。马克思曾用另类方式来叙述这类人如此全神贯注地投入到为之奋斗的事业中："**只有从安静中才能产生伟大壮丽的事业。安静是唯一生长出成熟果实的土壤。**"你从这段话或许能感悟到诸葛亮给儿子留言"淡泊明志，宁静致远"的深邃哲理。

格言学者张翔鹰、张翔麟，用帆船、蜡烛和秤砣寓意人生的警句，也颇有哲思，耐人寻味："人生，是一艘帆船，惟有扬起信念的风帆才能破浪前进。""人生就如一支点燃的蜡烛，要是站不正必然泪多命短。""秤砣虽小却能压千斤，因为它选择了自己恰当的位置。"

■ 清　王承霈《群仙集祝图》

第十五回
世间烟火多伤情

人在世间有两种身份,既作为事业人,在社会职业结构的特定位置上,要同官府衙门、社会百业的人打交道,又作为普通凡人,依他出世成长的社会关系、生活环境、条件,要同人世间范围大体确定的各类人打交道,结成特定的乡情、友情、亲情、恋情等等。这些情感随时随地因事自然发生着喜怒哀乐、悲欢离合,形成了苍茫浩渺的人间烟火。并且人的这两种身份,浑然统一,互为依存,相互影响,更使红尘滚滚的人间复杂无常,扑朔迷离。诗词本是情感物,世间烟火牵动着诗人们的神经,通过他们的妙笔,写出了极为动人的华章。

极度伤感

杜甫是伟大的现实主义诗人,尤其对人间悲苦的描述,可谓是惊天地泣鬼神。他曾在一首诗里通过自己的亲历,这样来深刻总结人生之路的艰难:"**三年奔走空皮骨,信有人间行路难。**(同384)"安史之乱,唐朝衰落,民众陷入水深火热的战乱之中。他远道回

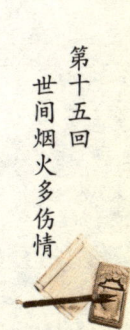

■ 明 唐寅《东篱赏菊图》

209

归久别的家乡，被家人、父老乡亲的真挚深情所感动，写成组诗《羌村三首》，是讴歌亲情、乡情的杰作。诗中曰："**柴门鸟雀噪，归客千里至。妻孥怪我在，惊定还拭泪。……邻人满墙头，感叹亦歔欷。**（652）"其中对妻子见他回来的惊异，而似是又疑的神态描写得极为真切而传神，夫妻的这种动人的情感极具感染力，使围满的邻人为之动情。诗中续曰："**请为父老歌，艰难愧深情。歌罢仰天叹，四座泪纵横。**"父老乡亲们提携着礼物到家里看他，围坐在一起，问寒嘘暖。杜甫情不自禁地唱起了悲伤的歌，奔涌的情感充满了泪眼，他抬起头克制眼泪落下，而不能自支唏嘘着，霎时间四座的乡亲跟着悲咽泪噙。诗中的"仰天叹""泪纵横"用词极佳，真切地表述了人与人之间情感的传染，是为神笔。

他的长诗《兵车行》中有句："**爷娘妻子走相送，尘埃不见咸阳桥。牵衣顿足拦道哭，哭声直上干云霄。**（同180）"这段描写亲人送别的诗。从字里行间所饱蘸的血泪亲情，能使人感悟到战乱时下，亲人送别去战场的那种生死离别、悲痛欲绝场面的凄惨。杜甫还有首诗是为遭贬的好友远路送别写的。诗曰："**便与先生成永诀，九重泉路尽交期。**《送郑十八虔贬台州司户》（653）"意思是，这一别，将是永别，再见面你我将是在九泉之下的路尽头，见此语者，能不伤感吗？作者把他们的生死连在了一起，凸现了他们之间的深厚友情。

国君亡国，或才俊仕途不顺，也会产生极度的伤感。五代十国时南唐国君李煜为阶下囚时，忍受宋太宗赵光义夺妃，倍受胯下之辱，含恨追思写出《渔夫》一词，在这个时候他才真正羡慕桃花园里的春天之美，感慨宁做一位平民而无悔："**浪花有意**

千里雪，桃李无言一队春。一壶酒，一竿身，快活如侬有几人？（654）"李煜是描写伤感诗的大家，这与他的江山被宋所灭，过着被囚禁的屈辱生活，与以前享尽人间的荣华富贵有着天壤之别，从而激发了他无限的忧伤有关。试看他在《虞美人》这首著名词里的这句："**问君能有几多愁，恰似一江春水向东流。**（655）"作者把自己的愁闷比作滔滔不断的一江春水，可谓是伤感之极，妙言虽出，也为他之后引来杀身之祸。苏东坡这位中国古代诗坛的卓越大家，他既反对王安石激进的改革措施，也不赞成司马光尽废新法的做法，且坚持秉性，因而在新旧两派间均受排斥，仕途生涯十分坎坷。特别是他因诗被人构陷诬告的乌台诗案，被捕入狱，幸亏多方营救才保住了性命。这件事对苏轼打击颇大，他极度感伤于自己大半生的仕途，在给小儿苏遁过满月时作了一首诗《洗儿戏作》，就表达了新的处世态度——无灾、健康、平安是人生最大的幸福，诗曰："**人皆养子望聪明，我被聪明误一生。惟愿孩儿愚且鲁，无灾无难到公卿。**（656）"

还有一种极度的伤感是表现在灾祸的来临。苏轼在《吴中田妇叹》中有句："**眼枯泪尽雨不尽，忍见黄穗卧青泥。**（657）"描写稻谷将成熟的时节，一场大雨瓢泼洒下，稻谷卧倒浸泡在烂泥之中。农妇看到此景，为一年的辛劳和往后的日子而悲伤之极，眼泪都哭干了，雨还在下，诗中描写出的此景此情，表明这场雨给农民造成的损失相当惨重。

☂ **孤独忧愁** 人怕的是孤独，孤独总是因种种缘由与忧愁连在一块，而忧愁不愿向人诉说，也总与孤独为伴。忧愁是游弋在心灵中的野鬼，不有便罢，有了，除非与它有勾连的某个事儿

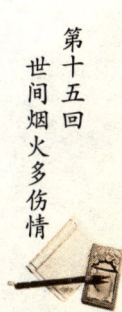

得以完结，否则一下很难消除。李白对忧愁的顽固有句很好的比喻："**抽刀断水水更流，举杯消愁愁更愁**。《宣州谢朓楼饯别校书叔云》（同495）"其意述说了忧愁的一个特性，人越是想消除它，它的反抗力越大，心病要用心药除，用类似武力的方式去对付忧愁是无效的。关于忧愁的危害，唐代著名诗人孟郊的诗《偶作》里说："**情忧不在多，一夕能伤神**。(658)"一个夜晚的忧愁就能挫伤人的元气，说明精神、心态这类东西，对人的身心健康有着巨大的影响。

　　官场失意又深处冷落的环境，会直接生出孤独与忧愁这对孪生兄弟。曾为南宋大臣的李弥逊，因反对秦桧的议和遭贬，后归隐福建连江西山。他在《春日即事》诗有句描写此时归隐的生活，颇有空寂落寞之感："**车尘不到张罗地，宿鸟声中自掩门**。(659)""张罗地"指门可罗雀，与外界隔绝的冷落居所。居住在这里，日复一日到傍晚，听到宿鸟归巢的叽叫声时，不由地形成了"自掩门"的习惯，每次掩门意味过去了一天。清代诗人朱草衣也是不得志，穷困一生，曾作诗《由灵谷寺经孝陵》，其中有名句："**秋草人锄荒苑地，夕阳僧打破楼钟**。(660)"诉说自己住在寺庙里，过着白天在荒地锄草，日落回寺打钟的凄凉生活。

　　孤独与忧愁的产生更多是在夫妻分居两地生活的战乱年代。李白在《春怨》诗里对战乱时期，丈夫被征去打仗，女人独守空房的悲哀作了绝佳的描述，诗曰："**落月低轩窥烛尽，飞花入户笑床空**。(661)"夜已深，月亮透过窗台看到房里的蜡烛已燃尽，凋谢的花瓣飘飞入户，看到妇人独守空房的姿状而嗤笑。该诗句用拟人的手法，用月亮"窥"、飞花"笑"来委婉地表达妇人思念丈夫内心的忧愁苦楚，是为绝妙。

南朝诗人，曾任尚书令的江总，他的《闺怨》诗有句："**屏风有意障明月，灯火无情照独眠。**(662)"此句工整的对仗描述灯光下空守独眠的妇人，那副孤苦无顾的可怜相颇为真实感人。晋代的魏文帝曹丕，他的《燕歌行》中的这句"**贱妾茕茕守空房，忧来思君不敢忘，不觉泪下沾衣裳**(663)"通过空守的环境来渲染少妇的孤独，用直白的手法描述主人公因孤独产生的极度伤心的情感与姿容，极为真切自然。白居易的《长相思》则以流畅的语言，和谐的音律，表现了孤独女人的复杂感情。词曰："**思悠悠，恨悠悠，恨到归时方始休，月明人倚楼。**(664)"用两个"悠悠"的连接，增添了愁思的绵长。流泻的月光，照在忧愁倚墙的主人公身上的一幕，烘托出哀怨忧伤的气氛。

元代杰出诗人萨都剌的《四时宫词》，对宫中王妃或贵妇人的郁闷生活作了精彩的描写："**御沟涨暖绿潺潺，风细时闻响佩环。芳草宫门金锁闭，柳花帘幕玉钩闲。梦回绣枕听黄鸟，困倚雕阑看白鹇。落尽海棠天不管，修眉渐恨锁春山。**(665)"这里，宫中的那种奢侈豪华所显示的外表的华丽，同贵妇人内心的空虚形成了强烈的对比，揭示了宫中贵妇人的表面虚荣和内心的哀愁与苍白，以及她们与一般人一样有着追求真正幸福的另一面。

情人间离别中的相思与夫妻的思念不同，它总是与幻想和美妙的遐思即憧憬结合在一起，是快乐中的忧愁，幸福中的烦恼。李商隐的《代赠二首》有其名句："**芭蕉不展丁香结，同向春风各自愁。**(666)"丁香花，小小的花蕾呈十字结状，宛如衣襟上的盘花扣称作丁香结。这里用芭蕉喻情人，丁香喻女子自己，以"芭蕉不展""丁香结"比作两人的"愁结"或"情结"之状。

第十五回　世间烟火多伤情

两人在异地，都为不能相见而愁苦，犹如春风吹拂还展不开的芭蕉和丁香花结一样。构思巧妙，比喻形象，入情入理。

南宋女词人李清照被后人称作"不徒俯视巾帼，直欲压倒须眉"的婉约词大家。她与丈夫赵明诚感情甚笃，因战乱分居两地，其刻骨铭心的挚爱，使她神倒魂颠，她在《醉花阴》词里是这样描写自己的孤愁："**莫道不消魂，帘卷西风，人比黄花瘦。**（同339）"这种愁与日俱增，有多少呢？她在《武陵春》词里说："**只恐双溪舴艋舟，载不动，许多愁。**（667）"将虚无缥缈的愁凝聚为形象、具体而有重量的物，真是奇思妙想。最值得一提的是她的《声声慢》一词。靖康二年夏五月（公元一一二七年），宋徽宗、钦宗二帝被俘，北宋亡。建炎三年八月（公元一一二九年），丈夫赵明诚因病去世葬后，她随流亡中的朝廷由建康（今南京）到浙东，历经国破、夫死、家亡，颠沛流离、孤苦伶仃的不幸遭遇凝集心头，蘸着血泪写下了这首千古绝唱。词曰："**寻寻觅觅，冷冷清清，凄凄惨惨戚戚。乍暖还寒时节，最难将息。三杯两盏淡酒，怎敌他、晚来风急！雁过也，正伤心，却是旧时相识。满地黄花堆积，憔悴损，如今有谁堪摘？守着窗儿，独自怎生得黑！梧桐更兼细雨，到黄昏、点点滴滴。这次第，怎一个、愁字了得？**（668）"全词以残秋为背景，纯用白描，层层铺写，满纸呜咽，以表现作者离乱的苦楚和劫后余生的悲哀，被词家评为"千古创格、绝世奇文"。该词在声调上特别讲究，用了不少迭字、双声字和迭韵字词。如寻寻觅觅，冷冷清清，凄凄惨惨戚戚，点点滴滴，是迭字；将息，伤心，黄花，憔悴，黄昏等，是双声字；冷清，暖还寒，盏淡，得黑，都是迭韵词。将词的音乐之美，发挥得淋漓尽致。尤其是末了几句，"梧桐更兼细雨，到黄昏、点点滴滴。这次第，怎一个、愁字了得！"用双声交加重迭，意境交融递进，最后用一个愁字结尾，读来明白如话，如泣如诉，听来音声凄美，无限忧伤迸发，使抒情达到了高潮。

☂ **梦中愁絮** 梦是现实生活的仿照，情托于梦，梦中有喜也有愁，有挥戈劲斗的场面，也有柔情丝雨的风情。论行伍，陆游有其名句："**夜阑卧听风吹雨，铁马冰河入梦来。**（同213）"夜深了，他躺在床上听着那寒风伴杂着雨声进入了梦乡，梦见自己披甲执锐骑着战马，跨过冰凌的冻河，驰骋在北方疆场。"铁马冰河"是为神笔，其梦境威武之壮令人敬慕。论风情，宋代著名词人秦观对梦与愁的描写也很美妙。他在《浣溪沙》词里有句："**自在飞花轻似梦，无边丝雨细如愁。**（同284）"用梦比喻舞动的飞花，体现飞花的轻盈。用细雨的密麻喻愁，着显愁多丝乱。此语以飞花、丝雨这一实景作比拟，想象出梦牵着愁，轻盈飞绕，越绕越乱越乱、越多的梦境。

唐代诗人韩溉的诗《水》用江河湖泊上的烟雾喻愁，颇能表达岁月的古老和世间的沧桑。其曰："**潇湘月浸千年色，梦泽烟含万古愁。**（同402）"出句用月照潇湘的朦胧，形容古艮的岁月，对句用云梦泽湖上波顷万里的烟雾状，形容人间的万古忧愁。这样的表达易勾起人的遐想和凝思。王安石对梦与愁也有绝佳的描写，他在《葛溪驿》诗里这样说："**病身最觉风霜早，归梦不知山水长。**（同669）"意思是，人在病中虚弱的身体最易感觉到风霜的早来，而人沦落江湖，又在病中，愁苦居多最是想家，常随梦轻易地回到遥远的家乡，醒后便觉身还在原处，感叹家乡太遥远，而梦幻不知这山高水长。唐代诗人徐凝在一首诗中也是感叹梦与现实的不同："**觉后始知身是梦，更闻寒雨滴芭蕉。**《宿冽上人房》（670）"一觉醒来，看到寒雨滴蕉的冷酷情景，方觉是作了一场黄粱美梦。还有的诗人，用人已亡而梦里见着他的情景，来哀叹和怀念已故的英灵。唐代的陈陶在《陇西行》诗里有句"**可怜无定河边骨，犹是春闺梦里人**（同584）"。远在边塞的亲人早已战死，而家里的人不知，还在梦里想着他。这样的描写更突出了现实的悲惨。

情怀故乡 一个人有他的国属，也有他的族属，而他出生成长的地方便是故乡，是为根土，故土。故乡，尤其对具有悠久历史文化传统的民族的每一个人，是永远难以割舍的爱。因为她们的躯体，血液，口味，声音，乃至灵魂，始终散发着故土的气息。正如欧阳修说："**人情重怀土，飞鸟思故乡。**《送慧勤归余杭》（671）"诗人王维在《九月九日忆山东兄弟》诗里有句名言："**独在异乡为异客，每逢佳节倍思亲。**（672）"是说人们的思乡之情，尤在时逢佳节时最为强烈。明代著名戏剧家汤显祖的诗里有一句对期盼节日回乡之情写得极为深切而真实："**多少离怀起清夜，人间重望一回圆。**《闽中秋》（673）"是说，人们盼望中秋这一天的到来能回家团圆，不知有多少个难眠之夜不由的起来思念。"一回圆"此语双关，既指中秋的月圆，也指这天全家团圆。唐代诗人高适在《除夜作》中说："**故乡今夜思千里，霜鬓明朝又一年。**（674）"都在这一天，故乡的人思念着漂泊的游子，而游子感叹自己白发苍鬓，一年年在老去，还不能回到故乡，其情思抒发得尤为深挚而含蕴。杜甫在《大麦行》一诗里形容他此时的心情是"**安得如鸟有羽翅，托身白云还故乡**（675）"。其生动形象的语言表达出真挚而急切的怀乡情感。

而当人们听到思乡曲时，最易勾起对故乡的怀念，李白在名篇《春夜洛城闻笛》里这样描述："谁家玉笛暗飞声，散入春风满洛城。**此夜曲中闻折柳，何人不起故园情。**（676）"该诗中的"暗""散""满""闻""起"五个字用得极好，像曲谱穿起一条流畅伤感的曲线，轻飏哀创。

晚秋萧瑟夜雨时，也能激起人们的思乡之情，宋代张咏的诗《雨夜》有句："**无端一夜空阶雨，滴破思乡万里心。**（同405）""无端""滴破"两词堪为神来之笔，尤能表达此时的强烈感情。

在通讯不发达的古代，甚至到20世纪70年代前的中国，家书还是人们怀念家乡最重要的表达方式。唐代著名边塞诗人岑参的诗《逢入京使》，是一篇脍炙人口极富思乡情感的佳作。诗曰："**故园东望路漫漫，双袖龙钟泪不干。马上相逢无纸笔，凭君传语报平安。**（677）"作者远离故土，骑着马儿在路上遇到熟人回家乡，当时的情况下没有纸和笔，只好在马上托人捎口信给家人报平安。这首诗，前两句烘托出了整首诗的气氛，特别是"双袖龙钟泪不干"这句，描绘作者见到熟人时的一副老态龙钟双袖擦泪姿状，一下子把游子所蕴含的思乡凄苦之情渲染了出来。张籍的《秋思》也是一篇描写托人带回家书的绝佳好诗，不过他不是捎口信，而是信写好托人捎回。诗曰："**洛阳城里见秋风，欲作家书意万重。复恐匆匆说不尽，行人临发又开封。**（678）"该诗的后两句对当时情景的描写，十分传神而逼真。主人公见到捎信人时，那种急促而说不尽的千言万语，叮嘱捎信人信里没说到的话和事，请给家人一定带到。捎信人临走，他又叫住将信打开再看，唯恐信上没说好。一首好诗不仅在于辞藻的优美，且在内容充实尤能深切地表达出当时的情感，以上两首诗可谓是经典。

回不到故乡有不尽的思念，一旦登上返乡旅途，那种喜悦的心情难以言表。苏轼说："**乐莫乐于返故乡，难莫难于全大节。**"唐代贺知章有首描写回到故乡的诗《回乡偶书二》，写得温馨而自然流畅，不着笔痕。诗曰："**少小离家老大回，乡音无改鬓毛衰。儿童相见不相识，笑问客从何处来。**(679)"作者很小离开家乡，人老了才归来，孩童们自然都不认识。但未变的乡音有一种特殊的情感勾连，使他与孩童们开始了对话。其中的一个"笑"字一下点活了这首诗。老乡见老乡情感易沟通，哪怕是小孩也是同样，感到十分亲切，这即是乡情。

血浓亲情 通常说的亲情，主要包括直系亲属的祖父母、父母、夫妻、子女、孙子女，和旁系亲属的伯、叔、姑、舅、姨、兄弟姊妹、侄子（女）、外甥、外甥女、堂兄弟姐妹、姑舅表兄弟姐妹、姨表兄弟姐妹等。

然而，在所有亲情关系中最亲近的是父母与儿女之间的关系，尤其是母与子的关系。其缘由不仅是因母生子，且因母亲在育子成长过程中是付出最多、行为影响最大、近距离相处时间最长的人。高尔基有句名言："**母亲是唯一能使死神屈服的力量。**"著名作家郑振铎说："**成功的时候，谁都是朋友，但只有母亲——她是失败时的伴侣。**"唐代的孟郊有一首描写母亲送儿远离的名诗《游子吟》，诗曰："**慈母手中线，游子身上衣。临行密密缝，意恐迟迟归。谁言寸草心，报得三春晖。**（680）"送儿远行，母亲此时的感情是依依不舍。从临行前看似平常的缝衣场景，凸显了母爱的至深与无私。诗的结尾是在问，对母亲的爱，谁能说报答得了，表达了诗人对母亲的感激与敬重。清代诗人蒋士铨有首诗是描写自己远出归来，母亲喜出望外，问寒嘘暖的动人场景。诗曰："**爱子心无尽，归家喜及辰。……见面怜清瘦，呼儿问苦辛。低徊愧人子，不敢叹风尘。**《岁暮到家》（681）" "喜及辰"是希望早回来的意思。这里还特别写出了自己出外谋生，没有成就，羞愧得不敢直接诉说，而是婉转回答母亲的问话。母与子之间的感情互动尤为动人。可怜天下父母心，儿女对父母的尽孝，比之父母对儿女的付出，少之又少。清代女诗人倪瑞璇在《忆母》诗中说得很真切："**暗中时滴思亲泪，只恐思儿泪更多！**（682）"但秦代著名法家韩非，对过于溺爱子女的母亲有这样的说道："**严家无悍奴，慈母多败子。**"其言也可为训。

　　白居易对夫妻和兄弟的关系有句绝妙的比喻，他在一诗中云："**江鱼群从称妻妾，塞雁联行号弟兄。**《禽虫十二章（其三）》（683）"其喻妙哉，妻妾随主，如江鱼顺从，而兄弟团结，如飞雁联行。古人也用"鹡鸰"鸟喻称兄弟，如黄庭坚有诗云："风撼鹡鸰枝，波寒鸿雁影。"用"鹡鸰"暗喻苏轼、苏辙两兄弟。明代的《增广贤文》对父与子及兄与弟间的亲密有句格言："**打虎还得亲兄弟，上阵须教父子兵。**"意味完成重大攸关的要事，最可靠的合作者仍是自己的亲人。因为一家人同心同德做事容易成功。这也不完全对，但个中是有其道理的。为什么说不完全对？

历史上有许多兵戎相见的事都是发生在父与子、兄与弟之间。三国的曹植有首著名的《七步诗》，就是他的哥哥曹丕妒忌他的才华借故要杀他时逼其限时之作，但他作出的这首诗，深情地诉说兄弟间的血肉之情而不应相残感动了曹丕，救了曹植一命。诗中云："**煮豆燃豆萁，豆在釜中泣。本是同根生，相煎何太急。**"此诗比喻绝妙，情切手足，语力穿心，为历代传诵，也显出曹植的才华。难怪曹植被南朝著名诗人谢灵运称为天下奇才，其云："天下才有一石，曹子建独占八斗。"语中曹子建乃是曹植。

■ 元　倪瓒《杨竹西小像》

第十六回
情恋萦绕伴终生

人的一生中，要完成学业、工作、结婚、教子、养老五件大事。

从恋爱到结婚通常不过三五年，虽是占去人生时间较短，但却是耗去精力较多，也是最为闹心或欢心的一件大事。宋代著名词人柳永最擅长描写红颜情绵晓风残月，他在《忆帝京》一词中有句：**"系我一生心，负你千行泪。"**（685）恋情系心牵肠，轻者，萦绕不断；重者，如胶似漆；甚者，同命相连，或情断意绝，血刃相见。如果婚姻不称心如意，以后的磕磕碰碰，可能要影响到终身。既影响自己的前程，又会给后代造成心理伤害。大自然中的动物，为了得到性伙伴，还要美化羽装，献上礼物，甚至决斗，不惜生命。同样，追求理想的伴侣与幸福的婚姻也是人的本能和人生执求的一个最高目标。18世纪法国伟大的启蒙思想家、哲学家卢梭说："我宁肯为我所爱

■ 清 佚名《雍正妃行乐图》

221

的人的幸福而千百次地牺牲自己的幸福。"可以说，恋爱婚姻关切本人的幸福、后代的康健及社会的和谐，是激励人生促进事业成功的巨大动力，抑或是引起罪恶和战争的祸端，是人生最重要的一件事，必慎之，须理智。正鉴于此，恋爱与婚姻也是历代文人墨客倾注笔力最多的一个永恒的话题。

初恋缠绵 人的初恋，大都是豆蔻年华初处异性，正如《诗经·关雎》中所说："**关关雎鸠，在河之洲。窈窕淑女，君子好逑。**(686)"初恋如小苗破土，情感稚嫩，稍遇风雨，最易伤痛，且情切意浓，百般缠绵。清代剧作家洪升的《长生殿》里形容此时的恋情是"**镇相连似影追形，分不开如刀划水**"。

情恋一旦燃烧起来，就很难阻断，唐代女诗人鱼玄机在《江陵愁望有寄》里形容其如江水东流，永无停歇："**忆君心似西江水，日夜东流无歇时。**(687)"宋代的晏殊形容它是"**天涯地角有穷时，只有相思无尽处**《玉楼春》(688)"。什么都有穷尽，唯有恋人的相思没有穷尽。

情恋似峰谷有激越也有歇息时候。欧阳修在《生查子》词里说，最易萌发情思或动情的时辰是："**月上柳梢头，人约黄昏后。**(689)"白居易说是在"**春风桃李花开日，秋雨梧桐叶落时**《长恨歌》(同420)"。而他在《七夕二首》诗里说，尤在七夕这天，"**浩瀚高天圆月夜，欢情一刻此宵中**"，"**几许欢情与离恨，年年并在此宵中**(690)"。

执着追求 情恋也是把难点的火，恋爱中的相互挑剔、摩擦，是增进相互认识，建立牢固爱情的必然过程。高尔基说："智慧素以千眼观物，爱情常以独目看人。"歌德说："谁在爱情中最有耐心，谁就有最大的成功。"情恋又是难灭的焰，越是难以调动的情感，一旦调动起来就是扑不灭的火焰。列夫·托尔斯泰说："**爱情就是从众多的人当中，选出一个男人或一个女人，然后绝不再理会其他异性的行为。**"正如《红楼梦》中所言："**任凭弱水三千，我只取一瓢饮！**"东汉的开国皇帝刘秀还是白衣农夫时，就仰慕大家闺秀阴丽华。一次他看到朝中的执金吾率军出行，盛大的场面震撼了刘秀，不禁感叹道："**仕宦当作执金吾，娶妻当得阴丽华。**""执金吾"是秦汉时统领禁卫军保卫京城和宫城的司令官。刘秀那个时候，就有做官要做执金吾这样的大官，娶妻就要娶阴丽华那样美貌妻子的志向。他做将军时娶其为妻，当了皇帝后立阴丽华为皇后，对阴丽华的爱始终不渝，传为佳话。

　　两人一旦有了爱情，那个时候真是心心相印，配合默契，感到无比的幸福。高尔基说："**真正的爱情，就跟闪电一样打进心坎里，也跟闪电一样没有声音。**"这时的爱情既像李白《蜀道难》中描写的正在求爱的双飞鸟，"**但见悲鸟号古木，雄飞雌从绕林间**(同130)"，又像清代诗人查慎行《玉泉山》词中描绘的执意流向江湖的溪水："**清泉自爱江湖去，流出红墙便不还**(691)"，更像清代文学家龚自珍《乙亥杂诗》中讲的化作春泥护花的落英，"**落红不是无情物，化作春泥更护花**(同611)。"时时呵护，无论是千辛万苦，哪怕自己粉身碎骨。

　　恋情的深化似乎永无止境，心仪双方发展到海誓山盟，像是感情历练过程垒起的一座高峰。李白在《代寄情楚词体》中描述此时的情人："**愿为连根同死之秋草，不作飞空之落花。**

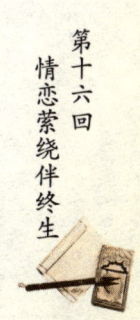

（692）"这时的恋情竟能使唐明皇李隆基对杨贵妃发誓："**在天愿作比翼鸟，在地愿为连理枝。**《长恨歌》（同420）""连理枝"是根相连的枝杆，情至之深，无言以表。元代的著名杂剧女艺人珠帘绣在一幕元曲里描述此时的恋情："**便是牡丹花下死，做鬼也风流。**《正宫·醉西施》（693）"一切瓜熟蒂落，心与心紧连，身与身化一，不求同生，但求同死，以自己的一切甚至生命奉献给对方，已到了李商隐诗所描写的地步："**春蚕到死丝方尽，蜡炬成灰泪始干。**《无题》（同258）"

☂ **情思离别** 恋爱时的情人最怕离别，但要分别，此时的情感最为敏感而强烈。唐代诗人温庭筠《赠知音》中这样描写一对知音离别时的情态："**窗间谢女青蛾敛，门外萧郎白马嘶。**（*809）"门外白马嘶叫妙喻情郎不舍离去，而屋内情女一脸忧愁默对妆台。一"敛"一"嘶"，精妙的对仗，形象的比喻，写出了两人此时的真实情感。宋代贺铸对离别时情人心理的描写也着为精彩："**彩舟载得离愁动，无端更借樵风送。**《菩萨蛮》（694）"此君乘舟与情人分别，似觉这舟像是载满了使人不堪的离愁，偏偏这个时候，没来由一阵无情的风，使舟更快地离开，有情人最后相望的一丝安慰也不让弥留。

明代宋濂的诗《越歌》对离别后的恋人作了形象而美妙的描述，以一位女子的口吻，形容离别的恋人像一把被分为两半的剪刀，什么时候才能合在一起剪彩作秀呢？诗曰："**恋郎思郎非一朝，好似并州花剪刀。一股在南一股北，几时裁得合欢袍？**（695）"情恋总像一绫无形彩带，紧紧缠缚着有情人的心。因而，热恋中情人或是新婚燕尔，即便是暂时的分别，也很痛苦，并随着离别时日的延长，激起与日俱增的思念。宋代黄氏女的《感怀》诗说，这时的恋人想变作鸟儿飞到君前："**安得身轻如燕子，随风容易到君旁。**（696）"唐代诗人卢仝的《有所思》中说："**相思一夜梅花发，忽到窗前疑是君。**（697）"夜晚相思的男子，竟把窗前盛开的梅花误作意中人到来。

相思是痛苦的但也幸福。宋代的柳永说，相思是人们甘愿承受精神对肉体的"折磨"，那相思的人儿"**衣带渐宽终不悔，为伊消得人憔悴**《凤栖梧》（698）"。三国时魏国国君曹丕形容，离别的情人犹如南飞的大雁，使思妇内心荡起愁如断肠的寂寞与思念，诗曰："**群燕辞归雁南翔，念君客游思断肠。**《燕歌行》（同663）"南唐后主李煜的《清平乐》词有句："**离恨恰如春草，更行更远还生。**（699）"心中所怀的离恨好像脚下相随还生的春草那样，远走远随，细密而郁结。苏轼《浣溪纱》词曰："**可恨相逢能几日，不知重会是何年。**（700）"微妙地写出离别的痛苦使相逢的人儿喜时又怕离去，恐惧始终萦绕在心头的那番苦楚。晚唐著名诗人郑谷的诗里有句对热恋中的情人心理活动的精彩描写："**情多最恨花无语，愁破方知酒有权。**《中年》（701）"在情绪相逢的时候，最怕自己的感情得不到对方响应，而离别后的日子最难熬，几番忧愁不觉地喝起了酒，酒能释怀，方才明白原来酒最能消除寂寞忧愁。

然而，有情人终成眷属，离别终会有期。宋代晏几道在《秋蕊香》词中讲："**有情不管别离久，情在相逢终有。**（702）"明代于谦的诗里也有云："**月缺重圆会有期，人间何得久别离？**《古意》（703）"宋代的秦观在《鹊桥仙》里对如胶似漆的离别情人说了这样的安慰话："**两情若是久长时，又岂在朝朝暮暮！**(704)"这一千古名句，揭示了爱情的真谛。真正的爱情应能经得起长久分离的考验，只要彼此能真心相爱，即使天各一方仍能得到珍贵的爱的增进。

人生苦短，离别至久，也会产生惆怅、迷茫或绝望。刘禹锡《杨柳枝》词中的"**曾与美人桥上别，恨无消息到今朝**(705)"就是对这种情感的表达。李商隐有句"**曾是寂寥金烬暗，断无消息石榴红**《无题二首》(706)"是说，自那次相遇之后，对方便无音讯，她多少次独自伴着黯淡逐去的残灯度过寂寥的不眠之夜，眼下已是石榴花红的季节，春天将逝，不免有青春虚度的怅惘与伤感。此句以物喻情，贴切而精妙，用"金烬暗"、"石榴红"，一暗一迴，岁月消磨，时光飞逝，景物转换，寓含了极为丰富的情感内涵。此句乃整首诗诗眼，将比兴暗示等独特的表现手法运用得如此自然精妙，体现出作者艺术手法的炉火纯青。

刘禹锡的《踏歌词四首》里有句"**唱尽新词欢不见，红霞映树鹧鸪鸣**(707)"，描写的是一位单纯而多情的女郎，按照当地的风俗，在一个欢乐动人的月夜，与姐妹们唱着情歌来到春江大堤上，意在招引意中的小伙。而当她新歌唱尽，四周悄然，未见热情的应和，女郎心里自然是一种酸楚的滋味。一个"尽"字，暗示了时间很长，月照溶溶的夜色已到"红霞映树鹧鸪鸣"的晨曦。这句词用于表达离别已久的思念而无响应的情景，也是十分的贴切。

在群星璀璨的词坛上，自古以来，表现男女离别之情的诗词多如汗栋，而独有柳永的《雨霖铃》词给人的感染最深，且经久不衰，传诵至今。词曰："寒蝉凄切，对长亭晚，骤雨初歇。都门帐饮无绪，留恋处、兰舟催发。执手相看泪眼，竟无语凝噎。念去去、千里烟波，暮霭沉沉楚天阔。多情自古伤离别。更那堪、冷落清秋节！今宵酒醒何处？杨柳岸、晓风残月。此去经年，应是良辰好景虚设。便纵有、千种风情，更与何人说？"（708）

该词围绕"伤离别"而构思，情景交融并茂，情随景入，景随情变，层次特别清楚。先写离别之前的景"寒蝉凄切，对长亭晚，骤雨初歇"，对应此时的情"都门帐饮无绪，留恋处、兰舟催发"。再写临别时的情"执手相看泪眼，竟无语凝噎"，应对此时的景"念去去，千里烟波，暮霭沉沉楚天阔"。最后写离别后的景"多情自古伤离别，更那堪、冷落清秋节！今宵酒醒何处？杨柳岸、晓风残月"，对应此时的情与感慨"此去经年，应是良辰好景虚设。便纵有千种风情，更与何人说"。此词读起来如行云流水，跌宕起伏中不见痕迹，而表达的情感，缠绵悱恻、深沉婉约，似如亲临。如"执手相看泪眼，竟无语凝咽"，几笔勾勒，便传神地道出情人分手时那一刹那，形象逼真、感情深挚而丰富的内心世界。再如"多情自古伤离别，更那堪冷落清秋节"，清秋离别，感情极为深沉，而继以"今宵酒醒何处？杨柳岸、晓风残月"更是伤心凄凉之极，情景妙合无痕。把离情别绪的感受，通过恰当的画面表现出来，构成一种诗意美的境界，给读者以强烈的艺术感染。柳永的这首词，因其艺术上颇具特色，成就斐然，成为千古名篇。

☂ **追悔恨晚** 情恋绝不会是一帆风顺，它是由无数山峰与

沟壑相连须徒步行走的历程，其中的酸甜各有感触。唐代的张籍在《节妇吟·寄东平李司空师道》诗里说到一种情形："**还君明珠双泪垂，恨不相逢未嫁时。**(709)"意思是，两人都喜欢对方，激动的掉泪，虽不满意现在的婚姻而又无奈，怨恨相逢已晚，婉以拒绝。若观览全诗更显出其中的高妙，表面上写一位有夫之妇，经过思想斗争后终于拒绝了一位多情男子的追求。而深层喻义，却是表达了作者忠于朝廷、不被人拉拢、收买的决心。南宋著名词人姜夔的《送范仲讷往合肥》中有句"**君若到时秋已半，西风门巷柳萧萧**(同645)"说的也是类似的情形，以景寓情写得很是含蓄微妙，韵味醇厚，遗憾中有无奈的拒绝。

宋代的贺铸在《芳心苦》里用拟人的手法表达情恋中的另外一种追悔的情形："**当年不肯嫁春风，无端却被秋风误。**(710)"意思是说，当初春风那么美好，你都不愿意接受，要等待追随秋风，等到老气横秋的秋风来了，却误以为春风都看不上你，又遭秋风的嫌弃。讥议中有怜悯，实隐含，人的情爱乃至人的命运，如同这荷花、浮萍一般，时遭风雨的拨弄，难于自控。唐代李华的诗《春行即兴》里有："**芳树无人花自落，春山一路鸟空啼。**(711)"此诗虽是表述祖国大好河山，经安史之乱破坏造成万马齐喑人心冷漠的情景而使人伤感和叹惋之情。也可从情感层面上理解，形容俏丽的女子犹如美丽的花儿，过了时节，也要凋零，犹如春光美好的山谷，若无人欣赏，只有鸟儿在空啼，已没有意义。唐人杜秋娘作《金缕衣》，对心蜂意蝶的男儿有句脱达利口的忠告："**有花堪折直须折，莫待无花空折枝。**(712)"意味不要视已太高，羡梅弃菊，犹豫彷徨，该出手时须出手，以免错过时机，悔恨终身。

在恋情中也有不承认自己的过错，而怨恨别人的。唐代王建的《宫词一百首》中有句："**自是桃花贪结子，错教人恨五更风。**(713)"作者这里用拟人化的手法，写桃花喜爱自己的美貌，因"贪"结子而凋谢，却错怨是被五更风吹散、吹落。此句之妙在于，通过生动形象的景物化，寓意宫女似有桃花沦落悔恨的情感活动。在这方面，杜牧则是坦陈自己过错的人。他在《遣怀》诗中追悔自己年轻时怀才不遇，沉沦放荡，大有一失足为千古恨的感慨。诗曰："**落魄江湖载酒行，楚腰纤细掌中轻。十年一觉扬州梦，赢得青楼薄幸名。**(714)"在诗中敢于坦露难以启齿的风流事，反却说明杜牧有着不凡的气度和美好的心灵。此诗风格流畅，遣词用句颇得其韵而精美，尽显杜牧的横溢才华。

陆游也是善写情伤诗词的大家，他的《沈园二首》有句："**伤心桥下春波绿，曾是惊鸿照影来。**(715)""鸿"即大雁，"惊鸿"代喻美女刹那时的风姿，其喻景而至情，历为后人赞赏。当如是陆游娶表妹唐婉为妻，感情甚笃，但迫于母亲压力被拆散。此句描写的即是作者到沈园竭力寻找引起回忆的地方，看到"桥下春波"一如往日，突然浮现四十四年前携唐婉游玩湖边的刹那情景，唐婉犹如"翩若惊鸿"般仙女的照影，飘然降临于春波之上。而现在一切已无法挽回，那惊鸿照影已一去不复返。句意对缅怀情思的表达十分深沉委婉而景态鲜活。

陆游与唐婉的婚姻是悲剧，情恋萦绕了他们一生。同前述的四十四年前那次独自游园不同，下面是分别十年后的一天，陆

游到沈园春游,与唐婉不期而遇,陆游怅然久之,感慨万千,写下了《钗头凤》这篇"情流千古"的佳作,题笔园壁。词曰:"**红酥手。黄藤酒。满城春色宫墙柳。东风恶。欢情薄。一怀愁绪,几年离索。错!错!错! 春如旧。人空瘦。泪痕红浥鲛绡透。桃花落。闲池阁。山盟虽在,锦书难托。莫!莫!莫!**(716)"唐婉见了这首词后,思绪万千,悲伤欲绝,亦提笔和词《钗头凤·世情薄》一首,词曰:"**世情薄。人情恶。雨送黄昏花易落。晓风干。泪痕残。欲笺心事,独倚斜栏。难!难!难! 人成各。今非昨。病魂常似秋千索。角声寒。夜阑珊。怕人寻问,咽泪装欢。瞒!瞒!瞒!**(717)"仅看唐词,艺美不下陆游。不久,唐婉竟郁恨而死,令人痛惜。两首词珠联璧合,所寄之情的痛楚,透然于纸,后人读之无不为其叹绝。

🌂 情断意绝 恋爱或婚姻的成功或失败是由多种因素决定的,因人而异。一般说来,女子看重男子的权势、财势、品质、才学四个要素。男子多看重女子的相貌、聪慧、品质三个要素,按这些要素由男女双方自我的价值取向平衡确定。这里门当户对,相近的生活、教育环境形成的各自的情愫是否相投即缘分,也将起到重要作用。李商隐《二月二日》诗中说:"**花须柳眼各无赖,紫蝶黄蜂俱有情。**(718)"前句指花草植物遇春而发,各有各的生长规律,是无情的。而后句指,鸟虫等动物是应食而动,食蕊戏花,也各有各的嗜好,因而是有情的。其中的"各无赖""俱有情"也寓指人在情感上,情恋双方各有各的想法。宋代张先的《千秋岁》词有:"**天不老,情难绝。心似双丝网,中有千千结。**(同35)"其中的"千千结"也是指在以上情爱要素上的纠结。古往今来，失败的恋爱与婚姻，多是由男子看重女子的相貌，或女子看重男子的权势或财势这一价值取向与实际的差异决定的。恋爱或婚姻中发生的不忠或算计，归因于他们的价值取向，而价值取向反映了一个人的品性和追求，也是现实的无奈。白居易在《后宫词》中说："**红颜未老恩先断，斜倚熏笼坐到明。**(719)"诗中的"熏笼"，是罩在香炉上的竹笼，古代贵族妇女用来熏衣披等。此诗描写一宫女自认为她的容貌还很美，感到有希望皇恩会降临于她身上，所以"斜倚熏笼坐到明"。等待天明的言外之意是希望转向失望，失望最后绝望。缘由是皇帝对宫女的价值取向是姿容，宫女的价值取向是权贵，皇帝身边的美女如云，宫女之间以姿争宠，必然造成姿色不敌的宫女失宠。宋代晏殊的词有句："**楼头残梦五更钟，花底离情三月雨。**《玉楼春》(同688)"薄情郎抛她而去，思妇辗转反侧，很久之后才悠悠进入梦乡，很快又被五更钟声惊破了残梦，使她重又陷入无边的失望，犹如三月盛开的花儿，却遇到无情的雨，使其败落凋谢。对男子也是同样，李商隐《无题》诗有句："**刘郎已恨蓬山远，更隔蓬山一万重。**(720)"此句借用刘郎的典故，即刘郎入山采药，迷不得出，遇女子，邀至家留居，后人以此典喻艳遇。用在这里意思是，刘郎有那么好的条件，而那女子都看不上，况且你比刘郎差远了，想得到那女子的芳心更无可能。欧阳修的《踏莎行》词中的"**平芜尽处是春山，行人更在春山外**(721)"也是这样的表白，平野的尽头是春山，你还处在春山之外，距平野更远，寓意你根本不在你的心仪人的视野内。

南朝的王僧孺在《为姬人自伤》诗中说："**断弦犹可续，**

心去最难留。(722)"两人价值取向的不统一，表示两人的情感是根本断开的，你追也没用，而有的人仍执意去追，正如宋代李元膺的《鹧鸪天》词中说："**薄情风絮难拘束，飞过东墙不肯归。**(723)"最后还是落空。李商隐对此类情况的描写更为绝妙："**贾氏窥帘韩掾少，宓妃留枕魏王才。春心莫共花争发，一寸相思一寸灰。**《无题》(同51)"意思是，贾女看上的是韩掾少，而韩掾少看上的是宓妃，宓妃却留枕幽会的是有才华的魏王曹植。作者劝导人们不要像这些人那样"春心莫共花争发"，其结果常是"一寸相思一寸灰"。"灰"就是结不了果或者最后的结果是一场空。贝恩在《修女史》中说得很直白："爱情和名声一样，一旦离去，便永远不会回返。"唐代的李益在《写情》诗里说，对于难成的情恋，如同明月已不爱良夜，你干脆脱手放开："**从此无心爱良夜，任他明月下西楼。**(724)"概而言之："当一份感情不属于你的时候，它根本对你没有一点价值。所以你也不必认为它是一种损失。"

☂ **婚姻家庭** 先说婚姻，英国哲学家罗素讲："婚姻就像一个金色的鸟笼，在外面的想进去，在里面的却想出来。"婚姻一定有它的神秘，即便是有它的苦楚，人们还是想进去，否则，人间只剩下苍白，人类也不能延续。再说家庭，列夫·托尔斯泰有句名言："**幸福的家庭都是相似的，不幸的家庭各有各的不同。**"幸福的家庭纵有万变，不会引起夫妻恩爱的变化，因而是相似的。而不幸的家庭，会由不同的原因导致夫妻的感情发生变化，因而是不同的。

家庭中夫妻的感情主宰着家庭的幸福。唐代进士朱庆余的诗《闺意献张水部》对恩爱夫妻之情有句绝妙的描述："**妆罢低声问夫婿，画眉深浅入时无？**(725)"前句的"低声问"，后句的"入时无"，声娇温浓，眉目传情，没有恩爱难出此韵。宋代李之仪的《卜算子》词描写分居夫妻的思君句也颇得其韵："**君住长江头，我住长江尾；日日思君不见君，共饮长江水。**(726)"夫妻相距虽远，但一衣带水，情寄于长江，如临君身旁。唐代张氏的诗《寄夫》，是描写听到长期在外的夫君应试金榜提名后，产生了深深的思虑，企盼他早日归来："**从来夸有龙泉剑，试割相思得断无？**(727)"是说，他们夫妻间的情结虽坚固如石，丈夫得金榜地位有变化，其感情也要经受新的考验，暗示，不知他们的爱情能否被龙泉利剑斩断？

说起夫妻的感情，李清照的《一剪梅》词所蕴含的温馨，可谓是表达得淋漓尽致，无出其右，词曰："**红藕香残玉簟秋。轻解罗裳，独上兰舟。云中谁寄锦书来？雁字回时，月满西楼。花自飘零水自流。一种相思，两处闲愁。此情无计可消除，才下眉头，却上心头。**(728)"池塘里荷花色香俱残，身下的竹席已有凉意，是秋天来了，她孑然一身，独上兰舟，悄然出走，排遣那离别的闲愁。归来已晚，闻有雁阵翔来，多么希望是替夫君捎来书信。仰望冥冥星空，看到的是这"月满西楼"的良辰美景，此时应是夫妻乐融之夜，而眼下的情景却是花落飘零，随溪自流，离别之愁真是难耐。挚爱的夫妻心有灵犀，深知这种相思的痛苦不单是自己，虽身处两地，却是共梦同样的思绪。夫妻的那种恩爱、甜美、默契及离别的苦楚悠然升起，由不得她"才下眉头，却上心头"。此两句情姿婉妙，"才下"与"却上"成跌宕起

第十六回 情恋萦绕伴终生

伏，言极工巧，而富有艺术感染力。整首词的语言运用对意境的刻画，以及对纯美、深沉情感表述的艺术魅力，给人留下极为深刻的印象。

真爱的夫妻，还须经历风雨的磨难。按佛法之说，夫妻有缘分是前世历经千百世修行的结果，即所谓"一日夫妻百世缘""百世修来同船渡，千世修来共枕眠"。作为夫妻，她们的情感应如铁板一块，难能分开，而明代的冯梦龙却有不同的看法。他说："**夫妻本是同林鸟，大限来时各自飞。**"林子大了，什么样的鸟都会有。人间也是这样，家庭生活的持续，受制于世间的事事物物，夫妻的感情自然会受到外界的纷扰，没有什么绝对不变的事。在婚姻的合与分的问题上，也没有绝对的好与不好。对于已无感情的婚姻，还是分了的好。

宋代词人向滈，才高而清贫，他的岳父嫌他太穷，妻子也有意另嫁他人。向滈慷然激愤作《卜算子》一词，词曰："**休逞一灵心，争甚闲言语！十一年间并枕时，没个牵情处？四岁学言儿，七岁娇痴女。说与旁人也断肠，你自思量取。**"(729)"此词，字字情真意正，掷地有声，妻子读了后，依然回家，与之偕老。倘若没有此信，向滈家庭必溃无异。也就是说对于婚姻家庭，离与合始终是个矛盾，在矛盾激发时，若有类似这封信所表达出的让对方羞愧的力量，就像把利剑斩断要分离的手。但魔高一尺道高一丈，这把剑有没有那么锋利，就不一定了。莎士比亚说："**被摧毁的爱，一旦重新修建好，就比原来更宏伟、更美、更坚强。**"向滈如是也。

怀念故妻

夫妻是终身的依托，是人间感情最为挚深的

着落。所以，最美的诗篇中当有怀念故妻故夫的。怀念故夫的，如前述李清照的《声声慢》词。描写故妻的，前述白居易的《长恨歌》也算一篇，中有描述唐明皇李隆基思念爱妃杨玉环的一言妙句："**鸳鸯瓦冷霜华重，翡翠衾寒谁与共？**（同420）"杨贵妃死后，李隆基悲伤欲绝，对世间的一切都冷漠无绪，似乎屋顶上的鸳鸯瓦都覆盖着重重的霜雪，软暖的翡翠棉被也感到冰冷而无心与他人共寐。此诗句，极尽表达了李隆基对杨贵妃的至爱。《长恨歌》是白居易替别人表达对亡"妻"的思念，而不是自己。在悼亡故妻的诗词里，真正最能表达自己对故妻怀念的，首推苏轼的《江城子》一词。词曰："**十年生死两茫茫。不思量。自难忘。千里孤坟，无处话凄凉。纵使相逢应不识，尘满面，鬓如霜。　夜来幽梦忽还乡。小轩窗。正梳妆。相顾无言，惟有泪千行。料得年年肠断处，明月夜，短松冈。**（730）"这首词是苏轼为怀念亡妻王弗而作。王弗聪明沉静，知书达礼，两人情深意笃，恩爱有加。苏轼因政见与朝中权贵多有不和，几遭奸佞构陷，几番上下，仕途坎坷，悒郁不得志，夜里梦见亡妻，音容凄楚，泪酸情涌，于是写下这篇著名的悼亡词。诗人用简洁、朴素的语言，将梦境与现实交融为一体，直抒胸臆，情真意切，情哀欲绝，读之催人泪下。该词之美也与选用《江城子》词调有关，该词式，句式参差，颇有韵律，更显词意醇厚，用于悼亡，使人倍感沉痛，读后有种回味无穷的感受。苏轼的弟子、太学博士陈师道曾用"**有声当彻天，有泪当彻泉**"的诗句评赞该词，是很精当的。

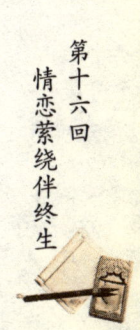

第十七回
身逐岁月多姿状

人各有容貌，千万个人有千万个面相。即便同一个人，一种心情会有一种面貌，喜怒哀乐应时因事即变，又会产生多少个变相，况且人生自呱呱坠地，到老气横秋，容面迥异。诗人们最善于将各类人物在某一时刻的姿状，通过精彩的妙笔表现出来。比如韩愈的诗《华山女》描写一位女道人的形象："**华山女儿家奉道，欲驱异教归仙灵。洗妆拭面着冠帔，白咽红颊长眉青。**(731)"特别是后两句，字字实实，勾勒出这位女子的相貌，身着道衣冠帔，粉红色脸颊，白皙颈脖，和一双细长青眉，甚是活生毕肖。帔，古代披在肩背上的服饰，如凤冠霞帔。

☂ **少女少妇** 宋代秦观的《南歌子》词有段描写一位少女在精心打扮的情景："**香墨弯弯画，胭脂淡淡匀。揉蓝衫子杏黄裙，独倚玉栏无语、点檀唇。**(732)"作者通过对少女的着装，和若有所思、静中有动的姿态，以及画眉、搽粉、点唇连续的细微举止，描绘出一幅

■ 元 唐棣《霜浦归鱼图》

清纯、文静、优雅、时尚、生动而又多情的少女形象,给现在的人看来,也会产生一种时尚美的感受。杜甫有首诗用少女腰肢的纤细柔弱,比喻春风吹拂的柳枝,也可反其意,用柳枝的纤袅来喻少女肢体的妩媚,诗曰:"**隔户杨柳弱袅袅,恰似十五女儿腰。谁谓朝来不作意,狂风挽断最长条。**《绝句漫兴九首》(同227)"南朝诗人刘铄的诗有句对舞女姿容与舞姿的美妙绝伦的描写:"**状似明月泛云河,体如轻风动流波**。《白纻曲》(733)"云河指银河,这里的"云河、流波",指舞女身上的白色舞衣和手中的舞巾。明月,指舞女姣好的面容。舞女身穿白纻衣,手持白纻带,翩翩起舞,像一轮明月在银河中穿行,轻盈的体态,如轻风吹动流波那样轻柔灵动。

大诗人李白的《长干行》则从一位由童女成为少妇的人生历程,准确地描绘出此女子人生各阶段的情感特征和细腻变化,其艺术表现力为后人称赞。诗曰:"**妾发初覆额,折花门前剧。郎骑竹马来,绕床弄青梅。同居长干里,两小无嫌猜。十四为君妇,羞颜未尝开。低头向暗壁,千唤不一回。十五始展眉,愿同尘与灰。常存抱柱信,岂上望夫台。十六君远行,瞿塘滟滪堆。……**(734)"女子在孩童时天真活泼,跟着男孩常在门前戏闹,摆弄锅锅家,这时天性清纯两小无猜。到成为人妇时,情感发生了转折的变化。由开始的低头羞涩,转为如胶似漆,海誓山盟。而到十六岁时,夫君远行萌发的离别相思之情。此诗使人们深切地感受到两性情感的萌动、发展至纯爱情的珍贵与美好,这时的他们会为得到或维护这样的爱情不顾一切,甚至献出自己的性命。特别是男性,为了得到心仪的异性时,爱出风

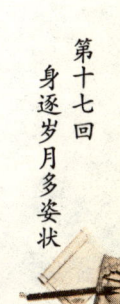

头，尽显才华，力争事业成功。有时像头发情的斗兽，失去理智，敢做冒险之举。所有这一切，无非是向心仪的异性表示，他对她的至爱及为她的幸福愿作任何付出。这就是爱情为什么能激励人生，展现出无与伦比的巨大力量之所在。

🌂 青春少年 儿时的男和女还没有明显不同的性格特征，随着生理发育的逐渐成熟，男子的威猛、坚毅、豪放，和女子的温柔、羞情、细腻，在青春少年时期显著地表现出来了。宋代贺铸的词《六州歌头》这样描写少年男子的形象：**"少年侠气，结交五都雄。肝胆洞。毛发耸。立谈中，生死同，一诺千金重。**（735）"这个描写，言简意明，煞是鲜活而有气势。他们一身豪气，善于结交豪侠有志之士，光明磊落，肝胆相照。他们爱憎分明，嫉恶如仇，怒发冲冠。他们有着共同的志向，生死与共，诚实守信。通过这样的描写将一拨英俊有个性有志向的青春少男的形象，突兀在人们的面前。宋代词人曾做过户部尚书的叶梦得，在《八声甘州》词里也描写了这样一位英武少年：**"想乌衣少年，芝兰秀发，戈戟云横。坐看骄兵南渡，沸浪骇奔鲸。**（736）"这段描写突显了少年英俊威武的形象，"坐看"两字，颇显出少年的沉着从容，胆略过人，寓意在国难当头有誓为报国的志向，给读者留有丰富的想象空间。后两句是对晋朝苻坚大军南下的惊心动魄场面的描述，十分精彩，很好地衬托出这位少年有着不凡的胆魄与豪杰之气。至于青春少女那种温柔、羞情、细腻的形象，在前述李白《长干行》诗中所描绘的**"十四为君妇，羞颜未尝开。低头向暗壁，千唤不一回**（同734）"得到了绝妙的表达。还有白居易《琵琶引》描写的一位落泊青春少妇的情姿也如是：

"千呼万唤始出来，犹抱琵琶半遮面。（同625）"

🌂 **老夫老妇** 描写老妇的形象，辛弃疾《清平乐·村居》词有句写得好："醉里吴音相媚好，白发谁家翁媪？（同189）"仅此一句即把这位老年妇女的相貌、发色和方音所显现出的和蔼可亲的形象，作了清楚的表述。妇女的形象大都是慈善温柔矜持，但也有特例，苏轼的诗《寄吴德仁兼简陈季常》有句对好友陈季常即诗中的"龙丘居士"和他的凶悍妻子的绝佳描写："**忽闻河东狮子吼，拄杖落手心茫然。**（737）"这妇人真够厉害，其怒声如狮吼，突如其来的发怒，使陈季常魂魄惊散，手杖脱落，一幅张嘴傻瞪的窘态，令人发笑。苏轼不凡的艺术手笔确实令人钦佩。

人老，六十岁称花甲之年，或耳顺之年；七十岁称古稀之年，或杖国之年；八十九十岁称耄耋之年，或朝仗之年；百岁称期颐之年。还有喜、米、白、茶诸寿之说，喜寿是七十七岁，米寿是八十八岁，白寿是九十九岁（百字少一是白字），茶寿是一百零八岁（茶字的草头代表二十，下面有八和十为八十，一撇一捺又是一个八，加在一起就是一百零八）。对于老夫的描写，白居易的诗《耳顺吟寄敦诗梦得》是谓一绝。诗曰："**三十四十五欲牵，七十八十百病缠。五十六十却不恶，恬淡清净心安然。已过爱贪声利后，犹在病羸昏耄前。未无筋力寻山水，尚有心情听管弦。**（738）"此诗尤对五六十岁年龄的老者的生命体征，作了言简意赅的概述。诗的题目中有"耳顺"两字，说明作者此时六十岁。显然是作者对自己现实生活的写照。

人老时日不多，但话多事也多，事多可能是缘由百病缠身而心事未尽之故。杜牧的诗《书怀》有句"只言旋老转无事，

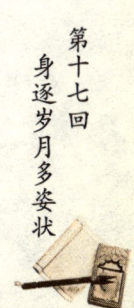

欲到中年事更多(739)"，大概说的是这个意思。

☂ 暮年情怀

人到老年，筋骨不力，但品性难移，志向弥坚。常言道："**老牛自知夕阳晚，不用扬鞭自奋蹄**。"一代英雄曹操，雄才大略，至老仍有勃发雄心，他在《龟虽寿》诗里表白："**老骥伏枥，志在千里。烈士暮年，壮心不已。**(740)"并进一步认为："盈缩之期，不但在天；养怡之福，可得永年。"是说，人的寿命的长短，不只是由上天决定，只要注意保养，也可益寿延年，这些充满哲理与志趣的语萃于现代也不落后，可谓是激励老者情志的绝唱。唐代大文豪韩愈因上诉朝廷反对"迎佛骨"之事被贬官，他在《左迁至蓝关示侄孙湘》诗里借此训导后辈，要有骨气和正气，诗曰："**欲为圣朝除弊事，肯将衰朽惜残年？**(同462)"为了当朝除去弊端，我怎么肯顾惜自己这衰朽的残年呢？其刚正不屈的风骨宛然可见。

李商隐的《晚晴》有句"**天意怜幽草，人间重晚晴。**(741)"是对久雨后傍晚转晴这一情景感受的描述。本处阴暗的幽草也因天气转晴恢复了生机，是"天意"在怜惜它。但转晴已在傍晚，时光短暂，这好比人生短暂的晚年，老人珍重晚年，人们更应尊重老人。通过景物描绘渲染，既寓托一种积极乐观的人生态度，又在弘扬敬老尊老的传统美德，达到了一种高的精神境界。

人老心不老，不仅表现在志气上，还表现在对生命的珍视因而能豁达地面对世俗，顽强而自信地去生活。宋代戴复古的《望江南》词有句"**但愿有头生白发，何忧无地觅黄金**(742)"意思是说，我宁愿老而健康地活着，哪怕已是满头白发，也不愿为了功名和金钱不惜生命去铤而走险，人活着，还怕没有财可发。生命是最宝贵的，有了生命，其它的一切才显得有意义。李白认为，人到年老时，该退则退，他有句诗可为警言之训：**"吾观自古贤达人，功成不退皆殒身。**《行路难三首》（同494）"年老时的陆游想得就很开，他在《自述》一诗里说：**"心如老马虽知路，身似鸣蛙不属官。**（743）"人到老年，虽饱经风霜，经验老道，满腹经纶，但毕竟风烛残年，人老力欠，不应继续当朝，应该安度晚年。诗中用"老马"识途而形丑如"蛙"比喻自己，言诙意切，脍炙人口。他在另一篇《自述》诗里讲得更开怀："老怀常自笑，无事忽悲伤。"

人到暮年也有怀春之情。相传，北宋著名词人张先八十岁时娶十八岁女子为妾。苏轼随众友前去祝贺，张老先生有感而发，念道："**我是八十卿十八，卿是红妆我白发。与卿颠倒是同庚，只隔中间一花甲。**"苏轼当即和诗一首，极为趣妙，曰："**十八新娘八十郎，苍苍白发对红妆。鸳鸯被里成双夜，一树梨花压海棠。**（744）"此诗调侃戏俚，美喻阴而逗其阳，甚为诙妙，最后一句尤为妙绝。明代的顾炎武在诗中有妙语："**苍龙日暮还行雨，老树春深更着花。**《又酬傅处士次韵》（745）"当然，此语侧重的是讲人到老年仍有自强不息的劲头。唐代元稹说，人老毕竟心有余而力不足，他在《看花》诗中有句："**君看老大逢花树，未折一枝心已阑。**（746）"说那老头也有怀春之情，真的让他攀树折花时，一枝未折下，便心灰力尽。不要由此来嗤笑年老，因为谁都会到老的时候。

🌂 美女姿容

凡女子被称之为美女，首先是相貌或体征上有与众不同的美感。白居易在《筝》里描写弹筝的一位美女是：

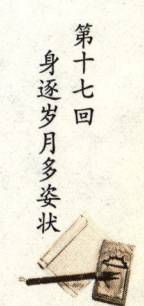

"**双眸剪秋水，十指剥春葱。**（747）"说美女的眼睛润而发亮，眼睑的张动像开合的剪子，眼睛像一汪清澈的秋水。她的肤色皙白，手指如同剥开的春葱那样白嫩。此句的另一看点是，采用了工整对仗的艺术手法，词简而韵美。杜甫的《丽人行》描写唐宫里的贵人美人出游，说这些人"**态浓意远淑且真，肌理细腻骨肉匀**（同421）"。她们的神态和身材，一个个姿态凝重，神情文静自然，肌肤丰润胖瘦适中。其用词极为洗练，表意形象而入木三分。元代萨都剌的《燕姬曲》有句"**燕京女儿十六七，颜如花红眼如漆**（748）"描写美女有姣好的面容与秀目，面颜如花，目亮如漆。其中"漆"字用得特好，有种特有的灵气和美感。曹雪芹在《红楼梦》里有一句对林黛玉美貌的描写，说她有"**两弯似蹙非蹙笼烟眉，一双似喜非喜含情目**"。眉毛似展非展，而目似喜非喜，若长在别人的身上并非美，但对黛玉这位美人来说，此眉此目，尽显其多情善感的特殊性情，有一种微带轻愁的美丽，更增添了姿色。唐代李贺的《南园十三首》中有句"**花枝草蔓眼中开，小白长红越女腮**（749）"，用白里透红的"越女腮"比喻花的颜色，赋予物以人的面貌，从而显得格外生动清美。说明美的面颊也是美人的一个重要特征。

西施、貂蝉、王昭君、杨贵妃被称作是中国古代的四大美人。人们形象地比喻她们有"闭月羞花之貌，沉鱼落雁之容"。是说，貂蝉之美使月亮不敢露头，杨贵妃之美使花儿含羞不敢绽放，西施之容使鱼儿沉落，王昭君之姿使大雁不敢展翅飞翔。她们美在什么地方？白居易的《长恨歌》说杨贵妃之美是，"**后宫佳丽三千人，三千宠爱在一身**（同420）"，她在高兴时"**回眸一笑**

百媚生，六宫粉黛无颜色"，而在伤心时，那美丽的面容像一枝带着春雨的梨花，"玉容寂寞泪阑干，梨花一枝春带雨"。西施之美，唐代诗人鱼玄机在《浣纱庙·西施》词中有句："**一双笑靥才回面，十万精兵尽倒戈。**(750)""靥"即酒窝。看来西施的美，是那张绝美的面容上有双酒窝，美上加美。貂蝉之美，罗贯中在《三国演义》中有首《咏貂蝉》作了描述，诗曰："**一点樱桃启绛唇，两行碎玉喷香春。**(751)"看来貂蝉的美，尤在樱桃般的小嘴和细白整齐的牙齿，洋溢出难于抗拒的青春美的芬芳。王昭君如何美，未见诗有写，但你从杜甫的《昭君怨》诗中对臊膻、老朽的胡人嗤视，与对昭君娥眉愁绪泣血的怜惜，能感觉到王昭君的确非常美，诗曰："**胡草如霜黛冢边，孤心托雁汉家船。丹青嫉妒君何恨，红叶磋砣妾自怜。樗栎已残持锦绣，琵琶尤怨弄冰弦。胭脂误点娥眉乱，故国膻臊泣血篇。**(752)"

描写美人，三国曹植的《洛神赋》对神女的描写最为详细且美妙神奇。就神女的身条与姿容的大貌，赋曰："**翩若惊鸿，婉若游龙，荣曜秋菊，华茂春松。仿佛兮若轻云之蔽月，飘飘兮若流风之回雪。远而望之，皎若太阳升朝霞。迫而察之，灼若芙蓉出渌波。秾纤得衷，修短合度。**……"接下来这篇赋对神女的'肩''腰''颈''肤''发''眉''唇''齿''眸''靥''骨''腕'，以及对所穿戴的'服装''首饰''鞋子'等作了洗练而精彩的描述，具有很高的艺术欣赏价值。

美女历来为皇帝、官贵青睐。南朝的范晔说："楚王好细腰，宫中多饿死。"因为楚王喜欢细腰的女人，为争宠，宫中饿死了不少宫女。皇宫里的嫔妃宫女争奇斗艳，若有幸得到皇上的恩

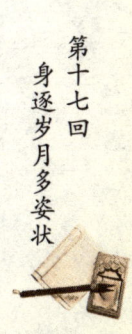

宠，若春风拂来，更是媚采夺人。李白的《清平调 三首》有句："云想衣裳花想容，春风拂槛露华浓。（753）"就是描写杨贵妃因长得太美，也善于拨弄姿情，常使唐明皇喜笑颜开，情不自支。是谓"名花倾国两相欢，长得君王带笑看（753）"。白居易说，唐明皇因为有了杨贵妃，连早朝都不上了："汉皇重色思倾国，御宇多年求不得。春宵苦短日高起，从此君王不早朝。（同420）"清代吴伟业的《圆圆曲》有句描写明将吴三桂听到爱妾陈圆圆被人掳走，勃然大怒，调兵遣将要攻打李自成，诗曰："恸哭六军俱缟素，冲冠一怒为红颜。（同426）"总的说来，腐败的权贵与轻佻的美女都喜欢对方，是因各有所需。

美人饰装 人，三分长相，七分打扮，美女更爱如此是因"花香自有蜂蝶绕，树大引来凤做巢"。杜甫在《丽人行》里描写的丽人服饰："绣罗衣裳照暮春，蹙金孔雀银麒麟。（同421）"其服装美极了，上面绣着红阳落照的春色与金色的孔雀及银色的麒麟嵌而相合的美丽图案。白居易对骠国即今缅甸艺人来唐朝贺演艺的头饰有句十分精彩的描写："珠缨炫转星宿摇，花鬘抖擞龙蛇动。《骠国乐》（754）""鬘"即头发，将"珠缨"和"花鬘"的抖动比喻成"星宿摇""龙蛇动"，浑身上下飘彩点动，是为神来之笔。辛弃疾的《青玉案·元夕》词有句："蛾儿雪柳黄金缕，笑语盈盈暗香去。（同168）"元夕夜里灯火辉煌，女人们身着华服，戴着美丽的头饰，走欢嬉笑，一片笙歌起舞的节日景象，美不胜收。其中的"蛾儿""雪柳""黄金缕"都是头饰。柳永的《木兰花》词也有句："美人纤手摘芳枝，插在钗头和凤颤。（同307）"靓丽的美人用纤细的手，摘取鲜嫩的花枝这一幕，的确很美，而丽容佩戴精美的头饰再插上鲜花，真是锦上添花。

☂ **威健灵动**　对人的姿状与行为表情的描写，杜甫的《丹青引赠曹将军霸》诗中，有段对当时的名画家曹霸在临烟阁画的功臣画面的精彩描述，诗曰："**良相头上进贤冠，猛将腰间大羽箭。褒公鄂公毛发动，英姿飒爽来酣战。**（同458）"曹霸的画固然好，而杜甫以诗再现了这幅画，人物姿态栩栩如生，神采飞动，其威严、勇猛的鲜明个性尽在其中，使人看后拍案称绝。杜甫对武林高手绝技姿态的描写也十分出色，他在《观公孙大娘弟子舞剑器行》中有句"**来如雷霆收震怒，罢如江海凝清光**（755）"。人物出场时那种叱咤风云之势，收场时，戛然而止、静如江海退潮清光聚集之状，其威猛之气令人震惊。素以刚烈著称的明代谏臣、文学家李梦阳，在《戏作放歌寄别吴子》里，用极度夸张的语言形容一位英武少年大有排山倒海的气度，使拳可击碎庐山，飞脚能踢裂鄱阳湖。诗道："**匡庐小琐拳可碎，鄱阳触怒踢欲裂。**（756）"元代杨维桢称赞刘邦是真龙天子，对他及将领的威猛和豪气冲天的气势，用浪漫的辞藻作了这样的描述："**将军下马力排山，气卷黄河酒中泻。**（同592）"句中的"力排""气卷""泻"这些字词的使用，很有气势，虽夸张无度，但给人以壮美之感。

　　除了对人的姿状情态的描写外，诗人对动物的矫健、敏猛、灵动也有描写，这里不能不再次提到苏轼的《祭常山回小猎》诗中的美句："**弄风骄马跑空立，趁兔苍鹰掠地飞。**（同162）"其势似猎弓弦断，险落惊腾。从描写的画面看，前句是飞驰勒马作竖向腾空之状，后句是鹰落兔跃呈俯冲横飞之姿。其骏马与苍鹰威猛

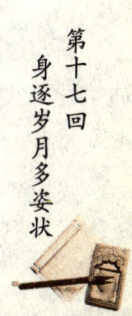

灵健的英姿被描写得淋漓尽致。而他在《百步洪》里对马与鹰姿状的这句描述也似有风驰电掣，猛水决岸之势，非同凡响："**有如兔走鹰隼落，骏马下注千丈坡。**（同161）"。

☂ **人逢喜事**　冯梦龙曾说："**人逢喜事精神爽，月到中秋分外明。**"明代的汤显祖在杂剧《牡丹亭》中有词："**莺逢日暖歌声滑，人遇风情笑口开。**"诗人王维说："**花迎喜气皆知笑，鸟识欢心亦解歌。**《既蒙宥罪旋复拜官伏感圣恩……》"那么人生中最得意的事是什么？《增广贤文》中讲是"洞房花烛夜，金榜题名时"。新婚，当数人生头等大事，大喜自不必说。而为之金榜题名，趋者若鹜，如过江之鲫。要是榜上有名，若为"**玉堂未拟登三辅，金榜先叨第一名。**施槃《恩荣宴诗》"其甚喜可致人发疯。唐代诗人孟郊看到自己中进士榜第，那个高兴劲，跃马收僵，驰骋长安，他在《登科后》诗中有句"**春风得意马蹄疾，一日看尽长安花**（757）"便是作者对此时乐不可支情形的实写。

喜事因人因事因时而喜的感觉、程度不同。对于青春少年，最喜的事莫过于在喜爱的活动中有所收获。盛唐著名边塞诗人王昌龄在《观猎》诗中，描写一位少年打猎归来时的得意之情："**少年猎得平原兔，马后横捎意气归。**（758）"而对于游客，最喜的是看到了一处绝佳的风景。如北宋进士潘良贵的《题三江亭》诗云："**登城忽睹三江水，快我平生万里心。**（759）"但对于立有大志的人，历经艰难，事业终获成功，这才是最痛快的事。西汉刘邦由一个村官，打下了天下当了皇帝，恐怕没什么事比之更高兴的了。他的《大风歌》就是此时狂喜所作，诗曰："**大风起兮云飞扬，威加海内兮归故乡，安得猛士兮守四方。**（760）"大意是，推翻秦王朝建立新王朝，我终于赢得了胜利。君王的尊严至高无上，浩浩荡荡我衣锦还乡。我是踌躇满志，而哪里能得到忠实于我的猛士，守住我的王国的四方。而对于一个深受战争折磨远离他乡的平民，最高兴的是听到战争获胜，立马回家乡的那一时刻。杜甫的诗《闻官军收河南河北》就是表达这样的心情："剑外忽传收蓟北，初闻涕泪满衣裳。却看妻子愁何在，漫卷诗书喜欲狂。白日放歌须纵酒，青春作伴好还乡。即从巴峡穿巫峡，便下襄阳向洛阳。（同160）"此诗以真实而细腻的情愫变化为线索，通过一连串景物的快速转换，畅快淋漓地表达出作者当时如痴如醉的喜悦。

☂ **自然、文物** 　保护大自然与文明古迹，古人早已有之。三国时的曹植在《野田黄雀行》里赞美一少年拔剑削网救雀，人与雀互动的感人故事，言尤简而生动："**不见篱间雀，见鹞自投罗。罗家得雀喜，少年见雀悲。拔剑捎罗网，黄雀得飞飞。飞飞摩苍天，来下谢少年。**（同613）"唐代诗人杜牧对保护动物有句名言："劝君莫射南来雁，恐有家书寄远人。"大诗人白居易有首诗名曰《鸟》，也有相似的一句讲得更为深切："**劝君莫打枝头鸟，子在巢中望母归。**（761）"这是保护动物的最佳说词，尤是后句以比兴的写法描述，令人动情。他在《杨柳枝词》里又恳切地劝告人们保护植物，词曰："**小树不禁攀折苦，乞君留取二三条。**（同277）"南宋诗人周密在《西塍废园》诗里也讲到保护植物，但较含蓄，诗曰："**园翁莫把秋荷折，留与游鱼盖夕阳。**（762）"欧阳修的《画眉鸟》诗则从另一角度说到保护动物，曰："**始知锁向金笼听，不及林间自在啼。**（同451）"说鸟儿上了人的

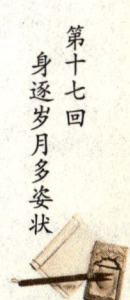

第十七回　身逐岁月多姿状

247

当，钻进了金色的笼子，方知其中的滋味，哪能比得上林中自由自在的欢畅。寓意还是将鸟放飞归林，还了鸟儿的自由吧！

唐朝大文学家韩愈对保护文物有首长诗《石鼓歌》，此诗写得辞泓情切，音韵铿锵，录其末尾一段可窥见一斑："**日销月铄就埋没，六年西顾空吟哦。羲之俗书趁姿媚，数纸尚可博白鹅。继周八代争战罢，无人收拾理则那。方今太平日无事，柄任儒术崇丘轲。安能以此上论列，愿借辩口如悬河。石鼓之歌止于此，呜呼吾意其蹉跎。**（*804）"读韩诗如阅其文，文构严谨，掌故用典，说论凿凿，气势虹贯。虽辞藻飞达，也多艰难懂。石鼓文系我国最早刻在鼓形石上的秦代刻石，书体为大篆，诗人感慨其珍贵文物不被重视，今世难保，故力谏当局保护却又不被采纳，因之大声疾呼，读后无不为之所动。石鼓文于今能得藏于北京故宫博物院，韩愈功不可没。

翁童垂钓 垂钓是古人喜爱的活动，相传"姜太公钓鱼"的故事就是在周文王时期，有言道"姜太公钓鱼愿者上钩"。柳宗元的《江雪》被历代评为写雪的千古绝唱，有句"**孤舟蓑笠翁，独钓寒江雪**（同95）"其中说到了垂钓。唐代诗人储光羲的《钓鱼湾》是描写垂钓的佳篇。诗曰："**垂钓绿湾春，春深杏花乱。潭清疑水浅，荷动知鱼散。**（764）"语言虽精炼，但所描绘出的春钓环境，由远而近，由大到小，颇有层次而色彩丰富。水欲静，则鱼儿动，极灵趣妙。唐代诗人胡令能的《小儿垂钓》也是描写垂钓的名篇。诗曰："**蓬头稚子学垂纶，侧坐莓苔草映身。路人借问遥招手，怕得鱼惊不应人。**（765）"此诗对鱼儿正要上钩的刹那，童子怕人惊动，其幼稚活泼的天性表现出的诙谐神态的描写，十分传神而真实。

☂ **旅途逢生**　描写人的一日行踪，令人记起的多是军旅生活。唐代李颀《古从军行》诗中有句"**白日登山望烽火，黄昏饮马傍交河**（同93）"，作者通过边防将士一天巡防的行迹，描绘出辽阔疆域悠悠旷达的一种景象。虽处于战火前线，又有一种静谧的气氛，尤是黄昏落照饮马交河旁，其景万般美妙诱人向往。此句所描写的军旅生活，与岑参的"**朝登剑阁云随马，夜渡巴江雨洗兵**（同200）"有韵味同感之妙。

屈原的《离骚》这部具有巨大艺术价值的千古绝唱，也有句记录他离开楚国流放他乡的一天生活："**朝饮木兰之坠露兮，夕餐秋菊之落英**。（同212）"早餐饮的是花儿落下的露水，晚餐吃的是秋菊落下的花瓣。屈原因小人谗言，失去了楚怀王对他的信任，只身落魄出走，一路无人相助，哀愤郁闷。这样的生活，对于这位曾做过楚国高官的大臣来说，尤显路途之艰辛。

人在路途，时有迷路，或身处险境，绝望时突见生路，最使人兴奋感慨。这类情景，陆游和王安石都有精彩的描写。陆游的《游山西村》诗中云："**山重水复疑无路，柳暗花明又一村**。（766）"王安石的《江上》诗有云："**青山缭绕疑无路，忽见千帆隐映来**。（767）"两人的此诗句相比较，陆游写得更为自然流畅新怡。

第十七回　身逐岁月多姿状

第十八回
书画乐艺献绝技

中华民族是一个善文、善书、善歌、善舞、善技、善酒的民族。许多诗词大家都有一技多能，如苏轼，不仅诗文做得好，而且书法、绘画也是名家。岳飞、辛弃疾，不仅词做得好，而且胸有韬略，武艺高强。元代杂剧家高明的《琵琶记》有句"**不是一番寒彻骨，怎得梅花扑鼻香**"，《警世贤文》中说"**宝剑锋从磨砺出，梅花香自苦寒来**"，都是说，一个人不论有什么技能，主要是通过后天努力得到的。他们的超凡能力或奇异技能，一经诗人笔下，被尽致表达，各显神通，而给后人留下的仅是对诗人才华和笔艺的赞美。

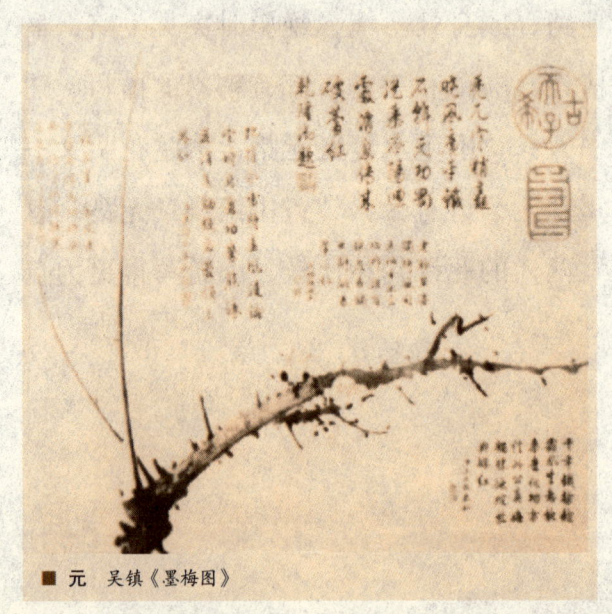

☂ 身怀绝技 论人的技艺，曹植的诗《白马篇》中有句描写猎手高超技艺的名言："**扬手接飞猱，俯

■ 元 吴镇《墨梅图》

身散马蹄。(同547)"意思是，武艺高强的猎手，扬起手中的弓箭，就能射落丛林中飞窜的猴子，俯身就能射碎飞奔的马蹄。而有此绝技，在于功夫训练上的精益求精，达到炉火纯青的境地。曹植的这句诗描绘的意境美妙绝伦，行笔洒脱自然，健力穿巧，生动尤见。其中的"接""散"两字用得绝佳。杜甫的《哀江头》里也有明写箭手武艺精湛的一幕："**翻身向天仰射云，一箭正坠双飞翼。**(768)"作者用潇洒流畅的语辞，将一幅富有张力的矫健姿态与飞矢中的组成了复杂而惊奇的画面，清晰地展现在读者面前。"仰射""正坠"这些词用得很精妙。也可能是这箭恰好碰着，全可不必较真。 其实是写突来的马嵬坡之变将唐玄宗与杨贵妃的人生斩断。

端州（现广东肇庆市）的端砚，是我国的名砚，尤以紫石砚名贵。唐代诗人李贺在《杨生青花紫石砚歌》里，这样称赞制作端砚技术的精湛和砚质的精美以及砚石的难得："**端州石工巧如神，踏天磨刀割紫云。**(769)"说此砚仿佛由鬼斧神工般的艺人，踏破青天割下来的一块紫云。诗人的丰富想象力着实令人敬佩。唐代胡令能的《咏绣障》是首生动描写绣工女以娴熟的技艺刺绣的诗篇。诗曰："**日暮堂前花蕊娇，争拈小笔上床描。绣成安向春园里，引得黄莺下柳条。**(770)"诗里几位绣女竞相拈取画笔，对着日暮时屋前的簇簇鲜花，在绣床上描绘图案。她们动作轻灵，姿态优美，那巧夺天工的绣技，绣出了足以乱真的美丽屏风，把它安放到花园里，竟诱使黄莺离开柳枝向屏风飞来。诗言数笔便美妙似真地写出这一过程，实属佳作。唐代诗人奉蚌的诗句《思故乡》"**绿罗剪作三春柳，红锦裁成二月花**(771)"，妙喻布衣、刺绣等我国的传统工艺不乏有绝技的艺人，他们的艺品精美，鲜活的图案酷似真景。

三百六十行，行行出状元，明太祖朱元璋曾给一名阉猪的屠户写了一幅春联，夸耀他的刀技非凡："**双手劈开生死路，一刀割断是非根。**(772)"这幅联子写得煞有气势，似是悍将落难，震怒发威，杀出了一条血路。焉知是写给屠户？真是微妙至极，工对妙合，不仅说到屠夫技能高超，而且巧用"是非根"这一诙谐词语，替代所阉部位，要人们断掉淫邪的念头，粗鲁中尽显格调高雅。有人曾为理发店题联："**虽然毫末技艺，却是顶上功夫。**"前句像是在贬此技艺是小中之小，实为后句褒扬其是绝中之绝铺垫，欲擒故纵，语中见奇，巧妙地写出理发技艺的特点和对这一行业劳动者的高度赞扬。语言本应是一张生动的面孔，越是接近现实生活的就越有活力，并不张秽落俗，而更具美的表现力和感染力。

☂ **赞美画技**　绘画、书法、诗词都是用笔涂写出不同画面的艺术形式，它们如同宗兄弟，同襟联袂。中国的绘画、书法、诗词博大精深，此三艺，身怀一绝技，便可出人头地，为人推崇。当年，苏轼评《王维吴道子画》，说他们的画技"**当其笔下风雷快，笔所未到气已吞**(773)"。王维吴道子的画的确很美，而苏轼的这句诗对画技的评价写得实在太美了，"快""吞"两字用得极佳，一个"快"字，将画家霎时用笔如"兔跃鹰落"的状态活灵活现地表现了出来。而"吞"字则恰切地表述了画家有一种超凡的气度推动着画笔的运势，整个描述有种腾云驾雾气吞山河的壮美之感。

杜甫也是喜爱赏画的诗人，有次他看到王宰的一幅山水画，深为这幅画的艺术魅力所吸引,称赞画得逼真,于是作《戏题王宰画山水图歌》诗一首,其曰:"**焉得并州快剪刀,翦取吴淞半江水。**(774)"诗人这里用了一个典故,相传晋代的索靖观赏顾恺之画,不禁赞叹:"**恨不带并州快剪刀来,剪去松江半幅练墨归去。**"杜甫深为这幅山水图的艺术魅力所吸引,在这里借索靖之语,以王宰画比之顾恺之的画,写得含蓄简练且甚为筋道有味。

王蒙是元代著名书画家,其书画得到同时代的画家、诗人倪瓒的盛赞:"**笔墨精妙王右军,澄怀卧游宗少文。王侯绝力能扛鼎,五百年来无此君。**(775)"诗中"王右军"即东晋的书圣王羲之,"宗少文"是南朝著名画家,性情旷达善游山观水。"王侯"指书画家王蒙。说王蒙的书画深得王羲之书艺和宗少文画技的真传,五百年后无人超越。其赞语摘绝秀以堪比,吐妙言以美誉,实为绝伦。

清代著名书画家郑板桥曾为自己的画题联:"**删繁就简三秋树,领异标新二月花。**"此联是作者对绘画创作技艺的经验之谈,上联说画风,要凝练有致,删繁就简,像秋叶落尽见风骨的三秋树。下联说创作要勇于创新,敢于独辟蹊径,标新立异,要像早春的二月花那样新鲜。联言优雅,喻妙贴意,语切精髓,虽是古人之言,但对艺术创作具有永恒的理论价值和现实意义,凸显出艺术大家的风范。

白居易的《画竹歌》是赏画诗中的一部杰作,对画家萧悦的画评价颇高,描述得皆为生动十分精彩,诗曰:"**萧郎下笔独逼真,丹青以来唯一人。人画竹身肥臃肿,萧画茎瘦节节竦。人画竹梢死赢垂,萧画枝活叶叶动。不根而生从意生,不笋而**

成由笔成。野塘水边碕岸侧，森森两丛十五茎。婵娟不失筠粉态，萧飒尽得风烟情。举头忽看不似画，低耳静听疑有声。……（776）"该诗落笔直说，古往今来，多少丹青妙手画竹，与真竹相似者鲜有，而独有萧悦下笔逼真，可谓画竹第一人。接着诗人将萧画与他人所画几作对比后说，萧画的竹子生长在野塘水边的碕曲岸侧，这样的环境生长的竹子自然是挺拔秀丽。形容竹子的神态若"婵娟"秀美，青嫩的带粉有"筠粉"鲜态。由于画得如此逼真，使诗人怀疑这不是画，而是真竹，于是"低耳静听疑有声"，竟使人产生错觉，确认是生长于泥土之中的真实竹子。再次说明萧氏的竹画是"丹青以来独一人"的赞誉绝非虚言。诗中"低耳静听疑有声"，此语意表传神，乃是神来之笔。

　　人物画较之山水画更难画，缘由是山水泛动而无情，而人似静中也有情，情感复杂到细腻处最难画出。明代汤显祖的《牡丹亭》有句："三分春色描来易，一段伤心画出难。"唐代诗人高蟾的《金陵晚望》也这样说："世间无限丹青手，一片伤心画不成。（777）"如此说来，前述杜甫对画家曹霸所画的人物画的描述："良相头上进贤冠，猛将腰间大羽箭。褒公鄂公毛发动，英姿飒爽来酣战。（同458）"再次表明曹霸的画技绝对是超一流的，因为此画，画出了人的个性灵性，画出了感情，画出了风采。

　　☂ **惊叹文笔**　写文之难，在于用心，而用心未必能写出美文，在于功力不够，功力根于先天而成于后天，后天者，如三尺寒冰非一日之功。故人云：人能举起千斤之重，而难挪动二两重的笔头。所以，人们极言敬佩大手笔者。陆游曾言："**诗情也似并刀快，剪得秋光入卷来。**《秋思》"说，有才情的诗人，他们手中的笔如同剪刀一般锋利，能把大自然的美景剪来成画。

　　被人称之为诗圣的杜甫盛赞李白的文采，他在《寄李十二白二十韵》里称李白的诗："**笔落惊风雨，诗成泣鬼神**。(778)"在《醉歌行》里又称李白诗的力量之大，"**词源倒流三峡水，笔阵独扫千人军**。(779)"其盛赞，妙喻绝伦。杜甫为人谦虚、朴实，读后有种慕李白而敬杜甫的感受油然而生。宋代著名的政治家、文学家王安石，在《杜甫画像》诗里对杜甫作了这样的评价："**力能排天斡九地，壮颜毅色不可求**。(同593)"出句说杜甫的诗有排山倒海的力量，对句说他的面容威毅，具有令人敬佩的坚毅和朴实的品性。杜甫的诗不仅有一种震撼力，著名诗人杜牧说，读了杜甫的诗着实让人痛快，怎么个痛快？他在《读韩杜集》里这样用诙谐妙语评价杜甫的诗韩愈的文："**杜诗韩集愁来读，似倩麻姑痒处搔**。(780)"其妙喻，是诗人读其文得妙处，兴奋之极，心悟使然，信手拈来。李白一向桀骜不驯，浪漫风趣，但他非常崇拜屈原的诗文。他在《江上吟》中说："**屈平词赋悬日月，楚王台榭空山丘**。(同524)"意思是说，屈原美丽的词赋同日月一样将永存，而显赫一时的楚王的宫殿楼台早已成秃山丘。诗中接着又说，好的诗文能玩山岳于掌股之中，他高兴起来作的诗就有这样的能量："**兴酣落笔摇五岳，诗成笑傲凌沧州**。"杜甫对南北朝的庾信的诗评价也很高。他在《咏怀古迹五首（其一）》有句："**庾信平生最萧瑟，暮年诗赋动江关**。(781)"萧瑟乃寂寞凄凉之意，意思是庾信在他国身居显贵，被尊为文坛宗师，而他深切思念故国乡土，为自己身仕敌国而羞愧、悔怨，所以，庾信平生最凄凉。正因如此，他暮年的诗赋写出了忠国思乡的耿耿心怀，苍劲老辣，惊动江关。一个"动"字把庾信诗的水平提高到空前的高度。

唐代著名诗人元稹与名妓、诗人薛涛是好友，他在《寄赠薛涛》这首诗里盛赞薛涛的口才和文笔："**言语巧偷鹦鹉舌，文章分得凤凰毛。纷纷词客皆停笔，个个君侯欲梦刀。**（782）"薛涛貌美，秉性率直，有鹦鹉般的舌头，伶牙俐齿，令君侯惧怕而嫉恨。她八岁作诗，精通音律，成人后写的诗，文采飞扬，让须眉都自叹弗如，纷纷停笔。对于这样一位才女，怎么能不使那些习性逞强的男性妒嫉和羞恨呢？陶渊明是写山水诗的大家，语言平实、自然天成，金代元好问赞美陶渊明的诗风："**一语天成万古新，豪华落尽见真淳。**《论诗三十首（其四）》（783）"说陶渊明的诗，摒弃了纤丽浮华的饰表，露出真挚纯朴的美质，令人什么时候读来都感到新颖。罗贯中在《三国演义》中赞赏杨修的才华，说他"**笔下龙蛇走，胸中锦绣成。开谈惊四座，捷对冠群英**"。唐代卢照邻在《五悲文·悲才难》中赞叹那些才思敏捷卓有才华的人，说他们能说善写，令人叹服："**高谈则龙腾豹变，下笔则烟飞雾凝。**"他的《释疾文·粤若》里也有句"**下笔则烟飞云动，落纸则鸾回凤惊**"。这两句，也形象地描述了书法名家高超绝伦的妙手艺术。

关于著文，晋代陆机的《文赋》是篇杰作，文中讲："**笼天地于形内，挫万物于笔端。**"意思是，作文要将写的"天地"收笼，并赋之为形象化，然后挥笔如刀，将万物折于笔端，任姿发挥，酣畅淋漓泻于文翰。明代的杨继盛认为，为文既要伸张正义，又要妙笔生花，是为"**铁肩担道义，辣手著文章**"。后来，李大钊改一字"辣"为"妙"字，故为千古名句"铁肩担道义，妙手著文章"。清代文学家袁枚在《遣兴二首》诗中认为"**爱好由来落笔难，一诗千改始安心**(784)"。他又说："**下字如下石，石破天方惊**。《改诗》"作一首好诗实在很难，要改上千百遍才能安心。杜甫言诗："**语不惊人死不休**"，韩愈曰诗"**横空盘硬语，妥帖力排奡**。"陆游不这么认为，他在《读近人诗》里讲："**琢雕自是文章病，奇险尤伤骨气多**。(785)"南宋著名词人姜夔也有同感，他回到家乡看到儿时作的词赋，是那样的天真纯朴自然，而现在所作诗文，碍于世故，咬文嚼字，折直从曲，多伤筋骨。于是作《除夜自石湖归苕溪（其九）》感叹道"**旧时曾作梅花赋，研墨于今亦自香**(786)"。李白主张文章的风格要自然纯美，反对装饰雕琢。他有句名言："**清水出芙蓉，天然去雕饰**。(同554)"意思是，文学作品要像荷花出水那样自然清新，质朴明媚，毫无雕琢之痕。宋代的王安石也是诗文的大家，他甚至认为那些反映历史的史书，穿凿附会，歪正曲直，难分善恶真假，犹如千年陈屋中的封尘，不值一看。他在《读史》诗中云："**自古功名亦苦辛，行藏终欲付何人。当时黮暗犹承误，末俗纷纭更乱真。糟粕所传非粹美，丹青难写是精神。区区岂尽高贤意，独守千秋纸上尘**。(787)"

🍂 **歌舞乐技** 　与绘画、书法、诗词三艺不同的另三艺即歌技、舞技、乐技，在古代中国它们是为上流社会王宫贵族奢靡生活称欢逗乐的行业。从事这类行业有此技能的女子，被称为歌伎、舞伎、乐伎，她们社会地位卑下，依附他人，为了生活凭借技能争宠于朝欢歌于市。其非凡的技能也常能得到人们的称赞和同情，特别是诗人的称颂。

第十八回　书画乐艺献绝技

257

对歌伎的美声，宋代晏几道的《浣溪纱》词是这样评价的："**唱得梅花字字香，柳枝桃叶尽深藏。**（788）"其歌声之美，唱梅花时能闻到它的芳香，竟使柳枝桃叶自惭不如，因羞而藏了起来。白居易的《竹枝词四首》里有句"**唱到竹枝声咽处，寒猿暗鸟一时啼**（789）"，当主角唱到心酸鸣咽时，似如猿哀鸟啼的陪声乍起，此句十分传神地描绘了场景的悲哀。

除歌伎之歌外，朋友乡亲间的来往，时有以歌互诉衷肠，如杜甫的《羌村三首》诗中曰："**请为父老歌，艰难愧深情。歌罢仰天叹，四座泪纵横。**（同652）"以朴实的语言，描述战乱中他远归家乡，乡亲们来看他簇拥在一起，情奋激昂以歌代述的情景。韩愈的诗《八月十五夜赠张功曹》里有，"**君歌声酸辞且苦，不能听终泪如雨。**（790）"说朋友唱的歌，如此悲哀凄酸，竟使我未等他唱完已泪流如注。刘禹锡在《酬乐天扬州初逢席上见赠》诗里却是另一种气氛："**今日听君歌一曲，暂凭杯酒长精神。**（同413）"描绘在迎接白居易的宴会上，朋友们歌声朗朗，觥筹交错，相互祝愿的气氛热烈。

歌声常以舞伴，歌舞升平。宋代诗人刘兼的《春宴河亭》诗中描写的歌与舞如形影相随，舞起声朗："**舞袖逐风翻细浪，歌尘随燕下雕梁。**（791）"宋代词家晏几道有首词描绘与久别的佳人相逢于宴会，遂想起看当年女子宴中起舞放歌的欢姿："**舞低杨柳楼心月，歌尽桃花扇底风。**《鹧鸪天》（792）"其情感的激越，纷舞到月亮西沉，歌尽已无力挥扇。然而就舞姿的美妙，柳永的《木兰花》词描写得最为精彩："玲珑绣扇花藏语，宛转香茵云衬步。""**香檀敲缓玉纤迟，画鼓声催莲步紧。**（793）"其中描写那绣扇妙藏娇面迈出的花步，被一阵紧锣密鼓的催声进入加快的情景，着实精彩。白居易的《长恨歌》中有句"**渔阳鼙鼓动地来，惊破霓裳羽衣曲**（同420）"。这情景也颇为精彩，一片响天动地的鼓乐声中，和着美妙歌曲与舞姿的情景是多么的欢畅。歌舞多在酒后，白居易有首诗名曰《歌舞》，描写唐朝时酒后到歌舞厅的情景："**朱轮车马客，红烛歌舞楼。欢酣促密坐，醉暖脱重裘。**（794）"一番觥筹交错的酣酒之后，男朋女友从酒宴出来，坐红轮马车驱向歌舞厅。在那儿，他们欢畅簇拥在一块，因醉酒热闷得不行，纷纷脱去身上的裘皮大衣。其涓涓神韵，脉通今魂。

歌与舞须有乐器伴奏，演奏乐器的人称为乐伎。描写乐伎的诗文不少，但成为千古绝唱的当数白居易的《琵琶行》。元和十年，宰相武元衡被人谋杀，白居易上书请捕刺客，被奸佞指责越职奏事，贬为江州刺史（今江西九江），进而又诬陷他作的《赏花》《新井》等诗影射朝廷权贵，再贬为江州司马，这是一闲散职务。被贬本是一桩冤案，又连遭打击，心境凄凉，满怀郁愤。次年（既元和十一年）送客湓浦口，看到琵琶女落泊江湖的惨景后，创作出这首传世杰作。

这首诗在艺术手法上，语言形象，音色耳目，精述绝伦，堪为诗典里的重量级瑰宝。尤其是描写琵琶演奏的那一段，真是一唱三叹，音妙显情，令人拍案称绝。这里截取精彩的段落来欣赏："**转轴拨弦三两声，未成曲调先有情。……低眉信手续续弹，说尽心中无限事。轻拢慢捻抹复挑，初为霓裳后六幺。大弦嘈嘈如急雨，小弦切切如私语。嘈嘈切切错杂弹，大珠小珠落玉**

盘。间关莺语花底滑，幽咽泉流水下滩。冰泉冷涩弦凝绝，凝绝不通声暂歇。别有幽愁暗恨生，此时无声胜有声。银瓶乍破水浆迸，铁骑突出刀枪鸣。曲终收拨当心画，四弦一声如裂帛。东船西舫悄无言，唯见江心秋月白。……（同625）"

作者先用"转轴拨弦三两声"一句写校弦试音，赞叹其"未成曲调先有情"。然后写"初为《霓裳》后《六幺》"的弹奏过程，用"低眉信手续续弹"、"轻拢慢捻抹复挑"描写弹奏的神态，且用"似诉平生不得志"、"说尽心中无限事"概括琵琶女抚琴倾曲抒发内心深处的情感。从"大弦嘈嘈如急雨"到"四弦一声如裂帛"，诗人在描写琵琶演奏过程时用了一系列的生动比喻，使较为抽象的音乐一下子变成了视觉形象。深沉繁密的"大弦嘈嘈如急雨"；轻柔缠绵的"小弦切切如私语"；清脆圆润的"大珠小珠落玉盘"；宛转流滑的"间关莺语花底滑"；低沉悲抑的"幽咽泉流冰下滩"；余韵未尽的"凝绝不通声暂歇"；高亢激越的"银瓶乍破水浆迸，铁骑突出刀枪鸣"；强烈的戛然而止的"四弦一声如裂帛"。它使听者时而悲凄、时而舒缓、时而神怡、时而又惊魂。诗中的这些比喻，形象地再现了丰富的音乐情节，这种复杂的变化经过诗人匠心独运的安排却不混乱，一气卷舒，转落无痕。音调变化曲尽起伏，而景物应变如影随形，从而构成优美而丰富的音乐情节，产生了荡气回肠、惊心动魄的艺术效果。一曲虽终，又用"东船西舫悄无言，唯见江心秋月白"的环境作侧面烘托，给读者留下回味无穷的广阔空间。

作品借着叙述琵琶女的高超演技和她的凄凉身世，抒发了作者政治上遭受迫害的抑郁悲愤之情。且诗中景物、音乐所渲染的气氛与情感紧密契合,始终沉浸在一种悲凉哀怨的氛围里,因而使作品具有不同寻常的艺术感染力。

🍷 **宴会醉酒** 用酒宴送别或庆祝是我国民族悠久的传统。酒宴也是礼仪,能制造出特别的欢快氛围,以充分表达亲人友人间的真挚感情。李白的那首脍炙人口的《金陵酒肆留别》"**风吹柳花满店香,吴姬压酒唤客尝。金陵子弟来相送,欲行不行各尽觞……**(*811)"就是一首描写一次酒宴送别热烈气氛的情感诗。

宴中即诗,常是酒场诗人兴酒时的风采。刘禹锡被罢和州刺史在返回洛阳的途中,在扬州与白居易相逢。酒宴上白居易写诗一首赠刘禹锡,同情他的遭遇且对他鼓励,刘禹锡听后感慨万千,筵中回赠一首,中有一句"**今日听君歌一曲,暂凭杯酒长精神**《酬乐天扬州初逢席上见赠》(同413)",即是受朋友的鼓励后,作者的那种百折不挠、勇于奋进个性的真实表白。据说,苏轼喝酒时只要有人请,总是"吟醉泼墨,不惜与人"。有一美色妾女,名叫李琪,总想得到苏轼的诗画,虽能常见到苏轼,总碍于面软,未尝如愿。在欢送苏轼离开黄州的宴会上 李琪斗胆请字,东坡遂取笔泼洒:"**东坡七年黄州住,何事无言及李琪?恰似西川杜工部,海棠虽好不题诗。**"诗的前两句说,我在黄州居住了很长时间,为什么没写诗送你呢?后两句,用"恰似"起头,笔锋一转,说,请李琪不要见怪,这好比杜甫写诗千万,但从来没为美丽的海棠写过一首诗一样。此诗借人喻物委婉美妙地赞美了李琪,且怨她过于腼腆而未明说。诗人的这种充满机智和风趣的应对,使古时的宴会洋溢出美而浓郁的文化气氛。

古时的宴会又常是权贵们炫耀富有和地位的一种方式。在封

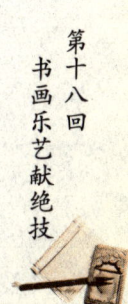

建社会，以皇帝为首的统治集团的生活极度奢侈，宴会豪奢令人咋舌。杜甫的名作《丽人行》就是描写杨贵妃的哥哥杨国忠兄妹一次游宴时的情景，诗中所描绘的筵席之丰盛和隆重令人瞠目，诗曰："**紫驼之峰出翠釜，水精之盘行素鳞。犀箸厌饫久未下，鸾刀缕切空纷纶。黄门飞鞚不动尘，御厨络绎送八珍。**（同421）"紫驼，驼峰肉。翠釜，是指锅的颜色。水精，即水晶。犀箸，用犀牛角制成的筷子。黄门，即宦官。鞚，马笼头，此处指马。八珍，泛指各种山珍海味。你看，翡翠蒸锅里端出精美的紫驼峰，水晶盘送来名贵的白鳞鱼。客人都吃厌了，犀角的筷子久久不动，还在用鸾刀挥来切去往盘中加菜。宴会场外，秩序井然，后来的宦官跃马飞来却不扬起一点儿灰尘，御厨络绎不绝地送来海味山珍。

　　白居易的《轻肥》也是对达官贵人参赴一次宴会的精彩描写。诗曰："**夸赴军中宴，走马去如云。樽罍溢九酝，水陆罗八珍。果擘洞庭橘，脍切天池鳞。食饱心自若，酒酣气益振。**（795）"诗里的"军中宴"的"军"是指保卫皇帝的神策军，由宦官统领。诗中描写参加这次宴会的是一群佩戴朱绂紫绶的高官，他们骑着高马似飞云般奔赴宴场。宴席上喝的是昂贵醇美的九酝酒，吃的是世所罕见的山珍海味，还有新鲜的洞庭甘橘和从天池捕来的肥美鲜鱼，酒宴奢华可谓之极。高官们个个酒足饭饱，显出一幅褚颜醉眼自诩其能的神态。此诗写在唐宪宗元和四年（公元809年），正值江南大旱，广大民众苦难深重，饿殍遍野，而封建统治者如此奢侈腐化，凸现其社会的黑暗。作者以其写实而生动的语言，凝重而讥讽的语调，再现了宴会的奢华，给人留下了深刻的印象和启迪。尤其诗中"溢"、"罗"、"擘"、"切"等字的运用，静中见动，张而切意，体现出诗人在遣辞造句方面的高超笔力。

古代著名诗人多喜嗜酒，如曹操、李白、杜甫、白居易、苏轼、陆游、陶渊明、柳永、辛弃疾、李清照等。著名女词人李清照有首词《如梦令》便是酒后迷路误入他处的记载："**常记溪亭日暮，沉醉不知归路。兴尽晚回舟，误入藕花深处。**(796)"

诗人爱酒，或许因酒对诗的创作确有关联，可能是酒后更易于调动诗人的激情，以创作出妙笔生花的诗篇。用李白的话说是："**酒渴思吞海，诗狂欲上天。**"唐代诗人崔致远有一名句"**神思只劳书卷上，年光任过酒杯中**(同82)"，比较准确地概括了这些文人的生活习性。

论饮酒，首推李白，人称他是诗仙，而李白自诩是酒中仙。他在《月下独酌其二》中曰："**天若不爱酒，酒星不在天；地若不爱酒，地应无酒泉；天地既爱酒，爱酒不愧天。**(797)"李白爱诗如痴，喜酒致狂，虽有大志忒不顺，其桀骜不驯的性格，一旦看破了红尘，欲酒更甚，欲诗更张，出神入化，美妙绝伦。他在《行路难三首（其三）》中有句："**且乐生前一杯酒，何须身后千载名。**(同494)"而在《将进酒》中云："**人生得意须尽欢，莫使金樽空对月。**(同133)"此是他对人生态度的绝好表白。

杜甫作诗与李白齐名，人称诗圣，而喜酒的程度，与李白不分伯仲。他在《绝句漫兴九首》有句说的与李白同感："**莫思身外无穷事，且尽生前有限杯。**(同227)"你看他在《曲江二首》里这么说："**朝回日日典春衣，每日江头尽醉归。酒债寻**

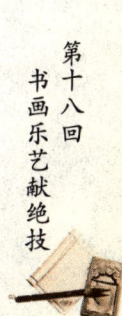

常行处有，人生七十古来稀。（同259）"说他穷也嗜酒，天天都要典衣物来买酒，而且每天都要喝得大醉而归，因喝酒到处赊账，走到哪里都有酒债。即使李白用"**五花马，千金裘，呼儿将出换美酒**（同133）"也不过如此，杜甫的仕途比李白要差很多，一生穷困潦倒，用酒岂不欠债乎？

唐伯虎也嗜酒如命，他的《桃花庵诗》借酒抒发心中的志趣，也表明了他对尘世的态度："**但愿老死花酒间，不愿鞠躬车马前。车尘马足富者趣，酒盏花枝贫者缘。**（同327）"边塞诗人岑参喝酒也很狂放，视与朋友醉酒为人生的一大乐事。他在《凉州馆中与诸判官夜集》中云："**一生大笑能几回，斗酒相逢须醉倒。**（798）"辛弃疾喜酒大醉把路边的松树当成人，他在《西江月·遣兴》词中有一段妙写："**昨夜松边醉倒，问松'我醉何如？'只疑松动要来扶，曰：'去！'**（799）"陆游的《长歌行》中也有对自己一次喝酒的精彩描写："**兴来买尽市桥酒，大车磊落堆长瓶。哀丝豪竹助剧饮，如巨野受黄河倾。平时一滴不入口，意气顿使千人惊。**（同,491）"诗中的"哀丝豪竹"指悲壮的乐器合奏，"巨野"是古时的大湖即"大野泽"，在山东菏泽的巨野县。说这次喝酒，喝尽了酒铺里的酒，酒瓶堆满了一车，酒场有乐器伴奏气氛十分热烈，大家喝起来，如黄河倾注巨湖。他本人平时滴酒不入，而这次喝酒，他令众人吃惊。陆游不甘做一个闲散诗人，常有杀敌报国雄心而无机会，年已至老，故借酒排遣悲愤的心情。所以，此诗能写得颇挥洒自如，波澜迭起，飘逸豪放。

白居易有首诗《问刘十九》是预约朋友来喝新酿制的醅酒，诗曰："**绿蚁新醅酒，红泥小火炉。晚来天欲雪，能饮一杯无？**

（800）"醁酒未经过滤，呈绿色，倒入杯内起泡沫，酷似蚂蚁浮动，故称绿蚁醁酒。在天寒欲来雪的傍晚，约来朋友围着温暖的小火炉喝新制的醁酒，那种感觉实在太美。接到邀请的朋友能不去？该诗写的与他人不同，风格温雅，着彩丰富，有红、绿、白。诗尾问句，温文尔雅倍感温馨，寥寥数语，颇显身居高位的白居易，有嗜酒调侃的雅兴与卓群的文采。

论人的酒量，李白在《襄阳歌》中张言："百年三万六千日，一日须倾三百杯。（801）"而杜甫的《饮中八仙歌》，不仅讲了诗中的八个人个个有海量，而且把每个人的风格、才华描写得栩栩如生，恣情飞动，这里列出诗中四人："李白一斗诗百篇，……天子呼来不上船"，"张旭三杯草圣传，……挥毫落纸如云烟"，"焦遂五斗方卓然，高谈雄辩惊四筵"，"左相日兴费万钱，饮如长鲸吸百川（802）"。元代的杨维桢也是妙笔生花，他在《鸿门会》中的"将军下马力排山，气卷黄河酒中泻（同592）"，对历史上著名的宴会"鸿门宴"上将军酒量的描写夸张出奇，"气卷"一词用得尤有气势，形象传神。

古代的诗词家大都嗜酒如命，岂因口福？否也，其志不能如愿，而泻情于酒，借酒消愁。李白在《将进酒》里一语中的："呼儿将出换美酒，与尔同消万古愁。（同133）"苏轼持酒也因愁，赋曰《水调歌头》："明月几时有？把酒问青天。（同106）"。他在《除夜野宿常州城外》中说得更明白："但把穷愁博长健，不辞醉后饮屠苏。（同467）"唐代郑谷的《中年》有云："情多最恨花无语，愁破方知酒有权。（同701）"意思是说，情多善感的人最怕对方默默无语，反道使自己忧愁牵肠难脱。酒，通筋骨刺神经，闷极时喝酒，把不住饮量，更易兴奋，于是吐露心言，以解郁闷，方知酒确能解愁。此句中的"恨"和"破"字用得好，导引了情绪的起伏和诗意的深化。然而，愁多伤神，酒极则能乱性，是谓"春为花博士，酒是色媒人"。

　　五千年故国文明，以诗为韵，精美的诗词宛如情系人间历代的彩带，缠绵悠长。又像那澎湃的江海，激扬起千古绝唱，讴歌万里河山。故著者有云："悠悠岁月叹绝唱，恰似繁星扑闪光。辞丽屈平悬日月，诗神李杜动八方。苏辛白陆词豪迈，清照柳永情婉长。历代炎黄出杰子，根同异彩是华腔。"

　　注：正文里所选诗词尾句括号内的编号，与附录中诗词全文的序号一致，以便对照。

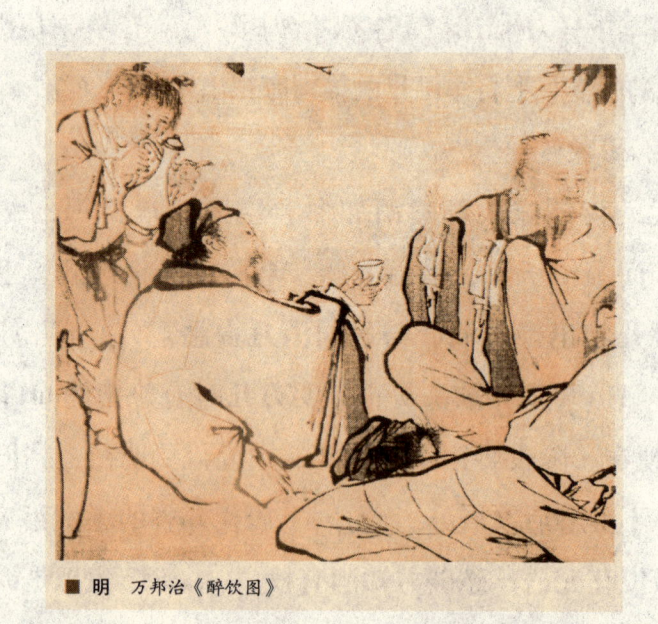

■ 明　万邦治《醉饮图》

附录

正文选句与原诗词对照序列

> 注：附录中的各诗词的序号，与正文中所选诗词尾句后括号内编号一致，以便查找。本附录黑体字表示正文中出现的诗词选句。

(1)《黄山道中》金 赵沨
小谷城荒路屈蟠，石根寒碧涨秋湾。
千章秀木黄公庙，一点飞云白塔山。
好景落谁诗句里，蹇驴驮我画图间。
膏肓泉石真吾事，莫厌乘闲数往还。

(2)《宫中行乐词（其七）》唐 李白
寒雪梅中尽，春风柳上归。
宫莺娇欲醉，檐燕语还飞。
迟日明歌席，新花艳舞衣。
晚来移彩仗，行乐泥光辉。

(3)《蝶恋花》宋 晏殊
南雁依稀回侧阵，
雪霁墙阴，偏觉兰芽嫩。
中夜梦余消酒困，炉香卷穗灯生晕。
急景流年都一瞬，
往事前欢，未免萦方寸。
腊后花期知渐近，寒梅已作东风信。

(4)《早春山居寄城中知己》唐 姚合
阳和潜发荡寒阴，便使川原景象深。
入户风泉声沥沥，当轩云岫影沉沉。
残云带雨轻飘雪，嫩柳含烟小绽金。
虽有眼前诗酒兴，邀游争得称闲心。

(5)《应诏赋得除夜》唐 史青
今夜今宵尽，明年明日催。
寒随一夜去，春逐五更来。
气色空中改，云颜暗里回。
风光人不觉，已著后园梅。

(6)《早春》宋 张耒
辉辉暖日弄游丝，风软晴云缓缓飞。
残雪暗随冰笋滴，新春偷向柳梢归。
可怜鬓发蹉跎老，每惜梅花取次稀。
何事都城轻薄子，买欢酤酒试春衣。

(7)《到京师》元 杨载
城雪初消荠菜生，角门深巷少人行。
柳梢听得黄鹂语，此是春来第一声！

(8)《题惠崇·春江晚景》宋 苏轼
竹外桃花三两枝，春江水暖鸭先知。
蒌蒿满地芦芽短，正是河豚欲上时。

(9)《玉楼春》宋 宋祁
东城渐觉风光好。縠皱波纹迎客棹。
绿杨烟外晓寒轻，红杏枝头春意闹。
浮生长恨欢娱少。肯爱千金轻一笑。
为君持酒劝斜阳，且向花间留晚照。

(10)《春雪》唐 韩愈
新年都未有芳华，二月初惊见草芽。
白雪却嫌春色晚，故穿庭树作飞花。

(11)《凉州词》唐 张籍
边城暮雨雁飞低，芦笋初生渐欲齐。
无数铃声遥过碛，应驮白练到安西。

(12)《游春词》唐 令狐楚
高楼晓见一花开，便觉春光四面来。
暖日晴云知次第，东风不用更相催。

(13)《忆江南》唐 白居易
江南好，风景旧曾谙。

267

日出江花红胜火，春来江水绿如蓝，能不忆江南。

(14)《泊船瓜洲》宋 王安石

京口瓜洲一水间，钟山只隔数重山。

春风又绿江南岸，明月何时照我还？

(15)《游园不值》宋 叶绍翁

应怜屐齿印苍苔，小扣柴扉久不开。

春色满园关不住，一枝红杏出墙来。

(16)《春日》宋 朱熹

（同，略）

(17)《小池》宋 杨万里

泉眼无声惜细流，树阴照水爱晴柔。

小荷才露尖尖角，早有蜻蜓立上头。

(18)《夜月》唐 刘方平

更深月色半人家，北斗阑干南斗斜。

今夜偏知春气暖，虫声新透绿窗纱。

(19)《春思》唐 贾至

草色青青柳色黄，桃花历乱李花香。

东风不为吹愁去，春日偏能惹恨长。

(20)《雨晴》唐 王驾

雨前初见花间蕊，雨后全无叶底花。

蜂蝶纷纷过墙去，却疑春色在邻家。

(21)《春日》唐 鲍溶

径草渐生长短绿，庭花欲绽浅深红。

(22)《送别》宋 苏轼

鸭头春水浓如染，水面桃花弄春脸。

衰翁送客水边行，沙衬马蹄乌帽点。

昂头问客几时归，客道秋风落叶飞。

系马绿杨开口笑，傍山依约见斜晖。

(23)《春至》唐 白居易

若为南国春还至，争向东楼日又长。

白片落梅浮涧水，黄梢新柳出城墙。

闲拈蕉叶题诗咏，闷取藤枝引酒尝。

乐事渐无身渐老，从今始拟负风光。

(24)《彭蠡湖晚归》唐 白居易

彭蠡湖天晚，桃花水气春。

鸟飞千白点，日没半红轮。

何必为迁客，无劳是病身。

但来临此望，少有不愁人。

(25)《西厢记》金 董解元

月色溶溶夜，花阴寂寂春；

如何临皓魄，不见月中人？

(26)《满江红》宋 辛弃疾

敲碎离愁，纱窗外，风摇翠竹。

人去后，吹箫声断，倚楼人独。

满眼不堪三月暮，举头已觉千山绿。

但试将把、一纸寄来书，从头读。

相思字，空盈幅，相思意，何时足？

滴罗襟点点，泪珠盈掬。

芳草不迷行客路，垂杨只碍离人目。

最苦是、立尽月黄昏，阑干曲。

(27)《咏石榴花》宋 王安石

湛蓝千波万里碧，怡情美景只堪少。

浓绿万枝一点红，动人春色不须多。

(28)《怅诗》宋 杜牧

自是寻春去较迟，不须惆怅怨芳时。

狂风落尽深红色，绿叶成阴子满枝。

(29)《蝶恋花》宋 苏轼

花褪残红青杏小。

燕子飞时，绿水人家绕。

枝上柳绵吹又少，天涯何处无芳草。

墙里秋千墙外道。

墙外行人，墙里佳人笑。

笑渐不闻声渐悄，多情却被无情恼。

(30)《晚春》唐 韩愈

早树知春不久归，百般红紫斗芳菲。

杨花榆荚无才思，惟解漫天作雪飞。

(31)《再赋简养正》宋 范成大

南北梅枝蘸雪寒，玉梨皱雨泪阑干。

一年春色摧残尽，更觅姚黄魏紫看。

(32)《诉衷情近》宋 柳永

景阑昼永，渐入清和气序。

榆钱飘满闲阶,莲叶嫩生翠沼。
遥望水边幽径,山崦孤村,
是处园林好。闲情悄。绮陌游人渐少。
少年风韵,自觉随春老。
　追前好。帝城信阻,天涯目断,
暮云芳草。伫立空残照。

(33)《句》唐 杨凌
南园桃李花落尽,春风寂寞摇空枝。

(34)《小溪至新田》宋 杨万里
懊恼春光欲断肠,来时长缓去时忙。
落红满路无人惜,踏作花泥透脚香。

(35)《千秋岁》宋 张先
数声鶗鴂,又报芳菲歇。
惜春更选残红折,雨轻风色暴,
梅子青时节。永丰柳,无人尽日花飞雪。
莫把么弦拨,怨极弦能说。
天不老,情难绝。
心似双丝网,中有千千结。
夜过也,东窗未白孤灯灭。

(36)《初夏绝句》宋 陆游
纷纷红紫已成尘,布谷声中夏令新。
夹路桑麻行不尽,始知身是太平人。

(37)《春晓》唐 孟浩然
　(同,略)

(38)《西江月》宋 苏轼
照野弥弥浅浪,横空暧暧微霄。
障泥未解玉骢骄。我欲醉眠芳草。
可惜一溪明月,莫教踏破琼瑶。
解鞍敧枕绿杨桥。杜宇一声春晓。

(39)《春宵》宋 苏轼
春宵一刻值千金,花有清香月有阴。
歌管楼亭声细细,秋千院落夜沉沉。

(40)《春风》唐 白居易
　(同,略)

(41)《次元明韵寄子由》宋 黄庭坚
半世交亲随逝水,几人图画入凌烟。

春风春雨花经眼,江北江南水拍天。
欲解铜章行问道,安知石友许忘年。
脊令各有思归恨,日月相催雪满颠。

(42)《春夜喜雨》唐 杜甫
好雨知时节,当春乃发生。
随风潜入夜,润物细无声。
野径云俱黑,江船火独明。
晓看红湿处,花重锦官城。

(43)《赠卫八处士》唐 杜甫
人生不相见,动如参与商。
今夕复何夕,共此灯烛光。
少壮能几时,鬓发各已苍。
访旧半为鬼,惊呼热中肠。
焉知二十载,重上君子堂。
昔别君未婚,儿女忽成行。
怡然敬父执,问我来何方。
问答乃未已,驱儿罗酒浆。
夜雨剪春韭,新炊间黄粱。
主称会面难,一举累十觞。
十觞亦不醉,感子故意长。
明日隔山岳,世事两茫茫。

(44)《临安春雨初霁》宋 陆游
世味年来薄似纱,谁令骑马客京华?
小楼一夜听春雨,深巷明朝卖杏花。
矮纸斜行闲作草,晴窗细乳戏分茶。
素衣莫起风尘叹,犹及清明可到家。

(45)《辋川别业》唐 王维
不到东山向一年,归来才及种春田。
雨中草色绿堪染,水上桃花红欲燃。
优娄比丘经纶学,伛偻丈人乡里贤。
披衣倒屣且相见,相欢语笑衡门前。

(46)《忆洞庭》清 汪琬
雨过斑竹千丛绿,潮落芳兰两岸青。

(47)《好事近·梦中作》宋 秦观
春路雨添花,花动一山春色。
行到小溪深处,有黄鹂千百。

附录 正文选句与原诗词对照序列

飞云当面舞龙蛇，夭矫转空碧。
醉卧古藤阴下，了不知南北。

(48)《鹧鸪天·游鹅湖，醉书酒家壁》
　　　　宋　辛弃疾
春日平原荠菜花，新耕雨后落群鸦。
多情白发春无奈，晚日青帘酒易赊。
闲意态，细生涯，牛栏西畔有桑麻。
青裙缟袂谁家女，去趁蚕生看外家。

(49)《雨后池上》宋　刘攽
一雨池塘水面平，淡磨明镜照檐楹。
东风忽起垂杨舞，更作荷心万点声。

(50)《木兰花慢》宋　柳永
拆桐花烂漫，乍疏雨、洗清明。
正艳杏烧林，缃桃绣野，芳景如屏。
倾城，尽寻胜去，骤雕鞍绀幰出郊坰。
风暖繁弦脆管，万家竞奏新声。
盈盈，斗草踏青。人艳冶、递逢迎。
向路傍往往，遗簪堕珥，珠翠纵横。
欢情，对佳丽地，信金罍罄竭玉山倾。
拚却明朝永日，画堂一枕春醒。

(51)《无题四首（其二）》唐　李商隐
飒飒东风细雨来，芙蓉塘外有轻雷。
金蟾啮锁烧香入，玉虎牵丝汲井回。
贾氏窥帘韩掾少，宓妃留枕魏王才。
春心莫共花争发，一寸相思一寸灰。

(52)《广阳山道中》明　梁攀龙
出峡还何地，松杉郁不开。
雷声前嶂落，雨色万峰来。

(53)《望海楼晚景（其二）》宋　苏轼
横风吹雨入楼斜，壮观应须好句夸。
雨过潮平江海碧，电光时掣紫金蛇。

(54)《初夏即事》宋　王安石
石梁茅屋有弯碕，流水溅溅度两陂。
晴日暖风生麦气，绿阴幽草胜花时。

(55)《孟夏》唐　贾弇
（同，略）

(56)《即景》宋　朱淑真
竹摇清影罩幽窗，两两时禽噪夕阳。
谢却海棠飞尽絮，困人天气日初长。

(57)《夏夜叹》唐　杜甫
永日不可暮，炎蒸毒我肠。
安得万里风，飘飖吹我裳。
昊天出华月，茂林延疏光。
仲夏苦夜短，开轩纳微凉。
虚明见纤毫，羽虫亦飞扬。
物情无巨细，自适固其常。
念彼荷戈士，穷年守边疆。
何由一洗濯，执热互相望。
竟夕击刁斗，喧声连万方。
青紫虽被体，不如早还乡。
北城悲笳发，鹳鹤号且翔。
况复烦促倦，激烈思时康。

(58)《观刈麦》唐　白居易
田家少闲月，五月人倍忙。
夜来南风起，小麦覆陇黄。
妇姑荷箪食，童稚携壶浆。
相随饷田去，丁壮在南冈。
足蒸暑土气，背灼炎天光。
力尽不知热，但惜夏日长。
复有贫妇人，抱子在其傍。
右手秉遗穗，左臂悬敝筐。
听其相顾言，闻者为悲伤。
田家输税尽，拾此充饥肠。
今我何功德，曾不事农桑。
吏禄三百石，岁晏有余粮。
念此私自愧，尽日不能忘。

(59)《山亭夏日》唐　高骈
（同，略）

(60)《四时田园杂兴（其二）》宋　范成大
梅子金黄杏子肥，麦花雪白菜花稀。
日长篱落无人过，唯有蜻蜓蛱蝶飞。

(61)《奉和夏日应令》南北朝　庾信

朱帘卷丽日，翠幕蔽重阳。
五月炎蒸气，三时刻漏长。
麦随风里熟，梅逐雨中黄。
开冰带井水，和粉杂生香。
衫含蕉叶气，扇动竹花凉。
早菱生软角，初莲开细房。
愿陪仙鹤举，洛浦听笙簧。

(62)《约客》宋 赵师秀
黄梅时节家家雨，青草池塘处处蛙。
有约不来过夜半，闲敲棋子落灯花。

(63)《送子相归广陵》明 梁攀龙
广陵秋色雨中开，系马青枫江上台。
落日千帆低不度，惊涛一片雪山来。

(64)《登宝婺楼》清 查慎行
一雁下投天尽处，万山浮动雨来初。

(65)《咸阳城西楼晚眺》唐 许浑
一上高城万里愁，蒹葭杨柳似汀洲。
溪云初起日沉阁，山雨欲来风满楼。
鸟下绿芜秦苑夕，蝉鸣黄叶汉宫秋。
行人莫问当年事，故国东来渭水流。

(66)《登柳州城楼寄漳汀封连四州刺史》
　　唐 柳宗元
城上高楼接大荒，海天愁思正茫茫。
惊风乱飐芙蓉水，密雨斜侵薜荔墙。
岭树重遮千里目，江流曲似九回肠。
共来百越纹身地，犹是音书滞一乡。

(67)《初见嵩山》宋 张耒
年来鞍马困尘埃，赖有青山豁我怀。
日暮北风吹雨去，数峰清瘦出云来。

(68)《送梓州李使君》唐 王维
万壑树参天，千山响杜鹃。
山中一夜雨，树杪百重泉。
汉女输橦布，巴人讼芋田。
文翁翻教授，不敢倚先贤。

(69)《离亭燕》宋 张昪
一带江山如画，风物向秋潇洒。

水浸碧天何处断？霁色冷光相射。
蓼屿荻花洲，掩映竹篱茅舍。
云际客帆高挂，烟外酒旗低亚。
多少六朝兴废事，尽入渔樵闲话。
怅望倚层楼，寒日无言西下。

(70)《秋晚》宋 杜耒
获稻已空霜未落，秋风虽老雁犹迟。
丹林黄叶斜阳外，绝胜春山暮雨时。

(71)《酬刘柴桑》东晋 陶渊明
穷居寡人用，时忘四运周。
榈庭多落叶，慨然知已秋。
新葵郁北牖，嘉穟养南畴。
今我不为乐，知有来岁不？
命室携童弱，良日登远游。

(72)《晚泊江镇》唐 骆宾王
四运移阴律，三翼泛阳侯。
荷香销晚夏，菊气入新秋。
夜乌喧粉堞，宿雁下芦洲。
海雾笼边徼，江风绕戍楼。
转蓬惊别渚，徙橘怆离忧。
魂飞灞陵岸，泪尽洞庭流。
振影希鸿陆，逃名谢蚁丘。
还嗟帝乡远，空望白云浮。

(73)《八声甘州》宋 柳永
对潇潇、暮雨洒江天，一番洗清秋。
渐霜风凄紧，关河冷落，残照当楼。
是处红衰翠减，苒苒物华休。
惟有长江水，无语东流。
不忍登高临远，望故乡渺邈，归思难收。
叹年来踪迹，何事苦淹留！
想佳人、妆楼颙望，误几回、天际识归舟。
争知我、倚阑干处，正恁凝愁！

(74)《秋词二首》唐 刘禹锡
其一
自古逢秋悲寂寥，我言秋日胜春朝。
晴空一鹤排云上，便引诗情到碧霄。

其二
山明水净夜来霜，数树深红出浅黄。
试上高楼清入骨，岂如春色嗾人狂。
(75)《山行》唐 杜牧
（同，略）
(76)《送报本寺分韵得通字》唐 牟融
几度乘闲谒梵宫，此郎声价重江东。
贵侯知重曾忘势，闲客频来也悟空。
满地新蔬和雨绿，半林残叶带霜红。
□□□□□□□，□□□□□□□
(77)《失题》唐 宋雍
斜雨飞丝织晚风，疏帘半卷野亭空。
荷花开尽秋光晚，零落残红绿沼中。
(78)《风》唐 李峤
（同，略）
(79)《茅屋为秋风所破歌》唐 杜甫
八月秋高风怒号，卷我屋上三重茅。
茅飞渡江洒江郊，高者挂罥长林梢，
下者飘转沉塘坳。
南村群童欺我老无力，忍能对面为盗贼。
公然抱茅入竹去，唇焦口燥呼不得，
归来倚杖自叹息。
俄顷风定云墨色，秋天漠漠向昏黑。
布衾多年冷似铁，娇儿恶卧踏里裂。
床头屋漏无干处，雨脚如麻未断绝。
自经丧乱少睡眠，长夜沾湿何由彻。
安得广厦千万间，大庇天下寒士俱欢颜，
风雨不动安如山。呜呼！
何时眼前突兀见此屋，
吾庐独破受冻死亦足！
(80)《登高》唐 杜甫
风急天高猿啸哀，渚清沙白鸟飞回。
无边落木萧萧下，不尽长江滚滚来。
万里悲秋常作客，百年多病独登台。
艰难苦恨繁霜鬓，潦倒新停浊酒杯。
(81)《泛洞庭湖三首（其二）》唐 贾至

枫岸纷纷落叶多，洞庭秋水晚来波。
乘兴轻舟无近远，白云明月吊湘娥。
(82)《兖州留献李员外》唐 崔致远
芙蓉零落秋池雨，杨柳萧疏晓岸风。
神思只劳书卷上，年光任过酒杯中。
(83)《倾杯》宋 柳永
鹜落霜洲，雁横烟渚，分明画出秋色。
暮雨乍歇，小楫夜泊，宿苇村山驿。
何人月下临风处，起一声羌笛。
离愁万绪，闻岸草、切切蛩吟如织。
为忆芳容别后，水遥山远，何计凭鳞翼。
想绣阁深沉，争知憔悴损，天涯行客。
楚峡云归，高阳人散，寂寞狂踪迹。
望京国。空目断、远峰凝碧。
(84)《西江月·夜行黄沙道中》辛弃疾
明月别枝惊鹊，清风半夜鸣蝉。
稻花香里说丰年，听取蛙声一片。
七八个星天外，两三点雨山前，
旧时茅店社林边，路转溪桥忽见。
(85)《村晚》宋 雷震
（同，略）
(86)《枫桥夜泊》唐 张继
（同，略）
(87)《七哀诗（其二）》三国 王粲
荆蛮非我乡，何为久滞淫？
方舟溯大江，日暮愁我心。
山冈有余映，岩阿增重阴。
狐狸驰赴穴，飞鸟翔故林。
流波激清响，猴猿临岸吟。
迅风拂裳袂，白露沾衣襟。
独夜不能寐，摄衣起抚琴。
丝桐感人情，为我发悲音。
羁旅无终极，忧思壮难任。
(88)《客夜与故人偶集客舍》唐 戴叔伦
天秋月又满，城阙夜千重。
还作江南会，翻疑梦里逢。

风枝惊暗鹊,露草覆寒蛩。
羁旅长堪醉,相留畏晓钟。

(89)《嘲淮风》宋 杨万里
絮帽貂裘莫出船,北窗最紧且深关。
颠风无赖知何故,做雪不成空自寒。
不去扫清天北雾,只来卷起浪头山。
便能吹倒僧伽塔,未直先生一笑看。

(90)《雪》宋 张元
五丁仗剑决云霓,直取天河下帝畿。
战罢玉龙三百万,败鳞残甲满天飞。

(91)《白雪歌送武判官归京》唐 岑参
北风卷地白草折,胡天八月即飞雪。
忽如一夜春风来,千树万树梨花开。
散入珠帘湿罗幕,狐裘不暖锦衾薄。
将军角弓不得控,都护铁衣冷难着。
瀚海阑干百丈冰,愁云惨淡万里凝。
中军置酒饮归客,胡琴琵琶与羌笛。
纷纷暮雪下辕门,风掣红旗冻不翻。
轮台东门送君去,去时雪满天山路。
山回路转不见君,雪上空留马行处。

(92)《北风行》唐 李白
烛龙栖寒门,光耀犹旦开。
日月照之何不及此?
惟有北风号怒天上来。
燕山雪花大如席,片片吹落轩辕台。
幽州思妇十二月,停歌罢笑双蛾摧。
倚门望行人,念君长城苦寒良可哀。
别时提剑救边去,遗此虎文金鞞靫。
中有一双白羽箭,蜘蛛结网生尘埃。
箭空在,人今战死不复回。
不忍见此物,焚之已成灰。
黄河捧土尚可塞,北风雨雪恨难裁!

(93)《古从军行》唐 李颀
白日登山望烽火,黄昏饮马傍交河。
行人刁斗风沙暗,公主琵琶幽怨多。
野营万里无城郭,雨雪纷纷连大漠。

胡雁哀鸣夜夜飞,胡儿眼泪双双落。
闻道玉门犹被遮,应将性命逐轻车。
年年战骨埋荒外,空见蒲桃入汉家。

(94)《轮台歌奉送封大夫出师征》
　　　唐 岑参
轮台城头夜吹角,轮台城北旄头落。
羽书昨夜过渠黎,单于已在金山西。
戍楼西望烟尘黑,汉兵屯在轮台北。
上将拥旄西出征,平明吹笛大军行。
四边伐鼓雪海涌,三军大呼阴山动。
虏塞兵气连云屯,战场白骨缠草根。
剑河风急云片阔,沙口石冻马蹄脱。
亚相勤王甘苦辛,誓将报主静边尘。
古来青史谁不见,今见功名胜古人。

(95)《江雪》柳宗元
(同,略)

(96)《晓起图》明 唐寅
独立茅门懒挂笻,鬓丝凉拂豆花风。
晓鸦无数盘旋处,绿树枝头一线红。

(97)《庐山谣寄卢侍御虚舟》唐 李白
我本楚狂人,凤歌笑孔丘。
手持绿玉杖,朝别黄鹤楼。
五岳寻仙不辞远,一生好入名山游。
庐山秀出南斗傍,屏风九迭云锦张。
影落明湖青黛光,金阙前开二峰长。
银河倒挂三石梁,香炉瀑布遥相望。
回崖沓嶂凌苍苍。
翠影红霞映朝日,鸟飞不到吴天长。
登高壮观天地间,大江茫茫去不还。
黄云万里动风色,白波九道流雪山。
好为庐山谣,兴因庐山发。
闲窥石镜清我心,谢公行处苍苔没。
早服还丹无世情,琴心三迭道初成。
遥见仙人彩云里,手把芙蓉朝玉京。
先期汗漫九垓上,愿接卢敖游太清。

(98)《早作》宋 黄大受

附　正文选句与原诗词对照序列

273

(同，略)

(99)《使至塞上》唐 王维
单车欲问边，属国过居延。
征蓬出汉塞，归雁入胡天。
大漠孤烟直，长河落日圆。
萧关逢候骑，都护在燕然。

(100)《暮江吟》唐 白居易
一道残阳铺水中，半江瑟瑟半江红。
可怜九月初三夜，露似真珠月似弓。

(101)《梦武昌》元 揭傒斯
黄鹤楼前鹦鹉洲，梦中浑似昔时游。
苍山斜入三湘路，落日平817七泽流。
鼓角沈雄遥动地，帆樯高下乱维舟。
故人虽在多分散，独向南池看白鸥。

(102)《西江月·黄陵庙》宋 张孝祥
满载一船明月，平铺千里秋江。
波神留我看斜阳，唤起鳞鳞细浪。
明日风回更好，今宵露宿何妨。
水晶宫里奏《霓裳》，准拟岳阳楼上。

(103)《十七日观潮》宋 陈师道
漫漫平沙走白虹，瑶台失手玉杯空。
晴天摇动清江底，晚日浮沉急浪中。

(104)《送友人》唐 李白
青山横北郭，白水绕东城。
此地一为别，孤蓬万里征。
浮云游子意，落日故人情。
挥手自兹去，萧萧班马鸣。

(105)《登乐游原》唐 李商隐
向晚意不适，驱车登古原。
夕阳无限好，只是近黄昏。

(106)《水调歌头》宋 苏轼
明月几时有，把酒问青天。
不知天上宫阙，今夕是何年？
我欲乘风归去，又恐琼楼玉宇，
高处不胜寒。
起舞弄清影，何似在人间！

转朱阁，低绮户，照无眠。
不应有恨，何事长向别时圆？
人有悲欢离合，月有阴晴圆缺，
此事古难全。
但愿人长久，千里共婵娟。

(107)《卜算子·黄州定慧院寓居作》
　　　　宋 苏轼
缺月挂疏桐，漏断人初静。
谁见幽人独往来，缥缈孤鸿影。
惊起却回头，有恨无人省。
拣尽寒枝不肯栖，寂寞沙洲冷。

(108)《天仙子》宋 张先
水调数声持酒听，午醉醒来愁未醒。
送春春去几时回？临晚镜，
伤流景，往事后期空记省。
沙上并禽池上暝，云破月来花弄影。
重重帘幕密遮灯，风不定，
人初静，明日落红应满径。

(109)《春题湖上》唐 白居易
湖上春来似画图，乱峰围绕水平铺。
松排山面千重翠，月点波心一颗珠。
碧毯线头抽早稻，青罗裙带展新蒲。
未能抛得杭州去，一半勾留是此湖。

(110)《旅夜书怀》唐 杜甫
细草微风岸，危樯独夜舟。
星垂平野阔，月涌大江流。
名岂文章著，官应老病休。
飘飘何所似？天地一沙鸥。

(111)《西江月·黄陵庙》宋 张孝祥
（同102）

(112)《春江花月夜》唐 张若虚
春江潮水连海平，海上明月共潮生。
滟滟随波千万里，何处春江无月明。
江流宛转绕芳甸，月照花林皆似霰。
空里流霜不觉飞，汀上白沙看不见。
江天一色无纤尘，皎皎空中孤月轮。

江畔何人初见月，江月何年初照人？
人生代代无穷已，江月年年只相似。
不知江月待何人，但见长江送流水。
白云一片去悠悠，青枫浦上不胜愁。
谁家今夜扁舟子，何处相思明月楼？
可怜楼上月徘徊，应照离人妆镜台。
玉户帘中卷不去，捣衣砧上拂还来。
此时相望不相闻，愿逐月华流照君。
鸿雁长飞光不度，鱼龙潜跃水成文。
昨夜闲潭梦落花，可怜春半不还家。
江水流春去欲尽，江潭落月复西斜。
斜月沉沉藏海雾，碣石潇湘无限路。
不知乘月几人归，落月摇情满江树。

(113)《洞庭秋月行》唐 刘禹锡
洞庭秋月生湖心，层波万顷如熔金。
孤轮徐转光不定，游气蒙蒙隔寒镜。
是时白露三秋中，湖平月上天地空。
岳阳楼头暮角绝，荡漾已过君山东。
山城苍苍夜寂寂，水月逶迤绕城白。
荡桨巴童歌竹枝，连樯估客吹羌笛。
势高夜久阴力全，金气肃肃开星躔。
浮云野马归四裔，遥望星斗当中天。
天鸡相呼曙霞出，敛影含光让朝日。
日出喧喧人不闲，夜来清景非人间。

(114)《登快阁》宋 黄庭坚
痴儿了却公家事，快阁东西倚晚晴。
落木千山天远大，澄江一道月分明。
朱弦已为佳人绝，青眼聊因美酒横。
万里归船弄长笛，此心吾与白鸥盟。

(115)《巫山高》唐 沈佺期
巫山高不极，合沓状奇新。
暗谷疑风雨，阴崖若鬼神。
月明三峡曙，潮满九江春。
为问阳台客，应知入梦人。

(116)《望月怀远》唐 张九龄
海上生明月，天涯共此时。
情人怨遥夜，竟夕起相思。
灭烛怜光满，披衣觉露滋。
不堪盈手赠，还寝梦佳期。

(117)《五鼓乘风过洞庭湖》宋 孔武仲
半掩船逢天淡明，飞帆已背岳阳城。
飘然一叶乘空度，卧听银潢泻月声。

(118)《浣溪沙》宋 吴文英
门隔花深梦旧游，夕阳无语燕归愁。
玉纤香动小帘钩。
落絮无声春堕泪，行云有影月含羞。
东风临夜冷于秋。

(119)《一丛花·溪堂玩月作》宋 陈亮
冰轮斜辗镜天长，江练隐寒光。
危阑醉倚人如画，隔烟村、何处鸣榔？
乌鹊倦栖，鱼龙惊起，星斗挂垂杨。
芦花千顷水微茫，秋色满江乡。
楼台恍似游仙梦，又疑是、洛浦潇湘。
风露浩然，山河影转，今古照凄凉。

(120)《客至当饮酒二首（其二）》
　　　宋 王安石
天提两轮光，环我屋角走。
自从红颜时，照我至白首。
累累地上土，往往平生友。
少年所种树，磊砢行复朽。
古人有真意，独在无好丑。
冥冥谁与论，客至当饮酒。

(121)《把酒问月》唐 李白
青天有月来几时？我今停杯一问之。
人攀明月不可得，月行却与人相随。
皎如飞镜临丹阙，绿烟灭尽清辉发。
但见宵从海上来，宁知晓向云间没！
白兔捣药秋复春，嫦娥孤栖与谁邻？
今人不见古时月，今月曾经照古人。
古人今人若流水，共看明月皆如此。
唯愿当歌对酒时，月光长照金樽里。

(122)《寄人》唐 张泌

别梦依依到谢家，小廊回合曲阑斜。
多情只有春庭月，犹为离人照落花。

(123)《中宵》唐 杜甫
西阁百寻余，中宵步绮疏。
飞星过水白，落月动沙虚。
择木知幽鸟，潜波想巨鱼。
亲朋满天地，兵甲少来书。

(124)《芙蓉池作》三国 曹丕
乘辇夜行游，逍遥步西园。
双渠相溉灌，嘉木绕通川。
卑枝拂羽盖，修条摩苍天。
惊风扶轮毂，飞鸟翔我前。
丹霞夹明月，华星出云间。
上天垂光彩，五色一何鲜。
寿命非松乔，谁能得神仙？
遨游快心意，保己终百年。

(125)《弃妇诗》三国 曹植
石榴植前庭，绿叶摇缥青。
丹华灼烈烈，璀彩有光荣。
光荣晔流离，可以戏淑灵。
有鸟飞来集，拊翼以悲鸣。
悲鸣夫何为，丹华实不成。
拊心长叹息，无子当归宁。
有子月经天，无子若流星。
天月相终始，流星没无精。
栖迟失所宜，下与瓦石并。
忧怀从中来，叹息通鸡鸣。
反侧不能寐，逍遥于前庭。
踟蹰还入房，肃肃帷幕声。
搴帷更摄带，抚节弹鸣筝。
慷慨有余音，要妙悲且清。
收泪长叹息，何以负神灵。
招摇待霜露，何必春夏成。
晚获为良实，愿君且安宁。

(126)《观沧海》三国 曹操
东临碣石，以观沧海。
水何澹澹，山岛竦峙。
树木丛生，百草丰茂。
秋风萧瑟，洪波涌起。
日月之行，若出其中。
星汉灿烂，若出其里。
幸甚至哉！歌以咏志。

(127)《梦 天》唐 李贺
老兔寒蟾泣天色，云楼半开壁斜白。
玉轮轧露湿团光，鸾佩相逢桂香陌。
黄尘清水三山下，更变千年如走马。
遥望齐州九点烟，一泓海水杯中泻。

(128)《渡荆门送别》唐 李白
渡远荆门外，来从楚国游。
山随平野尽，江入大荒流。
月下飞天镜，云生结海楼。
仍怜故乡水，万里送行舟。

(129)《水调歌头·桂林中秋》宋 张孝祥
今夕复何夕，此地过中秋。
赏心亭上唤客，追忆去年游。
千里江山如画，万井笙歌不夜，
扶路看遨头。
玉界拥银阙，珠箔卷琼钩。
驭风去，忽吹到，岭边州。
去年明月依旧，还照我登楼。
楼下水明沙静，楼外参横斗转，
搔首思悠悠。
老子兴不浅，聊复此淹留。

(130)《蜀道难》唐 李白
噫吁嚱，危乎高哉！
蜀道之难难于上青天。
蚕丛及鱼凫，开国何茫然。
尔来四万八千岁，始与秦塞通人烟。
西当太白有鸟道，可以横绝峨嵋巅。
地崩山摧壮士死，然后天梯石栈相钩连。
上有六龙回日之高标，下有冲波逆折之回川。
黄鹤之飞尚不得过，猿猱欲度愁攀缘。

青泥何盘盘，百步九折萦岩峦。
扪参历井仰胁息，以手抚膺坐长叹。
问君西游何时还？畏途巉岩不可攀。
但见悲鸟号古木，雄飞雌从绕林间。
又闻子规啼夜月，愁空山。
蜀道之难难于上青天，使人听此凋朱颜。
连峰去天不盈尺，枯松倒挂倚绝壁。
飞湍瀑流争喧豗，砯崖转石万壑雷。
其险也若此，嗟尔远道之人，胡为乎来哉。
剑阁峥嵘而崔嵬，一夫当关，万夫莫开。
所守或匪亲，化为狼与豺。
朝避猛虎，夕避长蛇。
磨牙吮血，杀人如麻。
锦城虽云乐，不如早还家。
蜀道之难难于上青天，侧身西望长咨嗟！

(131)《送友人入蜀》唐　李白
见说蚕丛路，崎岖不易行。
山从人面起，云傍马头生。
芳树笼秦栈，春流绕蜀城。
升沉应已定，不必问君平。

(132)《望岳》唐　杜甫
岱宗夫如何？齐鲁青未了。
造化钟神秀，阴阳割昏晓。
荡胸生层云，决眦入归鸟。
会当凌绝顶，一览众山小。

(133)《将进酒》唐　李白
君不见，黄河之水天上来，
奔流到海不复回！
君不见，高堂明镜悲白发，
朝如青丝暮成雪！
人生得意须尽欢，莫使金樽空对月。
天生我材必有用，千金散尽还复来。
烹羊宰牛且为乐，会须一饮三百杯。
岑夫子，丹丘生，将进酒，君莫停。
与君歌一曲，请君为我倾耳听。
钟鼓馔玉不足贵，但愿长醉不复醒。

古来圣贤皆寂寞，惟有饮者留其名。
陈王昔时宴平乐，斗酒十千恣欢谑。
主人何为言少钱，径须沽取对君酌。
五花马，千金裘，
呼儿将出换美酒，与尔同销万古愁。

(134)《登金陵凤凰台》唐　李白
凤凰台上凤凰游，凤去台空江自流。
吴宫花草埋幽径，晋代衣冠成古丘。
三山半落青天外，二水中分白鹭洲。
总为浮云能蔽日，长安不见使人愁。

(135)《舟中望月》南朝　朱超
大江阔千里，孤舟无四邻。
唯余故楼月，远近必随人。
入风先绕晕，排雾急移轮。
若教长似扇，堪拂艳歌尘。

(136)《与夏十二登岳阳楼》唐　李白
楼观岳阳尽，川迥洞庭开。
雁引愁心去，山衔好月来。
云间连下榻，天上接行杯。
醉后凉风起，吹人舞袖回。

(137)《望洞庭湖赠张丞相》唐　孟浩然
八月湖水平，涵虚混太清。
气蒸云梦泽，波撼岳阳城。
欲济无舟楫，端居耻圣明。
坐观垂钓者，徒有羡鱼情。

(138)《登岳阳楼》唐　杜甫
昔闻洞庭水，今上岳阳楼。
吴楚东南坼，乾坤日夜浮。
亲朋无一字，老病有孤舟。
戎马关山北，凭轩涕泗流。

(139)《与秦少章题汉江远帆》宋　晁冲之
楚山全控蜀，汉水半吞吴。
老眼知佳处，曾看八境图。

(140)《题浔阳楼》唐　白居易
常爱陶彭泽，文思何高玄。
又怪韦江州，诗情亦清闲。

今朝登此楼，有以知其然。
大江寒见底，匡山青倚天。
深夜溢浦月，平旦炉峰烟。
清辉与灵气，日夕供文篇。
我无二人才，孰为来其间？
因高偶成句，俯仰愧江山。

(141)《奉使行高邮道中》金 党怀英
野云来无际，风樯岸转迷。
潮吞淮泽小，云抱楚天低。
蹭蹬船鸣浪，联翩路牵泥。
林鸟亦惊起，夜半傍人啼。

(142)《横江词》（其四）唐 李白
海神来过恶风回，**浪打天门石壁开。**
浙江八月何如此？涛似连山喷雪来。

(143)《念奴娇·赤壁怀古》唐 苏轼
大江东去，浪淘尽，千古风流人物。
故垒西边，人道是，三国周郎赤壁。
乱石穿空，惊涛拍岸，卷起千堆雪。
江山如画，一时多少豪杰。
遥想公瑾当年，小乔初嫁了，雄姿英发。
羽扇纶巾，谈笑间，樯橹灰飞烟灭。
故国神游，多情应笑我，早生华发。
人生如梦，一尊还酹江月。

(144)《望海楼晚景（五绝其一）》
　　　　　宋 苏轼
海上涛头一线来，楼前相顾雪成堆。
从今潮上君须上，更看银山二十回。

(145)《青山峡口泊舟怀狄侍御》
　　　　　唐 岑参
峡口秋水壮，沙边且停桡。
奔涛振石壁，峰势如动摇。
九月芦花新，弥令客心焦。
谁念在江岛，故人满天朝。
无处豁心胸，忧来醉能销。
往来巴山道，三见秋草凋。
狄生新相知，才调凌云霄。

赋诗析造化，入幕生风飙。
把笔判甲兵，战士不敢骄。
皆云梁公后，遇鼎还能调。
离别倏经时，音尘殊寂寥。
何当见夫子，不叹乡关遥。

(146)《次韵平甫金山会宿寄亲友》
　　　　　唐 王安石
天末海门横北固，烟中沙岸似西兴。
已无船舫犹闻笛，远有楼台只见灯。
山月入松金破碎，江风吹水雪崩腾。
飘然欲作乘桴计，一到扶桑恨未能。

(147)《钱塘观潮》清 施闰章
海色雨中开，飞涛江上台。
声驱千骑疾，气卷万山来。
绝岸愁倾覆，轻舟故溯洄。
鸱夷有遗恨，终古使人哀。

(148)《望庐山瀑布》唐 李白
日照香炉生紫烟，遥看瀑布挂前川。
飞流直下三千尺，疑是银河落九天。

(149)《黄鹤楼送孟浩然之广陵》唐 李白
故人西辞黄鹤楼，烟花三月下扬州。
孤帆远影碧空尽，唯见长江天际流。

(150)《望天门山》唐 李白
天门中断楚江开，碧水东流至此回。
两岸青山相对出，孤帆一片日边来。

(151)《早发白帝城》唐 李白
（同，略）

(152)《题西溪无相院》宋 张先
积水涵虚上下清，几家门静岸痕平。
浮萍破处见山影，小艇归时闻草声。
入郭僧寻尘里去，过桥人似鉴中行。
已凭暂雨添秋色，莫放修芦碍月生。

(153)《过海联句》
沙鸟浮还没，山云断复连。（高丽使）
棹穿波底月，船压水中天。（唐 贾岛）

(154)《念奴娇·过洞庭》宋 张孝祥

洞庭青草，近中秋，更无一点风色。
玉鉴琼田三万顷，着我扁舟一叶。
素月分辉，明河共影，表里俱澄澈。
悠然心会，妙处难与君说。
应念岭表经年，孤光自照，肝胆皆冰雪。
短发萧疏襟袖冷，稳泛沧溟空阔。
尽挹西江，细斟北斗，万象为宾客。
扣舷独啸，不知今夕何夕？

（155）《乱后春日途经野塘》唐 韩偓
世乱他乡见落梅，野塘晴暖独徘徊。
船冲水鸟飞还住，袖拂杨花去却来。
季重旧游多丧逝，子山新赋极悲哀。
眼看朝市成陵谷，始信昆明是劫灰。

（156）《绝句四首（其三）》唐 杜甫
两个黄鹂鸣翠柳，一行白鹭上青天。
窗含西岭千秋雪，门泊东吴万里船。

（157）《入洞庭望岳阳》唐 杨收
飞鸥撒浪三千里，暮草摇风一万畦。
黛色浅深山远近，碧烟浓淡树高低。

（158）《过华清宫绝句》唐 杜牧
（同，略）

（159）《送人之巴蜀》明 吴本善
烟波迢递古荆州，君去应为万里游。
倚棹遥看湘浦月，听猿初泊渚宫秋。
云开巫峡千峰出，路转巴江一字流。
若见东风杨柳色，便乘春水泛归舟。

（160）《闻官军收河南河北》唐 杜甫
剑外忽传收蓟北，初闻涕泪满衣裳。
却看妻子愁何在，漫卷诗书喜欲狂。
白首放歌须纵酒，青春作伴好还乡。
即从巴峡穿巫峡，便下襄阳向洛阳。

（161）《百步洪（其一）》宋 苏轼
长洪斗落生跳波，轻舟南下如投梭。
水师绝叫凫雁起，乱石一线争磋磨。
有如兔走鹰隼落，骏马下注千丈坡。
断弦离柱箭脱手，飞电过隙珠翻荷。

四山眩转风掠耳，但见流沫生千涡。
险中得乐虽一快，何异水伯夸秋河？
我生乘化日夜逝，坐觉一念逾新罗。
纷纷争夺醉梦里，岂信荆棘埋铜驼。
觉来俯仰失千劫，回视此水殊委蛇。
君看岸边苍石上，古来篙眼如蜂窠。
但应此心无所住，造物虽驶如吾何。
回船上马各归去，多言譊譊师所呵。

（162）《祭常山回小猎》宋 苏轼
青盖前头点皂旗，黄茅冈下出长围。
弄风骄马跑空立，趁兔苍鹰掠地飞。
回望白云生翠巘，归来红叶满征衣。
圣明若用西凉簿，白羽犹能效一挥。

（163）《望海潮》宋 柳永
东南形胜，三吴都会，钱塘自古繁华。
烟柳画桥，风帘翠幕，参差十万人家。
云树绕堤沙。怒涛卷霜雪，天堑无涯。
市列珠玑，户盈罗绮，竞豪奢。
重湖迭巘清嘉。有三秋桂子，十里荷花。
羌管弄晴，菱歌泛夜，嬉嬉钓叟莲娃。
千骑拥高牙。乘醉听萧鼓，吟赏烟霞。
异日图将好景，归去凤池夸。

（164）《江楼夕望招客》唐 白居易
海天东望夕茫茫，山势川形阔复长。
灯火万家城四畔，星河一道水中央。
风吹古木晴天雨，月照平沙夏夜霜。
能就江楼销暑否，比君茅舍较清凉。

（165）《寄朗州温右史曹长》唐 刘禹锡
暂别瑶墀鸳鹭行，彩旗双引到沅湘。
城边流水桃花过，帘外春风杜若香。
史笔枉将书纸尾，朝簪不称濯沧浪。
云台公业家声在，征诏何时出建章。

（166）《忆扬州》唐 徐凝
萧娘脸薄难胜泪，桃叶眉头易得愁。
天下三分明月夜，二分无赖是扬州。

（167）《半月寺有感》宋 赵希淦

一水波澄接御沟，近城宫柳弄春柔。
乌衣巷里人何在，白鹭洲前水自流。
千古风流歌舞地，六朝兴废帝王州。
今番不负看山约，他日重来说旧游。

(168)《青玉案·元夕》宋 辛弃疾
（同，略）

(169)《元日》宋 王安石
（同，略）

(170)《满江红》宋 柳永
暮雨初收，长川静、征帆夜落。
临岛屿，蓼烟疏淡，苇风萧索。
几许渔人飞短艇，尽载灯火归村落。
遣行客、当此念回程，伤漂泊。
桐江好，烟漠漠。波似染，山如削。
绕严陵滩畔，鹭飞鱼跃。
游宦区区成底事？平生况有云泉约。
归去来，一曲仲宣吟，从军乐。

(171)《采桑子》宋 欧阳修
（同，略）

(172)《饮湖上初晴后雨》宋 苏轼
（同，略）

(173)《夜宿山寺》唐 李白
（同，略）

(174)《黄鹤楼》唐 崔颢
昔人已乘黄鹤去，此地空余黄鹤楼。
黄鹤一去不复返，白云千载空悠悠。
晴川历历汉阳树，芳草萋萋鹦鹉洲。
日暮乡关何处是？烟波江上使人愁。

(175)《越王楼歌》唐 杜甫
绵州州府何磊落，显庆年中越王作。
孤城西北起高楼，碧瓦朱甍照城郭。
楼下长江百丈清，山头落日半轮明。
君王旧迹今人赏，转见千秋万古情。

(176)《望庐山五老峰》唐 李白
庐山东南五老峰，青天削出金芙蓉。
九江秀色可揽结，吾将此地巢云松。

(177)《济南趵突泉的名联》远 赵孟頫
（同，略）

(178)《游杏溪兰若》唐 姚合
踏得度溪湾，晨游暮不还。
月明松影路，春满杏花山。
戏狖跳林末，高僧住石间。
未肯离腰组，来此复何颜。

(179)《国殇》战国 屈原
操吴戈兮披犀甲，车错毂兮短兵接。
旌蔽日兮敌若云，矢交坠兮士争先。
凌余阵兮躐余行，左骖殪兮右刃伤。
霾两轮兮絷四马，援玉枹兮击鸣鼓。
天时怼兮威灵怒，严杀尽兮弃原野。
出不入兮往不反，平原忽兮路超远。
带长剑兮挟秦弓，首身离兮心不惩。
诚既勇兮又以武，终刚强兮不可凌。
身既死兮神以灵，魂魄毅兮为鬼雄！

(180)《兵车行》（选段）唐 杜甫
车辚辚，马萧萧，行人弓箭各在腰。
爷娘妻子走相送，尘埃不见咸阳桥。
牵衣顿足拦道哭，哭声直上千云霄。
道旁过者问行人，行人但云点行频。
或从十五北防河，便至四十西营田。
去时里正与裹头，归来头白还戍边。
边庭流血成海水，武皇开边意未已。
君不闻，汉家山东二百州，
千村万落荆生杞。

(181)《破阵子》宋 辛弃疾
醉里挑灯看剑，梦回吹角连营。
八百里分麾下炙，五十弦翻塞外声。
沙场点秋兵。马作的卢飞快，弓如霹雳弦惊。
了却君王天下事，赢得生前身后名。
可怜白发生！

(182)《浣溪沙》宋 张孝祥
霜日明宵水蘸空，鸣鞘声里绣旗红，
淡烟衰草有无中。

万里中原烽火北，一杯浊酒戍楼东，
酒阑挥泪向悲风。

(183)《老将行》唐 王维
少年十五二十时，步行夺得胡马骑。
射杀山中白额虎，肯数邺下黄须儿。
一身转战三千里，一剑曾当百万师。
汉兵奋迅如霹雳，虏骑崩腾畏蒺藜。
卫青不败由天幸，李广无功缘数奇。
自从弃置便衰朽，世事蹉跎成白首。
昔时飞箭无全目，今日垂杨生左肘。
路旁时卖故侯瓜，门前学种先生柳。
苍茫古木连穷巷，寥落寒山对虚牖。
誓令疏勒出飞泉，不似颍川空使酒。
贺兰山下阵如云，羽檄交驰日夕闻。
节使三河募年少，诏书五道出将军。
试拂铁衣如雪色，聊持宝剑动星文。
愿得燕弓射天将，耻令越甲鸣吾君。
莫嫌旧日云中守，犹堪一战取功勋。

(184)《雁门太守行》唐 李贺
黑云压城城欲摧，甲光向日金鳞开。
角声满天秋色里，塞上胭脂凝夜紫。
半卷红旗临易水，霜重鼓寒声不起。
报君黄金台上意，提携玉龙为君死。

(185)《燕歌行》唐 高适
汉家烟尘在东北，汉将辞家破残贼。
男儿本自重横行，天子非常赐颜色。
摐金伐鼓下榆关，旌旗逶迤碣石间。
校尉羽书飞瀚海，单于猎火照狼山。
山川萧条极边土，胡骑凭陵杂风雨。
战士军前半死生，美人帐下犹歌舞。
大漠穷秋塞草衰，孤城落日斗兵稀。
身当恩遇恒轻敌，力尽关山未解围。
铁衣远戍辛勤久，玉箸应啼别离后。
少妇城南欲断肠，征人蓟北空回首。
边风飘飘那可度，绝域苍茫更何有。
杀气三时作阵云，寒声一夜传刁斗。

相看白刃血纷纷，死节从来岂顾勋。
君不见沙场征战苦，至今犹忆李将军！

(186)《秋晚登城北门》宋 陆游
幅巾藜杖北城头，卷地西风满眼愁。
一点烽传散关信，两行雁带杜陵秋。
山河兴废供搔首，身世安危人倚楼。
横槊赋诗非复昔，梦魂犹绕古梁州。

(187)《燕歌行》唐 贾至
国之重镇惟幽都，东威九夷北制胡。
五军精卒三十万，百战百胜擒单于。
前临滹沱后沮水，崇山沃野亘千里。
昔时燕王重贤士，黄金筑台从隗始。
倏忽兴王定蓟丘，汉家又以封王侯。
萧条魏晋为横流，鲜卑窃据朝五州。
我唐区夏余十纪，军容武备赫万祀。
彤弓黄钺授元帅，垦耕大漠为内地。
季秋胶折边草肥，治兵羽猎因出师。
千营万队连旌旗，望之如火忽雷驰。
匈奴慑窜穷发北，大荒万里无尘飞。
君不见隋家昔为天下宰，穷兵黩武征辽海。
南风不竞多死声，鼓卧旗折黄云横。
六军将士皆死尽，战马空鞍归故营。
时迁道革天下平，白环入贡沧海清。
自有农夫已高枕，无劳校尉重横行。

(188)《关山月》唐 张籍
秋月朗朗关山上，山中行人马蹄响。
关山秋来雨雪多，行人见月唱边歌。
海边茫茫天气白，胡儿夜度黄龙碛。
军中探骑暮出城，伏兵暗处低旌戟。
溪水连天霜草平，野驼寻水碛中鸣。
陇头风急雁不下，沙场苦战多流星。
可怜万国关山道，年年战骨多秋草。

(189)《清平乐·村居》宋 辛弃疾
茅檐低小，溪上青青草。
醉里吴音相媚好，白发谁家翁媪。
大儿锄豆溪东，中儿正织鸡笼；

附录 正文选句与原诗词对照序列

281

最喜小儿无赖，溪头卧剥莲蓬。
(190)《四时田园杂兴（其八）》
　　　宋　范成大
（同，略）
(191)《观书有感二首》宋　朱熹
　　　　　其一
半亩方塘一鉴开，天光云影共徘徊。
问渠那得清如许，为有源头活水来。
　　　　　其二
昨夜江边春水生，蒙冲巨舰一毛轻。
向来枉费推移力，此日中流自在行。
(192)《新凉》宋　徐玑
水满田畴稻叶齐，日光穿树晓烟低。
黄莺也爱新凉好，飞过青山影里啼。
(193)《秋日郊居》宋　陆游
行歌曳杖到新塘，银阙瑶台无此凉。
万里秋风菰菜老，一川明月稻花香。
(194)《宁国道中》宋　曾纡
渡水穿桥一径斜，潦收溪足露汀沙。
半川云影前山雨，十里香风晚稻花。
异县悲秋多客思，丰年乐事属田家。
故园正好不归去，满眼西风吹鬓华。
(195)《红楼梦第十八回》清　曹雪芹
杏帘招客饮，在望有山庄。
菱荇鹅儿水，桑榆燕子梁。
一畦春韭绿，十里稻花香。
盛世无饥馁，何须耕织忙。
(196)《归田》宋　徐绩
悬车疏上动龙颜，几度陈词始放还。
敢忆溪山孤圣眷，只缘衰病乞身闲。
都门祖饯心情剧，里社招邀礼数删。
最喜儿孙解农事，稻花香满旧田间。
(197)《竹》宋　吴潜
编茅为屋竹为椽，屋上青山屋下泉。
半掩柴门人不见，老牛将犊伴篱眠。
(198)《禾熟》宋　孔平仲

百里西风禾黍香，鸣泉落窦谷登场。
老牛粗了耕耘债，啮草坡头卧夕阳。
(199)《赵将军歌》唐　岑参
九月天山风似刀，城南猎马缩寒毛。
将军纵博场场胜，赌得单于貂鼠袍。
(200)《奉和相公发益昌》唐　岑参
相国临戎别帝京，拥麾持节远横行。
朝登剑阁云随马，夜渡巴江雨洗兵。
山花万朵迎征盖，川柳千条拂去旌。
暂到蜀城应计日，须知明主待持衡。
(201)《山海关城楼对联》
（同，略）
(202)《蜀相》唐　杜甫
丞相祠堂何处寻？锦官城外柏森森。
映阶碧草自春色，隔叶黄鹂空好音。
三顾频烦天下计，两朝开济老臣心。
出师未捷身先死，长使英雄泪满襟。
(203)《登鹳雀楼》唐　王之涣
（同，略）
(204)《奉和贾至舍人早朝大明宫》
　　　唐　杜甫
五夜漏声催晓箭，九重春色醉仙桃。
旌旗日暖龙蛇动，宫殿风微燕雀高。
朝罢香烟携满袖，诗成珠玉在挥毫。
欲知世掌丝纶美，池上于今有凤毛。
(205)《灵隐寺》唐　宋之问
鹫岭郁岧峣，龙宫锁寂寥。
楼观沧海日，门对浙江潮。
桂子月中落，天香云外飘。
扪萝登塔远，刳木取泉遥。
霜薄花更发，冰轻叶未凋。
夙龄尚遐异，搜对涤烦嚣。
待入天台路，看余渡石桥。
(206)《江南春绝句》唐　杜牧
（同，略）
(207)《江城子·密州出猎》宋　苏轼

（同，略）

(208)《上京即事》元 萨都剌

（同，略）

(209)《观猎》唐 王维
风劲角弓鸣，将军猎渭城。
草枯鹰眼疾，雪尽马蹄轻。
忽过新丰市，还归细柳营。
回看射雕处，千里暮云平。

(210)《张山人草堂会王方士》唐 韩翃
屿花晚，山日长，蕙带麻襦食草堂。
一片水光飞入户，千竿竹影乱登墙。
园梅熟，家醅香。
新湿头巾不复簦，相看醉倒卧藜床。

(211)《寄韩谏议注》唐 杜甫
今我不乐思岳阳，身欲奋飞病在床。
美人娟娟隔秋水，濯足洞庭望八荒。
鸿飞冥冥日月白，青枫叶赤天雨霜。
玉京群帝集北斗，或骑骐驎翳凤凰。
芙蓉旌旗烟雾落，影动倒景摇潇湘。
星宫之君醉琼浆，羽人稀少不在旁。
似闻昨者赤松子，恐是汉代韩张良。
昔随刘氏定长安，帷幄未改神惨伤。
国家成败吾岂敢，色难腥腐餐风香。
周南留滞古所惜，南极老人应寿昌。
美人胡为隔秋水，焉得置之贡玉堂。

(212)《离骚》（选段）战国 屈原
帝高阳之苗裔兮，朕皇考曰伯庸。
摄提贞于孟陬兮，惟庚寅吾以降。
皇览揆余于初度兮，肇锡余以嘉名。
名余曰正则兮，字余曰灵均；……
老冉冉其将至兮，恐修名之不立。
朝饮木兰之坠露兮，夕餐秋菊之落英。
苟余情其信姱以练要兮，长颔亦何伤。
揽木根以结茝兮，贯薜荔之落蕊。
矫菌桂以纫蕙兮，索胡绳之纚纚。
謇吾法夫前修兮，非世俗之所服。
虽不周于今之人兮，愿依彭咸之遗则！
长太息以掩涕兮，哀民生之多艰。
余虽好修姱以鞿羁兮，謇朝谇而夕替。
既替余以蕙纕兮，又申之以揽茝。
亦余心之所善兮，虽九死其尤未悔。
怨灵修之浩荡兮，终不察乎民心。
众女嫉余之蛾眉兮，谣诼谓余以善淫。
固时俗之工巧兮，偭规矩而改错。
背绳墨以追曲兮，竞周容以为度。
忳郁邑余侘傺兮，吾独穷困乎此时也。
宁溘死以流亡兮，余不忍为此态！
鸷鸟之不群兮，自前世而固然。
何方圜之能周兮，夫孰异道而相安！
屈心而抑志兮，忍尤而攘诟。
伏清白以死直兮，固前圣之所厚。
悔相道之不察兮，延伫乎吾将反。
回朕车以复路兮，及行迷之未远。
步余马于兰皋兮，驰椒丘且焉止息。
进不入以离尤兮，退将复修吾初服。
制芰荷以为衣兮，集芙蓉以为裳。
不吾知其亦已兮，苟余情其信芳。
高余冠之岌岌兮，长余佩之陆离。
芳与泽其杂糅兮，唯昭质其犹未亏。
忽反顾以游目兮，将往观乎四荒。
佩缤纷其繁饰兮，芳菲菲其弥章。
民生各有所乐兮，余独好修以为常。
虽体解吾犹未变兮，岂余心之可惩。
……

汤禹俨而祗敬兮，周论道而莫差。
举贤才而授能兮，循绳墨而不颇。
皇天无私阿兮，览民德焉错辅。
夫维圣哲以茂行兮，苟得用此下土。
瞻前而顾后兮，相观民之计极。
夫孰非义而可用兮，孰非善而可服。
阽余身而危死兮，览余初其犹未悔。
不量凿而正枘兮，固前修以菹醢。

曾歔欷余郁邑兮，哀朕时之不当。
揽茹蕙以掩涕兮，沾余襟之浪浪。
跪敷衽以陈词兮，耿吾既得此中正。
驷玉虬以乘鹥兮，溘埃风余上征。
朝发轫于苍梧兮，夕余至乎县圃。
欲少留此灵琐兮，日忽忽其将暮。
吾令羲和弭节兮，望崦嵫而匆迫。
路曼曼其修远兮，吾将上下而求索。
饮余马于咸池兮，总余辔乎扶桑。
折若木以拂日兮，聊逍遥以相羊。
前望舒使先驱兮，后飞廉使奔属。
鸾皇为余先戒兮，雷师告余以未具。
吾令凤鸟飞腾兮，继之以日夜。
飘风屯其相离兮，帅云霓而来御。
纷总总其离合兮，斑陆离其上下。
吾令帝阍开关兮，倚阊阖而望予。
时暧暧其将罢兮，结幽兰而延伫。
世溷浊而不分兮，好蔽美而嫉妒。
……
汤禹严而求合兮，挚咎繇而能调。
苟中情其好修兮，又何必用夫行媒。
说操筑于傅岩兮，武丁用而不疑。
吕望之鼓刀兮，遭周文而得举。
宁戚之讴歌兮，齐桓闻以该辅。
及年岁之未晏兮，时亦犹其未央。
恐鹈鴂之先鸣兮，使夫百草为之不芳。
何琼佩之偃蹇兮，众薆然而蔽之。
惟此党人之不谅兮，恐嫉妒而折之。
时缤纷其变易兮，又何可以淹留。
兰芷变而不芳兮，荃蕙化而为茅。
何昔日之芳草，今直为此萧艾也。
……
灵氛既告余以吉占兮，历吉日乎吾将行。
折琼枝以为羞兮，精琼爢以为粻。
为余驾飞龙兮，杂瑶象以为车。
何离心之可同兮，吾将远逝以自疏。

遭吾道夫昆仑兮，路修远以周流。
扬云霓之晻蔼兮，鸣玉鸾之啾啾。
朝发轫于天津兮，夕余至乎西极。
凤皇翼其承旗兮，高翱翔之翼翼。
忽吾行此流沙兮，遵赤水而容与。
麾蛟龙使梁津兮，诏西皇使涉予。
路修远以多艰兮，腾众车使径待。
路不周以左转兮，指西海以为期。
屯余车其千乘兮，齐玉轪而并驰。
驾八龙之蜿蜿兮，载云旗之委蛇。
抑志而弭节兮，神高驰之邈邈。
……

(213)《十一月四日风雨大作》宋 陆游
僵卧孤村不自哀，尚思为国戍轮台。
夜阑卧听风吹雨，铁马冰河入梦来。
(214)《秋夜闻雨》宋 陆游
香断灯昏小幌深，不堪病里值秋霖。
惊回万里关河梦，滴碎孤臣犬马心。
清似钓船闻急濑，悲于静院听繁砧。
玉峰老去情怀恶，稳受千茎雪鬓侵。
(215)《渔夫》五代 张松龄
轻风细浪漾渔船。碧水斜阳欲暮天。
看白鸟，下长川。点破潇湘万里烟。
(216)《彭蠡湖晚归》唐 白居易
（同24）
(217)《菩萨蛮》宋 魏夫人
溪山掩映斜阳里。楼台影动鸳鸯起。
隔岸两三家，出墙红杏花。
绿杨堤下路，早晚溪边去。
三见柳绵飞，离人犹未归。
(218)《浪淘沙九首》刘禹锡
一
九曲黄河万里沙，浪淘风簸自天涯。
如今直上银河去，同到牵牛织女家。
二
洛水桥边春日斜，碧流轻浅见琼砂。

无端岸上狂风急，惊起鸳鸯出浪花。
三
汴水东流虎眼文，清淮晓色鸭头春。
君看渡口淘沙处，渡却人间多少人。
四
鹦鹉洲头浪飐沙，青楼春望日将斜。
衔泥燕子争归舍，独自狂夫不忆家。
五
濯锦江边两岸花，春风吹浪正淘沙。
女郎剪下鸳鸯锦，将向中流匹晚霞。
六
日照澄洲江雾开，淘金女伴满江隈。
美人首饰侯王印，尽是沙中浪底来。
七
八月涛声吼地来，头高数丈触山回。
须臾却入海门去，卷起沙堆似雪堆。
八
莫道谗言如浪深，莫言迁客似沙沉。
千淘万漉虽辛苦，吹尽狂沙始到金。
九
流水淘沙不暂停，前波未灭后波生。
今人忽忆潇湘渚，回唱迎神三两声。

(219)《正月三日闲行》唐　白居易
黄鹂巷口莺欲语，乌鹊河头冰欲销。
绿浪东西南北水，红栏三百九十桥。
鸳鸯荡漾双双翅，杨柳交加万万条。
借问春风来早晚，只从前日到今朝。

(220)《入茶山下题水口草市绝句》
唐　杜牧
倚溪侵岭多高树，夸酒书旗有小楼。
惊起鸳鸯岂无恨，一双飞去却回头。

(221)《菩萨蛮》宋　舒亶
杜鹃啼破江南月，香风扑面吹红雪。
赋就缕金笺，黄昏醉上船。
年华双短鬓，事往情何尽。
明日各天涯，来春空好花。

(222)《送春》宋　王令
三月残花落更开，小檐日日燕飞来。
子规夜半犹啼血，不信东风唤不回。

(223)《杜鹃花》宋　杨巽斋
鲜红滴滴映霞明，尽是冤禽血染成。
羁客有家归未得，对花无语两含情。

(224)《春日闲居》宋　何基
轻阴薄薄笼朝曦，小雨班班湿燕泥。
春草阶前随意绿，晓莺花里尽情啼。

(225)《滁州西涧》唐　韦应物
独怜幽草涧边生，上有黄鹂深树鸣。
春潮带雨晚来急，野渡无人舟自横。

(226)《钱塘湖春行》唐　白居易
孤山寺北贾亭西，水面初平云脚低。
几处早莺争暖树，谁家新燕啄春泥？
乱花渐欲迷人眼，浅草才能没马蹄。
最爱湖东行不足，绿杨阴里白沙堤。

(227)《绝句漫兴九首》唐　杜甫
其一
眼见客愁愁不醒，无赖春色到江亭。
即遣花开深造次，便教莺语太叮咛。
其二
手种桃李非无主，野老墙低还是家。
恰似春风相欺得，夜来吹折数枝花。
其三
熟知茅斋绝低小，江上燕子故来频。
衔泥点污琴书内，更接飞虫打着人。
其四
二月已破三月来，渐老逢春能几回。
莫思身外无穷事，且尽生前有限杯。
其五
肠断江春欲尽头，杖藜徐步立芳洲。
颠狂柳絮随风去，轻薄桃花逐水流。
其六
懒慢无堪不出村，呼儿日在掩柴门。
苍苔浊酒林中静，碧水春风野外昏。

其七
糁径杨花铺白毡，点溪荷叶迭青钱。
笋根雉子无人见，沙上凫雏傍母眠。
其八
舍西柔桑叶可拈，江畔细麦复纤纤。
人生几何春已夏，不放香醪如蜜甜。
其九
隔户杨柳弱袅袅，恰似十五女儿腰。
谁谓朝来不作意，狂风挽断最长条。

(228)《江村》唐 杜甫
清江一曲抱村流，长夏江村事事幽。
自去自来梁上燕，相亲相近水中鸥。
老妻画纸为棋局，稚子敲针作钓钩。
多病所须唯药物，微躯此外复何求？

(229)《南园十三首（其八）》唐 李贺
春水初生乳燕飞，黄蜂小尾扑花归。
窗含远色通书幌，鱼拥香钩近石矶。

(230)《鹧鸪天》宋 张震
横素桥边景最佳。绿波清浅见琼沙。
衔泥燕子迎风絮，得食鱼儿趁浪花。
春已暮，日初斜。画船箫鼓是谁家。
兰桡欲去空留恋，醉倚阑干看晚霞。

(231)《双燕·咏燕》宋 史达祖
（同，略）

(232)《笼鹰词》柳宗元
凄风淅沥飞严霜，苍鹰上击翻曙光。
云披雾裂虹霓断，霹雳掣电捎平冈。
砉然劲翮剪荆棘，下攫狐兔腾苍茫。
爪毛吻血百鸟逝，独立四顾时激昂。
炎风溽暑忽然至，羽翼脱落自摧藏。
草中狸鼠足为患，一夕十顾惊且伤。
但愿清商复为假，拔去万累云间翔。

(233)《利州南渡》温庭筠
澹然空水对斜晖，曲岛苍茫接翠微。
波上马嘶看棹去，柳边人歇待船归。
数丛沙草群鸥散，万顷江田一鹭飞。

谁解乘舟寻范蠡，五湖烟水独忘机。

(234)《西江月·题溧阳三塔寺》
宋 张孝祥
问讯湖边春色，重来又是三年。
东风吹我过湖船，杨柳丝丝拂面。
世路如今已惯，此心到处悠然。
寒光亭下水连天，飞起沙鸥一片。

(235)《小寒食舟中作》唐 杜甫
佳辰强饮食犹寒，隐几萧条带鹖冠。
春水船如天上坐，老年花似雾中看。
娟娟戏蝶过闲幔，片片轻鸥下急湍。
云白山青万余里，愁看直北是长安。

(236)《积雨辋川庄作》唐 王维
积雨空林烟火迟，蒸藜炊黍饷东菑。
漠漠水田飞白鹭，阴阴夏木啭黄鹂。
山中习静观朝槿，松下清斋折露葵。
野老与人争席罢，海鸥何事更相疑。

(237)《渔歌子》唐 张志和
西塞山前白鹭飞，桃花流水鳜鱼肥。
青箬笠，绿蓑衣，斜风细雨不须归。

(238)《漫成一首》唐 杜甫
江月去人只数尺，风灯照夜欲三更。
沙头宿鹭联拳静，船尾跳鱼拨剌鸣。

(239)《鹧鸪天·黄沙道中即事》辛弃疾
句里春风正剪裁。溪山一片画图开。
轻鸥自趁虚船去，荒犬还迎野妇回。
松菊竹，翠成堆。要擎残雪斗疏梅。
乱鸦毕竟无才思，时把琼瑶蹴下来。

(240)《早作》宋 裘万顷
井梧飞叶送秋声，篱菊缄香待晚晴。
斗柄横斜河欲没，数山青处乱鸦鸣。

(241)《破幌》宋 张耒
破幌一点白，卧知千里明。
低窗通雪气，乔木尚风声。
传警军城静，鸣钟梵刹清。
高眠寻断梦，邻树已乌惊。

(242)《早起见雪》宋 利登
折竹声高晓梦惊，寒鸦一阵噪冬青。
起来檐外无行处，昨夜三更犹有星。
(243)《淮村兵后》宋 戴复古
小桃无主自开花，烟草茫茫带晓鸦。
几处败垣围故井，向来一一是人家。
(244)《村居》宋 张舜民
水绕陂田竹绕篱，榆钱落尽槿花稀。
夕阳牛背无人卧，带得寒鸦两两归。
(245)《晚步》宋 真山民
未瞑先啼草际蛩，石桥暗度晚花风。
归鸦不带残阳去，留得林梢一抹红。
(246)《短歌行》三国 曹操
对酒当歌，人生几何！
譬如朝露，去日苦多。
慨当以慷，忧思难忘。
何以解忧？唯有杜康。
青青子衿，悠悠我心。
但为君故，沉吟至今。
呦呦鹿鸣，食野之苹。
我有嘉宾，鼓瑟吹笙。
明明如月，何时可掇？
忧从中来，不可断绝。
越陌度阡，枉用相存。
契阔谈䜩，心念旧恩。
月明星稀，乌鹊南飞。
绕树三匝，何枝可依？
山不厌高，海不厌深。
周公吐哺，天下归心。
(247)《兰溪棹歌》唐 戴叔伦
凉月如眉挂柳湾，越中山色镜中看。
兰溪三日桃花雨，半夜鲤鱼来上滩。
(248)《题螃蟹诗》明 徐渭
稻熟江村蟹正肥，双螯如戟挺青泥；
若教纸上翻身看，应见团团董卓脐。
(249)《蟹六首（其一）》明 徐渭

红绿碟文窑，姜橙捣末高。
双螯高雪挺，百品失风骚。
喂喜朝争谷，飕闻夜泣糟。
大苏无缺事，只怪传江瑶。
(250)《咏蟹》唐 皮日休
未游沧海早知名，有骨还从肉上生
莫道无心畏雷电，海龙王处也横行。
(251)《蟹联》宋 黄庭坚
（同，略）
(252)《病愈》宋 陆游
秋夕高斋病始轻，物华凋落岁峥嵘。
蟹黄旋擘馋涎堕，酒渌初倾老眼明。
提笔诗情还跌宕，倒床药裹尚纵横。
闲愁恰似憎人睡，又起挑灯听雨声。
(253)《丁公默送蝤蛑》宋 苏轼
溪边石蟹小如钱，喜见轮囷赤玉盘。
半壳含黄宜点酒，两螯斫雪劝加餐。
蛮珍海错闻名久，怪雨腥风入座寒。
堪笑吴兴馋太守，一诗换得两尖团。
(254)《蟹》唐 唐彦谦
（同，略）
(255)《遗贾耘老蟹》宋 沈偕
（同，略）
(256)《次韵田园居》宋 方岳
带郭林塘尽可居，秋田虽少不如归。
荒烟五亩竹中半，明月一间山四围。
草卧夕阳牛犊健，菊留秋色蟹螯肥。
园翁溪友过从惯，怕有人来莫掩扉。
(257)《采桑女》唐 唐彦谦
春风吹蚕细如蚁，桑芽才努青鸦嘴。
侵晨采桑谁家女，手挽长条泪如雨。
去岁初眠当此时，今岁春寒叶放迟。
愁听门外催里胥，官家二月收新丝。
(258)《无题》唐 李商隐
相见时难别亦难，东风无力百花残。
春蚕到死丝方尽，蜡炬成灰泪始干。

晓镜但愁云鬓改，夜吟应觉月光寒。
蓬山此去无多路，青鸟殷勤为探看。
(259)《曲江二首（其二）》唐 杜甫
朝回日日典春衣，每日江头尽醉归。
酒债寻常行处有，人生七十古来稀。
穿花蛱蝶深深见，点水蜻蜓款款飞。
传语风光共流转，暂时相赏莫相违。
(260)《江畔独步寻花七绝句（其六）》
　　　 唐　杜甫
（同，略）
(261)《卜居》唐 杜甫
浣花流水水西头，主人为卜林塘幽。
已知出郭少尘事，更有澄江销客愁。
无数蜻蜓齐上下，一双鸂鶒对沉浮。
东行万里堪乘兴，须向山阴上小舟。
(262)《春词》唐 刘禹锡
新妆宜面下朱楼，
深锁春光一院愁。
行到中庭数花朵，
蜻蜓飞上玉搔头。
(263)《经临平作》宋 道潜
风蒲猎猎弄轻柔，欲立蜻蜓不自由。
五月临平山下路，藕花无数满汀州。
(264)《蝉》唐 虞世南
垂緌饮清露，流响出疏桐。
居高声自远，非是藉秋风。
(265)《闻蝉》唐 陆龟蒙
绿阴深处汝行藏，风露从来是稻粱。
莫倚高枝纵繁响，也应回首顾螳螂。
(266)《在狱咏蝉》唐 骆宾王
西陆蝉声唱，南冠客思侵。
不堪玄鬓影，来对白头吟。
露重飞难进，风多响易沉。
无人信高洁，谁为表余心。
(267)《蝉》唐 李商隐
本以高难饱，徒劳恨费声。

五更疏欲断，一树碧无情。
薄宦梗犹泛，故园芜已平。
烦君最相警，我亦举家清。
(268)《秋日行村路》唐 乐雷发
儿童篱落带斜阳，豆荚姜芽社肉香。
一路稻花谁是主，红蜻蜓伴绿螳螂。
(269)《女冠子》宋 柳永
断烟残雨，洒微凉，生轩户。
动清籁、萧萧庭树。银河浓淡，
华星明灭，轻云时度。
莎阶寂静无睹，幽蛩切切秋吟苦。
疏篁一径，流萤几点，飞来又去。
对月临风，空恁无眠耿耿。
暗想旧日牵情处。
绮罗丛里，有人人、那回饮散，
略曾偕鸳侣。
因循忍便睽阻，相思不得长相聚。
好天良夜，无端惹起，千愁万绪。
(270)《拟咏怀诗（之十八）》北朝 庾信
寻思万户侯，中夜忽然愁。
琴声遍屋里，书卷满床头。
虽言梦蝴蝶，定自非庄周。
残月如初月，新秋似旧秋。
露泣连珠下，萤飘碎火流。
乐天乃知命，何时能不忧？
(271)《代靖安佳人怨二首》唐 刘禹锡
宝马鸣珂踏晓尘，鱼文匕首犯车茵。
适来行哭里门外，昨夜华堂歌舞人。
秉烛朝天遂不回，路人弹指望高台。
墙东便是伤心地，夜夜流萤飞去来。
(272)《江宿》明 汤显祖
寂历秋江渔火稀，起看残月映林微。
波光水鸟惊犹宿，露冷流萤湿不飞。
(273)《七夕》唐 杜牧
银烛秋光冷画屏，轻罗小扇扑流萤。
天街夜色凉如水，卧看牵牛织女星。

(274)《雁后归》宋 贺铸
鸦背夕阳山映断,绿杨风扫津亭。
月生河影带疏星。青松巢白鸟,
深竹逗流萤。
隔水彩舟然绛蜡,碧窗想见娉婷。
浴兰熏麝助芳馨。湘弦弹未半,
凄怨不堪听。

(275)《咏柳》唐 贺知章
(同,略)

(276)《杨柳枝》唐 白居易
(同,略)

(277)《杨柳枝》唐 白居易
叶含浓露如啼眼,枝袅轻风似舞腰。
小树不禁攀折苦,乞君留取两三条。

(278)《杨柳枝》唐 白居易
一树春风千万枝,嫩于金色软于丝。
永丰西角荒园里,尽日无人属阿谁?

(279)《天津桥》唐 白居易
津桥东北斗亭西,到此令人诗思迷。
眉月晚生神女浦,脸波春傍窈娘堤。
柳丝袅袅风缲出,草缕茸茸雨剪齐。
报导前驱少呼喝,恐惊黄鸟不成啼。

(280)《忆江南》唐 刘禹锡
春去也,多谢洛城人。
弱柳从风疑举袂,丛兰浥露似沾巾。
独坐亦含颦。

(281)《杨柳枝词》唐 刘禹锡
城外春风吹酒旗,行人挥袂日西时。
长安陌上无穷树,唯有垂杨管别离。

(282)《踏莎行》宋 晏殊
细草愁烟,幽花怯露,凭栏总是销魂处。
日高深院静无人,时时海燕双飞去。
带缓罗衣,香残蕙炷,天长不禁迢迢路。
垂杨只解惹春风,何曾系得行人住?

(283)《踏莎行》宋 晏殊
小径红稀,芳郊绿遍。高台树色阴阴见。

春风不解禁扬花,濛濛乱扑行人面。
翠叶藏莺,珠帘隔燕。
炉香静逐游丝转。
一场愁梦酒醒时,斜阳却照深深院。

(284)《浣溪沙》宋 秦观
漠漠清寒上小楼,晓阴无赖似穷秋。
淡烟流水画屏幽。
自在飞花轻似梦,无边丝雨细如愁。
宝帘闲挂小银钩。

(285)《水龙吟·次韵章质夫杨花词》
        宋 苏轼
(同,略)

(286)《凤栖梧(牡丹)》宋 曹冠
魏紫姚黄凝晓露。国艳天然,
造物偏钟赋。独占风光三月暮。
声名都压花无数。
蜂蝶寻香随杖屦。睍完莺声,
似劝游人住。把酒留春春莫去。
玉堂元是常春处。

(287)《牡丹》唐 皮日休
(同,略)

(288)《题御笔牡丹》清 王国维
摩罗西域竟时妆,东海樱花侈国香。
阅尽大千春世界,牡丹终古是花王。

(289)《牡丹花》唐 徐夤
万万花中第一流,浅霞轻染嫩银瓯。
能狂绮陌千金子,也惑朱门万户侯。
朝日照开携酒看,暮风吹落绕栏收。
诗书满架尘埃扑,尽日无人略举头。

(290)《洛阳春吟》宋 邵雍
洛阳人惯见奇葩,桃李花开未当花。
须是牡丹花盛发,满城方始乐无涯。

(291)《牡丹芳》唐 白居易
牡丹芳,牡丹芳,黄金蕊绽红玉房。
千片赤英霞烂烂,百枝绛点灯煌煌。
照地初开锦绣段,当风不结兰麝囊。

宿露轻盈泛紫艳，朝阳照耀生红光。
红紫二色间深浅，向背万态随低昂。
映叶多情隐羞面，卧丛无力含醉妆。
低娇笑容疑掩口，凝思怨人如断肠。
秾姿贵彩信奇绝，杂卉乱花无比方。
石竹金钱何细碎，芙蓉芍药苦寻常。
遂使王公与卿士，游花冠盖日相望。
庳车软舆贵公主，香衫细马豪家郎。
卫公宅静闭东院，西明寺深开北廊。
戏蝶双舞看人久，残莺一声春日长。
共愁日照芳难驻，仍张帷幕垂阴凉。
花开花落二十日，一城之人皆若狂。
三代以还文胜质，人心重华不重实。
重华直至牡丹芳，其来有渐非今日。
元和天子忧农桑，恤下动天天降祥。
去岁嘉禾生九穗，田中寂寞无人至。
今年瑞麦分两岐，君心独喜无人知。
无人知，可叹息。
我愿暂求造化力，减却牡丹妖艳色。
少回卿士爱花心，同似吾君忧稼穑。

（292）《赏牡丹》唐 刘禹锡
（同，略）

（293）《牡丹》宋 王曙
枣花至小能成实，桑叶虽柔解吐丝。
堪笑牡丹如斗大，不成一事只空枝。

（294）《狂夫》唐 杜甫
万里桥西一草堂，百花潭水即沧浪。
风含翠筱娟娟静，雨裛红蕖冉冉香。
厚禄故人书断绝，恒饥稚子色凄凉。
欲填沟壑惟疏放，自笑狂夫老更狂。

（295）《鹧鸪天》宋 苏轼
林断山明竹隐墙，乱蝉衰草小池塘。
翻空白鸟时时见，照水红蕖细细香。
村舍外，古城旁，杖藜徐步转斜阳。
殷勤昨夜三更雨，又得浮生一日凉。

（296）《晓出净慈寺送林子方》宋 杨万里
毕竟西湖六月中，风光不与四时同。
接天莲叶无穷碧，映日荷花别样红。

（297）《溪上行》唐 温庭筠
绿塘漾漾烟蒙蒙，张翰此来情不穷。
雪羽褵褷立倒影，金鳞拨剌跳晴空。
风翻荷叶一向白，雨湿蓼花千穗红。
心羡夕阳波上客，片时归梦钓船中。

（298）《懊恼曲》唐 温庭筠
藕丝作线难胜针，蕊粉染黄那得深。
玉白兰芳不相顾，青楼一笑轻千金。
莫言自古皆如此，健剑刜钟铅绕指。
三秋庭绿尽迎霜，惟有荷花守红死。
庐江小吏朱斑轮，柳缕吐芽香玉春。
两股金钗已相许，不令独作空成尘。
悠悠楚水流如马，恨紫愁红满平野。
野土千年怨不平，至今烧作鸳鸯瓦。

（299）《齐安郡中偶题二首（其一）》
　　　　唐 杜牧
两竿落日溪桥上，半缕轻烟柳影中。
多少绿荷倚相恨，一时回首背西风。

（300）《马上作》宋 陆游
平桥小陌雨初收，淡日穿云翠霭浮。
杨柳不遮春色断，一枝红杏出墙头。

（301）《杏花》宋 王安石
垂杨一径紫苔封，人语萧萧院落中。
独有杏花如唤客，倚墙斜日数枝红。

（302）《杏园》唐 杜牧
夜来微雨洗芳尘，公子骅骝步贴匀。
莫怪杏园憔悴去，满城多少插花人。

（303）《杏花》唐 罗隐
暖气潜催次第春，梅花已谢杏花新。
半开半落闲园里，何异荣枯世上人？

（304）《临江仙·浅浅余寒春半》
　　　　宋 晏几道
浅浅余寒春半，雪消蕙草初长。
烟迷柳岸旧池塘。

风吹梅蕊闹，雨细杏花香。
月堕枝头欢意，从前虚梦高唐。
觉来何处放思量。如今不是梦，
真个到伊行。

(305)《木兰花·杏花》宋 柳永
（同，略）

(306)《驿舍见故屏风画海棠有感》
　　　　宋 陆游
厌烦只欲长面壁，此心安得顽如石。
杜门复出叹习气，止酒还开惭定力。
成都二月海棠开，锦绣裹城迷巷陌。
燕宫最盛号花海，霸国雄豪有遗迹。
猩红鹦绿极天巧，迭萼重跗眩朝日。
繁华一梦忽吹散，闭眼细思犹历历。
忧乐相寻岂易知，故人应记醉中诗。
夜阑风雨嘉州驿，愁向屏风见折枝。

(307)《木兰花（海棠）》宋 柳永
东风催露千娇面。欲绽红深开处浅。
日高梳洗甚时忺，点滴胭脂匀抹遍。
霏微雨罢残阳院。洗出都城新锦段。
美人纤手摘芳枝，插在钗头和凤颤。

(308)《海棠》唐 郑谷
春风用意匀颜色，销得携觞与赋诗。
秾丽最宜新著雨，娇娆全在欲开时。
莫愁粉黛临窗懒，梁广丹青点笔迟。
朝醉暮吟看不足，羡他蝴蝶宿深枝。

(309)《春寒》宋 陈与义
二月巴陵日日风，春寒未了怯园公。
海棠不惜胭脂色，独立蒙蒙细雨中。

(310)《海棠》宋 苏轼
（同，略）

(311)《同儿辈赋未开海棠》金 元好问
（同，略）

(312)《忆梅》唐 李商隐
定定住天涯，依依向物华。
寒梅最堪恨，长作去年花。

(313)《卜算子·咏梅》宋 陆游
驿外断桥边，寂寞开无主。
已是黄昏独自愁，更着风和雨。
无意苦争春，一任群芳妒。
零落成泥碾作尘，只有香如故。

(314)《梅花》宋 王安石
（同，略）

(315)《白梅》元 王冕
（同，略）

(316)《卜算子·咏梅》毛泽东
（同，略）

(317)《雪梅》宋 卢梅坡
梅雪争春未肯降，骚人阁笔费评章。
梅须逊雪三分白，雪却输梅一段香。

(318)《山园小梅》宋 林逋
众芳摇落独暄妍，占尽风情向小园。
疏影横斜水清浅，暗香浮动月黄昏。
霜禽欲下先偷眼，粉蝶如知合断魂。
幸有微吟可相狎，不须檀板共金樽。

(319)《夜雨》宋 朱熹
故山风雪深寒夜，只有梅花独自香。
此日无人问消息，不应憔悴损年芳。

(320)《春日看梅诗二首》隋 侯夫人
　　其一
砌雪无消日，卷帘时自颦。
庭梅对我有怜意，先露枝头一点春。
　　其二
香清寒艳好，谁惜是天真。
玉梅谢后阳和至，散与群芳自在春。

(321)《菩萨蛮》宋 谢逸
縠纹波面浮鸂鶒，蒲芽出水参差碧。
满院落梅香，柳梢初弄黄。
衣轻红袖皱，春困花枝瘦。
睡起玉钗横，隔帘闻晓莺。

(322)《红梅》宋 苏轼
怕愁贪睡独开迟，自恐冰融不入时。

附录　正文选句与原诗词对照序列

故作小红桃杏色，尚余孤瘦雪霜姿。
寒心未肯随春态，酒晕无端上玉肌。
诗老不知梅格在，更看绿叶与青枝。

(323)《早梅》唐 张谓
（同，略）

(324)《玉楼春·红梅》宋 李清照
红酥肯放琼苞碎，探著南枝开遍未？
不知酝藉几多香，但见包藏无限意。
道人憔悴春窗底，闷损阑干愁不倚。
要来小酌便来休，未必明朝风不起。

(325)《墨梅》元 王冕
吾家洗砚池头树，个个花开淡墨痕。
不要人夸颜色好，只留清气满乾坤。

(326)《题都城南庄》唐 崔护
（同，略）

(327)《桃花庵诗》明 唐伯虎
桃花坞里桃花庵，桃花庵下桃花仙；
桃花仙人种桃树，摘来桃花换酒钱。
酒醒只在花前坐，酒醉还来花下眠；
半醒半醉日复日，花开花落年复年。
但愿老死花酒间，不愿鞠躬车马前；
车尘马足富者趣，酒盏花枝贫者缘。
若将富贵比贫贱，一在平地一在天；
若将贫贱比车马，他得驱驰我得闲。
别人笑我太疯癫，我笑他人看不穿；
不见五陵豪杰墓，无花无酒锄作田。

(328)《春日》宋 汪藻
一春略无十日晴，处处浮云将雨行。
野田春水碧于镜，人影渡傍鸥不惊。
桃花嫣然出篱笑，似开未开最有情。
茅茨烟暝客衣湿，破梦午鸡啼一声。

(329)《渔家傲·梦中作》宋 王安石
隔岸桃花红未半。枝头已有蜂儿乱。
惆怅武陵人不管。清梦断。
亭亭伫立春宵短。

(330)《江畔独步寻花七绝句》唐 杜甫

（其一）
江上被花恼不彻，无处告诉只颠狂。
走觅南邻爱酒伴，经旬出饮独空床。

（其二）
稠花乱蕊畏江滨，行步欹危实怕春。
诗酒尚堪驱使在，未须料理白头人。

（其三）
江深竹静两三家，多事红花映白花。
报答春光知有处，应须美酒送生涯。

（其四）
东望少城花满烟，百花高楼更可怜。
谁能载酒开金盏，唤取佳人舞绣筵。

（其五）
黄师塔前江水东，春光懒困倚微风。
桃花一簇开无主，可爱深红爱浅红。

（其六）
黄四娘家花满蹊，千朵万朵压枝低。
留连戏蝶时时舞，自在娇莺恰恰啼。

（其七）
不是爱花即肯死，只恐花尽老相催。
繁枝容易纷纷落，嫩叶商量细细开。

(331)《题百叶桃花》唐 韩愈
百叶双桃晚更红，窥窗映竹见玲珑。
应知侍史归天上，故伴仙郎宿禁中。

(332)《桃叶歌三首（其一）》晋 王献之
桃叶映红花，无风自婀娜。
春花映何限，感郎独采我。

(333)《鸳湖曲》清 吴伟业
鸳鸯湖畔草黏天，二月春深好放船。
柳叶乱飘千尺雨，桃花斜带一溪烟。
烟雨迷离不知处，旧堤却认门前树。
树上流莺三两声，十年此地扁舟住。
主人爱客锦筵开，水阁风吹笑语来。
画鼓队催桃叶伎，玉箫声出柘枝台。
轻靴窄袖娇妆束，脆管繁弦竞追逐。
云鬟子弟按霓裳，雪面参军舞鸜鹆。

酒尽移船曲榭西，满湖灯火醉人归。
朝来别奏新翻曲，更出红妆向柳堤。
欢乐朝朝兼暮暮，七贵三公何足数！
十幅蒲帆几尺风，吹君直上长安路。
长安富贵玉骢骄，侍女薰香护早朝。
分付南湖旧花柳，好留烟月伴归桡。
那知转眼浮生梦，萧萧月影悲风动。
中散弹琴竟未终，山公启事成何用！
东市朝衣一旦休，北邙抔土亦难留。
白杨尚作他人树，红粉知非旧日楼。
烽火名园窜狐兔，画图偷窥老兵怒。
宁使当时没县官，不堪朝市都非故！
我来倚棹向湖边，烟雨台空倍惘然。
芳草乍疑歌扇绿，落英错认舞衣鲜。
人生苦乐皆陈迹，年去年来堪痛惜。
闻笛休嗟石季伦，衔杯且效陶彭泽。
君不见白浪掀天一叶危，收竿还伯转船迟。
世人无限风波苦，输与江湖钓叟知。

(334)《大林寺桃花》唐 白居易
人间四月芳菲尽，山寺桃花始盛开。
长恨春归无觅处，不知转入此中来。

(335)《早发定山》南北朝 沈约
夙龄爱远壑，晚莅见奇山。
标峰彩虹外，置岭白云间。
倾壁忽斜竖，绝顶复孤圆。
归海流漫漫，出浦水溅溅。
野棠开未落，山樱发欲然。
忘归属兰杜，怀禄寄芳荃。
眷言采三秀，徘徊望九仙。

(336)《送杨子》唐 岑参
斗酒渭城边，垆头耐醉眠。
梨花千树雪，杨叶万条烟。
惜别添壶酒，临岐赠马鞭。
看君颍上去，新月到家圆。

(337)《宫中行乐词八首（其二）》李白
柳色黄金嫩，梨花白雪香。
玉楼巢翡翠，金殿锁鸳鸯。
选妓随雕辇，征歌出洞房。
宫中谁第一，飞燕在昭阳。

(338)《绝句春日》宋 法具
烧灯过了客思家，独立衡门数瞑鸦。
燕子未归梅落尽，小窗明月属梨花。

(339)《醉花阴》宋 李清照
薄雾浓云愁永昼，瑞脑消金兽。
佳节又重阳，玉枕纱厨，半夜凉初透。
东篱把酒黄昏后，有暗香盈袖。
莫道不消魂，帘卷西风，人比黄花瘦。

(340)《菊花》唐 黄巢
（同，略）

(341)《长安秋望》唐 赵嘏
云物凄凉拂曙流，汉家宫阙动高秋。
残星几点雁横塞，长笛一声人倚楼。
紫艳半开篱菊静，红衣落尽渚莲愁。
鲈鱼正美不归去，空戴南冠学楚囚。

(342)《菊花》唐 元稹
秋丛绕舍似陶家，遍绕篱边日渐斜。
不是花中偏爱菊，此花开尽更无花。

(343)《咏菊》唐 白居易
一夜新霜着瓦轻，芭蕉新折败荷倾。
耐寒唯有东篱菊，金粟初开晓更清。

(344)《黄花》唐 朱淑真
土花能白又能红，晚节由能爱此工。
宁可抱香枝上老，不随黄叶舞秋风。

(345)《寒菊》宋 郑思肖
花开不并百花丛，独立疏篱趣未穷。
宁可枝头抱香死，何曾吹落北风中！

(346)《菊花》唐 吴履垒
（同，略）

(347)《白菊》清 许廷荣
正得西方气，来开篱下花。
素心常耐冷，晚节本无瑕。
质傲清霜色，香含秋露华。

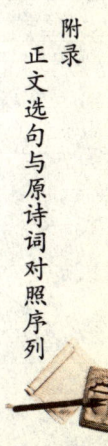

白衣何处去？载酒问陶家。
(348)《赠刘景文》宋 苏轼
荷尽已无擎雨盖，菊残犹有傲霜枝。
一年好景君须记，最是橙黄橘绿时。
(349)《都中怀竹隐徐渊子直院》
　　　宋 戴复古
手携漫刺访朝官，争似沧洲把钓竿。
万事看从今日别，九原叫起古人难。
菊花到死犹堪惜，秋叶虽红不耐观。
多谢天公怜客意，霜风未忍放深寒。
(350)《残菊》宋 王安石
黄昏风雨打园林，残菊飘零满地金。
撷得一枝犹好在，可怜公子惜花心。
(351)《重忆白菊》唐 陆龟蒙
我怜贞白重寒芳，前后丛生夹小堂。
月朵暮开无绝艳，风茎时动有奇香。
何惭谢雪清才咏，不羡刘梅贵主妆。
更忆幽窗凝一梦，夜来村落有微霜。
(352)《菊花》宋 唐婉
（同，略）
(353)《菊韵》唐 李师广
（同，略）
(354)《春日》宋 秦观
一夕轻雷落万丝，霁光浮瓦碧参差。
有情芍药含春泪，无力蔷薇卧晓枝。
(355)《红芍药》唐 元稹
芍药绽红绡，巴篱织青琐。
繁丝蹙金蕊，高焰当炉火。
翦刻彤云片，开张赤霞裹。
烟轻琉璃叶，风亚珊瑚朵。
受露色低迷，向人娇婀娜。
酡颜醉后泣，小女妆成坐。
艳艳锦不如，夭夭桃未可。
晴霞畏欲散，晚日愁将堕。
结植本为谁，赏心期在我。
采之谅多思，幽赠何由果。

(356)《契丹歌》宋 姜夔
契丹家住云沙中，耆车如水马若龙。
春来草色一万里，芍药牡丹相间红。
大胡牵车小胡舞，弹胡琵琶调胡女。
一春浪宕不归家，自有穹庐障风雨。
平沙软草天鹅肥，胡儿千骑晓打围。
皂旗低昂围渐急，惊作羊解凌空飞。
海东健鹘健如许，韝上风生看一举。
万里追奔未可知，划见纷纷落毛羽。
平章俊味天下无，年年海上驱群胡。
一鹅先得金百两，天使走送贤王庐。
天鹅之飞铁为翼，射生小儿空看得。
腹中惊怪有新姜，元是江南经宿食。
(357)《木兰花》唐 庾传素
木兰红艳多情态，不似凡花人不爱。
移来孔雀槛边栽，折向凤凰钗上戴。
是何芍药争风彩，自共牡丹长作对。
若教为女嫁东风，除却黄莺难匹配。
(358)《牡丹花》唐 罗隐
似共东风别有因，绛罗高卷不胜春。
若教解语应倾国，任是无情亦动人。
芍药与君为近侍，芙蓉何处避芳尘。
可怜韩令功成后，辜负秾华过此身。
(359)《春尽日》唐 白居易
芳景销残暑气生，感时思事坐含情。
无人开口共谁语，有酒回头还自倾。
醉对数丛红芍药，渴尝一碗绿昌明。
春归似遣莺留语，好住林园三两声。
(360)《花院》宋 赵与滂
拆了千秋院宇空，无人杨柳自春风。
蔷薇性野难拘束，却过邻家屋上红。
(361)《蔷薇》唐 齐已
根本似玫瑰，繁美刺外开。
香高丛有架，红落地多苔。
去住闲人看，晴明远蝶来。
牡丹先几日，销歇向尘埃。

(362)《咏蔷薇诗》南北朝 江洪
（同，略）

(363)《长安古意》卢照邻
长安大道连狭斜，青牛白马七香车。
玉辇纵横过主第，金鞭络绎向侯家。
龙衔宝盖承朝日，凤吐流苏带晚霞。
百丈游丝争绕树，一群娇鸟共啼花。
游蜂戏蝶千门侧，碧树银台万种色。
复道交窗作合欢，双阙连甍垂凤翼。
梁家画阁中天起，汉帝金茎云外直。
楼前相望不相知，陌上相逢讵相识？
借问吹箫向紫烟，曾经学舞度芳年。
得成比目何辞死，愿作鸳鸯不羡仙。
比目鸳鸯真可羡，双去双来君不见？
生憎帐额绣孤鸾，好取门帘帖双燕。
双燕双飞绕画梁，罗帏翠被郁金香。
片片行云着蝉鬓，纤纤初月上鸦黄。
鸦黄粉白车中出，含娇含态情非一。
妖童宝马铁连钱，娼妇盘龙金屈膝。
御史府中乌夜啼，廷尉门前雀欲栖。
隐隐朱城临玉道，遥遥翠幰没金堤。
挟弹飞鹰杜陵北，探丸借客渭桥西。
俱邀侠客芙蓉剑，共宿娼家桃李蹊。
娼家日暮紫罗裙，清歌一啭口氛氲。
北堂夜夜人如月，南陌朝朝骑似云。
南陌北堂连北里，五剧三条控三市。
弱柳青槐拂地垂，佳气红尘暗天起。
汉代金吾千骑来，翡翠屠苏鹦鹉杯。
罗襦宝带为君解，燕歌赵舞为君开。
别有豪华称将相，转日回天不相让。
意气由来排灌夫，专权判不容萧相。
专权意气本豪雄，青虬紫燕坐春风。
自言歌舞长千载，自谓骄奢凌五公。
节物风光不相待，桑田碧海须臾改。
昔时金阶白玉堂，即今惟见青松在。
寂寂寥寥扬子居，年年岁岁一床书。

独有南山桂花发，飞来飞去袭人裾。

(364)《鹧鸪天·桂花》宋 李清照
暗淡轻黄体性柔，情疏迹远只香留。
何须浅碧深红色，自是花中第一流。
梅定妒，菊应羞，画栏开处冠中秋。
骚人可煞无情思，何事当年不见收。

(365)《摊破浣溪沙》宋 李清照
揉破黄金万点轻，剪成碧玉叶层层。
风度精神如彦辅，太鲜明。
梅蕊重重何俗甚，丁香千结苦粗生。
熏透愁人千里梦，却无情。

(366)《桂花》宋 吕声之
（同，略）

(367)《灵隐寺》唐 宋之问
（同205）

(368)《有怀汉老弟》宋 虞俦
缺落槿篱须补缀，稀疏菜甲欠锄耘。
芙蓉泣露坡头见，桂子飘香月下闻。
策杖却愁成独往，举杯谁与醉浓芬。
欢惊莫讶年来减，触目无非是忆君。

(369)《蝶恋花·答李淑一》毛泽东
我失骄杨君失柳，杨柳轻扬直上重霄九。
问讯吴刚何所有，吴刚捧出桂花酒。
寂寞嫦娥舒广袖，万里长空且为忠魂舞。
忽报人间曾伏虎，泪飞顿作倾盆雨。

(370)《忆江南》唐 白居易
江南忆，最忆是杭州。
山寺月中寻桂子，郡亭枕上看潮头。
何日更重游！

(371)《竹石》清 郑板桥
（同，略）

(372)《于潜僧绿筠轩》宋 苏轼
可使食无肉，不可居无竹。
无肉令人瘦，无竹令人俗。
人瘦尚可肥，士俗不可医。
旁人笑此言，似高还似痴。

若对此君仍大嚼,世间那有扬州鹤!

(373)《和黄门卢侍御咏竹》唐 张九龄
清切紫庭垂,葳蕤防露枝。
色无玄月变,声有惠风吹。
高节人相重,虚心世所知。
凤凰佳可食,一去一来仪。

(374)《墨竹图》清 郑板桥
秋风昨夜渡潇湘,触石穿林惯作狂。
惟有竹枝浑不怕,挺然相斗一千场。

(375)《金谷园怀古》唐 邵谒
在富莫骄奢,骄奢多自亡。
为女莫骋容,骋容多自伤。
如何金谷园,郁郁椒兰房。
昨夜绮罗列,今日池馆荒。
竹死不变节,花落有余香。
美人抱义死,千载名犹彰。
娇歌无遗音,明月留清光。
浮云易改色,衰草难重芳。
不学韩侯妇,衔冤报宋王。

(376)《木兰花》宋 欧阳修
别后不知君远近,触目凄凉多少闷。
渐行渐远渐无书,水阔鱼沉何处问?
夜深风竹敲秋韵,万叶千声皆是恨。
故欹单枕梦中寻,梦又不成灯又烬。

(377)《夏日南亭怀辛大》唐 孟浩然
山光忽西落,池月渐东上。
散发乘夕凉,开轩卧闲敞。
荷风送香气,竹露滴清响。
欲取鸣琴弹,恨无知音赏。
感此怀故人,中宵劳梦想。

(378)《咏竹》宋 黄庭坚
竹笋才生黄犊角,蕨芽初长小儿拳。
试寻野菜炊香饭,便是江南二月天。

(379)《自愧》唐 李咸用
多负悬弧礼,危时隐薜萝。
有心明俎豆,无力执干戈。

壮士难移节,贞松不改柯。
缨尘徒自满,欲濯待清波。

(380)《山石》唐 韩愈
山石荦确行径微,黄昏到寺蝙蝠飞。
升堂坐阶新雨足,芭蕉叶大栀子肥。
僧言古壁佛画好,以火来照所见稀。
铺床拂席置羹饭,疏粝亦足饱我饥。
夜深静卧百虫绝,清月出岭光入扉。
天明独去无道路,出入高下穷烟霏。
山红涧碧纷烂漫,时见松枥皆十围。
当流赤足踏涧石,水声激激风吹衣。
人生如此自可乐,岂必局束为人靰?
嗟哉吾党二三子,安得至老不更归。

(381)《落叶》唐 廖凝
(略,同)

**(382)《将赴汝州,途出浚下,留辞李相公》
唐 刘禹锡**
长安旧游四十载,鄠渚一别十四年。
后来富贵已零落,岁寒松柏犹依然。
初逢贞元尚文主,云阙天池共翔舞。
相看却数六朝臣,屈指如今无四五。
夷门天下之咽喉,昔时往往生疮疣。
联翩旧相来镇压,四海吐纳皆通流。
久别凡经几多事,何由说得平生意。
千思万虑尽如空,一笑一言真可贵。
世间何事最殷勤,白头将相逢故人。
功成名遂会归老,请向东山为近邻。

**(383)《赠书侍御黄裳(其一)》
唐 李白**
太华生长松,亭亭凌霜雪。
天与百尺高,岂为微飙折。
桃李卖阳艳,路人行且迷。
春光扫地尽,碧叶成黄泥。
愿君学长松,慎勿作桃李。
受屈不改心,然后知君子。

(384)《将赴成都草堂途中有作(五首

其一）》唐 杜甫
常苦沙崩损药栏，也从江槛落风湍。
新松恨不高千尺，恶竹应须斩万竿。
生理只凭黄阁老，衰颜欲付紫金丹。
三年奔走空皮骨，信有人间行路难。

（385）《春题湖上》唐 白居易
（同109）

（386）《秋兴八首（其八）》唐 杜甫
昆吾御宿自逶迤，紫阁峰阴入渼陂。
香稻啄余鹦鹉粒，碧梧栖老凤凰枝。
佳人拾翠春相问，仙侣同舟晚更移。
彩笔昔曾干气象，白头吟望苦低垂。

（387）《村夜》唐 白居易
霜草苍苍虫切切，村南村北行人绝。
独出前门望野田，月明荞麦花如雪。

（388）《雪后煎茶》宋 陆游
（同，略）

（389）《寒夜》宋 杜耒
（同，略）

（390）《双井茶》（选段）宋 欧阳修
（同，略）

（391）《和章岷从事斗茶歌》宋 范仲淹
年年春自东南来，建溪先暖冰微开。
溪边奇茗冠天下，武夷仙人从古栽。
新雷昨夜发何处，家家嬉笑穿云去。
露芽错落一番荣，缀玉含珠散嘉树。
终朝采掇未盈襜，唯求精粹不敢贪。
研膏焙乳有雅制，方中圭兮圆中蟾。
北苑将期献天子，林下雄豪先斗美。
鼎磨云外首山铜，瓶携江上中泠水。
黄金碾畔绿尘飞，碧玉瓯中翠涛起。
斗茶味兮轻醍醐，斗茶香兮薄兰芷。
其间品第胡能欺，十目视而十手指。
胜若登仙不可攀，输同降将无穷耻。
吁嗟天产石上英，论功不愧阶前蓂。
众人之浊我可清，千日之醉我可醒。

屈原试与招魂魄，刘伶却得闻雷霆。
卢仝敢不歌，陆羽须作经。
森然万象中，焉知无茶星。
商山丈人休茹芝，首阳先生休采薇。
长安酒价减百万，成都药市无光辉。
不如仙山一啜好，泠然便欲乘风飞。
君莫羡，
花间女郎只斗草，赢得珠玑满斗归。

（392）《尝茶》唐 刘禹锡
生拍芳丛鹰嘴芽，老郎封寄谪仙家。
今宵更有湘江月，照出霏霏满碗花。

（393）《次韵曹辅寄壑源试焙新芽》苏轼
仙山灵草湿行云，洗遍香肌粉未匀。
明月来投玉川子，清风吹破武林春。
要知冰雪心肠好，不是膏油首面新。
戏作小诗君一笑，从来佳茗似佳人。

（394）《赠东邻王十三》唐 白居易
携手池边月，开襟竹下风。
驱愁知酒力，破睡见茶功。
居处东西接，年颜老少同。
能来为伴否？伊上作渔翁。

（395）《一字至七字诗茶》唐 元稹
（同，略）

（396）《自京赴奉先县咏怀五百字》杜甫
杜陵有布衣，老大意转拙。
许身一何愚，窃比稷与契。
居然成濩落，白首甘契阔。
盖棺事则已，此志常觊豁。
穷年忧黎元，叹息肠内热。
取笑同学翁，浩歌弥激烈。
非无江海志，潇洒送日月。
生逢尧舜君，不忍便永诀。
当今廊庙具，构厦岂云缺？
葵藿倾太阳，物性固莫夺。
顾惟蝼蚁辈，但自求其穴。
胡为慕大鲸，辄拟偃溟渤？

以兹悟生理，独耻事干谒。
兀兀遂至今，忍为尘埃没。
终愧巢与由，未能易其节。
沉饮聊自遗，放歌颇愁绝。
岁暮百草零，疾风高冈裂。
天衢阴峥嵘，客子中夜发。
霜严衣带断，指直不得结。
凌晨过骊山，御榻在嵽嵲。
蚩尤塞寒空，蹴踏崖谷滑。
瑶池气郁律，羽林相摩戛。
君臣留欢娱，乐动殷胶葛。
赐浴皆长缨，与宴非短褐。
彤庭所分帛，本自寒女出。
鞭挞其夫家，聚敛贡城阙。
圣人筐篚恩，实欲邦国活。
臣如忽至理，君岂弃此物？
多士盈朝廷，仁者宜战栗。
况闻内金盘，尽在卫霍室。
中堂舞神仙，烟雾蒙玉质。
暖客貂鼠裘，悲管逐清瑟。
劝客驼蹄羹，霜橙压香橘。
朱门酒肉臭，路有冻死骨。
荣枯咫尺异，惆怅难再述。
北辕就泾渭，官渡又改辙。
群水从西下，极目高崒兀。
疑是崆峒来，恐触天柱折。
河梁幸未坼，枝撑声窸窣。
行旅相攀援，川广不可越。
老妻寄异县，十口隔风雪。
谁能久不顾，庶往共饥渴。
入门闻号啕，幼子饿已卒。
吾宁舍一哀，里巷亦呜咽。
所愧为人父，无食致夭折。
岂知秋禾登，贫窭有仓卒。
生常免租税，名不隶征伐。
抚迹犹酸辛，平人固骚屑。

默思失业徒，因念远戍卒。
忧端齐终南，澒洞不可掇。

(397)《题净因壁》宋 黄庭坚
瞑倚蒲团挂钵囊，半窗疏箔度微凉。
蕉心不展待时雨，葵叶为谁倾夕阳。

(398)《潮州纸伞业》元 萨都刺
开如轮，合如束，剪纸调膏护秋竹。
日中荷叶影亭亭，雨里芭蕉声簌簌。
晴天却阴雨却晴，二天之说诚分明。
但操大柄常在手，覆尽东西南北行。

(399)《赠别二首》唐 杜牧
其一
娉娉袅袅十三余，豆蔻梢头二月初。
春风十里扬州路，卷上珠帘总不如。
其二
多情却似总无情，唯觉樽前笑不成。
蜡烛有心还惜别，替人垂泪到天明。

(400)《蝶恋花》宋 晏几道
醉别西楼醒不记，春梦秋云，聚散真容易。
斜月半窗还少睡，画屏闲展吴山翠。
衣上酒痕诗里字，点点行行，总是凄凉意。
红烛自怜无好计，夜寒空替人垂泪。

(401)《卜算子·送鲍浩然之浙东》
宋 王观
水是眼波横，山是眉峰聚。
欲问行人去哪边？眉眼盈盈处。
才始送春归，又送君归去。
若到江南赶上春，千万和春住。

(402)《水》唐 韩溉
方圆不定性空求，东注沧溟早晚休。
高截碧塘长耿耿，远飞青嶂更悠悠。
潇湘月浸千年色，梦泽烟含万古愁。
别有岭头呜咽处，为君分作断肠流。

(403)《竹枝词九首(其二)》唐 刘禹锡
山桃红花满上头，蜀江春水拍山流。
花红易衰似郎意，水流无限似侬愁。

(404)《虞美人·听雨》宋 蒋捷
少年听雨歌楼上，红烛昏罗帐。
壮年听雨客舟中，江阔云低、断雁叫西风。
而今听雨僧庐下，鬓已星星也。
悲欢离合总无情，一任阶前，点滴到天明。

(405)《雨夜》宋 张咏
帘幕萧萧竹院深，客怀孤寂伴灯吟。
无端一夜空阶雨，滴破思乡万里心。

(406)《竹枝词二首（其一）》唐 刘禹锡
杨柳青青江水平，闻郎江上唱歌声。
东边日出西边雨，道是无晴还有晴。

(407)《天问》（选段）战国 屈原
曰遂古之初，谁传道之？
上下未形，何由考之？
冥昭瞢暗，谁能极之？
冯翼惟像，何以识之？
明明暗暗，惟时何为？
阴阳三合，何本何化？
圆则九重，孰营度之？
惟兹何功，孰初作之？
斡维焉系，天极焉加？
八柱何当，东南何亏？
九天之际，安放安属？
隅隈多有，谁知其数？
天何所沓？十二焉分？
日月安属？列星安陈？
出自汤谷，次于蒙汜。
自明及晦，所行几里？
夜光何德，死则又育？
厥利维何，而顾菟在腹？
女歧无合，夫焉取九子？
伯强何处？惠气安在？
何阖而晦？何开而明？
角宿未旦，曜灵安藏？……
鳌何所营？禹何所成？
康回冯怒，地何故以东南倾？

九州安错？川谷何洿？
东流不溢，孰知其故？
东西南北，其修孰多？
南北顺堕，其衍几何？
昆仑县圃，其尻安在？
增城九重，其高几里？
四方之门，其谁从焉？
西北辟启，何气通焉？
日安不到？烛龙何照？
羲和之未扬，若华何光？
何所冬暖？何所夏寒？
焉有石林？何兽能言？
焉有虬龙、负熊以游？
雄虺九首，悠忽焉在？
何所不死？长人何守？
靡萍九衢，枲华安居？
一蛇吞象，厥大何如？
黑水、玄趾，三危安在？
延年不死，寿何所止？
鲮鱼何所？鬿堆焉处？
羿焉彃日？乌焉解羽？……

(408)《日出入行》唐 李白
日出东方隈，似从地底来。
历天又复入西海，六龙所舍安在哉？
其始与终古不息，人非元气，
安得与之久徘徊？
草不谢荣于春风，木不怨落于秋天。
谁挥鞭策驱四运？万物兴歇皆自然。
羲和羲和，汝奚汩没于荒淫之波？
鲁阳何德，驻景挥戈？
逆道违天，矫诬实多。
吾将囊括大块，浩然与溟涬同科。

(409)《赋得古原草送别》唐 白居易
离离原上草，一岁一枯荣。
野火烧不尽，春风吹又生。
远芳侵古道，晴翠接荒城。

又送王孙去，萋萋满别情。

(410)《菩萨蛮·书江西造口壁》
　　　　宋　辛弃疾
郁孤台下清江水，中间多少行人泪。
西北望长安，可怜无数山。
青山遮不住，毕竟东流去。
江晚正愁余，山深闻鹧鸪。

(411)《浣溪沙》宋　晏殊
一曲新词酒一杯，去年天气旧亭台。
夕阳西下几时回？
无可奈何花落去，似曾相识燕归来，
小园香径独徘徊。

**(412)《九日同姜如农王西樵程穆倩诸君
　　　登慧光阁饮于竹圃分韵》清　宋琬**
塞鸿犹未到芜城，载酒登临雨乍晴。
山色浅深随夕照，江流日夜变秋声。
上方钟磬疏林满，十里笙歌画舫明。
空负黄花羞短鬓，寒衣三浣客心惊。

(413)《酬乐天扬州初逢席上见赠》
　　　　唐　刘禹锡
巴山楚水凄凉地，二十三年弃置身。
怀旧空吟闻笛赋，到乡翻似烂柯人。
沉舟侧畔千帆过，病树前头万木春。
今日听君歌一曲，暂凭杯酒长精神。

**(414)《乐天见示伤微之敦诗晦叔三君子
　　　皆有深分因成是诗以寄》唐　刘禹锡**
吟君叹逝双绝句，使我伤怀奏短歌。
世上空惊故人少，集中惟觉祭文多。
芳林新叶催陈叶，流水前波让后波。
万古到今同此恨，闻琴泪尽欲如何！

(415)《乌衣巷》唐　刘禹锡
（同，略）

(416)《永遇乐·京口北固亭怀古》
　　　　宋　辛弃疾
千古江山，英雄无觅，孙仲谋处。
舞榭歌台，风流总被，雨打风吹去。
斜阳草树，寻常巷陌，人道寄奴曾住。
想当年，金戈铁马，气吞万里如虎。
元嘉草草，封狼居胥，赢得仓皇北顾。
四十三年，望中犹记，烽火扬州路。
可堪回首，佛狸祠下，一片神鸦社鼓！
凭谁问，廉颇老矣，尚能饭否？

(417)《临江仙》明　杨慎
滚滚长江东逝水，浪花淘尽英雄。
是非成败转头空。青山依旧在，几度夕阳红。
白发渔樵江渚上，惯看秋月春风。
一壶浊酒喜相逢。古今多少事，
都付笑谈中。

(418)《沁园春·雪》毛泽东
（同，略）

(419)《咏史》唐　李商隐
历览前贤国与家，成由勤俭败由奢。
何须琥珀方为枕，岂得真珠始是车。
运去不逢青海马，力穷难拔蜀山蛇。
几人曾预南熏曲，终古苍梧哭翠华。

(420)《长恨歌》唐　白居易
汉皇重色思倾国，御宇多年求不得。
杨家有女初长成，养在深闺人未识。
天生丽质难自弃，一朝选在君王侧。
回眸一笑百媚生，六宫粉黛无颜色。
春寒赐浴华清池，温泉水滑洗凝脂。
侍儿扶起娇无力，始是新承恩泽时。
云鬓花颜金步摇，芙蓉帐暖度春宵。
春宵苦短日高起，从此君王不早朝。
承欢侍宴无闲暇，春从春游夜专夜。
后宫佳丽三千人，三千宠爱在一身。
金屋妆成娇侍夜，玉楼宴罢醉和春。
姊妹弟兄皆列土，可怜光彩生门户。
遂令天下父母心，不重生男重生女。
骊宫高处入青云，仙乐风飘处处闻。
缓歌慢舞凝丝竹，尽日君王看不足。
渔阳鼙鼓动地来，惊破霓裳羽衣曲。

九重城阙烟尘生，千乘万骑西南行。
翠华摇摇行复止，西出都门百余里。
六军不发无奈何，宛转蛾眉马前死。
花钿委地无人收，翠翘金雀玉搔头。
君王掩面救不得，回看血泪相和流。
黄埃散漫风萧索，云栈萦纡登剑阁。
峨嵋山下少人行，旌旗无光日色薄。
蜀江水碧蜀山青，圣主朝朝暮暮情。
行宫见月伤心色，夜雨闻铃肠断声。
天旋日转回龙驭，到此踌躇不能去。
马嵬坡下泥土中，不见玉颜空死处。
君臣相顾尽沾衣，东望都门信马归。
归来池苑皆依旧，太液芙蓉未央柳。
芙蓉如面柳如眉，对此如何不泪垂？
春风桃李花开夜，秋雨梧桐叶落时。
西宫南苑多秋草，落叶满阶红不扫。
梨园弟子白发新，椒房阿监青娥老。
夕殿萤飞思悄然，孤灯挑尽未成眠。
迟迟钟鼓初长夜，耿耿星河欲曙天。
鸳鸯瓦冷霜华重，翡翠衾寒谁与共？
悠悠生死别经年，魂魄不曾来入梦。
临邛道士鸿都客，能以精诚致魂魄。
为感君王辗转思，遂教方士殷勤觅。
排空驭气奔如电，升天入地求之遍。
上穷碧落下黄泉，两处茫茫皆不见。
忽闻海上有仙山，山在虚无缥缈间。
楼阁玲珑五云起，其中绰约多仙子。
中有一人字太真，雪肤花貌参差是。
金阙西厢叩玉扃，转教小玉报双成。
闻道汉家天子使，九华帐里梦魂惊。
揽衣推枕起徘徊，珠箔银屏迤逦开。
云鬓半偏新睡觉，花冠不整下堂来。
风吹仙袂飘飘举，犹似霓裳羽衣舞。
玉容寂寞泪阑干，梨花一枝春带雨。
含情凝睇谢君王，一别音容两渺茫。
昭阳殿里恩爱绝，蓬莱宫中日月长。

回头下望人寰处，不见长安见尘雾。
惟将旧物表深情，钿合金钗寄将去。
钗留一股合一扇，钗擘黄金合分钿。
但教心似金钿坚，天上人间会相见。
临别殷勤重寄词，词中有誓两心知。
七月七日长生殿，夜半无人私语时。
在天愿作比翼鸟，在地愿为连理枝。
天长地久有时尽，此恨绵绵无绝期。

（421）《丽人行》唐　杜甫
三月三日天气新，长安水边多丽人。
态浓意远淑且真，肌理细腻骨肉匀。
绣罗衣裳照暮春，蹙金孔雀银麒麟。
头上何所有？翠微匎叶垂鬓唇。
背后何所见？珠压腰衱稳称身。
就中云幕椒房亲，赐名大国虢与秦。
紫驼之峰出翠釜，水精之盘行素鳞。
犀箸厌饫久未下，鸾刀缕切空纷纶。
黄门飞鞚不动尘，御厨络绎送八珍。
箫鼓哀吟感鬼神，宾从杂沓实要津。
后来鞍马何逡巡，当轩下马入锦茵。
杨花雪落覆白苹，青鸟飞去衔红巾。
炙手可热势绝伦，慎莫近前丞相嗔。

（422）《赠花卿》唐　杜甫
（同，略）

（423）《关山月》宋　陆游
和戎诏下十五年，将军不战空临边。
朱门沉沉按歌舞，厩马肥死弓断弦。
戍楼刁斗催落月，三十从军今白发。
笛里谁知壮志心，沙头空照征人骨。
中原干戈古亦闻，岂有逆胡传子孙。
遗民忍死望恢复，几处今宵垂泪痕。

（424）《泊秦淮》唐　杜牧
烟笼寒水月笼沙，夜泊秦淮近酒家。
商女不知亡国恨，隔江犹唱后庭花。

（425）《玉壶吟》唐　李白
烈士击玉壶，壮心惜暮年。

三杯拂剑舞秋月,忽然高咏涕泗涟。
凤凰初下紫泥诏,谒帝称觞登御筵。
揄扬九重万乘主,谑浪赤墀青琐贤。
朝天数换飞龙马,敕赐珊瑚白玉鞭。
世人不识东方朔,大隐金门是谪仙。
西施宜笑复宜颦,丑女效之徒累身。
君王虽爱蛾眉好,无奈宫中妒杀人!

(426)《圆圆曲》明 吴伟业
鼎湖当日弃人间,破敌收京下玉关。
恸哭六军俱缟素,冲冠一怒为红颜。
红颜流落非吾恋,逆贼天亡自荒宴。
电扫黄巾定黑山,哭罢君亲再相见。
相见初经田窦家,侯门歌舞出如花。
许将戚里空篌伎,等取将军油壁车。
家本姑苏浣花里,圆圆小字妖罗绮。
梦向夫差苑里游,宫娥拥入君王起。
前身合是采莲人,门前一片横塘水。
横塘双桨去如飞,何处豪家强载归?
此际岂知非薄命,此时只有泪沾衣。
薰天意气连宫掖,明眸皓齿无人惜。
夺归永巷闭良家,教就新声倾座客。
座客飞觞红日莫,一曲哀弦向谁诉?
白晳通侯最少年,拣取花枝屡回顾。
早携娇鸟出樊笼,待得银河几时渡?
恨杀军书抵死催,苦留后约将人误。
相约恩深相见难,一朝蚁贼满长安。
可怜思妇楼头柳,认作天边粉絮看。
遍索绿珠围内第,强呼绛树出雕栏。
若非将士全师胜,争得蛾眉匹马还。
蛾眉马上传呼进,云鬟不整惊魂定。
蜡烛迎来在战场,啼妆满面残红印。
专征箫鼓向秦川,金牛道上车千乘。
斜谷云深起画楼,散关月落开妆镜。
传来消息满红乡,乌桕红经十度霜。
教曲妓师怜尚在,浣沙女伴忆同行。
旧巢共是衔泥燕,飞上枝头变凤凰。

长向尊前悲老大,有人夫婿擅侯王。
当时只受声名累,贵戚名豪尽延致。
一斛珠连万斛愁,关山漂泊腰支细。
错怨狂风扬落花,无边春色来天地。
尝闻倾国与倾城,翻使周郎受重名。
妻子岂应关大计,英雄无奈是多情。
全家白骨成灰土,一代红妆照汗青。
君不见,馆娃初起鸳鸯宿,
越女如花看不足。
香径尘生鸟自啼,渫廊人去苔空绿。
换羽移宫万里愁,珠歌翠舞古梁州。
为君别唱吴宫曲,汉水东南日夜流。

(427)《贾生》唐 李商隐
(同,略)

(428)《卜居》(选段)战国 屈原
吾宁悃悃款款,朴以忠乎?
将送往劳来,斯无穷乎?
宁诛锄草茅以力耕乎?
将游大人,以成名乎?
宁正言不讳,以危身乎?
将从俗富贵,以偷生乎?
宁超然高举,以保真乎?
将哫訾栗斯,喔咿嚅儿,以事妇人乎?
宁廉洁正直,以自清乎?
将突梯滑稽,如脂如韦,以洁楹乎?
宁昂昂若千里之驹乎?
将泛泛若水中之凫,
与波上下,偷以全吾躯乎?
宁与骐骥亢轭乎?将随驽马之迹乎?
宁与黄鹄比翼乎?将与鸡鹜争食乎?
此孰吉孰凶,何去何从?
世溷浊而不清:**蝉翼为重,**
千钧为轻;黄钟毁弃,瓦釜雷鸣。
谗人高张,贤士无名。
吁嗟默默兮,谁知吾之廉贞?

(429)《锦树行》唐 杜甫

今日苦短昨日休，岁云暮矣增离忧。
霜凋碧树待锦树，万壑东逝无停留。
荒戍之城石色古，东郭老人住青丘。
飞书白帝营斗粟，琴瑟几枚柴门幽。
青草萋萋尽枯死，天马踠足随牦牛。
自古圣贤多薄命，奸雄恶少皆封侯。
故国三年一消息，终南渭水寒悠悠。
五陵豪贵反颠倒，乡里小儿狐白裘。
生男堕地要膂力，一生富贵倾邦国。
莫愁父母少黄金，天下风尘儿亦得。

（430）《开元行》宋 王安石
君不闻开元盛天子，纠合俊杰披奸猖。
几年辛苦补四海，始得完好无疮痏。
一朝寄托谁家子，威福颠倒谁复理。
那知赤子偏愁毒，只见狂胡仓卒起。
茫茫孤行西万里，逼仄归来竟忧死。
子孙险不失故物，社稷陵夷从此始。
由来犬羊着冠坐庙堂，安得四鄙无豺狼？

（431）《西游记·第五十八回》明 吴承恩
人有二心生祸灾，天涯海角致疑猜。
欲思宝马三公位，又忆金銮一品台。
南征北讨无休歇，东挡西除未定哉。
禅门须学无心诀，静养婴儿结圣胎。

（432）《西游记·第一回》明 吴承恩
争名夺利几时休？早起迟眠不自由！
骑着驴骡思骏马，官居宰相望王侯。
只愁衣食耽劳碌，何怕阎君就取勾？
继子荫孙图富贵，更无一个肯回头。

（433）《行路难》唐 李颀
汉家名臣杨德祖，四代五公享茅土。
父兄子弟绾银黄，跃马鸣珂朝建章。
火浣单衣绣方领，荼荑锦带玉盘囊。
宾客填街复满坐，片言出口生辉光。
世人逐势争奔走，沥胆堕肝惟恐后。
当时一顾登青云，自谓生死长随君。
一朝谢病还乡里，穷巷苍茫绝知己。

秋风落叶闭重门，昨日论交竟谁是。
薄俗嗟嗟难重陈，深山麋鹿可为邻。
鲁连所以蹈东海，古往今来称达人。

（434）《西游记·第一回》明 吴承恩
（同432）

（435）《宫词》唐 朱庆余
寂寂花时闭院门，美人相并立琼轩。
含情欲说宫中事，鹦鹉前头不敢言。

（436）《远别离》唐 李白
远别离，古有皇英之二女，
乃在洞庭之南，潇湘之浦。
海水直下万里深，谁人不言此离苦。
日惨惨兮云冥冥，猩猩啼烟兮鬼啸雨。
我纵言之将何补？
皇穹窃恐不照余之忠诚，雷凭凭兮欲吼怒。
尧舜当之亦禅禹。
君失臣兮龙为鱼，权归臣兮鼠变虎。
或云：尧幽囚，舜野死。九疑联绵皆相似，
重瞳孤坟竟何是？
帝子泣兮绿云间，随风波兮去无还。
恸哭兮远望，见苍梧之深山。
苍梧山崩湘水绝，竹上之泪乃可灭。

（437）《淮水吊韩侯》清 洪昇
器满才难御，功高主自疑。

（438）《长安古意》卢照邻
（同363）

（439）《寄王学士子端》金 赵秉文
寄语雪溪王处士，年来多病复何如？
浮云世态纷纷变，秋草人情日日疏。
李白一杯人影月，郑虔三绝画诗书。
情知不得文章力，乞与黄华作隐居。

（440）《偶书》元 黄庚
频年踪迹堕江湖，三径荒苔忆旧庐。
身老方知生计拙，家贫渐觉故人疏。
松薪拾去朝炊黍，渔火分来夜读书。
怨鹤惊猿应待我，台山何日赋归欤。

(441)《梁甫吟》明 刘伯温
谁谓秋月明？蔽之不必一尺翳。
谁谓江水清？淆之不必一斗泥。
人情旦暮有翻覆，平地倏忽成山溪。
君不见桓公相仲父，竖刁终乱齐。
秦穆信逢孙，遂违百里奚。
赤符天子明见万里外，乃以薏苡为文犀。
停婚仆碑何震怒，青天白日生虹蜺。
明良际会有如此，而况童角不辨粟与稊。
外间皇父中艳妻，马角突兀连牝鸡。
以聪为聋狂作圣，颠倒衣裳行蒺藜。
屈原怀沙子胥弃，魑魅叫啸风凄凄。
梁甫吟，悲以凄。
岐山竹实日稀少，凤凰憔悴将安栖！

(442)《天可度》唐 白居易
天可度，地可量，唯有人心不可防。
但见丹诚赤如血，谁知伪言巧似簧。
劝君掩鼻君莫掩，使君夫妇为参商。
劝君掇蜂君莫掇，使君父子成豺狼。
海底鱼兮天上鸟，高可射兮深可钓。
唯有人心相对时，咫尺之间不能料。
君不见，李义府之辈笑欣欣，
笑中有刀潜杀人。
阴阳神变皆可测，不测人间笑是瞋。

(443)《南吕一枝花》元 徐琰
风吹散楚岫云，水淹断蓝桥路。
死分开鸳燕友，生拆散凤鸾雏。
想起当初，指望待常相聚，
谁承望好姻缘遭间阻。
月初圆忽被阴云，花正发频遭骤雨。

(444)《木兰花》宋 张先
人意共怜花月满。花好月圆人又散。
欢情去逐远云空，往事过如幽梦断。
草树争春红影乱。一唱鸡声千万怨。
任教迟日更添长，能得几时抬眼看。

(445)《和王秀才伤歌姬》唐 温庭筠
月缺花残莫怆然，花须终发月终圆。
更能何事销芳念，亦有浓华委逝川。
一曲艳歌留婉转，九原春草妒婵娟。
王孙莫学多情客，自古多情损少年。

(446)《南乡子》宋 晏几道
花落未须悲。红蕊明年又满枝。
惟有花间人别后，无期。
水阔山长雁字迟。
今日最相思。记得攀条话别离。
共说春来春去事，多时。
一点愁心入翠眉。

(447)《贫交行》唐 杜甫
翻手作云覆手雨，纷纷轻薄何须数？
君不见管鲍贫时交，此道今人弃如土。

(448)《封丘作》唐 高适
我本渔樵孟诸野，一生自是悠悠者。
乍可狂歌草泽中，那堪作吏风尘下。
只言小邑无所为，公门百事皆有期。
拜迎长官心欲碎，鞭挞黎庶令人悲。
悲来向家问妻子，举家尽笑今如此。
生事应须南亩田，世情尽付东流水。
梦想旧山安在哉？为衔君命日迟回。
乃知梅福徒为尔，转忆陶潜归去来。

(449)《开窗看雨》元 马熙
洞房编药屋编荷，八面玲珑得月多。
谁遣天飘籁云过，嫩凉扶我入无何。

(450)《断句》宋 苏麟
（同，略）

(451)《画眉鸟》宋 欧阳修
百啭千声随意移，山花红紫树高低。
始知锁向金笼听，不及林间自在啼。

(452)《京口多景楼》宋 赵善伦
壮观东南二百州，景于多处更多愁。
江流千古英雄泪，山掩诸公富贵羞。
北府如今唯有酒，中原在望忍登楼。
西风战舰今何在，且办年年使客舟。

(453)《贫女》唐 秦韬玉
蓬门未识绮罗香，拟托良媒亦自伤。
谁爱风流高格调，共怜时世俭梳妆。
敢将十指夸纤巧，不把双眉斗画长。
苦恨年年压金线，为他人作嫁衣裳。

(454)《代园中老人》唐 耿湋
佣赁难堪一老身，皤皤力役在青春。
林园手种唯吾事，桃李成阴归别人。

(455)《遣怀》清 袁枚
才人已嫁邯郸卒，名士谁当曳落河？
出世风怀蝴蝶梦，伤春心事鹧鸪歌。
聪明得福人间少，侥幸成名史上多。
帘外芙蓉好颜色，晚秋寂寞莫照金波。

(456)《送陈章甫》唐 李颀
四月南风大麦黄，枣花未落桐阴长。
青山朝别暮还见，嘶马出门思故乡。
陈侯立身何坦荡，虬须虎眉仍大颡。
腹中贮书一万卷，不肯低头在草莽。
东门酤酒饮我曹，心轻万事皆鸿毛。
醉卧不知白日暮，有时空望孤云高。
长河浪头连天黑，津口停舟渡不得。
郑国游人未及家，洛阳行子空叹息。
闻道故林相识多，罢官昨日今如何。

(457)《梦李白二首（其二）》唐 杜甫
浮云终日行，游子久不至。
三夜频梦君，情亲见君意。
告归常局促，苦道来不易。
江湖多风波，舟楫恐失坠。
出门搔白首，若负平生志。
冠盖满京华，斯人独憔悴。
孰云网恢恢，将老身反累。
千秋万岁名，寂寞身后事。

(458)《丹青引赠曹将军霸》唐 杜甫
将军魏武之子孙，于今为庶为清门。
英雄割据虽已矣，文采风流今尚存。
学书初学卫夫人，但恨无过王右军。
丹青不知老将至，富贵于我如浮云。
开元之中常引见，承恩数上南薰殿。
凌烟功臣少颜色，将军下笔开生面。
良相头上进贤冠，猛将腰间大羽箭。
褒公鄂公毛发动，英姿飒爽来酣战。
先帝御马玉花骢，画工如山貌不同。
是日牵来赤墀下，迥立阊阖生长风。
诏谓将军拂绢素，意匠惨淡经营中。
斯须九重真龙出，一洗万古凡马空。
玉花却在御榻上，榻上庭前屹相向。
至尊含笑催赐金，圉人太仆皆惆怅。
弟子韩干早入室，亦能画马穷殊相。
干惟画肉不画骨，忍使骅骝气凋丧。
将军画善盖有神，必逢佳士亦写真。
即今漂泊干戈际，屡貌寻常行路人。
途穷反遭俗眼白，世上未有如公贫。
但看古来盛名下，终日坎壈缠其身。

(459)《南园十三首（其五）》李贺
（同，略）

(460)《咏史》清 龚自珍
（同，略）

(461)《元和十年自朗州召至京戏赠看花诸君子》唐 刘禹锡
（同，略）

(462)《左迁至蓝关示侄孙湘》唐 韩愈
一封朝奏九重天，夕贬潮州路八千。
欲为圣明除弊事，肯将衰朽惜残年！
云横秦岭家何在？雪拥蓝关马不前。
知汝远来应有意，好收吾骨瘴江边。

(463)《春夕酒醒》唐 皮日休
四弦才罢醉蛮奴，酃醁余香在翠炉。
夜半醒来红蜡短，一枝寒泪作珊瑚。

(464)《醉题》宋 陆游
裘马清狂锦水滨，最繁华地作闲人。
金壶投箭消长日，翠袖传杯领好春。
幽鸟语随歌处拍，落花铺作舞时茵。

305

悠然自适君知否，身与浮名若个亲？

（465）《鹤冲天》宋 柳永
黄金榜上。偶失龙头望。
明代暂遗贤，如何向？
未遂风云便，争不恣狂荡。
何须论得丧。才子词人，**自是白衣卿相。**
烟花巷陌，依约丹青屏障。
幸有意中人，堪寻访。
且恁偎红翠，风流事、平生畅。
青春都一饷。忍把浮名，换了浅斟低唱。

（466）《我身》唐 白居易
我身何所似？似彼孤生蓬。
秋霜翦根断，浩浩随长风。
昔游秦雍间，今落巴蛮中。
昔为意气郎，今作寂寥翁。
外貌虽寂寞，中怀颇冲融。
赋命有厚薄，委心任穷通。
通当为大鹏，举翅摩苍穹。
穷则为鹪鹩，一枝足自容。
苟知此道者，身穷心不穷。

（467）《除夜野宿常州城外二首之二》宋 苏轼
南来三见岁云徂，直恐终身走道途。
老去怕看新历日，退归拟学旧桃符。
烟花已作青春意，霜雪偏寻病客须。
但把穷愁博长健，不辞最后饮屠苏。

（468）《达士》唐 孟郊
四时如逝水，百川皆东波。
青春去不还，白发镊更多。
达人识元化，变愁为高歌。
倾产取一醉，富者奈贫何。
君看土中宅，富贵无偏颇。

（469）《对联》宋 欧阳修
（同，略）

（470）《不出门》唐 白居易
不出门来又数旬，将何销日与谁亲。

鹤笼开处见君子，书卷展时逢古人。
自静其心延寿命，无求于物长精神。
能行便是真修道，何必降魔调伏身。

（471）《对酒五首（其二）》唐 白居易
（同，略）

（472）《酬复言长庆四年元日郡斋感怀见寄》唐 元稹
腊尽残销春又归，逢新别故欲沾衣。
自惊身上添年纪，休系心中小是非。
富贵祝来何所遂，聪明鞭得转无机。
羞看稚子先拈酒，怅望平生旧采薇。
去日渐加余日少，贺人虽闹故人稀。
椒花丽句闲重检，艾发衰容惜寸辉。
苦思正旦酬白雪，闲观风色动青旗。
千官仗下炉烟里，东海西头意独违。

（473）《自题联》清 陈白崖
（同，略）

（474）《薤露行》三国 曹植
天地无穷极，阴阳转相因。
人居一世间，忽若风吹尘。
愿得展功勤，轮力于明君。
怀此王佐求，慷慨独不羣。
鳞介尊神龙，走兽宗麒麟。
虫兽犹知德，何况于士人。
孔氏删诗书，王业粲已分。
骋我径寸翰，流藻垂华芳。

（475）《木兰花令》宋 黄庭坚
新年何许春光漏，小院闭门风日透。
酥花入坐颇欺梅，雪絮因风全是柳。
使君落笔春词就，应唤歌檀催舞袖。
得开眉处且开眉，人世可能金石寿。

（476）《九日蓝田崔氏庄》唐 杜甫
老去悲秋强自宽，兴来今日尽君欢。
羞将短发还吹帽，笑倩旁人为正冠。
蓝水远从千涧落，玉山高并两峰寒。
明年此会知谁健？醉把茱萸仔细看。

(477)《生年不满百》无名氏
（同，略）

(478)《醉睡者》宋 苏轼
有道难行不如醉，有口难言不如睡。
先生醉卧此石间，万古无人知此意。

(479)《纵笔》宋 苏轼
白发萧散满霜风，小阁藤床寄病容。
报导先生春睡美，道人轻打五更钟。

(480)《重经昭陵》唐 杜甫
草昧英雄起，讴歌历数归。
风尘三尺剑，社稷一戎衣。
翼亮贞文德，丕承戢武威。
圣图天广大，宗祀日光辉。
陵寝盘空曲，熊罴守翠微。
再窥松柏路，还见五云飞。

(481)《咏墨牡丹诗》清 沈德潜
夺朱非正色，异种也称王。

(482)《荔枝叹》宋 苏轼
十里一置飞尘灰，五里一堠兵火催。
颠坑仆谷相枕藉，知是荔枝龙眼来。
飞车跨山鹘横海，风枝露叶如新采。
宫中美人一破颜，惊尘贱血流千载。
永元荔枝来交州，天宝岁贡取之涪。
至今欲食林甫肉，无人举觞酹伯游。
我愿天公怜赤子，莫生尤物为疮痏。
雨顺风调百谷登，民不饥寒为上瑞。
君不见，
武夷溪边粟粒芽，前丁后蔡相笼加。
争新买宠各出意，今年斗品充官茶。
吾君所乏岂此物，致养口体何陋耶？
洛阳相君忠孝家，可怜亦进姚黄花。

(483)《民谣》
（同，略）

(484)《潍县署中画竹呈年伯包大中丞括》清 郑板桥
（同，略）

(485)《竹枝歌》宋 杨万里
月子弯弯照九州，几家欢乐几家愁？
愁杀人来关月事，得休休处且休休。

(486)《新制绫袄成感而有咏》唐 白居易
水波文袄造新成，绫软绵匀温复轻。
晨兴好拥向阳坐，晚出宜披踏雪行。
鹤氅毳疏无实事，木棉花冷得虚名。
宴安往往叹侵夜，卧稳昏昏睡到明。
百姓多寒无可救，一身独暖亦何情。
心中为念农桑苦，耳里如闻饥冻声。
争得大裘长万丈，与君都盖洛阳城！

(487)《秋浦歌十七首》唐 李白
（同，略）

(488)《浪海沙九首》唐 刘禹锡
（同218）

(489)《伤农》唐 郑遨
（同，略）

(490)《悯农二首》唐 李坤
（同，略）

(491)《长歌行》宋 陆游
人生不作安期生，醉入东海骑长鲸。
犹当出作李西平，手枭逆贼清旧京。
金印煌煌未入手，白发种种来无情。
成都古寺卧秋晚，落日偏傍僧窗明。
岂其马上破贼手，哦诗长作寒螀鸣？
兴来买尽市桥酒，大车磊落堆长瓶。
哀丝豪竹助剧饮，如巨野受黄河倾。
平时一滴不入口，意气顿使千人惊。
国仇未报壮士老，匣中宝剑夜有声。
何当凯旋宴将士，三更雪压飞狐城。

(492)《壬辰十二月车驾东狩后即事五首（选二）》元 元好问
其一
万里荆襄入战尘，汴州门外即荆榛。
蛟龙岂是池中物，虮虱空悲地上臣。
乔木他年怀故国，野烟何处望行人？

秋风不用吹华发，沧海横流要此身！
其二
惨淡龙蛇日斗争，干戈直欲尽生灵。
高原水出山河改，战地风来草木腥。
精卫有冤填瀚海，包胥无泪哭秦庭。
并州豪杰今谁在，莫拟分军下井陉？

(493)《上李邕》唐 李白
大鹏一日同风起，扶摇直上九万里。
假令风歇时下来，犹能簸却沧溟水。
时人见我恒殊调，见余大言皆冷笑。
宣父犹能畏后生，丈夫未可轻年少。

(494)《行路难三首（选二）》唐 李白
其一
金樽清酒斗十千，玉盘珍羞直万钱。
停杯投箸不能食，拔剑四顾心茫然。
欲渡黄河冰塞川，将登太行雪满山。
闲来垂钓碧溪上，忽复乘舟梦日边。
行路难，行路难！多歧路，今安在？
长风破浪会有时，直挂云帆济沧海。
其三
有耳莫洗颍川水，有口莫食首阳蕨。
含光混世贵无名，何用孤高比云月？
吾观自古贤达人，功成不退皆殒身。
子胥既弃吴江上，屈原终投湘水滨。
陆机雄才岂自保？李斯税驾苦不早。
华亭鹤唳讵可闻？上蔡苍鹰何足道？
君不见，
吴中张翰称达生，秋风忽忆江东行。
且乐生前一杯酒，何须身后千载名？

(495)《宣州谢朓楼饯别校书叔云》
唐 李白
弃我去者，昨日之日不可留。
乱我心者，今日之日多烦忧。
长风万里送秋雁，对此可以酣高楼。
蓬莱文章建安骨，中间小谢又清发
俱怀逸兴壮思飞，欲上青天揽明月。

抽刀断水水更流，举杯销愁愁更愁。
人生在世不称意，明朝散发弄扁舟。

(496)《八月十五日看潮（五首）》
宋 苏轼
定知玉兔十分圆，已作霜风九月寒。
寄语重门休上钥，夜潮留向月中看。
万人鼓噪慑吴侬，犹似浮江老阿童。
欲识潮头高几许？越山浑在浪花中。
江边身世两悠悠，久与沧波共白头。
造物亦知人易老，故教江水更西流。
吴儿生长狎涛渊，重利轻生不自怜。
东海若知明主意，应教斥卤变桑田。
江神河伯两醯鸡，海若东来气吐霓。
安得夫差水犀手，三千强弩射潮低。

(497)《始闻秋风》唐 刘禹锡
昔看黄菊与君别，今听玄蝉我却回。
五夜飕飗枕前觉，一年颜状镜中来。
马思边草拳毛动，雕盻青云睡眼开。
天地肃清堪四望，为君扶病上高台。

(498)《题韩蕲王世忠卷后》元 侯克中
（略，同）

(499)《二砺》宋 郑思肖
愁里高歌《梁甫吟》，犹如金玉戛商音。
十年勾践亡吴计，七日包胥哭楚心。
秋送新鸿哀破国，昼行饥虎啮空林。
胸中有誓深于海，肯使神州竟陆沉？

(500)《玉楼春·戏呈林节推乡兄》
宋 刘克庄
年年跃马长安市。客舍似家家似寄。
青钱换酒日无何，红烛呼庐宵不寐。
易挑锦妇机中字。难得玉人心下事。
男儿西北有神州，莫滴水西桥畔泪。

(501)《赠白马王彪》三国 曹植
谒帝承明庐，逝将归旧疆。
清晨发皇邑，日夕过首阳。
伊洛广且深，欲济川无梁。

泛舟越洪涛，怨彼东路长。
顾瞻恋城阙，引领情内伤。
太谷何寥廓，山树郁苍苍。
霖雨泥我涂，流潦浩纵横。
中逵绝无轨，改辙登高冈。
修阪造云日，我马玄以黄。
玄黄犹能进，我思郁以纡。
郁纡将何念？亲爱在离居。
本图相与偕，中更不克俱。
鸱枭鸣衡轭，豺狼当路衢。
苍蝇间白黑，谗巧反亲疏。
欲还绝无蹊，揽辔止踟蹰。
踟蹰亦何留？相思无终极。
秋风发微凉，寒蝉鸣我侧。
原野何萧条，白日忽西匿。
归鸟赴乔林，翩翩厉羽翼。
孤兽走索群，衔草不遑食。
感物伤我怀，抚心长太息。
太息将何为？天命与我违。
奈何念同生，一往形不归。
孤魂翔故域，灵柩寄京师。
存者忽复过，亡殁身自衰。
人生处一世，去若朝露晞。
年在桑榆间，影响不能追。
自顾非金石，咄唶令心悲。
心悲动我神，弃置莫复陈。
丈夫志四海，万里犹比邻。
恩爱苟不亏，在远分日亲。
何必同衾帱，然后展殷勤。
忧思成疾疢，无乃儿女仁。
仓卒骨肉情，能不怀苦辛？
苦辛何虑思？天命信可疑。
虚无求列仙，松子久吾欺。
变故在斯须，百年谁能持？
离别永无会，执手将何时？
王其爱玉体，俱享黄发期。

收泪即长路，援笔从此辞。
(502)《谢人赠鞭》唐 许浑
蜀国名鞭见惠稀，驽骀从此长光辉。
独根拥肿来云岫，紫陌提携在绣衣。
几度拂花香里过，也曾敲镫月中归。
莫言三尺长无用，百万军中要指挥。
(503)《狱中题壁》清 谭嗣同
望门投止思张俭，忍死须臾待杜根。
我自横刀向天笑，去留肝胆两昆仑！
(504)《赠郑员外》唐 陶翰
骢马拂绣裳，按兵辽水阳。
西分雁门骑，北逐楼烦王。
闻道五军集，相邀百战场。
风沙暗天起，虏骑森已行。
儒服揖诸将，雄谋吞大荒。
金门来见谒，朱绂生辉光。
数年侍御史，稍迁尚书郎。
人生志气立，所贵功业昌。
何必守章句，终年事铅黄。
同时献赋客，尚在东陵傍。
(505)《乌江》宋 李清照
生当作人杰，死亦为鬼雄。
至今思项羽，不肯过江东。
(506)《金错刀行》宋 陆游
黄金错刀白玉装，夜穿窗扉出光芒。
丈夫五十功未立，提刀独立顾八荒。
京华结交尽奇士，意气相期共生死。
千年史册耻无名，一片丹心报天子。
尔来从军天汉滨，南山晓雪玉璘珣。
呜呼，
楚虽三户能亡秦，岂有堂堂中国空无人！
(507)《黄海舟中日人索句并见日俄战争
　　　　地图》清 秋瑾
万里乘风去复来，只身东海挟春雷。
忍看地图移颜色，肯使江山付劫灰！
浊酒不销忧国泪，救时应仗出群才。

拚将十万头颅血,须把乾坤力挽回。
(508)《游山西村》宋 陆游
莫笑农家腊酒浑,丰年留客足鸡豚。
山重水复疑无路,柳暗花明又一村。
箫鼓追随春社近,衣冠简朴古风存。
从今若许闲乘月,拄杖无时夜叩门。
(509)《题弟侄书堂》唐 杜荀鹤
何事居穷道不穷,乱时还与静时同。
家山虽在干戈地,弟侄常修礼乐风。
窗竹影摇书案上,野泉声入砚池中。
少年辛苦终身事,莫向光阴惰寸功。
(510)《煎茶坪题壁》清 张问陶
子规不作去年声,猿鸟都萦故国情。
清浊泉流如有意,高低山色总无名。
人从虎豹丛中健,天在峰峦缺处明。
一笑云林归便得,向来烟景又谁争。
(511)《送谭孝廉赴举》唐 李咸用
鼓鼙声里寻诗礼,戈戟林间入镐京。
好事尽从难处得,少年无向易中轻。
也知贵贱皆前定,未见疏慵遂有成。
吾道近来稀后进,善开金口答公卿。
(512)《送李副使赴碛西官军》唐 岑参
火山六月应更热,赤亭道口行人绝。
知君惯度祁连城,岂能愁见轮台月。
脱鞍暂入酒家垆,送君万里西击胡。
功名只向马上取,真是英雄一丈夫。
(513)《入京诗》明 于谦
绢帕蘑菇及线香,本资民用反为殃。
清风两袖朝天去,免得闾阎话短长。
(514)《石灰吟》明 于谦
(同,略)
(515)《上湖南崔中丞》唐 戎昱
山上青松陌上尘,云泥岂合得相亲。
举世尽嫌良马瘦,唯君不弃卧龙贫。
千金未必能移性,一诺从来许杀身。
莫道书生无感激,寸心还是报恩人。

(516)《梦游天姥吟留别》唐 李白
海客谈瀛洲,烟涛微茫信难求;
越人语天姥,云霞明灭或可睹。
天姥连天向天横,势拔五岳掩赤城。
天台四万八千丈,对此欲倒东南倾。
我欲因之梦吴越,一夜飞度镜湖月。
湖月照我影,送我至剡溪。
谢公宿处今尚在,渌水荡漾清猿啼。
脚着谢公屐,身登青云梯。
半壁见海日,空中闻天鸡。
千岩万转路不定,迷花倚石忽已暝。
熊咆龙吟殷岩泉,栗深林兮惊层巅。
云青青兮欲雨,水澹澹兮生烟。
列缺霹雳,丘峦崩摧。
洞天石扉,訇然中开。
青冥浩荡不见底,日月照耀金银台。
霓为衣兮风为马,云之君兮纷纷而来下。
虎鼓瑟兮鸾回车,仙之人兮列如麻。
忽魂悸以魄动,恍惊起而长嗟。
惟觉时之枕席,失向来之烟霞。
世间行乐亦如此,古来万事东流水。
别君去兮何时还?
且放白鹿青崖间,须行即骑访名山。
安能摧眉折腰事权贵,使我不得开心颜!
(517)《自叙》唐 杜荀鹤
酒瓮琴书伴病身,熟谙时事乐于贫。
宁为宇宙闲吟客,怕作乾坤窃禄人。
诗旨未能忘救物,世情奈值不容真。
平生肺腑无言处,白发吾唐一逸人。
(518)《论诗三十首(其二十一)》
　　　元 元好问
窘步相仍死不前,唱酬无复见前贤。
纵横正有凌云笔,俯仰随人亦可怜。
(519)《送李公恕赴阙》宋 苏轼
君才有如切玉刀,见之凛凛寒生毛。
愿随壮士斩蛟蜃,不愿腰间缠锦绦。

用违其才志不展，坐与胥吏同疲劳。
忽然眉上有黄气，吾君渐欲收英髦。
立谈左右俱动色，一语径破千言牢。
我顷分符在东武，脱略万事惟嬉遨。
尽坏屏障通内外，仍呼骑曹为马曹。
君为使者见不问，反更对饮持双螯。
酒酣箕坐语惊众，杂以嘲讽穷诗骚。
世上小儿多忌讳，独能容我真贤豪。
为我买田临汶水，逝将归去诛蓬蒿。
安能终老尘土下，俯仰随人如桔槔。

(520)《李都尉古剑》唐 白居易
古剑寒黯黯，铸来几千秋。
白光纳日月，紫气排斗牛。
有客借一观，爱之不敢求。
湛然玉匣中，秋水澄不流。
至宝有本性，精刚无与俦。
可使寸寸折，不能绕指柔。
愿快直士心，将断佞臣头。
不愿报小怨，夜半刺私仇。
劝君慎所用，无作神兵羞。

(521)《猛虎行》晋 陆机
渴不饮盗泉水，热不息恶木阴。
恶木岂无枝？志士多苦心。
整驾肃时命，杖策将远寻。
饥食猛虎窟，寒栖野雀林。
日归功未建，时往岁载阴。
崇云临岸骇，鸣条随风吟。
静言幽谷底，长啸高山岑。
急弦无懦响，亮节难为音。
人生诚未易，曷云开此衿？
眷我耿介怀，俯仰愧古今。

(522)《一百五日夜对月》唐 杜甫
无家对寒食，有泪如金波。
斫却月中桂，清光应更多。
仳离放红蕊，想象颦青蛾。
牛女漫愁思，秋期犹渡河。

(523)《偶成》宋 程颢
闲来无事不从容，睡觉东窗日已红。
万物静观皆自得，四时佳兴与人同。
道通天地有形外，思入风云变化中。
富贵不淫贫贱乐，男儿到此是豪雄。

(524)《江上吟》唐 李白
木兰之枻沙棠舟，玉箫金管坐两头。
美酒樽中置千斛，载妓随波任去留。
仙人有待乘黄鹤，海客无心随白鸥。
屈平词赋悬日月，楚王台榭空山丘。
兴酣落笔摇五岳，诗成笑傲凌沧洲。
功名富贵若长在，汉水亦应西北流。

(525)《戏为六绝句（其二）》唐 杜甫
王杨卢骆当时体，轻薄为文哂未休。
尔曹身与名俱灭，不废江河万古流。

(526)《陌上花三首》宋 苏轼
其一
陌上花开蝴蝶飞，江山犹是昔人非。
遗民几度垂垂老，游女长歌缓缓归。
其二
陌上山花无数开，路人争看翠耕来。
若为留得堂堂去，且更从教缓缓归。
其三
生前富贵草头露，身后风流陌上花。
已作迟迟君去鲁，犹教缓缓妾还家。

(527)《杂诗》三国 曹植
南国有佳人，容华若桃李。
朝游江北岸，夕宿潇湘沚。
时俗薄朱颜，谁为发皓齿？
俯仰岁将暮，荣耀难久恃。

(528)《无题》明 于谦
名节重泰山，利欲轻鸿毛。
所以古志士，终身甘缊袍。
胡椒八百斗，千载遗腥操。
一钱付江水，死后有余哀。
苟图身富贵，胶剥民脂膏。

国法纵未及，公论安所逃。

**(529)《不如来饮酒七首（之七）》
唐 白居易**
莫入红尘去，令人心力劳。
相争两蜗角，所得一牛毛。
且灭嗔中火，休磨笑里刀。
不如来饮酒，稳卧醉陶陶。

(530)《秋风行》明 顾炎武
白露早下秋风凉，谁家置酒开华堂？
秦国丞相南面坐，三川郡守趋奉觞。
燕娥赵女调清瑟，六博弹棋费白日。
致富应多文信金，论功讵足穰侯匹。
莫欺张耳鬓如丝，及见夷门大会时。
车中公子常虚左，上客侯生衣敝衣。
人生富贵驹过隙，唯有荣名寿金石。
嗟嗟此曲难重陈，柱摧弦断长愁人！

(531)《鹧鸪天》宋 黄升
雨过芙蕖叶叶凉。摩挲短发照横塘。
一行归鹭拖秋色，几树鸣蝉饯夕阳。
花侧畔，柳旁相。微云澹月又昏黄。
风流不在谈锋胜，袖手无言味最长。

(532)《论诗五首（选三）》清 赵翼
其三
只眼须凭自主张，纷纷艺苑漫雌黄。
矮人看戏何曾见？都是随人说短长。
其四
少时学语苦难圆，只道工夫半未全。
到老始知非力取，三分人事七分天。
其五
诗解穷人我未空，想因诗尚不曾工。
熊鱼自笑贪心甚，既要工诗又怕穷。

(533)《劝学》唐 颜真卿
三更灯火五更鸡，正是男儿读书时。
黑发不知勤学早，白首方悔读书迟。

**(534)《题胡逸老致虚庵》宋 黄庭坚
藏书万卷可教子，遗金满籝常作灾。**
能与贫人共年谷，必有明月生蚌胎。
山随宴坐图画出，水作夜窗风雨来。
观山观水皆得妙，更将何物污灵台？

(535)《焚书坑》唐 章碣
竹帛烟销帝业虚，关河空锁祖龙居。
坑灰未冷山东乱，刘项原来不读书。

(536)《劝勉联》宋 陆游
（同，略）

(537)《柏学士茅屋》唐 杜甫
碧山学士焚银鱼，白马却走深岩居。
古人已用三冬足，年少今开万卷余。
晴云满户团倾盖，秋水浮阶溜决渠。
富贵必从勤苦得，男儿须读五车书。

(538)《留诲曹师等诗》唐 杜牧
万物有丑好，各一姿状分。
唯人即不尔，学与不学论。
学非探其花，要自拔其根。
孝友与诚实，而不忘尔言。
根本既深实，柯叶自滋繁。
念尔无忽此，期以庆吾门。

(539)《对联》清 曹雪芹
（同，略）

(540)《冬夜读书示子聿》宋 陆游
古人学问无遗力，少壮工夫老始成。
纸上得来终觉浅，绝知此事要躬行。

(541)《九月一日夜读诗稿有感走笔作歌》宋 陆游
我昔学诗未有得，残余未免从人乞。
力孱气馁心自知，妄取虚名有惭色。
**四十从戎驻南郑，酣宴军中夜连日。
打球筑场一千步，阅马列厩三万匹。
华灯纵博声满楼，宝钗艳舞光照席。
琵琶弦急冰雹乱，羯鼓手匀风雨疾。**
诗家三昧忽见前，屈贾在眼元历历。
天机云锦用在我，翦裁妙处非刀尺。
世间才杰固不乏，秋毫未合天地隔。

放翁老死何足论，广陵散绝还堪惜。

(542)《登池州九峰楼寄张祜》唐 杜牧
百感中来不自由，角声孤起夕阳楼。
碧山终日思无尽，芳草何年恨即休！
睫在眼前长不见，道非身外更何求？
谁人得似张公子，千首诗轻万户侯。

(543)《题桃树》清 袁枚
二月春归风雨天，碧桃花下感流年。
残红尚有三千树，不及初开一朵鲜。

(544)《无题十首（其一）》唐 唐彦谦
细草铺茵绿满堤，燕飞晴日正迟迟。
寻芳陌上花如锦，折得东风第一枝。

(545)《早发》南宋 宗泽
伞幄垂垂马踏沙，水长山远路多花。
眼中形势胸中策，缓步徐行静不哗。

(546)《满江红》宋 岳飞
（同，略）

(547)《白马篇》三国 曹植
白马饰金羁，连翩西北驰。
借问谁家子？幽并游侠儿。
少小去乡邑，扬声沙漠垂。
宿昔秉良弓，楛矢何参差。
控弦破左的，右发摧月支。
仰手接飞猱，俯身散马蹄。
狡捷过猴猿，勇剽若豹螭。
边城多警急，虏骑数迁移。
羽檄从北来，厉马登高堤。
长驱蹈匈奴，左顾凌鲜卑。
弃身锋刃端，性命安可怀？
父母且不顾，何言子与妻？
名编壮士籍，不得中顾私。
捐躯赴国难，视死忽如归！

(548)《前出塞九首（其三）》唐 杜甫
磨刀呜咽水，水赤刃伤手。
欲轻肠断声，心绪乱已久。
丈夫誓许国，愤惋复何有！

功名图麒麟，战骨当速朽。

(549)《过零丁洋》宋 文天祥
辛苦遭逢起一经，干戈寥落四周星。
山河破碎风飘絮，身世浮沉雨打萍。
惶恐滩头说惶恐，零丁洋里叹零丁。
人生自古谁无死？留取丹心照汗青！

(550)《言志》宋 文天祥
九垠化为魅，亿丑俘为虏。
既不能变姓名卒于吴，
又不能髡钳奴于鲁。
远引不如四皓翁，高蹈不如仲连父。
冥鸿堕矰缴，长鲸陷网罟。
鹓鸾上下争谁何，蝼蚁等闲相尔汝。
狼藉山河岁云杪，飘零海角春重暮。
百年落落生涯尽，万里遥遥行役苦。
我生不辰逢百罹，求仁得仁尚何语。
一死鸿毛或泰山，之轻之重安所处。
妇女低头守巾帼，男儿嚼齿吞刀锯。
杀身慷慨犹易免，取义从容未轻许。
仁人志士所植立，横绝地维屹天柱。
以身徇道不苟生，道在光明照千古。
素王不作春秋废，兽蹄鸟迹交中土。
闰位适在三七间，礼乐终当属真主。
李陵卫律罪通天，遗臭至今使人吐。
种瓜东门不可得，暴骨匈奴固其所。
平生读书为谁事，临难何忧复何惧。
已矣夫，
易箦不必如曾参，结缨犹当效子路。

(551)《立春日感怀》明 于谦
年去年来白发新，匆匆马上又逢春。
关河底事空留客，岁月无情不贷人。
一寸丹心图报国，两行清泪为思亲。
孤怀激烈难消遣，漫把金盘簇五辛。

(552)《酬王处士九日见怀之作》
明 顾炎武
是日惊秋老，相望各一涯。

离怀销浊酒，愁眼见黄花。
天地存肝胆，江山阅鬓华。
多蒙千里讯，逐客已无家。

(553)《病起书怀》宋 陆游
病骨支离纱帽宽，孤臣万里客江干。
位卑未敢忘忧国，事定犹须待阖棺。
天地神灵扶庙社，京华父老望和銮。
出师一表通今古，夜半挑灯更细看。

(554)《经乱离后天恩流夜郎忆旧游书怀
　　赠江夏韦太守良宰》（选段）唐 李白
一忝青云客，三登黄鹤楼。
顾惭祢处士，虚对鹦鹉洲。
樊山霸气尽，寥落天地秋。
江带峨眉雪，川横三峡流。
万舸此中来，连帆过扬州。
送此万里目，旷然散我愁。
纱窗倚天开，水树绿如发。
窥日畏衔山，促酒喜得月。
吴娃与越艳，窈窕夸铅红。
呼来上云梯，含笑出帘栊。
对客小垂手，罗衣舞春风。
宾跪请休息，主人情未极。
览君荆山作，江鲍堪动色。
清水出芙蓉，天然去雕饰。
逸兴横素襟，无时不招寻。
朱门拥虎士，列戟何森森。
剪凿竹石开，萦流涨清深。
登台坐水阁，吐论多英音。
片辞贵白璧，一诺轻黄金。
谓我不愧君，青鸟明丹心。
五色云间鹊，飞鸣天上来。
传闻赦书至，却放夜郎回。
暖气变寒谷，炎烟生死灰。
君登凤池去，忽弃贾生才。
桀犬尚吠尧，匈奴笑千秋。
中夜四五叹，常为大国忧。

旌旆夹两山，黄河当中流。
连鸡不得进，饮马空夷犹。
安得羿善射，一箭落旄头。

(555)《渔阳将军》唐 张为
霜髭拥颔对穷秋，着白貂裘独上楼。
向北望星提剑立，一生长为国家忧。

(556)《癸丑二月重到汝阴寄子瞻》
　　　宋 苏辙
忆赴钱塘九月秋，同来颍尾一扁舟。
退居尚有三师在，好事须为十日留。
倾泻向人怀抱尽，忠诚为国始终忧。
重来东阁皆尘土，泪滴春风自不收。

(557)《学阮公体三首（其三）》
　　　唐 刘禹锡
昔贤多使气，忧国不谋身。
目览千载事，心交上古人。
侯门有仁义，灵台多苦辛。
不学腰如磬，徒使甑生尘。

(558)《代北州老翁答》唐 张谓
负薪老翁往北州，北望乡关生客愁。
自言老翁有三子，两人已向黄沙死。
如今小儿新长成，明年闻道又征兵。
定知此别必零落，不及相随同死生。
尽将田宅借邻伍，且复伶俜去乡土。
在生本求多子孙，及有谁知更辛苦。
近传天子尊武臣，强兵直欲静胡尘。
安边自合有长策，何必流离中国人！

(559)《柬某君三首（其二）》清 秋瑾
（同，略）

(560)《春望》唐 杜甫
国破山河在，城春草木深。
感时花溅泪，恨别鸟惊心。
烽火连三月，家书抵万金。
白头搔更短，浑欲不胜簪。

(561)《赴阙》宋 文天祥
楚月穿春袖，吴霜透晓鞯

壮心欲填海，苦胆为忧天。
役役惭金注，悠悠叹瓦全。
丈夫竟何事？一日定千年。
(562)《黄州》宋 陆游
局促常悲类楚囚，迁流还叹学齐优。
江声不尽英雄恨，天意无私草木秋。
万里羁愁添白发，一帆寒日过黄州。
君看赤壁终陈迹，生子何须似仲谋！
(563)《次韵答陈子茂德培》清 林则徐
送我凉州浃日程，自驱薄笨短辕轻。
高谈痛饮同西笑，切愤沉吟似《北征》。
小丑跳梁谁殄灭？中原揽辔望澄清。
关山万里残宵梦，犹听江东战鼓声。
(564)《水龙吟》宋 辛弃疾
楚天千里清秋，水随天去秋无际。
遥岑远目，献愁供恨，玉簪螺髻。
落日楼头，断鸿声里，江南游子。
把吴钩看了，阑干拍遍，无人会，登临意。
休说鲈鱼堪脍，尽西风，季鹰归未？
求田问舍，怕应羞见，刘郎才气。
可惜流年，忧愁风雨，树犹如此。
倩何人、唤取红巾翠袖，揾英雄泪！
(565)《过辛稼轩神道》明 张以宁
长啸秋云白日阴，太行天党气潇森。
英雄已尽中原泪，臣主元无北渡心。
年晚阴符仙蠹化，夜寒雄剑老龙吟。
青山万折东流去，春暮鹃啼宰树林。
(566)《浪淘沙》五代十国 李煜
帘外雨潺潺，春意阑珊，罗衾不耐五更寒。
梦里不知身是客，一晌贪欢。
独自莫凭栏，无限江山，别时容易见
时难。流水落花春去也，天上人间！
(567)《送陈七赴西军》唐 孟浩然
吾观非常者，碌碌在目前。
君负鸿鹄志，蹉跎书剑年。
一闻边烽动，万里忽争先。

余亦赴京国，何当献凯还。
(568)《即事》明 夏完淳
复楚情何极，亡秦气未平。
雄风清角劲，落日大旗明。
缟素酬家国，戈船决死生！
胡笳千古恨，一片月临城。
(569)《感遇诗三十八首（其三十五）》
　　　唐 陈子昂
本为贵公子，平生实爱才。
感时思报国，拔剑起蒿莱。
西驰丁零塞，北上单于台。
登山见千里，怀古心悠哉。
谁言未忘祸，磨灭成尘埃。
(570)《诗三百三首》（选段）唐 寒山
贪爱有人求快活，不知祸在百年身。
但看阳焰浮沤水，便觉无常败坏人。
丈夫志气直如铁，无曲心中道自真。
行密节高霜下竹，方知不枉用心神。
(571)《破阵乐二首（选一）》唐 张说
少年胆气凌云，共许骁雄出群。
匹马城西挑战，单刀蓟北从军。
一鼓鲜卑送款，五饵单于解纷。
誓欲成名报国，羞将开口论勋。
(572)《出塞》清 徐锡麟
军歌应唱大刀环，誓灭胡奴出玉关。
只解沙场为国死，何须马革裹尸还。
(573)《自题小像》鲁迅
灵台无计逃神矢，风雨如盘暗故园。
寄意寒星荃不察，我以我血荐轩辕。
(574)《上枢密韩公工部尚书胡公
　　　第二首》宋 李清照
胡公清德人所难，谋同德协心志安。
脱衣已被汉恩暖，离歌不道易水寒。
皇天久阴后土湿，雨势未回风势急。
车声辚辚马萧萧，壮士懦夫俱感泣。
闾阎嫠妇亦何知，沥血投书干记室。

夷虏从来性虎狼，不虞预备庸何伤。
衷甲昔时闻楚幕，乘城前日记平凉。
葵丘践土非荒城，勿轻谈士弃儒生。
露布词成马犹倚，崤函关出鸡未鸣。
巧匠何曾弃樗栎，刍荛之言或有益。
不乞隋珠与和璧，只乞乡关新信息。
灵光虽在应萧萧，草中翁仲今何若。
遗氓岂尚种桑麻，残虏如闻保城郭。
嫠家父祖生齐鲁，位下名高人比数。
当时稷下纵谈时，犹记人挥汗如雨。
子孙南渡今几年，漂流逐与流人伍。
欲将血泪寄山河，去洒东山一抔土。
（575）《过文登营》明 戚继光
冉冉双幡度海涯，晓烟低护野人家。
谁将春色来残堞，独有天风送短笳。
水落尚存秦代石，潮来不见汉时槎。
遥知百国微茫外，未敢忘危负岁华。
（576）《内宴奉诏作》宋 曹翰
三十年前学六韬，英名常得预时髦。
曾因国难披金甲，不为家贫卖宝刀。
臂健尚嫌弓力软，眼明犹识阵云高。
庭前昨夜秋风起，羞睹盘花旧战袍。
（577）《老马行》宋 陆游
老马虺聩依晚照，自计岂堪三品料？
玉鞭金络付梦想，瘦稗枯萁空咀噍。
中原蝗旱胡运衰，王师北伐方传诏。
一闻战鼓意气生，犹能为国平燕赵。
（578）《枕上偶成》宋 陆游
放臣不复望修门，身寄江头黄叶村。
酒渴喜闻疏雨滴，梦回愁对一灯昏。
河潼形胜宁终弃？周汉规模要细论。
自恨不如云际雁，南来犹得过中原。
（579）《夏夜大醉醒后有感》宋 陆游
少时酒隐东海滨，结交尽是英豪人。
龙泉三尺动牛斗，阴符一编役鬼神。
客游山南夜望气，颇谓王师当入秦。

欲倾天上河汉水，净洗关中胡虏尘。
那知一旦事大缪，骑驴剑阁霜毛新，
却将覆毡草檄手，小诗点缀西州春。
素心虽愿老岩壑，大义未敢忘君臣。
鸡鸣酒解不成寐，起坐肝胆空轮囷。
（580）《示儿》宋 陆游
死去原知万事空，但悲不见九州同。
王师北定中原日，家祭无忘告乃翁。
（581）《水调歌头》宋 张元干
柱策松江上，举酒酹三高。
此生飘荡，往来身世两徒劳。
长羡五湖烟艇，好是秋风鲈脍，
笠泽久蓬蒿。
想象英灵在，千古傲云涛。
俯沧浪，舌空旷，恍神交。
解衣盘礴，政须一笑属吾曹。
洗尽人间尘土，扫去胸中冰炭，
痛饮读离骚。纵有垂天翼，何用钓连鳌。
（582）《题乌江亭》唐 杜牧
（同，略）
（583）《吊边人》唐 沈彬
杀声沈后野风悲，汉月高时望不归。
白骨已枯沙上草，家人犹自寄寒衣。
（584）《陇西行四首（选二）》唐 陈陶
其二
誓扫匈奴不顾身，五千貂锦丧胡尘。
可怜无定河边骨，犹是春闺梦里人。
其三
陇戍三看塞草青，楼烦新替护羌兵。
同来死者伤离别，一夜孤魂哭旧营。
（585）《哭晁卿衡》唐 李白
日本晁卿辞帝都，征帆一片绕蓬壶。
明月不归沉碧海，白云愁色满苍梧。
（586）《答客诮》鲁迅
无情未必真豪杰，怜子如何不丈夫。
知否兴风狂啸者，回眸时看小于菟。

(587)《论诗五首（选二）》清 赵翼
其一
满眼生机转化钧，天工人巧日争新。
预支五百年新意，到了千年又觉陈。
其二
李杜诗篇万口传，至今已觉不新鲜。
江山代有才人出，各领风骚数百年。

(588)《己亥岁二首（其一）》唐 曹松
泽国江山入战图，生民何计乐樵苏。
凭君莫话封侯事，一将功成万骨枯。

(589)《福州鼓山联语》清 林则徐
（同，略）

(590)《献钱尚父》南唐 贯休
贵逼人来不自由，龙骧凤翥势难收。
满堂花醉三千客，一剑霜寒十四州。
鼓角揭天嘉气冷，风涛动地海山秋。
东南永作金天柱，谢公篇咏绮霞羞。
他年名上凌烟阁，谁羡当时万户侯。

(591)《王氏能远楼（选段）》元 范梈
跬请君得酒勿少留，为我痛酌王家能
远之高楼。
醉捧勾吴匣中剑，斫断千秋万古愁。
沧溟进旭射燕旬，桑枝正搭虚窗面。
昆仑池上碧桃花，舞尽东风千万片。
千万片，落谁家，愿倾海水溢流霞。
寄谢尊前望乡客，底须惆怅惜天涯。

(592)《鸿门会》元 杨维桢
天迷关，地迷户，东龙白日西龙雨。
撞钟饮酒愁海翻，碧火吹巢双狻猊。
照天万古无二乌，残星破月开天余。
座中有客天子气，左股七十二子连明珠。
军声十万振屋瓦，拔剑当人面如赭。
将军下马力排山，气卷黄河酒中泻。
剑光上天寒彗残，明朝国地分河山。
将军呼龙将客走，破青天撞玉斗。

(593)《杜甫画像》宋 王安石

吾观少陵诗，为与元气侔。
力能排天斡九地，壮颜毅色不可求。
浩荡八极中，生物岂不稠。
丑妍巨细千万殊，竟莫见以何雕锼。
惜哉命之穷，颠倒不见收。
青衫老更斥，饿走半九州。
瘦妻僵前子仆后，攘攘盗贼森戈矛。
吟哦当此时，不废朝廷忧。
常愿天子圣，大臣各伊周。
宁令吾庐独破受冻死，不忍四海寒飕飕。
伤屯悼屈止一身，嗟时之人死所羞。
所以见公像，再拜涕泗流。
惟公之心古亦少，愿起公死从之游。

(594)《马嵬》唐 李商隐
海外徒闻更九州，他生未卜此生休。
空闻虎旅传宵柝，无复鸡人报晓筹。
此日六军同驻马，当时七夕笑牵牛。
如何四纪为天子，不及卢家有莫愁。

(595)《越中览古》唐 李白
越王勾践破吴归，战士还家尽锦衣。
宫女如花满春殿，只今惟有鹧鸪飞。

(596)《苏台览古》唐 李白
旧苑荒台杨柳新，菱歌清唱不胜春。
只今惟有西江月，曾照吴王宫里人。

(597)《咸阳闲望》宋 胡君防
楼台旧地牛羊满，宫殿遗基禾黍平。

(598)《题宣州开元寺水阁》唐 杜牧
六朝文物草连空，天淡云闲今古同。
鸟去鸟来山色里，人歌人哭水声中。
深秋帘幕千家雨，落日楼台一笛风。
惆怅无因见范蠡，参差烟树五湖东。

(599)《台城》唐 韦庄
江雨霏霏江草齐，六朝如梦鸟空啼。
无情最是台城柳，依旧烟笼十里堤。

(600)《抵金陵》清 程之鵕
晓风策策柳毵毵，帆影遥天破蔚蓝。

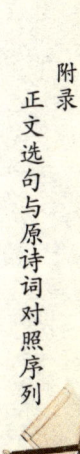

附录 正文选句与原诗词对照序列

317

一片伤心金粉地，落花时节到江南。
(601)《眺玄武湖歌》清 劳之辩
鸡鸣十庙衰草多，志公遗塔高嵯峨。
远望大江千里之雪浪，近俯晴湖万顷之烟波。
湖形北向称玄武，锦缆楼船斗歌舞。
结绮临春迹已空，惟有澄泓一片无今古。
闻说龙蟠王气真，徐党伟伐图麒麟。
共球爱日归天府，户册登余藏水宾。
周遭沆漭中台榭，瀁潏游鱼通港汉。
仁民爱物本相兼，罟于渊者罚无赦。
兔葵燕麦摇春风，细柳新蒲发故丛。
鸳瓦已销金碧外，渔歌时起获芦中。
自古盛衰如转烛，六朝兴废同棋局。
君不见钟山陵树来樵牧，射生收得银牌鹿。
(602)《西塞山怀古》唐 刘禹锡
王浚楼船下益州，金陵王气黯然收。
千寻铁锁沉江底，一片降幡出石头。
人世几回伤往事，山形依旧枕寒流。
今逢四海为家日，故垒萧萧芦荻秋。
(603)《己卯春日湖上》清 洪升
西湖一勺水，阅尽古来人。
清浅元如此，繁华一番新。
(604)《大漠行》唐 胡皓
单于犯蓟壖，虏骑略萧边。
南山木叶飞下地，北海蓬根乱上天。
科斗连营太原道，鱼丽合阵武威川。
三军遥倚伏，万里相驰逐。
旌旆悠悠静潮源，鼙鼓喧喧动卢谷。
穷徼出幽陵，呀嗟卷寝兴。
马蹄冻溜石，胡砮暖生冰。
云沙泱漭天光闭，河塞阴沉海色凝。
崆峒北国谁能托，萧索边心常不乐。
近见行人畏白龙，遥闻公主愁黄鹤。
阳春半，岐路间；瑶台苑，玉门关。
百花芳树红将歇，二月兰皋绿未还。
阵云不散鱼龙水，雨雪犹飞鸿鹄山。

山嶂绵连那可极，路远辛勤梦颜色。
北堂萱草不寄来，东园桃李长相忆。
汉将纷纭攻战盈，胡寇萧条幽朔清。
韩昌拜节偏知送，郑吉驱旌坐见迎。
火绝烟沉左西极，谷静山空右北平。
但得将军能百胜，不须天子筑长城。
(605)《当墙欲高行》三国 曹植
龙欲升天须浮云，人之仕进待中人。
众口可以铄金。谗言三至，慈母不亲。
愦愦俗间，不辩伪真。愿欲披心自说陈，
君门以九重，道远河无津。
(606)《赐萧瑀》唐 李世民
疾风知劲草，板荡识诚臣。
勇夫安识义，智者必怀仁。
(607)《代出自蓟北门行》南朝 鲍照
羽檄起边亭，烽火入咸阳。
征骑屯广武，分兵救朔方。
严秋筋竿劲，虏阵精且强。
天子按剑怒，使者遥相望。
雁行缘石径，鱼贯度飞梁。
箫鼓流汉思，旌甲被胡霜。
疾风冲塞起，沙砾自飘扬。
马毛缩如猬，角弓不可张。
时危见臣节，世乱识忠良。
投躯报明主，身死为国殇。
(608)《汝坟秋同仙州王长史翰闻百舌鸟》
　　　　唐　祖咏
秋天闻好鸟，惊起出帘帷。
却念殊方月，能鸣已后时。
迁乔诚可早，出谷此何迟。
顾影惭无对，怀群空所思。
凄凉岁欲晚，萧索燕将辞。
留听未终曲，弥令心独悲。
高飞凭力致，巧啭任天姿。
返覆知而静，间关断若遗。
花繁上林路，霜落汝川湄。

318

且长凌风翮,乘春自有期。
(609)《放言五首(其三)》唐 白居易
赠君一法决狐疑,不用钻龟与祝蓍。
试玉要烧三日满,辨材须待七年期。
周公恐惧流言日,王莽谦恭未篡时。
向使当初身便死,一生真伪复谁知。
(610)《此翁》唐 韩偓
高阁群公莫忌侬,依心不在宦名中。
岩光一睡垂緌紫,何胤三遗大带红。
金劲任从千口铄,玉寒曾试几炉烘?
唯应鬼眼兼天眼,窥见行藏信此翁。
(611)《己亥杂诗(选二首)》清 龚自珍
之一
九州生气恃风雷,万马齐喑究可哀。
我劝天公重抖擞,不拘一格降人才。
之二
浩荡离愁白日斜,吟鞭东指即天涯。
落红不是无情物,化做春泥更护花。
(612)《春日西湖寄谢发曹韵》
宋 欧阳修
酒逢知己千杯少,话不投机半句多。
遥知天涯一樽酒,能忆天涯万里人。
(注,此诗另有版本)
(613)《野田黄雀行》三国 曹植
高树多悲风,海水扬其波。
利剑不在掌,结友何须多?
不见篱间雀,见鹞自投罗。
罗家得雀喜,少年见雀悲。
拔剑捎罗网,黄雀得飞飞。
飞飞摩苍天,来下谢少年。
(614)《扶风豪士歌》唐 李白
洛阳三月飞胡沙,洛阳城中人怨嗟。
天津流水波赤血,白骨相撑如乱麻。
我亦东奔向吴国,浮云四塞道路赊。
东方日出啼早鸦,城门人开扫落花。
梧桐杨柳拂金井,来醉扶风豪士家。

扶风豪士天下奇,意气相倾山可移。
作人不倚将军势,饮酒岂顾尚书期。
雕盘绮食会众客,吴歌赵舞香风吹。
原尝春陵六国时,开心写意君所知。
堂中各有三千士,明日报恩知是谁?
抚长剑,一扬眉,清水白石何离离。
脱吾帽,向君笑;饮君酒,为君吟。
张良未逐赤松去,桥边黄石知我心。
(615)《谢人寄新诗集》唐 齐己
所闻新事即戈矛,欲去终疑是暗投。
远客寄言还有在,此门将谓总无休。
千篇著述诚难得,一字知音不易求。
时入思量向何处,月圆孤凭水边楼。
(616)《红楼梦》(五十七回)清 曹雪芹
(同,略)
(617)《论交》唐 李咸用
行亏何必富,节在不妨贫。
易得笑言友,难逢终始人。
松篁贞管鲍,桃李艳张陈。
少见岁寒后,免为霜雪尘。
(618)《古意论交(选段)》唐 李咸用
(同,略)
(619)《采桑子》宋 晏几道
心期昨夜寻思遍,犹负殷勤。
齐斗堆金,难买丹诚一寸真。
须知枕上尊前意,占得长春。
寄语东邻,似此相看有几人。
(620)《行路难五首(其五)》
唐 贺兰进明
君不见东流水,一去无穷已。
君不见西郊云,日夕空氛氲。
群雁裴回不能去,一雁悲鸣复失群。
人生结交在终始,莫以升沉中路分。
(621)《别常宁》清 袁枚
六千里外一奴星,送我依依远出城。
知己那须分贵贱,穷途容易感心情。

漓江此后何年到?别泪临歧为汝倾。
但听郎君消息好,早持僮约赴神京。
(622)《江夏赠韦南陵冰》唐 李白
胡骄马惊沙尘起,胡雏饮马天津水。
君为张掖近酒泉,我窜三巴九千里。
天地再新法令宽,夜郎迁客带霜寒。
西忆故人不可见,东风吹梦到长安。
宁期此地忽相遇,惊喜茫如堕烟雾。
玉箫金管喧四筵,苦心不得申长句。
昨日绣衣倾绿樽,病如桃李竟何言。
昔骑天子大宛马,今乘款段诸侯门。
赖遇南平豁方寸,复667夫子持清论。
有似山开万里云,四望青天解人闷。
人闷还心闷,苦辛长苦辛。
愁来饮酒二千石,寒灰重暖生阳春。
山公醉后能骑马,别是风流贤主人。
头陀云月多僧气,山水何曾称人意。
不然鸣筑按鼓戏沧流,呼取江南女儿歌棹讴。
我且为君槌碎黄鹤楼,君亦为吾倒却鹦鹉洲。
赤壁争雄如梦里,且须歌舞宽离忧。

(623)《杜少府之任蜀州》唐 王勃
城阙辅三秦,风烟望五津。
与君离别意,同是宦游人。
海内存知己,天涯若比邻。
无为在歧路,儿女共沾巾。

(624)《无题二首(其一)》唐 李商隐
昨夜星辰昨夜风,画楼西畔桂堂东。
身无彩凤双飞翼,有灵犀一点通。
隔座送钩春酒暖,分曹射覆蜡灯红。
嗟余听鼓应官去,走马兰台类转蓬。

(625)《琵琶行》唐 白居易
浔阳江头夜送客,枫叶荻花秋瑟瑟。
主人下马客在船,举酒欲饮无管弦。
醉不成欢惨将别,别时茫茫江浸月。
忽闻水上琵琶声,主人忘归客不发。
寻声暗问弹者谁,琵琶声停欲语迟。

移船相近邀相见,添酒回灯重开宴。
千呼万唤始出来,犹抱琵琶半遮面。
转轴拨弦三两声,未成曲调先有情。
弦弦掩抑声声思,似诉平生不得意。
低眉信手续续弹,说尽心中无限事。
轻拢慢捻抹复挑,初为《霓裳》后《六幺》。
大弦嘈嘈如急雨,小弦切切如私语。
嘈嘈切切错杂弹,大珠小珠落玉盘。
间关莺语花底滑,幽咽泉流水下滩。
冰泉冷涩弦凝绝,凝绝不通声暂歇。
别有幽愁暗恨生,此时无声胜有声。
银瓶乍破水浆迸,铁骑突出刀枪鸣。
曲终收拨当心画,四弦一声如裂帛。
东船西舫悄无言,唯见江心秋月白。
沉吟放拨插弦中,整顿衣裳起敛容。
自言本是京城女,家在虾蟆陵下住。
十三学得琵琶成,名属教坊第一部。
曲罢曾教善才伏,妆成每被秋娘妒。
五陵年少争缠头,一曲红绡不知数。
钿头云篦击节碎,血色罗裙翻酒污。
今年欢笑复明年,秋月春风等闲度。
弟走从军阿姨死,暮去朝来颜色故。
门前冷落车马稀,老大嫁作商人妇。
商人重利轻别离,前月浮梁买茶去。
去来江口守空船,绕船月明江水寒。
夜深忽梦少年事,梦啼妆泪红阑干。
我闻琵琶已叹息,又闻此语重唧唧。
同是天涯沦落人,相逢何必曾相识!
我从去年辞帝京,谪居卧病浔阳城。
浔阳地僻无音乐,终岁不闻丝竹声。
住近湓江地低湿,黄芦苦竹绕宅生。
其间旦暮闻何物,杜鹃啼血猿哀鸣。
春江花朝秋月夜,往往取酒还独倾。
岂无山歌与村笛,呕哑嘲哳难为听。
今夜闻君琵琶语,如听仙乐耳暂明。
莫辞更坐弹一曲,为君翻作琵琶行。

感我此言良久立，却坐促弦弦转急。
凄凄不似向前声，满座重闻皆掩泣。
座中泣下谁最多？江州司马青衫湿。
（626）《赠汪伦》唐 李白
李白乘舟将欲行，忽闻岸上踏歌声。
桃花潭水深千尺，不及汪伦送我情。
（627）《送李判官之润州行营》唐 刘长卿
万里辞家事鼓鼙，金陵驿路楚云西。
江春不肯留行客，草色青青送马蹄。
（628）《雁门集·留别同年索士岩经历》
　　　元 萨都剌
人生所贵在知己，四海相逢骨肉亲。
（629）《一剪梅·舟过吴江》宋 蒋捷
一片春愁待酒浇。江上舟摇，楼上帘招。
秋娘渡与泰娘桥，风又飘飘，雨又萧萧。
何日归家洗客袍？
银字笙调，心字香烧。
流光容易把人抛，红了樱桃，绿了芭蕉。
（630）《梁州令》宋 柳永
梦觉纱窗晓，残灯掩然空照。
因思人事苦萦牵，离愁别恨，无限何时了？
怜深定是心肠小，往往成烦恼。
一生惆怅情多少？**月不长圆，春色易为老。**
（631）《与潘郭二生同游忆去岁旧连》
　　　宋 苏轼
东风未肯入东门，走马还寻去岁村。
人似秋鸿来有信，事如春梦了无痕。
江城白酒三杯酽，野老苍颜一笑温。
已约年年为此会，故人不用赋招魂
（632）《送友人》唐 杜牧
十载名兼利，人皆与命争。
青春留不住，白发自然生。
夜雨滴乡思，秋风从别情。
都门五十里，驰马逐鸡声。
（633）《送隐者一绝》唐 杜牧
无媒径路草萧萧，自古云林远市朝。

公道世间唯白发，贵人头上不曾饶。
（634）《戏答诸少年》唐 白居易
顾我长年头似雪，饶君壮岁气如云。
朱颜今日虽欺我，白发他时不放君。
（635）《鹧鸪天》宋 赵师侠
爆竹声中岁又除。顿回和气满寰区。
春风解绿江南树，不与人间染白须。
残蜡烛，旧桃符。宁辞末后饮屠苏。
归与幸有园林胜，次第花开可自娱。
（636）《代悲白头翁》唐 刘希夷
洛阳城东桃李花，飞来飞去落谁家？
洛阳儿女惜颜色，行逢落花长叹息。
今年花落颜色改，明年花开复谁在？
已见松柏摧为薪，更闻桑田变成海。
古人无复洛城东，今人还对落花风。
年年岁岁花相似，岁岁年年人不同。
寄言全盛红颜子，应怜半死白头翁。
此翁白头真可怜，伊昔红颜美少年。
公子王孙芳树下，清歌妙舞落花前。
光禄池台文锦绣，将军楼阁画神仙。
一朝卧病无相识，三春行乐在谁边？
婉转蛾眉能几时，须臾鹤发乱如丝。
但看古来歌舞地，惟有黄昏鸟雀悲。
（637）《喜外弟卢纶见宿》唐 司空曙
静夜四无邻，荒居旧业贫。
雨中黄叶树，灯下白头人。
以我独沉久，愧君相见频。
平生自有分，况是蔡家亲。
（638）《水边偶题》唐 罗隐
野水无情去不回，水边花好为谁开。
只知事逐眼前去，不觉老从头上来。
穷似丘轲休叹息，达如周召亦尘埃。
思量此理何人会，蒙邑先生最有才。
（639）《春日使府寓怀二首（其一）》
　　　唐 薛能
一想流年百事惊，已抛渔父戴尘缨。

附录　正文选句与原诗词对照序列

321

青春背我堂堂去,白发欺人故故生。
道困古来应有分,诗传身后亦何荣。
谁怜合负清朝力,独把风骚破郑声。
(640)《感怀》宋 司马光
昨日春冰破水边,今朝腊雪坠风前。
岁华过目疾飞鸟,壮志如何不着鞭。
(641)《陈情赠友人》唐 李白
延陵有宝剑,价重千黄金。
观风历上国,暗许故人深。
归来挂坟松,万古知其心。
懦夫感达节,壮士激青衿。
鲍生荐夷吾,一举置齐相。
斯人无良朋,岂有青云望。
临财不苟取,推分固辞让。
后世称其贤,英风邈难尚。
论交但若此,友道孰云丧。
多君骋逸藻,掩映当时人。
舒文振颓波,秉德冠彝伦。
卜居乃此地,共井为比邻。
清琴弄云月,美酒娱冬春。
薄德中见捐,忽之如遗尘。
英豪未豹变,自古多艰辛。
他人纵以疏,君意宜独亲。
奈向成离居,相去复几许。
飘风吹云霓,蔽目不得语。
投珠冀相报,按剑恐相距。
所思采芳兰,欲赠隔荆渚。
沉忧心若醉,积恨泪如雨。
愿假东壁辉,余光照贫女。
(642)《筹笔驿》唐 罗隐
抛掷南阳为主忧,北征东讨尽良筹。
时来天地皆同力,运去英雄不自由。
千里山河轻孺子,两朝冠剑恨谯周。
唯余岩下多情水,犹解年年傍驿流。
(643)《马诗(其十四)》唐 李贺
不从桓公猎,何能伏虎威?

一朝沟陇出,看取拂云飞。
(644)《赤壁》唐 杜牧
折戟沉沙铁未销,自将磨洗认前朝。
东风不与周郎便,铜雀春深锁二乔。
(645)《送范仲讷往合肥三首(其二)》
　　　　　宋 姜夔
我家曾住赤栏桥,邻里相逢不寂寥。
君若到时秋已半,西风门巷柳萧萧。
(646)《金谷园》唐 杜牧
繁华事散逐香尘,流水无情草自春。
日暮东风怨啼鸟,落花犹似坠楼人。
(647)《怀紫阁山》唐 杜牧
学他趋世少深机,紫阁青霄半掩扉。
山路远怀王子晋,诗家长忆谢玄晖。
百年不肯疏荣辱,双鬓终应老是非。
人道青山归去好,青山曾有几人归?
(648)《上元怀古》唐 李山甫
南朝天子爱风流,尽守江山不到头。
总是战争收拾得,却因歌舞破除休。
尧行道德终无敌,秦把金汤不自由。
试问繁华何处有?雨苔烟草石城秋。
(649)《醒世歌》明 释德清
红尘白浪两茫茫,忍辱柔和是妙方。
到处随缘延岁月,终身安分度时光。
休将自己心田昧,莫把他人过失扬。
谨慎应酬无懊恼,耐烦作事好商量。
从来硬弩弦先断,每见钢刀口易伤。
惹祸只因搬口舌,招怨多为狠心肠。
是非不必争人我,彼此何须论短长。
世事由来多缺陷,幻躯焉得免无常。
吃些亏处原无碍,退让三分也不妨。
春日才看杨柳绿,秋风又见菊花黄。
荣华终是三更梦,富贵还同九月霜。
老病死生谁替得,酸甜苦辣自承当。
人从巧计夸伶俐,天自从容定主张。
谄曲贪嗔堕地狱,公平正直即天堂。

麝因香重身先死，蚕为丝多命早亡。
一剂养神平胃散，两种和气二陈汤。
生前枉费心千万，死后空留手一双。
悲欢离合朝朝闹，寿夭穷通日日忙。
休得争强来斗胜，百年浑是戏文场。
顷刻一声锣鼓歇，不知何处是家乡！
（650）《题西林壁》宋 苏轼
横看成岭侧成峰，远近高低各不同。
不识庐山真面目，只缘身在此山中。
（651）《登池州九峰楼寄张祜》唐 杜牧
（同542）
（652）《羌村三首（选两首）》杜甫

一

峥嵘赤云西，日脚下平地。
柴门鸟雀噪，归客千里至。
妻孥怪我在，惊定还拭泪。
世乱遭飘荡，生还偶然遂。
邻人满墙头，感叹亦歔欷。
夜阑更秉烛，相对如梦寐。

二

群鸡正乱叫，客至鸡斗争。
驱鸡上树木，始闻扣柴荆。
父老四五人，问我久远行。
手中各有携，倾榼浊复清。
苦辞酒味薄，黍地无人耕。
兵革既未息，儿童尽东征。
请为父老歌，艰难愧深情。
歌罢仰天叹，四座泪纵横。
（653）《送郑十八虔贬台州司户》杜甫
郑公樗散鬓成丝，酒后常称老画师。
万里伤心严谴日，百年垂死中兴时。
苍惶已就长途往，邂逅无端出饯迟。
便与先生应永诀，九重泉路尽交期。
（654）《渔夫两首》五代十国 李煜
浪花有意千重雪，桃李无言一队春。
一壶酒，一竿纶，世上如侬有几人？

一棹春风一叶舟，一纶茧缕一轻钩。
花满渚，酒满瓯，万顷波中得自由。
（655）《虞美人》李煜
春花秋月何时了，往事知多少？
小楼昨夜又东风，故国不堪回首月明中。
雕阑玉砌应犹在，只是朱颜改。
问君能有几多愁，恰似一江春水向东流。
（656）《洗儿戏作》宋 苏轼
（同，略）
（657）《吴中田妇叹》宋 苏轼
今年粳稻熟苦迟，庶见霜风来几时。
霜风来时雨如泻，杷头出菌镰生衣。
眼枯泪尽雨不尽，忍见黄穗卧青泥！
茅苫一月垄上宿，天晴获稻随车归。
汗流肩赪载入市，价贱乞与如糠秕。
卖牛纳税拆屋炊，虑浅不及明年饥。
官今要钱不要米，西北万里招羌儿。
龚黄满朝人更苦，不如却作河伯妇。
（658）《偶作》唐 孟郊
利剑不可近，美人不可亲。
利剑近伤手，美人近伤身。
道险不在远，十步能摧轮。
情忧不在多，一夕能伤神。
（659）《春日即事》宋 李弥逊
小雨丝丝欲网春，落花狼藉近黄昏。
车尘不到张罗地，宿鸟声中自掩门。
（660）《由灵谷寺经孝陵》清 朱草衣
青山无复翠华踪，古寺荒凉路几重。
秋草人锄荒苑地，夕阳僧打破楼钟。
苍苔漠漠丰碑蚀，黄叶萧萧享殿封。
宫监白头闲卖酒，年来犹护几株松。
（661）《春怨》唐 李白
白马金羁辽海东，罗帷绣被卧春风。
落月低轩窥烛尽，飞花入户笑床空。
（662）《闺怨》南宋 江总
寂寂青楼大道边，纷纷白雪绮窗前。

附录 正文选句与原诗词对照序列

323

池上鸳鸯不独自，帐中苏合还空然。
屏风有意障月明，灯火无情照独眠。
辽西水冻春应少，蓟北鸿来路几千。
愿君关中及早度，念妾桃李片时妍。
(663)《燕歌行》三国 曹丕
秋风萧瑟天气凉，草木摇落露为霜，
群燕辞归雁南翔，念君客游思断肠，
慊慊思归恋故乡，君何淹留寄他方。
贱妾茕茕守空房，忧来思君不敢忘，
不觉泪下沾衣裳。援琴鸣弦发清商，
短歌微吟不能长，明月皎皎照我床。
星汉西流夜未央，牵牛织女遥相望，
尔独何辜限河梁？
(664)《长相思》唐 白居易
汴水流，泗水流，流到瓜洲古渡头，
吴山点点愁。
思悠悠，恨悠悠，恨到归时方始休，
月明人倚楼。
(665)《四时宫词》元 萨都剌
（同，略）
(666)《代赠二首》唐 李商隐
其一
楼上黄昏欲望休，玉梯横绝月如钩。
芭蕉不展丁香结，同向春风各自愁。
其二
荷叶声时春恨生，荷叶枯时秋恨生。
深知身在情长在，怅望江头江水声。
(667)《武陵春》宋 李清照
风住尘香花已尽，日晚倦梳头。
物是人非事事休，欲语泪先流。
闻说双溪春尚好，也拟泛轻舟。
只恐双溪舴艋舟，载不动许多愁。
(668)《声声慢》宋 李清照
（同，略）
(669)《葛溪驿》宋 王安石
缺月昏昏漏未央，一灯明灭照秋床。

病身最觉风露早，归梦不知山水长。
坐感岁时歌慷慨，起看天地色凄凉。
鸣蝉更乱行人耳，正抱疏桐叶半黄。
(670)《宿洌上人房》唐 徐凝
浮生不定若蓬飘，林下真僧偶见招。
觉后始知身是梦，更闻寒雨滴芭蕉。
(671)《送慧勤归余杭》宋 欧阳修
越俗僭宫室，倾赀事雕墙。
佛屋尤其多，耽耽拟候王。
文彩莹丹漆，四壁金焜煌。
上悬百宝盖，宴坐以方床。
胡为弃不居，栖身客京坊。
辛勤营一室，有类燕巢梁。
南方精饮食，菌笋鄙羔羊。
饭以玉粒粳，调之甘露浆。
一馔费千金，百品罗成行。
晨兴未饭僧，日昃不敢尝。
乃兹随北客，枯粟充饥肠。
东南地秀绝，山水澄清光。
余杭几万家，日夕焚清香。
烟霏四面起，云雾杂芬芳。
岂如车马尘，鬓发染成霜。
三者孰苦乐，子奚勤四方。
乃云慕仁义，奔走不自遑。
始知仁义力，可以治膏肓。
有志诚可乐，及时宜自强。
人情重怀土，飞鸟思故乡。
夜枕闻北雁，归心逐南樯。
归兮能来否，送子以短章。
(672)《九月九日忆山东兄弟》唐 王维
独在异乡为异客，每逢佳节倍思亲。
遥知兄弟登高处，遍插茱萸少一人。
(673)《闰中秋》明 汤显祖
多少离怀起清夜，人间重望一回圆。
(674)《除夜作》唐 高适
旅馆寒灯独不眠，客心何事转凄然？

故乡今夜思千里，霜鬓明朝又一年。
(675)《大麦行》唐 杜甫
大麦干枯小麦黄，妇女行泣夫走藏。
东至集壁西梁洋，问谁腰镰胡与羌。
岂无蜀兵三千人，部领辛苦江山长。
安得如鸟有羽翅，托身白云还故乡。
(676)《春夜洛城闻笛》唐 李白
（同，略）
(677)《逢入京使》唐 岑参
（同，略）
(678)《秋思》唐 张籍
（同，略）
(679)《回乡偶书二》唐 贺知章
（同，略）
(680)《游子吟》唐 孟郊
（同，略）
(681)《岁暮到家》清 蒋士铨
爱子心无尽，归家喜及辰。
寒衣针线密，家信墨痕新。
见面怜清瘦，呼儿问苦辛。
低徊愧人子，不敢叹风尘。
(682)《忆母》清 倪瑞璇
河广难航莫我过，未知安否近如何？
暗中时滴思亲泪，只恐思儿泪更多！
(683)《禽虫十二章（其三）》
　　　唐 白居易
江鱼群从称妻妾，塞雁联行号弟兄。
但恐世间真眷属，亲疏亦是强为名。
(684)《七步诗》三国 曹植
煮豆燃豆萁，漉豉以为汁。
萁在釜下燃，豆在釜中泣。
本是同根生，相煎何太急！
（引自《世说新语》，正文引自《诗纪》）
(685)《忆帝京》宋 柳永
薄衾小枕天气，乍觉别离滋味。
辗转数寒更，起了还重睡。

毕竟不成眠，一夜长如岁。
也拟待、却回征辔。
又争奈、已成行计。
万种思量，多方开解，只恁寂寞厌厌地。
系我一生心，负你千行泪。
(686)《诗经·关雎》西周—春秋
关关雎鸠，在河之洲。
窈窕淑女，君子好逑。
参差荇菜，左右流之。
窈窕淑女，寤寐求之。
求之不得，寤寐思服。
悠哉悠哉，辗转反侧。
参差荇菜，左右采之。
窈窕淑女，琴瑟友之。
参差荇菜，左右芼之。
窈窕淑女，钟鼓乐之。
(687)《江陵愁望寄子安》唐 鱼玄机
枫叶千枝复万枝，江桥掩映暮帆迟。
忆君心似西江水，日夜东流无歇时。
(688)《玉楼春》宋 晏殊
绿杨芳草长亭路，年少抛人容易去。
楼头残梦五更钟，花底离愁三月雨。
无情不似多情苦，一寸还成千万缕。
天涯地角有穷时，只有相思无尽处。
(689)《生查子》宋 欧阳修
去年元夜时，花市灯如昼。
月上柳梢头，人约黄昏后。
今年元夜时，月与灯依旧。
不见去年人，泪满春衫袖！
(690)《七夕二首》唐 白居易
　　　其一
迢迢银汉晚晴空，万古悲歌爱恨同。
浩瀚高天圆月夜，欢情一刻此宵中。
　　　其二
烟霄微月澹长空，银汉秋期万古同。
几许欢情与离恨，年年并在此宵中。

附录 正文选句与原诗词对照序列

325

(691)《玉泉山》清 查慎行
清泉自爱江湖去，流出红墙便不还。
(692)《代寄情楚词体》唐 李白
君不来兮，徒蓄怨积思而孤吟。
云阳一去已远，隔巫山绿水之沉沉。
留余香兮染绣被，夜欲寝兮愁人心。
朝驰余马于青楼，悦若空而夷犹。
浮云深兮不得语，却惆怅而怀忧。
使青鸟兮衔书，恨独宿兮伤离居。
何无情而两绝，梦虽往而交疏。
横流涕而长嗟，折芳洲之瑶华。
送飞鸟以极目，怨夕阳之西斜。
愿为连根同死之秋草，不作飞空之落花。
(693)《正宫·醉西施（玉芙蓉）》
　　　元 珠帘绣
寂寞几时休，盼音书天际头。
加人病黄鸟枝头，助人愁渭城衰柳。
满眼春江都是泪，也流不尽许多愁。
若得归来后，同行共止，
便是牡丹花下死，做鬼也风流。
(694)《菩萨蛮》宋 贺铸
彩舟载得离愁动，无端更借樵风送。
波渺夕阳迟，销魂不自持。
良宵谁与共，赖有窗间梦。
可奈梦回时，一番新别离！
(695)《越歌》明 宋濂
（同，略）
(696)《感怀》宋 黄氏女
阑干闲倚日偏长，短笛无情苦断肠。
安得身轻如燕子，随风容易到君旁。
(697)《有所思》唐 卢仝
当时我醉美人家，美人颜色娇如花。
今日美人弃我去，青楼珠箔天之涯。
天涯娟娟姮娥月，三五二八盈又缺。
翠眉蝉鬓生别离，一望不见心断绝。
心断绝，几千里？
梦中醉卧巫山云，觉来泪滴湘江水。
湘江两岸花木深，美人不见愁人心。
含愁更奏绿绮琴，调高弦绝无知音。
美人兮美人，不知为暮雨兮为朝云！
相思一夜梅花发，忽到窗前疑是君。
(698)《凤栖梧》宋 柳永
伫倚危楼风细细，
望极春愁，黯黯生天际。
草色烟光残照里，无言谁会凭栏意？
拟把疏狂图一醉，
对酒当歌，强乐还无味。
衣带渐宽终不悔，为伊消得人憔悴。
(699)《清平乐》五代十国 李煜
别来春半，触目柔肠断。
砌下落梅如雪乱，拂了一身还满。
雁来音信无凭，路遥归梦难成。
离恨恰如春草，更行更远还生。
(700)《浣溪沙》宋 苏轼
白雪清词出坐间。爱君才器两俱全。
异乡风景却依然。
可恨相逢能几日，不知重会是何年。
茱萸仔细更重看。
(701)《中年》唐 郑谷
漠漠秦云淡淡天，新年景象入中年。
情多最恨花无语，愁破方知酒有权。
苔色满墙寻故第，雨声一夜忆春田。
衰迟自喜添诗学，更把前题改数联。
(702)《秋蕊香》宋 晏几道
池苑清阴欲就，还傍送春时候。
眼中人去难欢偶，谁共一杯芳酒。
朱阑碧砌皆如旧，记携手。
有情不管别离久，情在相逢终有。
(703)《古意》明 于谦
妾颜如花命如叶，嫁得良人伤远别。
别来独自守空闺，夜夜焚香拜明月。
月缺重圆会有期，人生何得久别离。

愿将身托蟾蜍影，照见良人不寐时。

(704)《鹊桥仙》宋 秦观
纤云弄巧，飞星传恨，银汉迢迢暗度。
金风玉露一相逢，便胜却、人间无数。
柔情似水，佳期如梦，忍顾鹊桥归路。
两情若是久长时，又岂在、朝朝暮暮。

(705)《杨柳枝》唐 刘禹锡
春江一曲柳千条，二十年前旧板桥。
曾与美人桥上别，恨无消息到今朝。

(706)《无题二首（其一）》唐 李商隐
凤尾香罗薄几重，碧文圆顶夜深缝。
扇裁月魄羞难掩，车走雷声语未通。
曾是寂寥金烬暗，断无消息石榴红。
斑骓只系垂杨岸，何处西南待好风？

(707)《踏歌词四首（其一）》宋 刘禹锡
春江月出大堤平，堤上女郎连袂行。
唱尽新词欢不见，红霞映树鹧鸪鸣。

(708)《雨霖铃》宋 柳永
（同，略）

(709)《节妇吟，寄东平李司空师道》
  唐 张籍
君知妾有夫，赠妾双明珠。
感君缠绵意，系在红罗襦。
妾家高楼连苑起，良人执戟明光里。
知君用心如日月，事夫誓拟同生死。
还君明珠双泪垂，何不相逢未嫁时。

(710)《芳心苦》宋 贺铸
杨柳回塘，鸳鸯别浦，绿萍涨断莲舟路。
断无蜂蝶慕幽香，红衣脱尽芳心苦。
返照迎潮，行云带雨，依依似与骚人语：
当年不肯嫁春风，无端却被秋风误。

(711)《春行即兴》唐 李华
宜阳城下草萋萋，涧水东流复向西。
芳树无人花自落，春山一路鸟空啼。

(712)《金缕衣》唐 杜秋娘
劝君莫惜金缕衣，劝君须惜少年时。
有花堪折直须折，莫待无花空折枝。

(713)《宫词一百首（选一）》唐 王建
树头树底觅残红，一片西飞一片东。
自是桃花贪结子，错教人恨五更风。

(714)《遣怀》唐 杜牧
（同，略）

(715)《沈园二首（其一）》宋 陆游
城上斜阳画角哀，沈园非复旧池台。
伤心桥下春波绿，曾是惊鸿照影来。

(716)《钗头凤》宋 陆游
（同，略）

(717)《钗头凤·世情薄》宋 唐婉
（同，略）

(718)《二月二日》唐 李商隐
二月二日江上行，东风日暖闻吹笙。
花须柳眼各无赖，紫蝶黄蜂俱有情。
万里忆归元亮井，三年从事亚夫营。
新滩莫悟游人意，更作风檐夜雨声。

(719)《后宫词》唐 白居易
泪湿罗巾梦不成，夜深前殿按歌声。
红颜未老恩先断，斜倚熏笼坐到明。

(720)《无题四首（其一）》唐 李商隐
来是空言去绝踪，月斜楼上五更钟。
梦为远别啼难唤，书被催成墨未浓。
蜡照半笼金翡翠，麝熏微度绣芙蓉。
刘郎已恨蓬山远，更隔蓬山一万重！

(721)《踏莎行》宋 欧阳修
候馆梅残，溪桥柳细，草薰风暖摇征辔。
离愁渐远渐无穷，迢迢不断如春水。
寸寸柔肠，盈盈粉泪，楼高莫近危栏倚。
平芜尽处是春山，行人更在春山外。

(722)《为姬人自伤》南朝 王僧孺
自知心里恨，还向影中羞。
回持昔慊慊，变作今悠悠。
还君与妾珥，归妾奉君裘。
弦断犹可续，心去最难留。

327

(723)《鹧鸪天》宋 李元膺
寂寞秋千两绣旗。日长花影转阶迟。
燕惊午梦周遮语,蝶困春游落拓飞。
思往事,入颦眉。柳梢阴重又当时。
薄情风絮难拘束,飞过东墙不肯归。

(724)《写情》唐 李益
水纹珍簟思悠悠,千里佳期一夕休。
从此无心爱良夜,任他明月下西楼。

(725)《闺意献张水部》唐 朱庆余
洞房昨夜停红烛,待晓堂前拜舅姑。
妆罢低声问夫婿:画眉深浅入时无?

(726)《卜算子》宋 李之仪
我住长江头,君住长江尾。
日日思君不见君,共饮长江水。
此水几时休,此恨几时已?
只愿君心似我心,定不负相思意。

(727)《寄夫》唐 张氏
久无音信到罗帏,路远迢迢遣问谁。
闻君折得东堂桂,折罢那能不暂归。
驿使今朝过五湖,殷勤为我报狂夫。
从来夸有龙泉剑,试割相思得断无。

(728)《一剪梅》宋 李清照
(同,略)

(729)《卜算子》宋 向滈
(同,略)

(730)《江城子》宋 苏轼
(同,略)

(731)《华山女》唐 韩愈
街东街西讲佛经,撞钟吹螺闹宫庭。
广张罪福资诱胁,听众狎恰排浮萍。
黄衣道士亦讲说,座下寥落如晨星。
华山女儿家奉道,欲驱异教归仙灵。
洗妆拭面着冠帔,白咽红颊长眉青。
遂来升座演真诀,观门不许人开扃。
不知何人暗相报,訇然振动如雷霆。
扫除众寺人迹绝,骅骝塞路连辎𫐌。

观中人满坐观外,后至无地无由听。
抽钗脱钏解环佩,堆金迭玉光青荧。
天门贵人传诏召,六宫愿识师颜形。
玉皇颔首许归去,乘龙驾鹤来青冥。
豪家少年岂知道,来绕百匝脚不停。
云窗雾阁事恍惚,重重翠幔深金屏。
仙梯难攀俗缘重,浪凭青鸟通丁咛。

(732)《南歌子》宋 秦观
香墨弯弯画,燕脂淡淡匀。
揉蓝衫子杏黄裙。
独倚玉阑无语、点檀唇。
人去空流水,花飞半掩门。
乱山何处觅行云?
又是一钩新月、照黄昏。

(733)《白纻曲》南朝 刘铄
仙仙徐动何盈盈,玉腕俱凝若云行。
佳人举袖耀青蛾,掺掺擢手映鲜罗。
状似明月泛云河,体如轻风动流波。

(734)《长干行》唐 李白
妾发初复额,折花门前剧。
郎骑竹马来,绕床弄青梅。
同居长干里,两小无嫌猜。
十四为君妇,羞颜未尝开。
低头向暗壁,千唤不一回。
十五始展眉,愿同尘与灰。
常存抱柱信,岂上望夫台。
十六君远行,瞿塘滟滪堆。
五月不可触,猿声天上哀。
门前迟行迹,一一生绿苔。
苔深不能扫,落叶秋风早。
八月蝴蝶黄,双飞西园草。
感此伤妾心,坐愁红颜老。
早晚下三巴,预将书报家。
相迎不道远,直至长风沙。

(735)《六州歌头》宋 贺铸
少年侠气,交结五都雄。

肝胆洞,毛发耸。
立谈中,生死同,一诺千金重。
推翘勇,矜豪纵,轻盖拥,联飞鞚,
斗城东。轰饮酒垆,春色浮寒瓮。
吸海垂虹。闲呼鹰嗾犬,白羽摘雕弓,
狡穴俄空,乐匆匆。似黄梁梦,辞丹凤;
明月共,漾孤篷。官冗从,怀倥偬,
落尘笼,簿书丛。
鹖弁如云众,共粗用,忽奇功。
笳鼓动,渔阳弄,思悲翁,不请长缨,
系取天骄种,剑吼西风。
恨登山临水,手寄七弦桐,目送归鸿。

(736)《八声甘州》宋 叶梦得
故都迷岸草,望长淮、依然绕孤城。
想乌衣年少,芝兰秀发,戈戟云横。
坐看骑兵南渡,沸浪骇奔鲸。
转盼东流水,一顾功成。千载八公山下,
尚断崖草木,遥拥峥嵘。
漫云涛吞吐,无处问豪英。
信劳生、空成今古,笑我来、何事怆遗情?
东山老,可堪岁晚,独听桓筝!

(737)《寄吴德仁兼简陈季常》宋 苏轼
东坡先生无一钱,十年家火烧凡铅。
黄金可成河可塞,只有霜鬓无由玄。
龙丘居士亦可怜,谈空说有夜不眠。
忽闻河东狮子吼,拄杖落手心茫然。
谁似濮阳公子贤,饮酒食肉自得仙。
平生寓物不留物,在家学得忘家禅。
门家罢亚十顷田,清溪绕屋花连天。
溪堂醉卧呼不醒,落花如雪春风颠。
我游兰溪访清泉,已办布袜青行缠。
稽山不是无贺老,我自兴尽回酒船。
恨君不识颜平原,恨我不识无鲁山。
铜驼陌上会相见,握手一笑三千年。

(738)《耳顺吟寄敦诗梦得》唐 白居易
三十四十五欲牵,七十八十百病缠。

五十六十却不恶,恬淡清净心安然。
已过爱贪声利后,犹在病羸昏耄前。
未无筋力寻山水,尚有心情听管弦。
闲开新酒尝数盏,醉忆旧诗吟一篇。
敦诗梦得且相劝,不用嫌他耳顺年。

(739)《书怀》唐 杜牧
满目青山未得过,镜中无那鬓丝何。
只言旋老转无事,欲到中年事更多。

(740)《龟虽寿》三国 曹操
神龟虽寿,犹有竟时。
腾蛇乘雾,终为土灰。
老骥伏枥,志在千里;
烈士暮年,壮心不已。
盈缩之期,不但在天;
养怡之福,可得永年。
幸甚至哉,歌以咏志。

(741)《晚晴》唐 李商隐
深居俯夹城,春去夏犹清。
天意怜幽草,人间重晚晴。
并添高阁迥,微注小窗明。
越鸟巢干后,归飞体更轻。

(742)《望江南》宋 戴复古
石屏老,梅不住山林。
注定一生知有命,老来万事付无心。
巧语不如瘖。贫亦乐,莫负好光阴。
但愿有头生白发,何忧无地觅黄金。
遇酒且须斟。

(743)《自述》宋 陆游
早畏危机避巧丸,长安未到意先阑。
心如老马虽知路,身似鸣蛙不属官。
闲驾柴车无远近,旋沽村酒半甜酸。
群儿何足劳情怒,胸次从初抵海宽

(744)《与张先逗和》宋 苏轼
(同,略)

(745)《又酬傅处士次韵》明 顾炎武
愁听关塞遍吹笳,不见中原有战车。

329

三户已亡熊绎国，一成犹启少康家。
苍龙日暮还行雨，老树春深更着花。
待得汉庭明诏近，五湖同觅钓鱼槎。

（746）《看花》唐 元稹
努力少年求好官，好花须是少年看。
君看老大逢花树，未折一枝心已阑。

（747）《筝》唐 白居易
云髻飘萧绿，花颜旖旎红。
双眸剪秋水，十指剥春葱。
楚艳为门阀，秦声是女工。
甲明银玓瓅，柱触玉玲珑。
猿苦啼嫌月，莺娇语妮风。
移愁来手底，送恨入弦中。
赵瑟清相似，胡琴调不同。
慢弹回断雁，急奏转飞蓬。
霜佩锵还委，冰泉咽复通。
珠联千拍碎，刀截一声终。
倚丽精神定，矜能意态融。
歇时情不断，休去思无穷。
灯下青春夜，樽前白首翁。
且听应得在，老耳未多聋。

（748）《燕姬曲》元 萨都剌
燕京女儿十六七，颜如花红眼如漆。
兰香满路马尘飞，翠袖笼鞭娇欲滴。
春风驰荡摇春心，锦筝银烛高堂深。
绣衾不暖锦鸳梦，紫帘垂雾天沉沉。
芳年谁惜去如水，春困着人卷梳洗。
夜来小雨润天街，满院杨花飞不起。

（749）《南园十三首（其一）》唐 李贺
花枝草蔓眼中开，小白长红越女腮。
可怜日暮嫣香落，嫁与春风不用媒。

（750）《浣纱庙》唐 鱼玄机
吴越相谋计策多，浣纱神女已相和。
一双笑靥才回面，十万精兵尽倒戈。
范蠡功成身隐遁，伍胥谏死国消磨。
只今诸暨长江畔，空有青山号苎萝。

（751）《咏貂蝉》明 罗贯中
一点樱桃启绛唇，两行碎玉喷香春。
丁香舌吐衡钢剑，要斩奸邪乱国臣。

（752）《昭君怨》唐 杜甫
（同，略）

（753）《清平调 三首》唐 李白
其一
云想衣裳花想容，春风拂槛露华浓。
若非群玉山头见，会向瑶台月下逢。
其二
一枝红艳露凝香，云雨巫山枉断肠。
借问汉宫谁得似？可怜飞燕倚新妆。
其三
名花倾国两相欢，长得君王带笑看。
解释春风无限恨，沉香亭北倚阑干。

（754）《骠国乐》唐 白居易
骠国乐，骠国乐，出自大海西南角。
雍羌之子舒难陀，来献南音奉正朔。
德宗立仗御紫庭，黈纩不塞为尔听。
玉螺一吹椎髻耸，铜鼓千击文身踊。
珠缨炫转星宿摇，花鬘斗薮龙蛇动。
曲终王子启圣人，臣父愿为唐外臣。
左右欢呼何翕习，至尊德广之所及。
须臾百辟诣阁门，俯伏拜表贺至尊。
伏见骠人献新乐，请书国史传子孙。
时有击壤老农父，暗测君心闲独语。
闻君政化甚圣明，欲感人心致太平。
感人在近不在远，太平由实非由声。
观身理国国可济，君如心兮民如体。
体生疾苦心憯凄，民得和平君恺悌。
贞元之民若未安，骠乐虽闻君不叹。
贞元之民苟无病，骠乐不来君亦圣。
骠乐骠乐徒喧喧，不如闻此芻荛言。

（755）《观公孙大娘弟子舞剑器行》杜甫
昔有佳人公孙氏，一舞剑器动四方。
观者如山色沮丧，天地为之久低昂。

霍如羿射九日落，矫如群帝骖龙翔。
来如雷霆收震怒，罢如江海凝清光。
绛唇珠袖两寂寞，晚有弟子传芬芳。
临颍美人在白帝，妙舞此曲神扬扬。
与余问答既有以，感时抚事增惋伤。
先帝侍女八千人，公孙剑器初第一。
五十年间似反掌，风尘澒洞昏王室。
梨园弟子散如烟，女乐余姿映寒日。
金粟堆南木已拱，瞿塘石城草萧瑟。
玳筵急管曲复终，乐极哀来月东出。
老夫不知其所往，足茧荒山转愁疾。

(756)《戏作放歌寄别吴子》明 李梦阳
我岂复恋头上簪，鹿门黄犊稳足驾。
匡庐小琐拳可碎，鄱阳触怒踢欲裂。

(757)《登科后》唐 孟郊
昔日龌龊不足夸，今朝放荡思无涯。
春风得意马蹄疾，一日看尽长安花。

(758)《观猎》唐 王昌龄
角鹰初下秋草稀，铁骢拋鞚去如飞。
少年猎得平原兔，马后横捎意气归。

(759)《题三江亭》宋 潘良贵
假守衰颓病日侵，湖山虽好倦追寻。
登城忽睹三江水，快我平生万里心。
聊筑小亭怡父老，敢承佳句粲珠金。
春涛正待诸君赏，更拂诗牌看醉吟。

(760)《大风歌》西汉 刘邦
（同，略）

(761)《鸟》唐 白居易
谁道群生性命微？一般骨肉一般皮。
劝君莫打枝头鸟，子在巢中望母归。

(762)《西塍废园》宋 周密
吟蛩鸣蜩引兴长，玉簪花落野塘香。
园翁莫把秋荷折，留与游鱼盖夕阳。

(*763)《岳飞墓对联》清 徐氏女
青山有幸埋忠骨，白铁无辜铸佞臣。

(764)《钓鱼湾》唐 储光羲
垂钓绿湾春，春深杏花乱。
潭清疑水浅，荷动知鱼散。
日暮待情人，维舟绿杨岸。

(765)《小儿垂钓》唐 胡令能
（同，略）

(766)《游山西村》宋 陆游
莫笑农家腊酒浑，丰年留客足鸡豚。
山重水复疑无路，柳暗花明又一村。
箫鼓追随春社近，衣冠简朴古风存。
从今若许闲乘月，拄杖无时夜叩门。

(767)《江上》宋 王安石
江北秋阴一半开，晚云含雨却低徊。
青山缭绕疑无路，忽见千帆隐映来。

(768)《哀江头》唐 杜甫
少陵野老吞声哭，春日潜行曲江曲。
江头宫殿锁千门，细柳新蒲为谁绿？
忆昔霓旌下南苑，苑中万物生颜色。
昭阳殿里第一人，同辇随君侍君侧。
辇前才人带弓箭，白马嚼啮黄金勒。
翻身向天仰射云，一箭正坠双飞翼。
明眸皓齿今何在？血污游魂归不得。
清渭东流剑阁深，去住彼此无消息。
人生有情泪沾臆，江水江花岂终极！
黄昏胡骑尘满城，欲往城南望城北。

(769)《杨生青花紫石砚歌》唐 李贺
端州石工巧如神，踏天磨刀割紫云。
佣刓抱水含满唇，暗洒苌弘冷血痕。
纱帷昼暖墨花春，轻沤漂沫松麝薰。
干腻薄重立脚匀，数寸秋光无日昏。
圆毫促点声静新，孔砚宽硕何足云！

(770)《咏绣障》唐 胡令能
（同，略）

(771)《思故乡》唐 奉蚌
（同，略）

(772)《赠屠夫春联》明 朱元璋
（同，略）

(773)《王维吴道子画》宋 苏轼
何处访吴画，普门与开元。
开元有东塔，摩诘留手痕。
吾观画品中，莫如二子尊。
道子实雄放，浩如海波翻。
当其笔下风雷快，笔所未到气已吞。
亭亭双林间，彩晕扶桑暾。
中有至人谈寂灭，
悟者悲涕迷者手自扪。
蛮君鬼伯千万万，相排竞进头如鼋。
摩诘本诗老，佩芷袭芳荪。
今观此壁画，亦若其诗清且敦。
祇园弟子尽鹤骨，心如死灰不复温。
门前两丛竹，雪节贯霜根。
交柯乱叶动无数，一一皆可寻其源。
吴生虽妙绝，犹以画工论。
摩诘得之于象外，有如仙翮谢笼樊。
吾观二子皆神俊，又于维也敛衽无间言。

(774)《戏题王宰画山水图歌》唐 杜甫
十日画一水，五日画一石。
能事不受相促迫，王宰始肯留真迹。
壮哉昆仑方壶图，挂君高堂之素壁。
巴陵洞庭日本东，赤岸水与银河通，
中有云气随飞龙。
舟人渔子入浦溆，山木尽亚洪涛风。
尤工远势古莫比，咫尺应须论万里。
焉得并州快剪刀，剪取吴淞半江水。

(775)《赞书画家王蒙》元 倪瓒
（同，略）

(776)《画竹歌》唐 白居易
植物之中竹难写，古今虽画无似者。
萧郎下笔独逼真，丹青以来唯一人。
人画竹身肥拥肿，萧画茎瘦节节竦；
人画竹梢死羸垂，萧画枝活叶叶动。
不根而生从意生，不笋而成由笔成。
野塘水边碕岸侧，森森两丛十五茎。

婵娟不失筠粉态，萧飒尽得风烟情。
举头忽看不似画，低耳静听疑有声。
西丛七茎劲而健，省向天竺寺前石上见
东丛八茎疏且寒，忆曾湘妃庙里雨中看。
幽姿远思少人别，与君相顾空长叹。
萧郎萧郎老可惜，手颤眼昏头雪色。
自言便是绝笔时，从今此竹尤难得。

(777)《金陵晚望》唐 高蟾
曾伴浮云归晚翠，犹陪落日泛秋声。
世间无限丹青手，一片伤心画不成。

(778)《寄李十二白二十韵》唐 杜甫
昔年有狂客，号尔谪仙人。
笔落惊风雨，诗成泣鬼神。
声名从此大，汩没一朝伸。
文彩承殊渥，流传必绝伦。
龙舟移棹晚，兽锦夺袍新。
白日来深殿，青云满后尘。
乞归优诏许，遇我宿心亲。
未负幽栖志，兼全宠辱身。
剧谈怜野逸，嗜酒见天真。
醉舞梁园夜，行歌泗水春。
才高心不展，道屈善无邻。
处士祢衡俊，诸生原宪贫。
稻粱求未足，薏苡谤何频。
五岭炎蒸地，三危放逐臣。
几年遭鵩鸟，独泣向麒麟。
苏武先还汉，黄公岂事秦。
楚筵辞醴日，梁狱上书辰。
已用当时法，谁将此义陈。
老吟秋月下，病起暮江滨。
莫怪恩波隔，乘槎与问津。

(779)《醉歌行》唐 杜甫
陆机二十作文赋，汝更小年能缀文。
总角草书又神速，世上儿子徒纷纷。
骅骝作驹已汗血，鸷鸟举翮连青云。
词源倒流三峡水，笔阵独扫千人军。

只今年才十六七，射策君门期第一。
旧穿杨叶真自知，暂蹶霜蹄未为失。
偶然擢秀非难取，会是排风有毛质。
汝身已见唾成珠，汝伯何由发如漆。
春光澹沱秦东亭，渚蒲芽白水荇青。
风吹客衣日呆呆，树搅离思花冥冥。
酒尽沙头双玉瓶，众宾皆醉我独醒。
乃知贫贱别更苦，吞声踯躅涕泪零。
（780）《读韩杜集》唐 杜牧
杜诗韩笔愁来读，似倩麻姑痒处搔。
天外凤凰谁得髓？无人解合续弦胶。
（781）《咏怀古迹五首（其一）》杜甫
支离东北风尘际，漂泊西南天地间。
三峡楼台淹日月，五溪衣服共云山。
羯胡事主终无赖，词客哀时且未还。
庾信平生最萧瑟，暮年诗赋动江关。
（782）《寄赠薛涛》唐 元稹
锦江滑腻峨眉秀，幻出文君与薛涛。
言语巧偷鹦鹉舌，文章分得凤凰毛。
纷纷辞客多停笔，个个公卿欲梦刀。
别后相思隔烟水，菖蒲花发五云高。
（783）《论诗三十首（其四）》
　　　元 元好问
一语天然万古新，豪华落尽见真淳。
南窗白日羲皇上，未害渊明是晋人。
（784）《遣兴（二首）》清 袁枚
　　　一
爱好由来下笔难，一诗千改始心安。
阿婆还似初笄女，头未梳成不许看。
　　　二
但肯寻诗便有诗，灵犀一点是吾师。
夕阳芳草寻常物，解用多为绝妙词。
（785）《读近人诗》宋 陆游
琢雕自是文章病，奇险尤伤气骨多。
君看大羹玄酒味，蟹螯蛤柱岂同科？
（786）《除夜自石湖归苕溪 其九》

　　　宋 姜夔
少小知名翰墨场，十年心事只凄凉。
旧时曾作梅花赋，研墨于今亦自香。
（787）《读史》宋 王安石
（同，略）
（788）（浣溪沙）宋 晏几道
唱得红梅字字香，柳枝桃叶尽深藏。
遏云声里送离觞。
才听便拚衣袖湿，欲歌先倚黛眉长。
曲终敲损燕钗梁。
（789）《竹枝词四首（其一）》唐 白居易
瞿唐峡口水烟低，白帝城头月向西。
唱到竹枝声咽处，寒猿暗鸟一时啼。
（790）《八月十五夜赠张功曹》唐 韩愈
纤云四卷天无河，清风吹空月舒波。
沙平水息声影绝，一杯相属君当歌。
君歌声酸辞且苦，不能听终泪如雨。
洞庭连天九疑高，蛟龙出没猩鼯号。
十生九死到官所，幽居默默如藏逃。
下床畏蛇食畏药，海气湿蛰熏腥臊。
昨者州前槌大鼓，嗣皇继圣登夔皋。
赦书一日行万里，罪从大辟皆除死。
迁者追回流者还，涤瑕荡垢清朝班。
州家申名使家抑，坎轲只得移荆蛮。
判司卑官不堪说，未免捶楚尘埃间。
同时辈流多上道，天路幽险难追攀。
君歌且休听我歌；我歌今与君殊科。
一年明月今宵多，人生由命非由他，
有酒不饮奈明何？
（791）《春宴河亭》宋 刘兼
柳摆轻丝拂嫩黄，槛前流水满池塘。
一筵金翠临芳岸，四面烟花出粉墙。
舞袖逐风翻绣浪，歌尘随燕下雕梁。
蛮笺象管休凝思，且放春心入醉乡。
（792）《鹧鸪天》宋 晏几道
彩袖殷勤捧玉钟，当年拚却醉颜红。

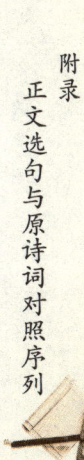

舞低杨柳楼心月，歌尽桃花扇底风。
从别后，忆相逢，几回魂梦与君同。
今宵剩把银釭照，犹恐相逢是梦中。

（793）《木兰花（三首）》宋　柳永
其一
心娘自小能歌舞。举意动容皆济楚。
解教天上念奴羞，不怕掌中飞燕妒。
玲珑绣扇花藏语。宛转香茵云衬步。
王孙若拟赠千金，只在画楼东畔住。
其二
佳娘捧板花钿簇。唱出新声群艳伏。
金鹅扇掩调累累，文杏梁高尘簌簌。
鸾吟凤啸清相续。管裂弦焦争可逐。
何当夜名入连昌，飞上九天歌一曲。
其三
虫娘举措皆温润。每到婆娑偏恃俊。
香檀敲缓玉纤迟，画鼓声催莲步紧。
贪为顾盼夸风韵。往往曲终情未尽。
坐中年少暗消魂，争问青鸾家远近。

（794）《歌舞》唐　白居易
（同，略）

（795）《轻肥》唐　白居易
（同，略）

（796）《如梦令》宋　李清照
常记溪亭日暮，沉醉不知归路。
兴尽晚回舟，误入藕花深处。
争渡，争渡，惊起一滩鸥鹭。

（797）《月下独酌其二》唐　李白
天若不爱酒。酒星不在天。
地若不爱酒。地应无酒泉。
天地既爱酒。爱酒不愧天。
已闻清比圣。复道浊如贤。
贤圣既已饮。何必求神仙。
三杯通大道。一斗合自然。
但得酒中趣。勿为醒者传。

（798）《凉州馆中与诸判官夜集》

唐　岑参
弯弯月出挂城头，城头月出照凉州。
凉州七里十万家，胡人半解弹琵琶。
琵琶一曲肠堪断，风萧萧兮夜漫漫。
河西幕中多故人，故人别来三五春。
花门楼前见秋草，岂能贫贱相看老。
一生大笑能几回，斗酒相逢须醉倒。

（799）《西江月·遣兴》宋　辛弃疾
醉里且贪欢笑，要愁那得工夫。
近来始觉古人书，信着全无是处。
**昨夜松边醉倒，问松"我醉何如。"
只疑松动要来扶，以手推松曰："去！"**

（800）《问刘十九》唐　白居易
（同，略）

（801）《襄阳歌》唐　李白
落日欲没岘山西，倒著接䍦花下迷。
襄阳小儿齐拍手，拦街争唱《白铜鞮》。
旁人借问笑何事，笑杀山公醉似泥。
鸬鹚杓，鹦鹉杯。
百年三万六千日，一日须倾三百杯。
遥看汉水鸭头绿，恰似葡萄初酦醅。
此江若变作春酒，垒曲便筑糟丘台。
千金骏马换小妾，醉坐雕鞍歌《落梅》。
车旁侧挂一壶酒，凤笙龙管行相催。
咸阳市中叹黄犬，何如月下倾金罍？
君不见晋朝羊公一片石，龟头剥落生莓苔。
泪亦不能为之堕，心亦不能为之哀。
清风朗月不用一钱买，玉山自倒非人推。
舒州杓，力士铛，李白与尔同死生。
襄王云雨今安在？江水东流猿夜声。

（802）《饮中八仙歌》唐　杜甫
知章骑马似乘船，眼花落井水底眠。
汝阳三斗始朝天，道逢曲车口流涎，
恨不移封向酒泉。
左相日兴费万钱，饮如长鲸吸百川，
衔杯乐圣称避贤。

宗之潇洒美少年，举觞白眼望青天，
皎如玉树临风前。
苏晋长斋绣佛前，醉中往往爱逃禅。
李白一斗诗百篇，长安市上酒家眠，
天子呼来不上船，自称臣是酒中仙。
张旭三杯草圣传，脱帽露顶王公前，
挥毫落纸如云烟。
焦遂五斗方卓然，**高谈雄辩惊四筵**。

(*803)《汤阴谒岳忠武故里庙像》
　　　　清 彭定求
忠武乡闾驻辙过，柏阴森列更摩挲。
辞家壮志凭孤剑，**报国先声震两河**。
北窑攀髯魂正远，西陵埋骨泪偏多。
天倾宋社殊难问，可奈乾坤颓洞何！

(*804)《石鼓歌》唐 韩愈
张生手持石鼓文，劝我试作石鼓歌。
少陵无人谪仙死，才薄将奈石鼓何。
周纲凌迟四海沸，宣王愤起挥天戈。
大开明堂受朝贺，诸侯剑佩鸣相磨。
蒐于岐阳骋雄俊，万里禽兽皆遮罗。
镌功勒成告万世，凿石作鼓隳嵯峨。
从臣才艺咸第一，拣选撰刻留山阿。
雨淋日炙野火燎，鬼物守护烦撝呵。
公从何处得纸本，毫发尽备无差讹。
辞严义密读难晓，字体不类隶与蝌。
年深岂免有缺画，快剑斫断生蛟鼍。
鸾翔凤翥众仙下，珊瑚碧树交枝柯。
金绳铁索锁钮壮，古鼎跃水龙腾梭。
陋儒编诗不收入，二雅褊迫无委蛇。
孔子西行不到秦，掎摭星宿遗羲娥。
嗟余好古生苦晚，对此涕泪双滂沱。
忆昔初蒙博士征，其年始改称元和。
古人从军在右辅，为我度量掘臼科。
濯冠沐浴告祭酒，如此至宝存岂多。
毡包席裹可立致，十鼓只载数骆驼。
荐诸太庙比郜鼎，光价岂止百倍过。

圣恩若许留太学，诸生讲解得切磋。
观经鸿都尚填咽，坐见举国来奔波。
剜苔剔藓露节角，安置妥帖平不颇。
大厦深檐与覆盖，经历久远期无陀。
中朝大官老于事，讵肯感激徒婩婀。
牧童敲火牛砺角，谁复著手为摩挲。
日销月铄就埋没，六年西顾空吟哦。
羲之俗书趁姿媚，数纸尚可博白鹅。
继周八代争战罢，无人收拾理则那。
方今太平日无事，柄任儒术崇丘轲。
安能以此上论列，愿借辩口如悬河。
石鼓之歌止于此，呜呼吾意其蹉跎。

(*805)《洛阳牡丹图》宋 欧阳修
洛阳地脉花最宜，**牡丹尤为天下奇**。
我昔所记数十种，於今十年半忘之。
开图若见故人面，其间数种昔未窥。
客言近岁花特异，往往变出呈新枝。
洛人惊夸立名字，买种不复论家赀。
比新较旧难优劣，争先擅价各一时。
当时绝品可数者，魏红窈窕姚黄妃。
寿安细叶开尚少，朱砂玉版人未知。
传闻千叶昔未有，只从左紫名初驰。
四十年间花百变，最后最好潜溪绯。
今花虽新我未识，未信与旧谁妍媸。
当时所见已云绝，岂有更好此可疑。
古称天下无正色，但恐世好随时移。
鞓红鹤翎岂不美，敛色如避新来姬。
何况远说苏与贺，有类异世夸嫱施。
造化无情宜一概，偏此著意何其私。
又疑人心愈巧伪，天欲斗巧穷精微。
不然元化朴散久，岂特近岁尤浇漓。
争新斗丽若不已，更後百载知何为。
但应新花日愈好，惟有我老年年衰。

(*806)《城上蔷薇》唐 李绅
蔷薇繁艳满城阴，烂熳开红次第深。
新蕊度香翻宿蝶，密房飘影戏晨禽。

窦闺织妇惭诗句，南国佳人怨锦衾。
风月寂寥思往事，暮春空赋白头吟。

（*807）《赠诸旧友》南朝 何逊
弱操不能植，薄伎竟无依。
浅智终已矣，令名安可希。
扰扰从役倦，屑屑身事微。
少壮轻年月，迟暮惜光辉。
一涂今未是，万绪昨如非。
新知虽已乐，旧爱尽暌违。
望乡空引领，极目泪沾衣。
旅客长憔悴，春物自芳菲。
岸花临水发，江燕绕樯飞。
无由下征帆，独与暮潮归。

（*808）《东坡》宋 苏轼
雨洗东坡月色清，市人行尽野人行。
莫嫌荦确坡头路，自爱铿然曳杖声。

（*809）《赠知音》唐 温庭筠
翠羽花冠碧树鸡，未明先向短墙啼。
窗间谢女青娥敛，门外萧郎白马嘶。
星汉渐移庭竹影，露珠犹缀野花迷。
景阳宫里钟初动，不语垂鞭上柳堤。

（*810）《赠范晔》南北朝 陆凯
（同 略）

（*811）《金陵酒肆留别》唐 李白
风吹柳花满店香，吴姬压酒劝客尝。
金陵子弟来相送，欲行不行各尽觞。
请君试问东流水，别意与之谁短长？

（*812）《咏竹》宋 徐庭筠
不论台阁与山林，爱尔岂惟千亩阴。
未出土时先有节，便凌云去也无心。
葛陂始与龙俱化，嶰谷聊同凤一吟。
月朗风清良夜永，可怜王子独知音。

（*813）《次韵梨花》宋 黄庭坚
桃花人面各相红，不及天然玉作容。
总向风尘尘莫染，轻轻笼月倚墙东。

（*814）《东栏梨花》宋 苏轼
（同，略）

（*815）《渔夫》唐 和凝
白芷汀寒立鹭鸶，蘋风轻剪浪花时。
烟幂幂，日迟迟，香引芙蓉惹钓丝。

（*816）《减字木兰花》宋 李清照
卖花担上，买得一枝春欲放。
泪染轻匀，犹带彤霞晓露痕。
怕郎猜到，奴面不如花面。
云鬓斜簪，徒要教郎比并看。

（*817）《题三义塔》鲁迅
奔霆飞熛歼人子，败井残垣剩饿鸠。
偶值大心离火宅，终遗高塔念瀛洲。
精禽梦觉仍衔石，斗士诚坚共抗流。
度尽劫波兄弟在，相逢一笑泯恩仇。

（*818）《次友人春别》元 宋无
波流云散碧天空，鱼雁沈沈信不通。
杨柳昏黄晓西月，梨花明白夜东风。
秋千庭院人初下，春半园林酒正中。
背倚栏杆思往事，书楼魂梦可曾可。

（*819）《瞿唐》清 刘光第
尽唤蛮山压客舟，甲盐飞去入空遒。
双崖云洗肌如铁，一石江穿骨在喉。
风静鱼龙排日睡，水还巴蜀接天流。
涨时倒海枯时涧，安稳哦诗答棹讴。

（*820）《咏趵突泉》明 王守仁
泺源特起根虚无，下有鳌窟连蓬壶。
绝喜坤灵能尔幻，却愁地脉还时枯。
惊湍怒涌喷石窦，流沫下泻翻云湖。
月色照衣归独晚，溪边瘦影伴人孤。

（*821）《左阙雪后行古柏下有作》
　　　　明 李东阳
长安城中雨成雪，退食冲寒过东阙。
苍然古柏势横空，数尺盘拏成百折。
玉龙战罢缠碧绡，流涎喷沫凝不飘。
仙人掌上露初冻，五老峰头冰未消。
飞花拂面吹还转，步屧穿林印犹浅。

鹤氅衣轻动欲翻，水精帘重寒初卷。
风骨昂藏夐出尘，俨如佩玉拖长绅。
须知世有后凋质，元是仙家不老身。

(*822)《紫骝马》南朝 张正见
似鹿犹依草，如龙欲向空。
须还千万里，试为一追风。

(*823)《秋晚野望》清 陈玉树
余霞红映暮云边，村北村南少夕烟。
远树捧高沧海月，乱鸦点碎夕阳天。
野人乞食启蓬户，渔父施罛入稻田。
满地哀鸿听不得，江淮何处是丰年？

(*824)《应制题扇》明 申时行
群芳烂熳吐春辉，双燕差池雪羽飞。
玳瑁梁间寒色莹，水晶帘外曙光微。
轻翻玉剪穿花过，试舞霓裳带月归。
一自衔恩金屋里，年年送喜傍慈闱。

(*825)《玉楼春》宋 柳永
阆风歧路连银阙，曾许金桃容易窃。
乌龙未睡定惊猜，鹦鹉能言防漏泄。
匆匆纵得邻香雪，窗隔残烟帘映月。
别来也拟不思量，争奈余香犹未歇。

(*826)《鹰》唐 章孝标
星眸未放瞥秋毫，频掣金铃试雪毛。
会使老拳供口腹，莫辞亲手啖腥臊。
穿云自怪身如电，煞兔谁知吻胜刀。
可惜忍饥寒日暮，向人鹐断碧丝绦。

(*827)《幕景》元 黄庚
浮云开合晚风轻，白鸟飞遥落照明。
一曲彩虹横界断，南山雷雨北山晴。

(*828)《电》宋 俞琰
造物神奇岂有涯，云端闪烁掣金蛇。
一痕急逗狂雷信，万焰纷随暴雨拏。
散去星辉叠复见，掀开月色瞥还遮。
幽窗降鉴频三四，照尽人心正与邪。

(*829)《牛女星》唐 宋之问
粉席秋期缓，针楼别怨多。

奔龙争渡月，飞鹊乱填河。
失喜先临镜，含羞未解罗。
谁能留夜色，来夕倍还梭。

(*830)《日观峰》金 萧贡
半夜东风搅邓林，三山银阙杳沉沉。
洪波万里江天涌，一点金乌出海心。

(*831)《怀钟陵旧游四首》宋 杜牧
滕阁中春绮席开，柘枝蛮鼓殷晴雷。
垂楼万幕青云合，破浪千帆阵马来。
未掘双龙牛斗气，高悬一榻栋梁材。
连巴控越知何事，珠翠沉檀处处堆。

(*832)《京洛春早》北宋 司马光
洛阳春日最繁华，红绿阴中十万家。
谁道群花如锦绣，人将锦绣学群花。

(*833)《登阊门闲望》唐 白居易
阊门四望郁苍苍，始觉州雄土俗强。
十万夫家供课税，五千子弟守封疆。
阖闾城碧铺秋草，乌鹊桥红带夕阳。
处处楼前飘管吹，家家门外泊舟航。
云埋虎寺山藏色，月耀娃宫水放光。
曾赏钱唐嫌茂苑，今来未敢苦夸张。

(*834)《初春济南作》清 王士祯
山郡逢春复乍清，陂塘分出几泉清？
郭边万户皆临水，雪后千峰半如城。

(*835)《和子由渑池怀旧》宋 苏轼
人生到处知何似？应似飞鸿踏雪泥。
泥上偶然留爪印，鸿毛那复计东西。
老僧已死成新塔，坏壁无由见旧题。
往日崎岖君记否，路长人困蹇驴嘶。

(*836)《如梦令》宋 李清照
昨夜雨疏风骤，浓睡不消残酒。
试问卷帘人，却道"海棠依旧"。
"知否知否？应是绿肥红瘦。"

所选诗词按人物索引

注：本索引括号内的数字与附录中的诗词编的序号一致，以便查找。

● 本著多次出现的作者及诗篇

李 白 （2）《宫中行乐词八首（其七）》，（92）《北风行》，（97）《庐山谣寄卢侍御虚舟》，（104）《送友人》，（121）《把酒问月》，（128）《渡荆门送别》，（130）《蜀道难》，（131）《送友人入蜀》，（133）《将进酒》，（134）《登金陵凤凰台》，（139）《与夏十二登岳阳楼》，（142）《横江词》，（148）《望庐山瀑布》，（149）《黄鹤楼送孟浩然之广陵》，（150）《望天门山》，（151）《早发白帝城》，（173）《夜宿山寺》，（176）《望庐山五老峰》，（337）《宫中行乐词八首（其二）》，（383）《赠书侍御黄裳》，（408）《日出入行》，（425）《玉壶吟》，（436）《远别离》，（487）《秋浦歌十七首》，（493）《上李邕》，（494）《行路难三首（其一）》，（495）《宣州谢朓楼饯别校书叔云》，（516）《梦游天姥吟留别》，（524）《江上吟》，（554）《经乱离后天恩流夜郎忆旧游书怀赠江夏韦太守良宰》，（585）《哭晁卿衡》，（595）《越中览古》，（596）《苏台览古》，（614）《扶风豪士歌》，（622）《江夏赠韦南陵冰》，（626）《赠汪伦》，（641）《陈情赠友人》，（661）《春怨》，（676）《春夜洛城闻笛》，（692）《代寄情楚词体》，（734）《长干行》，（753）《清平调 三首》，（797）《月下独酌其二》，（801）《襄阳歌》，（*811）《金陵酒肆留别》

杜 甫 （42）《春夜喜雨》，（43）《赠卫八处士》，（57）《夏夜叹》，（79）《茅屋为秋风所破歌》，（80）《登高》，（110）《旅夜书怀》，（123）《中宵》，（132）《望岳》，（141）《登岳阳楼》，（156）《绝句四首（其三）》，（160）《闻官军收河南河北》，（175）《越王楼歌》，（180）《兵车行》，（202）《蜀相》，（204）《奉和贾至舍人早朝大明宫》，（211）《寄韩谏议注》，（227）《绝句漫兴九首》，（228）《江村》，（330）《江畔独步寻花七绝句》，（235）《小寒食舟中作》，（238）《漫成一首》，（259）《曲江二首（其二）》，（260）《江畔独步寻花七绝句（其六）》，（261）《卜居》，（294）《狂夫》，（384）《将赴成都草堂途中有作（五首其一）》，（386）《秋兴》，（396）《自京赴奉先县咏怀五百字》，（421）《丽人行》，（422）《赠花卿》，（429）《锦树行》，（444）《一百五日夜对月》，（447）《贫交行》，（457）《梦李白二首其二》，（458）《丹青引赠曹将军霸》，（476）《九日蓝田崔氏庄》，（480）《重经

338

昭陵》(525)《戏为六绝句（其二）》，(537)《柏学士茅屋》，(548)《前出塞九首（其三）》，(652)《羌村三首（选两首）》，(653)《送郑十八虔贬台州司户》，(560)《春望》，(675)《大麦行》，(752)《咏怀古迹五首·昭君怨》，(755)《观公孙大娘弟子舞剑器行》，(768)《哀江头》，(774)《戏题王宰画山水图歌》，(778)《寄李十二白二十韵》，(779)《醉歌行》，(781)《咏怀古迹五首（其一）》，(802)《饮中八仙歌》

白居易 (13)《忆江南》，(23)《春至》，(24)(216)《彭蠡湖晚归》，(40)《春风》，(58)《观刈麦》，(100)《暮江吟》，(109)(385)《春题湖上》，(137)《题浔阳楼》，(164)《江楼夕望招客》，(219)《正月三日闲行》，(226)《钱塘湖春行》，(276)《杨柳枝》，(277)《杨柳枝》，(278)《杨柳枝》，(279)《天津桥》，(291)《牡丹芳》，(334)《大林寺桃花》，(343)《咏菊》，(359)《春尽日》，(370)《忆江南》，(385)《春题湖上》，(387)《村夜》，(394)《赠东邻王十三》，(409)《赋得古原草送别》，(420)《长恨歌》，(442)《天可度》，(466)《我身》，(470)《不出门》，(471)《对酒五首（其二）》，(486)《新制绫袄成感而有咏》，(520)《李都尉古剑》，(529)《不如来饮酒七首（之七）》，(609)《放言五首（其二）》，(625)《琵琶行》，(634)《戏答诸少年》，(664)长相思，(683)《禽虫十二章（其三）》，(690)《七夕二首》，(719)《后宫词》，(738)《耳顺吟寄敦诗梦得》，(747)《筝》，(754)《骠国乐》，(761)《鸟》，(776)《画竹歌》，(794)《歌舞》，(795)《轻肥》，(789)《竹枝词四首（其一）》，(800)《问刘十九》，(*833)《登阊门闲望》

苏轼 (8)《题惠崇·春江晚景》，(22)《送别》，(29)《蝶恋花》，(38)《西江月》，(39)《春宵》，(53)《望海楼晚景（五绝其二）》，(106)《水调歌头》，(107)《卜算子·黄州定慧院寓居作》，(143)《念奴娇·赤壁怀古》，(144)《望海楼晚景（五绝其一）》，(161)《百步洪》，(162)《祭常山回小猎》，(172)《饮湖上初晴后雨》，(207)《江城子·密州出猎》，(253)《丁公默送蝤蛑》，(285)《水龙吟·次韵章质夫杨花词》，(295)《鹧鸪天》，(310)《海棠》，(322)《红梅》，(348)《赠刘景文》，(372)《于潜僧绿筠轩》，(393)《次韵曹辅寄壑源式焙新芽》，(467)《除夜野宿常州城外（之二）》，(478)《醉睡者》，(479)《纵笔》，(482)《荔枝叹》，(496)《八月十五日看潮》，(519)《送李公恕赴阙》，(526)《陌上花三首》，(631)《与潘郭二生同游忆去岁旧连》，(650)《题西林壁》，(656)《洗儿戏作》，(657)《吴中田妇叹》，(700)《浣溪沙》，(730)《江城子》，(737)《寄吴德仁兼简陈季常》，(744)《与张先逗和》，(773)《王维吴道子画》，(*808)《东坡》，(*814)《东栏梨花》，(*835)《和子由渑池怀旧》

辛弃疾 (26)《满江红》，(48)《鹧鸪天·游鹅湖，醉书酒家壁》，(84)《西江月·夜行黄沙道中》，（168）《青玉案·元夕》（181）《破阵子》，（189）《清平乐·村居》，（239）《鹧鸪天·黄沙道中即事》，（410）《菩萨蛮·书江西造口壁》，（416）《永遇乐》，（564）《水龙吟》，（799）《西江月·遣兴》

陆 游 （36）《初夏绝句》，（44）《临安春雨初霁》，（186）《秋晚登城北门》，（193）《秋日郊居》，（213）《十一月四日风雨大作》，（214）《秋夜闻雨》，（252）《病愈》，（300）《马上作》，（306）《驿舍见故屏风画海棠有感》，（313）《卜算子·咏梅》，（388）《雪后煎茶》，（423）《关山月》，（464）《醉题》，（491）《长歌行》，（506）《金错刀行》，（508）（766）《游山西村》，（536）《劝勉联》，（540）《冬夜读书示子聿》，（541）《九月一日夜读诗稿有感走笔作歌》，（553）《病起书怀》，（562）《黄州》，（577）《老马行》，（578）《枕上偶成》，（579）《夏夜大醉醒后有感》，（580）《示儿》，（715）《沈园二首（其一）》，（716）《钗头凤》，（743）《自述》，（785）《读近人诗》

柳 永 （32）《诉衷情近》，（50）《木兰花慢》，（73）《八声甘州》，（83）《倾杯》，（170）《满江红》，（163）《望海潮》，（269）《女冠子》，（305）《木兰花·杏花》，（307）《木兰花·海棠》，（465）《鹤冲天》，（630）《梁州令》，（685）《忆帝京》，（698）《凤栖梧》，（708）《雨霖铃》，（793）《木兰花（三首）》，（*825）《玉楼春》

王安石 （14）《泊船瓜洲》，（27）《咏石榴花》，（54）《初夏即事》，（120）《客至当饮酒二首（其二）》，（146）《次韵平甫金山会宿寄亲友》，（169）《元日》，（301）《杏花》，（314）《梅花》，（329）《渔家傲·梦之作》，（350）《残菊》（430）《开元行》，（593）《杜甫画像》，（669）《葛溪驿》，（767）《江上》，（787）《读史》

刘禹锡 （74）《秋词二首》，（113）《洞庭秋月行》，（165）《寄朗州温右史曹长》，（218）（488）《浪淘沙九首》，（262）《春词》，（271）《代靖安佳人怨二首》，（280）《忆江南》，（281）《杨柳枝词》，（292）《赏牡丹》，（382）《将赴汝州，途出浚下，留辞李相公》，（392）《尝茶》，（403）《竹枝词九首（其二）》，（406）《竹枝词二首（其一）》，（413）《酬乐天扬州初逢席上见赠》，（414）《乐天见示伤微之敦诗晦叔三君子皆有深分因成是诗以寄》，（415）《乌衣巷》，（461）《元和十年自朗州召至京戏赠看花诸君子》（497）《始闻秋风》，（557）《学阮公体三首（其三）》，（602）《西塞山怀古》，（705）《杨柳枝》，（707）《踏歌词四首（其一）》

张 先 （35）《千秋岁》，（108）《天仙子》，（152）《题西溪无相院》，（444）《木兰花》

岑 参 （91）《白雪歌送武判官归京》，（94）《轮台歌奉送封大夫出师西征》，（145）《青山峡口泊舟怀狄侍御》，（199）《赵将军歌》，（200）《奉和相公发益昌》，（336）《送杨子》，（512）《送李副使赴碛西官军》，（677）《逢入京使》

（798）《凉州馆中与诸判官夜集》

王　维　（45）《辋川别业》，（68）《送梓州李使君》，（99）《使至塞上》，（183）《老将行》，（209）《观猎》，（236）《积雨辋川庄作》，（672）《九月九日忆山东兄弟》

柳宗元　（66）《登柳州城楼寄漳汀封连四州刺史》，（95）《江雪》（232）《笼鹰词》

李商隐　（51）《无题四首（其二）》，（105）《登乐游原》，（258）《无题》，（267）《蝉》，（312）《忆梅》，（419）《咏史》，（427）《贾生》，（594）《马嵬》，（624）《无题二首（其一）》，（666）《代赠二首》，（706）《无题二首（其一）》（718）《二月二日》，（720）《无题四首（其一）》，（741）《晚晴》

李清照　（324）《玉楼春·红梅》，（339）《醉花阴》，（364）《鹧鸪天·桂花》，（365）《摊破浣溪沙》，（505）《乌江》，（574）《上枢密韩公工部尚书胡公第二首》，（667）《武陵春》，（668）《声声慢》，（728）《一剪梅》，（796）《如梦令》，（*816）《减字木兰花》，（*836）《如梦令》

李　贺　（127）《梦　天》，（184）《雁门太守行》，（229）《南园十三首（其八）》，（459）《南园十三首其五》，（643）《马诗(其十四)》，（749）《南园十三首（其一）》，（769）《杨生青花紫石砚歌》

李　煜　（654）《渔夫（两首）》，（655）《虞美人》，（566）《浪淘沙》，（699）《清平乐》

杜　牧　（28）《怅诗》，（75）《山行》，（158）《过华清宫绝句三首》，（206）《江南春》，（220）《入茶山下题水口草市绝句》，（273）《七夕》，（299）《齐安郡中偶题二首（其一）》，（302）《杏园》，（399）《赠别二首》，（424）《泊秦淮》，（538）《留海曹师等诗》，（542）（651）《登池州九峰楼寄张祜》，（582）《题乌江亭》，（598）《题宣州开元寺水阁》，（632）《送友人》，（633）《送隐者一绝》，（644）《赤壁》，（646）《金谷园》，（647）《怀紫阁山》，（739）《书怀》，（714）《遣怀》，（780）《读韩杜集》，（*831）《怀钟陵旧游四首》

欧阳修　（171）《采桑子》，（376）《木兰花》，（390）《双井茶》，（451）《画眉鸟》，（469）《对联》，（612）《春日西湖寄谢发曹韵》，（671）《送慧勤归余杭》，（689）《生查子》，（721）《踏莎行》，（805）《洛阳牡丹图》

晏　殊　（3）《蝶恋花》，（282）《踏莎行》，（283）《踏莎行》，（411）《浣溪纱》，（688）《玉楼春》

晏几道　（304）《临江仙·浅浅余寒春半》，（400）《蝶恋花》，（446）《南乡子》，（619）《采桑子》，（702）《秋蕊香》，（788）（浣溪沙），（792）《鹧鸪天》

韩　愈　（10）《春雪》，（30）《晚春》，（331）《题百叶桃花》，（380）《山石》，（462）《左迁至蓝关示侄孙湘》，（731）《华山女》，（790）《八月十五夜赠张功曹》，（*804）《石鼓歌》

附录　所选诗词按人物索引

341

张孝祥　（102）（111）《西江月·黄陵庙》，（129）《水调歌头·桂林中秋》，（154）《念奴娇·过洞庭》，（182）《浣溪沙》，（234）《西江月·题溧阳三塔寺》

杨万里　（17）《小池》，（34）《小溪至新田》，（89）《嘲淮风》，（296）《晓出净慈寺送林子方》，（485）《竹枝歌》

黄庭坚　（41）《次元明韵寄子由》，（114）《登快阁》，（251）《蟹联》，（378）《咏竹》，（397）《题净因壁》，（475）《木兰花令》，（534）《题胡逸老致虚庵》（*813）《次韵梨花》

温庭筠　（233）《利州南渡》，（297）《溪上行》，（298）《懊恼曲》，（445）《和王秀才伤歌姬》，（*809）《赠知音》

袁　枚　（455）《遣怀》，（543）《题桃树》，（621）《别常宁》，（784）《遣兴（二首）

孟浩然　（37）《春晓》，（140）《望洞庭湖赠张丞相》，（377）《夏日南亭怀辛大》，（567）《送陈七赴西军》

孟　郊　（468）《达士》，（658）《偶作》，（680）《游子吟》，（757）《登科后》

屈　原　（179）《国殇》，（212）《离　骚》，（407）《天问》，（428）《卜居》

毛泽东　（316）《卜算子·咏梅》，（369）《蝶恋花·答李淑一》，（418）《沁园春·雪》

秦　观　（47）《好事近·梦中作》，（284）《浣溪沙》，（354）《春　日》，（704）《鹊桥仙》，（732）《南歌子》

高　适　（185）《燕歌行》，（448）《封丘作》，（674）《除夜作》

范成大　（31）《再赋简养王》，（60）《四时田园杂兴（其二）》，（190）《四时田园杂兴（其八）》

曹　操　（126）《观沧海》，（246）《短歌行》，（740）《龟虽寿》

曹　植　（125）《弃妇诗》，（474）《薤露行》，（501）《赠白马王彪》，（527）《杂诗》，（547）《白马篇》，（605）《当墙欲高行》，（613）《野田黄雀行》，（684）《七步诗》

张　籍　（11）《凉州词》，（188）《关山月》，（201）秦皇岛山海关城楼对联，（678）《秋思》，（709）《节妇吟，寄东平李司空师道》

罗　隐　（303）《杏花》，（358）《牡丹花》，（638）《水边偶题》，（642）《筹笔驿》

元　稹　（342）《菊花》，（355）《红芍药》，（395）《一字至七字诗茶》，（472）《酬复言长庆四年元日郡斋感怀见寄》，（746）《看花》，（782）《寄赠薛涛》

于　谦　（513）《入京诗》，（514）《石灰吟》（528）《无题》，（551）《立春日感怀》，（703）《古意》

贺　铸　（274）《雁后归》，（694）《菩萨蛮》，（710）《芳心苦》，（735）《六

州歌头》

朱　熹　（16）《春日》，（191）《观书有感二首》，（319）《雨夜》

李咸用　（379）《自愧》，（511）《送谭孝廉赴举》，（617）《论交》（618）《古意论交》

萨都剌　（208）《上京即事》，（398）《潮州纸伞业》，（628）《雁门集·留别同年索士岩经历》，（665）《四时宫词》，（748）《燕姬曲》

元好问　（311）《同儿辈赋未开海棠》，（492）《壬辰十二月车驾东狩后即事》，（518）《论诗三十首（其二十一）》，（783）《论诗三十首（其四）》

● 出现2~3次的作者及诗篇

郑板桥　（（371）《竹石》，374）《墨竹图》，（484）《潍县署中画竹呈年伯包大中丞括》

郑　谷　（308）《海棠》，（701）《中年》

郑思肖　（345）《寒菊》，（499）《二砺》

张　耒　（6）《早春》，（67）《初见嵩山》，（241）《破幌》

张九龄　（116）《望月怀远》，（373）《和黄门卢侍御咏竹》

张　谓　（323）《早梅》（558）《代北州老翁答》

徐　渭　（248）《题螃蟹诗》，（249）《蟹六首（其一）》

徐　凝　（166）《忆扬州》，（670）《宿冽上人房》

许　浑　（65）《咸阳城西楼晚眺》，（502）《谢人赠鞭》

曹　丕　（124）《芙蓉池作》，（663）《燕歌行》

曹雪芹　（195）《红楼梦第十八回》，（539）《红楼梦第五回对联》，（616）《红楼梦》

吴承恩　（431）《西游记·第五十八回》，（432）（434）《西游记第一回》

吴伟业　（333）《鸳湖曲》，（428）《圆圆曲》

李　颀　（93）《古从军行》，（433）《行路难》，（456）《送陈章甫》

李　坤　（490）《悯农二首》，（806）《城上蔷薇》

杜荀鹤　（509）《题弟侄书堂》，（517）《自叙》

杜　耒　（70）《秋晚》，（389）《寒夜》

唐伯虎　（96）《晓起图》，（327）《桃花庵诗》

唐　婉　（352）《菊花》，（717）《钗头凤·世情薄》

唐彦谦　（254）《蟹》，（257）《采桑女》，（544）《无题十首（其一）》

戴复古　（243）《淮村兵后》，（349）《都中怀竹隐徐渊子直院》，（742）《望江南》

戴叔伦　（88）《客夜与故人偶集客舍》，（247）《兰溪棹歌》

贺知章　（275）《咏柳》，（679）《回乡偶书二》

附录　所选诗词按人物索引

343

文天祥　（549）《过零丁洋》，（550）《言志》，（561）《赴 阙》
龚自珍　（460）《咏史》，（611）《已亥杂诗》
骆宾王　（72）《晚泊江镇》，（266）《在狱咏蝉》
陆龟蒙　（265）《闻蝉》（351）《重忆白菊》
梁攀龙　（52）《广阳山道中》（63）《送子相归广陵》
贾　至　（19）《春思》，（81）《泛洞庭湖三首（其二）》，（187）《燕歌行》
姚　合　（4）《早春山居寄城中知己》，（178）《游杏溪兰若》
蒋　捷　（404）《虞美人·听雨》，（629）《一剪梅·舟过吴江》
韩　偓　（155）《乱后春日途经野塘》，（610）《此翁》
庾　信　（61）《奉和夏日应令》，（270）《拟咏怀诗（之十八）》
皮日休　（250）《咏蟹》，（287）《牡丹》，（463）《春夕酒醒》
洪　升　（437）《淮水吊韩侯》，（603）《己卯春日湖上》
顾炎武　（530）《秋风行》，（552）《酬王处士九日见怀之作》（745）《又酬傅处士次韵》
姜　夔　（356）《契丹歌》，（645）《送彭仲讷往合肥三首（其二）》，（786）《除夜自石湖归苕溪（其九）》
鱼玄机　（687）《江陵愁望有寄》，（750）《浣纱庙》
胡令能　（765）《小儿垂钓》，（770）《咏绣障》
秋　瑾　（507）《黄海舟中日人索句并见日俄战争地图》，（559）《柬某君三首（其二）》
朱淑真　（56）《即景》，（344）《黄花》
汤显祖　（272）《江宿》，（673）《闺中秋》
齐　巳　（361）《蔷薇》，（615）《谢人寄新诗集》
林则徐　（563）《次韵答陈子茂德培》，（589）《福州鼓山联语》
王　冕　（315）《白梅》，（325）《墨梅》
查慎行　（64）《登宝婺楼》，（691）《玉泉山》
赵　翼　（532）《论诗五首（选三）》，（587）《论诗五首（选二）》
鲁　迅　（573）《自题小像》，（586）《答客诮》
黄　庚　（440）《偶书》，（*827）《幕景》
宋之问　（205）（367）《灵隐寺》，（*829）《牛女星》
司马光　（640）《感怀》，（*832）《京洛春早》

● 出现一次的作者及诗篇（按姓氏归类排列）

张　张昇（69）《离亭燕》，张继（86）《枫桥夜泊》，张元（90）《雪》，张若虚（112）《春江花月夜》，张泌（126）《寄人》，张松龄（215）《渔夫》，　张震（230）《鹧鸪天》，张志和（237）《渔歌子》，张舜民（244）《村居》，张咏（405）《雨夜》，张问陶（510）《煎茶坪题壁》，张为（555）《渔阳将军》，张以宁（565）《过辛稼轩神道》，张说（571）《破阵乐二首》，张元干（581）《水调歌头》，张氏（727）《寄夫》，张正见（*822）《紫骝马》

王　王驾（20）《雨晴》，汪琬（46）《忆洞庭》，王粲（87）《七哀诗（其二）》，王之涣（203）《登鹳鹊楼》，王令（222）《送春》，王国维（288）《题御笔牡丹》，王曙（293）《牡丹》，汪藻（328）《春日》，王献之（332）《桃叶歌三首（其一）》，王观（401）《卜算子·送鲍浩然之浙东》，王勃（623）《杜少府之任蜀州》，王建（713）《宫词一百首（选一）》，王僧孺（722）《为姬人自伤》，王昌龄（758）《观猎》，王守仁（*820）《咏趵突泉》，王士祯（*834）《初春济南作》

赵　赵汸（1）《黄山道中》，赵师秀（62）《约客》，赵希淦（167）《半月寺有感》，赵孟頫（177）《济南趵突泉名联》，赵嘏（341）《长安秋望》，赵与滂（360）《花院》，赵秉文（439）《寄王学士子端》，赵善伦（452）《京口多景楼》，赵师侠（635）《鹧鸪天》

李　李峤（78）《风》，李泌（122）《寄人》，李师广（353）《菊韵》，李世民（606）《赐萧禹》，李山甫（648）《上元怀古》，李弥逊（659）《春日即事》，李华（711）《春寄即兴》，李元膺（723）《鹧鸪天》，李益（724）《写情》，李之仪（726）《卜算子》，李梦阳（756）《戏作放歌寄别吴子》，李东阳（*821）《左阙雪后行古柏下有作》

刘　刘方平（18）《夜月》，刘攽（49）《雨后池上》，刘伯温（441）《梁甫吟》，刘克庄（500）《玉楼春，》刘长卿（627）《送李判官之润州行营》，刘希夷（636）《代悲白头翁》，刘铄（733）《白纻曲》，刘邦（760）《大风歌》，刘兼（791）《春宴河亭》，刘光第（*819）《瞿唐》

徐　徐玑（192）《新凉》，徐绩（196）《归田》，徐夤（289）《牡丹花》，许廷鑅（347）《白菊》，徐琰（443）《南吕一枝花，》，徐锡麟（572）《出塞》，徐氏女（*763）《杭州西湖岳飞墓对联》，（*812）徐庭筠《咏竹》

宋　宋祁（9）《玉楼春》，宋雍（77）《失题》，宋琬（412）《九日同姜如龙、王西樵、程穆倩诸君登慧光阁饮于竹圃分韵》，宋濂（695）《越歌》，宋无（*818）《次友人春别》

杨　杨载（7）《到京师》，杨凌（33）《句》，杨收（157）《入洞庭望岳阳》，杨巽斋（223）《杜鹃花》，杨慎（417）《临江仙》，杨维桢（592）《鸿门会》

曹　曹冠（286）《凤栖梧（牡丹）》，曹翰（576）《内宴奉诏作》，曹松（588）《己亥岁二首（其一）》

陈　陈师道(103)《十七日观潮》（三首之三），陈亮（119）《一丛花·溪堂玩月作》，陈与义（309）《春寒》，陈白崖（473）《自题联》，陈子昂（569）《感

遇诗三十八首（其三十五）》，陈陶（584）《陇西行四首（其二）》，陈玉树（*823）《秋晚野望》

吴　吴文英（118）《浣溪沙》，吴本善（159）《送人之巴蜀》，吴潜（197）《竹》，吴履垒（346）《菊花》

黄　黄大受（98）《早作》，黄巢（340）《菊花》，黄升（531）《鹧鸪天》，黄氏女（696）《感怀》

朱　朱超（135）《舟中望月》，朱庆余（435）《宫词》，（725）《闺意献张水部》，朱草衣（660）《由灵谷寺经孝陵》，朱元璋（772）《赠屠夫春联》

沈　沈佺期（115）《巫山高》，沈偕（255）《遗贾耘老蟹》，沈约（335）《早发定山》，沈德潜（481）《咏黑牡丹诗》，沈彬（583）《吊边人》

卢　卢梅坡（317）《雪梅》，卢照邻（363）（438）《长安古意》，卢仝（697）《有所思》

史　史青（5）《应诏赋得除夜》，史达祖（231）《双双燕·咏燕》

陶　陶渊明（71）《酬刘柴桑》，陶翰（504）《赠郑员外》

范　范仲淹（391）《和章岷从事斗茶歌》，范椁（591）《王氏能远楼》

韩　韩翃（210）《张山人草堂会王方士》，韩溉（402）《水》

孔　孔武仲（117）《五鼓乘风过洞庭湖》，孔平仲（198）《禾熟》

崔　崔致远（82）《兖州留献李员外》，崔颢（174）《登黄鹤楼》，崔护（326）《题都城南庄》

邵　邵雍（290）《洛阳春吟》，邵谒（375）《金谷园怀古》

侯　侯夫人（320）《春日看梅诗》，侯克中（498）《题韩蕲王世忠卷后》

程　程颢（523）《偶成》，程之鵕（600）《抵金陵》

虞　虞世南（264）《蝉》，虞俦（368）《有怀汉老弟》

韦　韦应物（225）《滁州西涧》，韦庄（599）《台城》

江　江洪（362）《咏蔷薇诗》，江总（662）《闺怨》

司　司马光（640）《感怀》，司空曙（637）《喜外弟卢纶见宿》

苏　苏麟（450）《断句》，苏辙（556）《癸丑二月重到汝阴寄子瞻二首》

叶　叶绍翁（15）《游园不值》，叶梦得（736）《八声甘州》

鲍　鲍溶（21）《春日》，鲍照（607）《代出自蓟北门行》

贾　贾弇（55）《孟夏》，贾岛（153）《过海联句》

高　高骈（59）《山亭夏日》，高蟾（777）《金陵晚望》

倪　倪瑞璇（682）《忆母》，倪瓒（775）《赞书画家王蒙》

胡　胡君防（597）《咸阳闲望》，胡皓（604）《大漠行》

何　何基（224）《春日闲居》，何逊（*807）《赠诸旧友》

陆　陆机（521）《猛虎行》，陆凯（*810）《赠范晔》

● 其它

令狐楚（12）《游春词》，董解元（25）《西厢记》，牟融（76）《送报本寺分韵得通字》，雷震（85）《村晚》，揭傒斯（101）《梦武昌》，晁冲之（136）《与秦少章题汉江远帆》，党怀英（138）《奉使行高邮道中》，施闰章（147）《钱塘观潮》，曾纡（194）《宁国道中》，魏夫人（217）《菩萨蛮》，舒亶（221）《菩萨蛮》，裘万顷（240）《早作》，利登（242）《早起见雪》，真山民（245）《晚步》，方岳（256）《次韵田园居》，道潜（263《经临平作》，乐雷发（268）《秋日行村路》，林逋（318）《山园小梅》，谢逸（321）《菩萨蛮》，法具（338）《绝句春日》，许廷荣《白菊》（347），庾传素（357）《木兰花》，吕声之（366）《桂花》，廖凝（381）《落叶》，马熙（449）《开窗看雨》，秦韬玉（453）《贫女》，耿湋（454）《代园中老人》，郑遨（489）《伤农》，谭嗣同（503）《狱中题壁》，戎昱（515）《上湖南崔中丞》，颜真卿（533）《劝学》，章碣（535）《焚书坑》，宗泽（545）《早发》，岳飞（546）《满江红》，夏完淳（568）《即事》，寒山（570）《诗三百三首》，戚继光（575）《过文登营》，贯休（590）《献钱尚父》，劳之辩（601）《眺玄武湖歌》，祖咏（608）《汝坟秋同仙州王长史翰闻百舌鸟》，贺兰进明（620）《行路难五首（其五）》，司空曙（637）《喜外弟卢纶见宿》，薛能（639）《春日使府寓怀二首（其一）》，释德清（649）《醒世歌》，蒋士铨（681）《岁暮到家》，珠帘绣（693）《正宫·醉西施（玉芙蓉）》，杜秋娘（712）《金缕衣》，向滈（729）《卜算子》，罗贯中（751）《咏貂蝉》，潘良贵（759）《题三江亭》，周密（762）《西塍废园》，储光羲（764）《钓鱼湾》，奉蚌（771）《思故乡》，彭定求（*803）《汤阴谒拜岳忠武故里庙像》，和凝（*815）《渔夫》，章孝标（*826）《鹰》，俞琰（*828）《电》，萧贡（*830）《日观峰》，无名氏（477）《生年不满百》，无名氏（483）民谣，无名氏（786）《山海关城楼对联》

参 考 文 献

唐诗宋词全集		北京燕山出版社
唐诗大辞典		凤凰出版社
宋词大辞典		凤凰出版社
宋诗鉴赏辞典		上海辞书出版社
词综		上海古籍出版社
历代名篇选读		上海古籍出版社
中国古代名句辞典		上海辞书出版社
唐诗选	中国社会科学院文学研究所	人民文学出版社
中国经典名句鉴赏辞典	吴礼权	吉林教育出版社
中国历代诗词精选读本	乔继堂	中国书籍出版社
唐诗宋词鉴赏辞典	朱士钊	新疆人民出版社
唐诗句典	刘 墉	中国盲文出版社
宋词	高明生	光明日报出版社
婉约词		万卷出版公司
柳永集	王星琦	凤凰出版传媒集团 凤凰出版社
唐宋词三百首	梦 雁 林 清	宁夏少年儿童出版社
唐诗三百首	蘅塘退士	中华书局
李白诗选注		上海古籍出版社
杜甫	杜 义 郭晓鸿	岳麓书社
二月春风似剪刀	邢 姝	华文出版社
王安石诗文选注		广东人民出版社
白居易诗选	谢思炜	中华书局
必读古诗文	陈应鸾	四川美术出版社
唐诗三百首宋词三百首	一 芳	中国戏剧出版社

后记

多年的积累，且经近三年来的笔耕努力，这部弘扬中华传统文明、饱蘸历代古诗词风韵的作品终于付梓出版了。该书的价值在于，它用不太长的篇幅对我国历代近九百首优美诗词的精彩典句、妙段，按大自然和人间的景象进行了分类串述或点评。这对得到此书的人，能欣赏到如此多而精美的中华诗品是巨大的精神享受。对有志于传承中华文明，积淀高雅素养，提高讲话及文笔水平的读者，希望能提供一些帮助。

本著除精选诗词外，还精选了诗词大家遗留的墨迹，欣赏其古韵风采，图文并茂。本著的封面与封底采用我国著名已故画家傅抱石与关山月1959年的杰作"江山如此多娇"。此作，近景是江南的青山，苍松劲石，其下是连接南北的山川原野，有长江和黄河纵贯；远景是云海与白雪皑皑的北国风光；画面的东侧上方，一轮红日照耀着祖国的锦绣大地，整个画卷气势恢宏而有生机，颇合本著主旨。本著上下卷卷头及各章回的插图，均选自中国古代名画传世作品，扉页之后录有著名诗词名家的精美墨迹，如见其人，令人敬拜而深深地缅怀。

本著简体文字版委托中国书籍出版社出版，我由衷地感谢他们的大力支持。这本书的写作得到了诸多朋友及文学爱好者的提携和帮助，这里我特别要感谢著名诗家、中华诗词学会秘书长王改正先生为本书作序。他对本书作了很高的评价并指出了不足。感谢邓国际先生、古汉语学者及专事中文执教的高明先生对本书的悉心审读，他们以严谨的文风，从闪烁着美丽光彩的辞藻中挑出瑕疵、误漏并提出许多宝贵的意见，我已都剔除或改正和补漏。感谢好友篆刻家郭进挺、史清银先生特为本书扉页分别制作了精美的《中华诗彩》篆刻图案。人生，成就一番事业总离不开好友相助。谢谢您，我的朋友！

作　者

2013年6月8日于宁夏银川湖畔嘉苑书屋

■ 清　任　颐《赤壁泛舟图》